한국현대소설학회 엮음

2o21
올해의 문제소설

2021
올해의 문제소설

초판 1쇄 발행 · 2021년 2월 28일
초판 3쇄 발행 · 2021년 4월 30일

엮은이 · 한국현대소설학회
펴낸이 · 한봉숙
펴낸곳 · 푸른사상사

주간 · 맹문재 | 편집 · 지순이 | 교정 · 김수란, 노현정 | 마케팅 · 한정규
등록 · 1999년 7월 8일 제2-2876호
주소 · 경기도 파주시 회동길 337-16 푸른사상사
대표전화 · 031) 955-9111(2) | 팩시밀리 · 031) 955-9114
이메일 · prun21c@hanmail.net / prunsasang@naver.com
홈페이지 · http://www.prun21c.com

ⓒ 한국현대소설학회, 2021

ISBN 979-11-308-1773-6   03810

값 16,500원

현대문학 교수 350명이 뽑은

2021
올해의 문제소설

한국현대소설학회 엮음

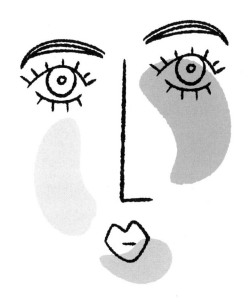

푸른사상
PRUNSASANG

『2021 올해의 문제소설』을 발간하며

지난 한 해 동안 발표된 중·단편소설을 결산하는 『2021 올해의 문제소설』을 출간하게 되었다. 앤솔로지 형식의 책이 발간될 때마다 누군가는 동시대의 문학적 경향을 일반화하는 것은 아닌가라는 질문을, 또 누군가는 매년 발표된 문학을 한 번쯤은 갈무리해야 한다는 의무감에 의해 기획된 관성은 아닌가라는 질문을 던지기도 한다. 하지만 한국현대소설학회가 이 익숙한 관례들을 반복하는 이유는 분명하다. 그것은 바로 '문학주의'라는 절대적 대의에 대한 근본적인 의심이 확산되고 올바른 문학에 대해 판단을 중지·유보하려는 움직임이 널리 유포되고 있는 이때, 다시 한번 "문학이란 무엇인가?"라는 본질적인 물음을 재고해보자는 것이다.

새삼 말할 것도 없이 이 책은 (여타의 문학상 수상집과는 달리) 한 해 동안 가장 '우수한' 작품이 아니라 가장 '문제적인' 작품을 선정하여 수록한 것이다. 이는 획일화된 문학적 전범을 세우는 것보다는 '다양한' 문학적 전범이 있을 수 있음을 보여주는 데 초점을 두고 있다는 뜻이기도 하다. 이러한 기획 및 발간 취지에 따라 우리는 작품을 선정할 때 다음의 사항을 고려하였다. 첫째, 이 책에 수록된 작품들을 통해 다양한 작가 및 작품들이 공존하는 문학 생태계를 보여주고자 했다. 이 앤솔로지 발간 작업에 참여한 많은 전문가들은 4개월여 기간 동안 수백 편의 작품을 윤독하고 선별하는 과정을 거듭했다. 그 과정 속에서 특정 작가나 작품에 대한 관심이 수렴되는 문학적 경향들을 경계하고, 복수의 작가와 작품으로 관심이 확장될 수 있기를 줄곧 희망해왔다. 둘째, 작가들이 제기한 문학적 질문들이 얼마나 우리 시대의 문제를 둔중하게 묘파해내고 있는지를 독자들과 상호작용하고자 했다.

소설은 작가 한 사람의 이야기가 아니라 우리 모두의 이야기로 간주될 수 있는 보편적 문제의식을 내포해야 한다. 이 문제의식은 비루한 우리의 현실을 비판적이고 전복적으로 바라볼 수 있는 건강한 시선에 의해 생성된다. 익숙하게 받아들였던 기성의 사유를 재고·반성하고, 원론적이면서도 현실적인 문제를 섬세하게 인식할 수 있을 때라야 비로소 문학의 영토가 온전히 마련될 수 있을 것이다. 우리는 작품에 제기된 문제들이 지금 우리에게 얼마나 절박한 것인지를 고민하고, 그 치열하고도 둔중한 문제를 독자들과 함께 소통하고자 했다.

이러한 기본적인 선정 취지를 바탕으로, 우리는 2019년 11월부터 2020년 10월까지 각종 문예지에 발표된 중·단편소설을 읽어나가며 1차 후보작들을 추천하였다. 1차 추천작을 총 30여 편으로 추린 후, 약 1개월 간에 걸쳐 모든 선정위원들이 해당 작품을 윤독하는 시간을 가졌다. 2차 추천작을 선정하는 과정은 여느 때보다 치열했다. 코로나19 사태로 인해 대면 회의가 어려워진 탓에, 각지에 흩어져 있던 선정위원들은 수차례에 걸쳐 온

라인 회의를 거듭해야만 했다. 산고 끝에 약 20여 편의 2차 추천작 목록을 완성하게 되었다. 선정위원들은 2차 추천작 목록이 완성된 이후에도 문자와 메일을 통해서 각 작품에 대한 평가와 이견을 공유하였고, 그 결과 아래와 같이 총 12편의 작품을 선정할 수 있었다.

- 김숨, 「철의 사랑」, 『문장웹진』, 2020년 6월호
- 김의경, 「시디팩토리」, 『실천문학』, 2020년 여름호
- 김지연, 「굴 드라이브」, 『현대문학』, 2020년 1월호
- 김초엽, 「오래된 협약」, 『문학동네』. 2020년 여름호
- 백수린, 「흰 눈과 개」, 『현대문학』, 2020년 5월호
- 서이제, 「그룹사운드 전집에서 삭제된 곡」, 『웹진 비유』, 2020년 4월호
- 서장원, 「망원」, 『현대문학』, 2020년 4월호
- 이유리, 「치즈 달과 비스코티」, 『현대문학』, 2020년 4월호
- 임현, 「거의 하나였던 두 세계」, 『창작과 비평』, 2020년 가을호
- 장류진, 「펀펀 페스티벌」, 『문학동네』, 2019년 겨울호
- 전하영, 「남쪽에서」, 『현대문학』, 2019년 12월호
- 최진영, 「유진」, 『문학동네』, 2020년 봄호

이 작품들은 한국문학의 드높은 성취를 갈무리하고 문학의 진정성을 발굴하려는 선정위원들의 강렬한 의지를 통해 선정된 것들이다. 이들이 갖는 경향성을 하나의 문장으로 요약하기는 대단히 어려운 일이겠지만, 확실한 것은 이 작품들이 한국문학의 포괄적인 경향성을 설명하는 좌표로 인식

되기에 부족함이 없다는 사실이다. 독자들은 이 작품을 통해서 한국문학이
도달한 가장 깊고 넓은 곳을 탐색할 수 있을 것이며, 한국문학의 중후하면
서도 섬세한 성취를 발견하게 될 것이다.

2021년 2월
한국현대소설학회『2021 올해의 문제소설』기획위원회

차례

철(鐵)의 사랑

김숨

1974년 출생. 장편소설 『철』『노란 개를 버리러』
『여인들과 진화하는 적들』『바느질하는 여자』『L의
운동화』『한 명』『흐르는 편지』『군인이 천사가 되
기를 바란 적 있는가』『숭고함은 나를 들여다보는
거야』『너는 너로 살고 있니』『떠도는 땅』, 소설집
『침대』『간과 쓸개』『국수』『당신의 신』『나는 염소
가 처음이야』『나는 나무를 만질 수 있을까』 등이
있음. 동리문학상, 이상문학상, 현대문학상, 대산
문학상, 김현문학패 등 수상.

철(鐵)의 사랑

1

나는 화기(火氣) 감시자다. 철─상자 안에서 용접공들을 그림자처럼 따라다니며, 그들이 용접기로 철판을 녹이고 붙이는 동안 사방으로 튀는 불티를 감시하는 일을 한다. 용접공들은 씨 뿌리고 다니는 이들로, 불씨를 뿌리고 다닌다. 바늘보다 가늘고, 번개보다 순식간이고, 금성보다 반짝이는 불티 한 점의 온도는 3천 5백 도에 달한다. 그리고 그것은 멀게는 11미터까지 날아간다. 빛과 열기를 얻자마자 소멸하지만, 신나가 섞인 페인트나 유리섬유로 만든 단열재에 떨어지기라도 하면 불이 붙기 십상이고, 자칫 대형화재로 번질 수 있다. 최악의 경우 철─상자가 폭발할 수도 있다.

화기 감시자는 용접공과 짝이 돼 다닌다. 오늘부터 나는 용접공 최 씨의 짝이다. 전날 잔업을 마치고 혹시나 살아 있는 불티가 없는지 살피고 있는데 박 반장이 오더니 말했다.

"아줌마, 내일부터 최 씨 짝 해."

"하지만 난 최 씨 아저씨를 잘 모르는걸요."

"최 씨는 아줌마를 잘 아는 줄 알아? 둘이 살림 차리고 살라는 것도 아니

2021 올해의 문제소설

잖아."

부르튼 입술을 구기고 의뭉스레 웃는 박 반장 앞에서 내 얼굴이 화끈 달아올랐던 것은 종일 용접 열기와 불똥을 쬐었기 때문이었다. 내가 선뜻 대답을 않자 반장은 미간을 구기고 말했다.

"싫으면 내일부터 나오지 말든지."

"알았어요."

나는 하루 벌어 하루 먹고사는 '하루살이 노동자'이고, 내게 월급을 주는 사람은 조선소 주인이 아니라 박 반장이다. 화기 감시자로 날 고용한 사람도 그여서, 그는 심사가 틀어지면 당장 날 해고할 수 있다. 작업반장들은 하도급으로 조선소의 물량을 따내고 물량 팀을 꾸려 하루살이 노동자들을 조선소에 파견한다.

박 반장에게 딸린 화기 감시자는 나 말고 셋이 더 있다. 순희, 영숙, 경자. 화기 감시자들은 누구나 최 씨와 짝이 되는 걸 꺼린다. 하지만 누군가는 그와 짝이 돼야 한다. 반장이 날 그의 짝으로 고른 건 내가 화기 감시자들 중 가장 나이가 많기 때문이다. 내가 끝까지 싫다고 고집을 부렸으면 그는 날 해고했을까. 마을에 화기 감시자가 되려는 여자들은 얼마든지 있으니까.

최 씨는 조선소에서 30년 넘게 일한 숙련 용접공이지만 그도 하루살이 노동자다. 퉁명스럽고 자신에게 고분고분하지 않은 그를 반장이 자신의 물량 팀에 데리고 있는 것은 그가 풋내기 용접공들과 비교해 두세 배의 일을 해내기 때문이다. 화기 감시자들이 그와 짝이 되고 싶어 하지 않는 것은 2년 전 그 일 때문이다. 그러니까 2년 전 여름, 화기 감시자 하나가 철-상자에 갇혀 질식사하는 사고가 있었다. 최 씨와 짝이던 그녀는 혼자 철-상자 안에 남겨졌다. 나는 그날을 기억하는데 특별한 일이 있었기 때문은 아니다. 10시까지 잔업이 있었지만 그즈음 잔업이 없는 날보다 있는 날이 많았다. 그해 여름은 무더위가 유난히 기승을 부려 철-상자 안은 섭씨 50도까지 올랐다. 오후가 되면 달아오른 발판에 작업화 밑창 고무가 타들 정도였으니까. 그날 철-상자에는 3백 명이 넘는 노동자가 들어가 일했다. 그리고 그 3백 명 중에는 나도 있었다. 이튿날 그녀는 철-상자 안에 설치된 탱크 안에서 발견됐다. 현장에는 유압펌프와 페인트통, 아르곤가스통, 그라인더들이 흩어져 있었다. 구급차가 왔고, 소방대원들이 그녀를 들것에 실어 철-상자 밖으로 내갔다. 겨우 30대 초반이던 그녀에게는 어린 남매가 있었다.

최 씨는 종일 자신을 그림자처럼 따라다닌 화기 감시자를 철-상자에 남겨두고 혼자 그곳에서 나왔다. 그녀가 죽고 한동안 그녀의 죽음이 누구의 책임인지를 두고 시끄러웠다. 그녀는 조선소에서, 그것도 철-상자 안에서 숨을 거뒀다. 하지만 그녀는 하루살이 노동자였고 일을 하다 사고사를 당한 게 아니었다. 조선소는 결국 아무 책임을 지지 않았다.

그녀가 그렇게 된 게 최 씨 탓이라고 할 순 없다. 하지만 그가 한 번쯤 뒤를 돌아다보았다면, 종일 자신을 그림자처럼 따라다닌 그녀를 한 번쯤 챙겼다면, 그녀가 철-상자 안에 혼자 남겨져 길을 잃는 일은 없었을 거라는 생각이 드는 건 어쩔 수 없다. 그러나 철-상자 안에서 반나절이라도 일해보면 안다. 그 안에서 누군가를 챙긴다는 것이 쉽지 않다는 걸, 내 몸 하나 챙기는 것도 벅차다는 걸. 화기 감시자가 되어 철-상자에 처음 발을 들여놓던 날 정자 언니가 내게 해준 말은 우리 같은 하루살이 노동자들에게 불문율과 같다. "네 몸은 네가 알아서 챙겨. 안 그러면 조선소에서 길게 못 버텨."

내가 최 씨에게 책임을 지우려 드는 건, 그녀의 죽음이 그저 그녀 자신의 책임만은 아닐 거라는 의심을 떨칠 수 없어서다. 진실은 뭘까. 나는 때때로 진실이 중요하지 않다는 걸 알 만큼 나이를 먹었다. 차라리 모르는 게 낫기도 하다는 걸. 순간적인 진실도 있다는 걸. 그리고 진실이 없을 수도 있다는 걸. 그래도 나는 종종 진실이 알고 싶을 때가 있는데 지금이 그렇다. 그녀의 죽음은 누구 탓일까.

나는 두 발을 모으고 서서 철-상자를 올려다본다. 열 시 방향에 태양이 떠 있다. 백분 덩어리 같은 태양은 붉은빛과 노란빛이 섞인 빛의 고리 속에 박혀 있다. 철-상자는 겉에서 볼 때, 사각형과 오각형의 중간쯤 되는 형태를 한 거대한 철 덩이다. 찬찬히 살펴보면 전체적으로 탁하고 무거운 납빛이지만, 태양빛을 받은 곳은 날카롭게 느껴지는 은빛이 감돈다. 녹이 슬어 불그스름한 빛깔로 얼룩진 곳도, 흰 곳도, 움푹 파인 곳도 있다. 비행기 탑승계단 같은 게 한쪽에 기대어져 있는데(아파트 3층 높이쯤 된다) 올라가면 철-상자로 들어가는 구멍이 있다. 푸른 작업복 차림의 노동자들이 줄지어 계단을 올라가 구멍으로 삼켜지는 걸 바라보고 있으려니, 나그네쥐들이 절벽 아래 바다로 떨어져 죽는 광경이 겹쳐 떠오른다.

등이 굽은 사내가 목을 빼고 어슬렁어슬렁 걸어온다. 최 씨다. 그의 이마를 덮은 잿빛 머리카락이 햇빛을 받아 멸치처럼 반짝인다. 앞으로 늘어뜨린 두 팔이 기형적일 만큼 길다. 그의 오른손에는 공구함이 들려 있다.

"반장이 오늘부터 아저씨 따라다니래요."

그가 고개를 들어 날 응시한다. 덩달아 그의 얼굴을 빤히 응시하는 내 눈이 커진다. 그의 얼굴을 가까이서 보는 것은 처음이다. 소문대로 얼굴이 얽어 있다. 소문에 따르면 대리석처럼 반들반들하고 제법 미남이었는데 용접 불똥을 하도 맨 얼굴로 받아내서 얼굴에 구멍이 뚫렸다.

"어제까지 아저씨 짝은 경미였어요. 그녀는 일 년 넘게 아저씨를 따라다녔어요."

"깡통처럼 시끄러운 여자가 종일 날 따라다니긴 했지."

"난 아저씨와 짝이 되는 걸 원치 않았어요. 솔직히 아무도 아저씨와 짝이 되고 싶어 하지 않지요."

"그래서?"

"그렇다고요."

조선소에서는 철-배를 만든다. 무게가 2, 3톤 나가는 철판 수십 장을 병풍처럼 이어 붙여 커다란 철판을 만들고, 그 철판들을 맞추어 짜 철-상자를 만든다. 저마다 용도에 맞게 공정(工程)을 거친 철-상자들을 조립하면 마침내 철-배가 탄생한다. 철-상자는 대개 가로, 세로, 깊이가 20미터에 무게가 60여 톤 나간다. 그리고 노동자 2, 3백 명이 한꺼번에 그곳에 들어가 일한다. 철-배는 보통 10만여 조각의 철판이, 3백여 개의 철-상자가 합쳐져서 완성된다.

철-배는 크게 선미, 조타기가 있는 기관실, 선원들이 먹고 자며 일상생활을 하는 거주구, 엔진실, 화물칸, 선수부로 구성돼 있다. 그것들의 조각인 철-상자의 제조 과정은 용도에 따라 조금씩 달라지지만 대충 이렇다. 용접, 가스와 수도 배관 설치, 전선 설치, 온갖 기계 장착, 페인트칠. 소금기 섞인 공기 중에 종일 노출돼 있는 탓에 철판이 계속 부식되고 있어서 녹을 제거해야 하고, 나중에 철-배가 바다를 떠다닐 때 한겨울에 동파되는 걸 방지하기 위해 배관과 기계들을 단열재로 감싸야 한다. 그리고 그 모든 작업을 하려면 철-상자 허공에 발판(작업대)과 통로를 놓아야 한다. 텅 빈 허공에 두 발을 딛고 용접을, 망치질을, 페인트칠을 할 수는 없기 때문이다. 우리는 새가 아니고, 철-상자 안에도 중력이란 게 존재하니까. 망치나 드릴은 사과가 아니지만 손에서 놓치면 그대로 아래로 떨어진다. 중력이 아니어도, 작업할 때 신는 소가죽 작업화는 제법 묵직해서 우리의 두 발을 자꾸만 밑으로 끌어당긴다.

2

나는 눈꺼풀을 한 차례 꾹 감았다 뜬다. 노란 전구 불빛 너머, 발판공들이 철-상자 안에 지어놓은 공중누각을 바라본다. 깊이가 20미터인 철-상자 바닥에서 천장까지 십자로 엇갈려 층층이 쌓아올린 철파이프들(지름이

6센티쯤 된다), 철파이프들 사이에 발판을 연달아 걸쳐놓아 허공에 내놓은 통로들, 위아래로 떨어져 있는 통로들을 이어주는 철계단들, 난간들……. 발판은 폭 40센티에 길이 1.5미터로, 그것 역시 철덩이여서 무게가 10킬로나 나가는데, 노동자들은 그 위에 두 발을 딛고 서서 혹은 쭈그리고 앉아서 망치질을 하고, 그라인더를 돌리고, 용접을 하고, 페인트칠을 한다.

철-상자가 완성되면 발판공들이 가장 먼저 그 안에 들어가 공중누각을 짓는다. 날개도 없이, 안전벨트도 매지 않고, 공중을 날아다니는 그들은 공중곡예사다. "10미터 공중에서 물구나무를 설 줄 알아야 진정한 발판공이야." 내게 그렇게 말한 사람은 경력 15년의 베테랑 발판공이었다. 그는 팀원을 30명 넘게 거느리고 다니며 공중누각을 짓고 부쉈다. 왜소하지만 날쌔 제비라는 별명으로 불리던 그는 9미터 높이에서 해체한 발판을 밑으로 던지다 그것과 함께 추락했고, 척추를 다쳐 반신불수가 됐다.

텅 텅 발소리를 울리며 공중누각 철계단을 내려가는 최 씨의 뒷모습이 내 시야에 잡혀온다. 나는 되돌아 나가고 싶은 충동을 억누르고 철계단에 발을 내딛는다. 건물 외벽에 설치하는 비상계단보다 나을 것 없는 철계단은 지그재그로 엇갈리며 위아래로 뻗어 있다.

철-상자는 사방이 막혀 있어서 극장 안처럼 어둑하다. 철계단에 똬리를 틀고 있던 철사 뭉치가 발에 감겨온다.

철-상자 안은 갖가지 소리로 들끓는다. 망치로 철판을 때리는 소리, 샌딩기로 철판 표면을 깎는 소리, 용접 불티 튀는 소리, 전기드릴 소리, 구령소리, 함석판 깨지는 소리, 노동자들이 자기들끼리 큰 목소리로 떠드는 소리…… 용접공은 용접기로 철판을 녹이고 붙이고, 망치공은 용접열에 휘어진 곳을 망치로 두드려 펴고, 단열공은 전기드릴로 함석판에 나사를 박고, 파워공은 파워그라인더로 철파이프를 절단하고, 샌딩공은 철판 표면에 모래를 쏴 이물질이나 녹을 제거하고, 사상공은 용접 부위를 매끈하게 다듬고, 도장공은 페인트칠을 하고, 배선공은 전선을 깔고……

내가 두 달째 들어와 일하는 철-상자는 엔진실로 철-배의 심장에 해당한다. 그곳에는 발전기, 배전반(配電盤), 보일러 등 여러 기계를 설치해야 해서 공정이 복잡하고 까다롭다.

공중누각이 트위스트를 춘다. 나는 손으로 난간을 꽉 움켜잡는다. 벌집처럼 구멍투성이인 공중누각에 3백 명이 넘는 노동자가 개미처럼 매달려 있다고 생각하니 아찔하다. 그렇잖아도 두 달 전 다른 철-상자에서 공중누각의 일부가 무너지는 사고가 있었다.

공중누각을 걸어 다닐 때는 조심해야 한다. 대못이, 철사 끝이, 칼처럼 날카로운 철판 조각이 가시처럼 튀어나와 있어서 살을 찌르고 찢는다.

최 씨는 철계단 끝까지 내려간다.

바닥에 내딛는 내 발에 철판 조각 같은 게 밟혀온다. 바닥에는 못, 나사못, 철판 조각, 파이프, 함석판, 드릴 같은 공구들이 어지럽게 널려 있다. 그라인더 같은 중장비들과 아르곤산소통, 발전기, 유압 펌프, 호스 등도 곳곳에 장애물처럼 버티고 있다. 나는 그것들에 걸려 넘어지지 않으려 더듬이질하듯 조심스레 발을 내딛는다. 재수가 없으면 곧추선 못이 작업화의 닳고 물러진 고무 밑창을 뚫고 발바닥을 찔러올 수 있다.

"아줌마, 그라인더 가져다 놓은 거 안 보여요?"

"내가 먼저 와서 칠하고 있었어요."

"방금 왔잖아요."

"붓에 페인트 묻은 거 안 보여요?"

철-상자 안에서 노동자들은 늘 다툰다. 잘잘못을 따지기 애매한 다툼으로 대개는 혼재 작업 때문에 발생한다. 밀폐되고 어두침침한 철-상자 안에서 여러 작업이 동시다발로 진행되다 보니 작업 공간을 확보하기 위해 서로 얼굴을 붉히고 목소리를 높이게 된다.

"아줌마, 방해하지 말고 저리 가요."

"어머나, 누가 누굴 방해하는 건지 모르겠네. 남 일하는 거 신경 쓰지 말고 아저씨는 아저씨 일이나 해요."

도장 작업은 원래 거의 가장 마지막에 진행해야 하는 작업으로, 그라인더 작업이나 용접 작업과 동시에 하면 안 된다. 위에서 누군가 작업할 때 아래서 작업하는 것도 위험해서, 조선소의 안전 수칙에 어긋나지만 안전요원들조차 그걸 문제 삼지 않는다. 작업들이 순서를 무시하고, 누가 더 빨리 끝내는지 내기라도 하듯 숨 가쁘게 돌아가는 것은, 독립된 하도급 업체를 운영하는 반장들이 동시에 자신들이 데리고 있는 하루살이 노동자들을 철—상자에 투입해서다. 그들은 조선소로부터 수주 받은 물량을 서둘러 해치우려 안달하는데 그래야 조선소에서 돈이 나오고, 그래야 급여를 지불하고, 그래야 조선소로부터 새 물량을 수주 받을 수 있기 때문이다. 그리고 철—배가 제 날짜에 완성돼야 하기 때문이다.

작업반장들은 말한다.

"내일 해가 두 쪽 나도 오늘 안으로 끝내야 해."

"그래야 공기(工期)를 맞추지."

"그래야 철—배가 제 날짜에 완성되지."

최 씨는 철판 밑에 자리를 잡는다. 철판과 철판이 완벽하게 맞물리지 못하고 들뜬 부분을 용접으로 메우는 작업을 하려는 것이다. 전날 작업을 하던 곳인지 용접 도구들이 널려 있다.

나는 혹시나 근처에 페인트통이나 단열재가 없는지 주위를 유심히 둘러본다. 양손에 붓과 페인트통을 나눠 든 도장공 대여섯 명이 우르르 줄지어 철계단을 내려온다. 도장공이 나타나면 나는 긴장할 수밖에 없다. 고집이 황소 같은 도장공을 만나면 골치 아프다. 다행히 내가 쫓는 시늉을 하기 전에 도장공들은 알아서 다른 곳으로 간다. 도장공들이 노란 전구 불빛 너머로 자취를 완전히 감추고 나서야 나는 안심한다. 간혹 자리를 뜨는 척하다도로 나타나 페인트통 뚜껑을 살그머니 여는 도장공이 있다. 아무튼 도장공들은 화기 감시자들에게 가장 성가시고 위협적인 존재다.

가죽 재질의 두툼한 장갑을 착용한 최 씨의 손에는 용접기가 들려 있다. 용접기 손잡이 밑에는 아르곤가스를 공급하는 가스호스가 길게 달려 있다. 화기 감시자로 일하던 첫날 호스에 발이 걸려 넘어지는 바람에 6미터 아래로 추락할 뻔한 아찔한 경험 때문일까. 호스만 보면 작업화 속 발가락들이 저절로 곱아든다.

최 씨는 한쪽 무릎을 시옷자로 접고, 다른 쪽 무릎은 철가루와 못이 굴러다니는 바닥에 붙이고 앉는다. 그의 작업복 바지는 넝마처럼 곳곳이 뜯기고 구멍이 나 있다. 작업화 앞코는 가죽이 벗겨져 그 안에 덧댄 천이 드러나 있다.

최 씨는 철판을 살피다 얼굴에 용접 마스크를 쓴다. 송곳처럼 뾰족한 용접기 끝으로 철판을 두드린다. 탁, 탁, 소리와 함께 귤빛 불티가 튄다. 지지직 소리가 나더니 철판에 불이 붙는다. 장미 봉오리 같은 불꽃이 철판에서 피어난다. 푸른빛이 감도는 흰 연기가 철판에서 스멀스멀 피어오른다. 불티가 사방으로 폭포수처럼 흘러내린다. 철이 녹으며 황금빛 꿀 같은 철물이 고여 흐른다. 철물은 금세 잉크빛으로 굳는다.

용접 마스크를 쓰고 있어서 최 씨는 만화 속에 나오는 철 인간 같다. 철 인간은 심장도 철로 만들어졌다.

왼손에는 붓을, 오른손에는 페인트통을 든 도장공이 슬금슬금 내 옆으로 다가온다.

"저리 가요!"

"아휴, 금방 칠하고 갈게."

"용접 작업하는 거 안 보여요?" 나는 발끈한다.

"여기 칠하려고 저 위에서 내려왔단 말이야."

"저 위요? 우리도 저 위에서 내려왔어요. 여기 있는 우리 다 저 위에서 내려왔지요."

도장공은 구시렁거리며 마지못해 자리를 뜬다.

나는 화기 감시자가 되고 성격이 사나워졌다. 소리 지르고, 화내고, 윽박지르는 게 예사다.

조선소에서 일하고 싶어 하는 여자들은 화기 감시보다는 도장 일을 선호하는데 도장공 일당이 더 세기 때문이다. 페인트칠을 하는 건 철-배가 바다를 떠다닐 때 바닷물에 부식되는 걸 방지하기 위해서다. 전체적인 페인트칠은 분무로 하고 용접한 부위나 협소한 곳은 붓으로 칠한다. 철판에 칠하는 페인트는 특수 페인트로, 머리가 깨지는 것 같은 두통을 일으킬 만큼 독성이 강하고 시너 냄새가 짙게 풍긴다.

여기저기서 노르스름한 연기가 독버섯처럼 피어오르고 불티가 만개한다.

우린 다 저 위에서 내려왔다…… 중얼거리는 내 눈썹과 눈꺼풀에 철가루가 내려앉는다. 한 시간쯤 지나면 겹겹이 쌓인 철가루 때문에 눈을 뜨고 있는 게 고역일 만큼 눈꺼풀이 무거울 것이다.

철가루는 철가루-비가 되어 내린다. 흐르고, 날리고, 퍼진다. 그것은 곧장 낙하하지 않고 딴청을 피우며 공중에 떠다니다 내키는 곳에 소리 없이 내려앉는다. 민들레씨앗처럼 멀리 날아가 내리기도 한다. 내렸다 다시 떠오르기도, 유랑하듯 떠돌다 엉뚱한 곳에 내리기도 한다. 그런 철가루-비를 맞지 않을 재간은 없어서 그냥 맞는 게 상책이다. 우산을 받치면 머리 바로 위에서 떨어지는 철가루-비를 옴팡 뒤집어쓸 일은 없겠지만 한 손에 그걸 들고 망치질을, 붓질을, 용접을 할 수는 없다. 스며들 줄도, 말라 증발할 줄도 모르는 철가루-비는 집요해서 안전모 속으로, 작업복 지퍼 틈새로, 방진마스크 새로, 장갑 속으로 파고든다. 한 곳에 모여 웅덩이를 만들기도 하는데, 성질이 까칠하고 예민해 여차하면 흩어져버린다.

간혹 못-눈이 떨어지기도 한다. 철가루-비도 그렇지만 못-눈도 녹지 않는다. 그것은 망치로 때리고 때려면 녹는 대신 구부러지거나 일그러진다. 철-상자 안에 내리는 눈은 제법 여러 종류다. 나사못-눈, 망치-눈, 전기드릴-눈.

그리고 철-상자 안에는 철판-구름이 떠 있다.

유리가루-안개가 떠돈다.

철-파이프 번개가 친다. 죄지은 게 없어도 재수가 없으면 번개에 머리나 어깨를 맞아 타박상을 입을 수 있다.

유리가루-안개는 피할 수 없다. 농도가 옅어서 눈에 잘 보이지 않는 데다 특유의 냄새도 없어서 부지불식간 유리가루 안개에 포위되고 만다. 그것은 스스로 사라지는 일이 절대 없어서, 그것이 사라질 때까지 마냥 기다리는 건 바보 같은 짓이다. 그렇다는 걸 알지만 피할 도리는 없다. 그것은 삼키는 것보다는 삼켜지는 걸 좋아한다. 접힌 살 속에, 주름 속에, 땀구멍 속에 삼켜져서 틀어막는다.

철판-구름은 모양이 고정돼 있다. 광어처럼 납작하고 네모나다. 대기의 흐름이 바뀌어도 모양을 바꾸지 않고 흘러가지 않는다.

유리가루가 눈동자를 덮어온다. 작업복 속으로 파고들어 피부에 들러붙는다. 점심때쯤 되면 몸은 땀과 유리가루 범벅이 돼 식중독 두드러기에 걸린 것처럼 간지럽다. 작업복을 입고 있어서 긁을 수도 없지만 함부로 긁어서는 안 된다. 그랬다가는 유리가루가 살갗으로 파고들기 때문이다. 유리가루는 유리섬유로 만든 단열재에서 날리는 것이다.

"때려라, 때려라!"

망치공들의 합창이 철-상자 안에 울려퍼진다. 망치공들은 음색이 곱든, 거칠든, 심지어 음치여도, 망치만 손에 들면 노래하길 즐긴다. 그래서 그들의 목소리는 늘 쉬어 있다.

철판 표면은 고르지 않다. 움푹 파였거나 도드라진 곳은 망치로 두드리고 두드려 판판하게 펴줘야 한다. 망치공들이 그 일을 맡아 하는데 그들 대개는 늙은 남자들이다. 특별한 기술이 필요 없지만 종일 지루하게 망치질을 반복해야 해서 젊은 노동자들은 그 일을 꺼린다.

"때려라, 때려라!" 망치공들의 노래는 돌림노래처럼 되풀이된다.

조선소 망치공들의 망치 머리 면적은 못 같은 걸 박을 때 쓰는 망치의 두 배쯤 된다. 자루는 깡뚱해서 손이 큰 사람이 자루를 그러잡으면 주먹 쥔 손에 두꺼비가 올라앉아 있는 것 같다. 망치는 무게가 꽤 나가서 머리에 맞으면 기절할 수 있다. 아주 간혹 망치-눈을 머리에 맞고 쓰러지는 노동자가 있다. 망치-눈은 망치공의 손에서 만들어진다. 망치공이 손에서 놓치는 순간 망치는 망치-눈이 된다.

망치공들은 말한다.

"철을 부드럽게 길들이는 건 염소를 길들이는 것만큼 힘들어."

"그래도 물을 길들이는 것보단 덜 힘들지. 철은 백 대든, 천 대든 그냥 맞고 있지만 물은 한 대만 때려도 부서져버리니까. 그리고 다시 제멋대로 모양을 만들어버리지. 소용돌이 주름은 망치로 아무리 때려도 펼 수 없어."

전기 드라이버, 용접기, 그라인더, 샌딩기…… 조선소 노동자들이 쓰는 연장들 중 망치는 붓 다음으로 가장 조용하고 한결같은 연장이다. 그것 자체는 소리를 내지 않는다. 별다른 기술이 없어 보이지만 망치질에도 기술이 필요하다. 망치로 철판을 내리칠 때 힘을 적당히 줘야 하는데, 그 힘 조절이 쉽지 않다. 망치에 힘이 너무 실리면 철판에 구김만 더하게 되고, 덜 실리면 열 번 때릴 걸 스무 번 때려야 한다.

망치는 그걸 잡은 노동자의 손을 연장으로 만들어버린다. 팔을, 어깨를.

눈썹과 눈꺼풀에 계속 철가루가 내려 쌓인다. 나사못 무더기가 떨어지는 소리가 들린다.

탁, 탁, 지지직- 지지직- 불티 한 점이 작업화를 신은 내 발등에 떨어진다. 나는 화들짝 놀라며 뒷걸음질한다. 운이 좋았다. 불티가 작업화 속으로 떨어지지 않았으니까. 재수가 없으면 불티가 작업화 속으로 떨어져 발에 화상을 입을 수도 있다.

안전요원 둘이 걸어오더니 전구 아래 마주 보고 선다. 그들은 팔뚝에 '안전'이라고 쓴 노란 완장을 차고 다니며 노동자들의 근무 태만과 안전을 관리, 감독한다. 작업반장들도 감시 대상이어서 그들의 눈치를 살핀다. 자신들이 데리고 있는 하루살이 노동자에게 그들이 경고를 세 번 이상 주면 작업반장들은 벌금을 물고, 그 노동자를 해고해야 한다. 안전요원들은 지각하거나, 게으름을 부리거나, 수다를 떠는 노동자들에게 가차 없이 경고를 날린다. 그들이 가장 싫어하는 것은 지각이어서 노동자가 출근시간보다 1분이라도 늦으면 무섭게 화를 낸다. "시간이 금인 것도 몰라." 태만을 부리는 노동자를 찾아다니느라 바빠서 그들은 정작 노동자들의 안전은 뒷전이다. 용접 불티가 폭포수처럼 떨어지는 아래서 도장공이 페인트통 뚜껑을 활짝 열어놓고 붓질을 해도 그들은 나 몰라라 한다. 자신들의 눈앞에서 사고가 나 노동자가 다쳐도 그들에겐 책임이 없기 때문이다. 철-상자 안에서 일어나는 대부분의 사고는, 그들이 주의를 줬는데도 불구하고 노동자가 부주의해 발생한 것으로 결론 난다. 어쨌든 노동자들의 안전을 관리하는 것 또한 그들의 역할이어서 그들은 어쩌다 생각나면 노동자들에게 말한다. "안전띠를 매." 안전띠는 허공에서 발을 헛디디거나 발판이 무너졌을 때 몸을 낚아채듯 잡아줘 추락 사고를 막는 역할을 한다. 하지만 철-상자 안에서 안전띠를 매고 일하는 노동자는 거의 없다. 안전띠를 매고 푸는 데 시간이 다 가서 그랬다가는 그날 할당된 일을 끝마칠 수 없다. 그러면 작업반장은 노발대발 화를 내거나 말할 것이다. "내일부터 나오지 마."

안전요원들이 큰 목소리로 자기들끼리 나누는 얘기가 들려온다.

"순수한 철은 흰색이야."

"순수한 건 대개 흰색이지. 우유, 백합……."

"손수건, 토끼, 달."

"달?"

"달은 붉은색이지. 지난밤 조선소 위에 뜬 달은 어찌나 붉던지 녹슨 철 덩이가 떠 있는 것 같더군."

"순수한 달은 흰색이야."

"그럼 어젯밤 뜬 달이 불순한 달이었단 말이야?"

"달은 스스로 색을 낼 수 없어. 달이 띠는 색은 태양이 반사된 빛이야. 그래서 달 색깔이 수시로 변하는 거야."

"자네 말대로라면 낮달이야말로 순수한 달이군."

"철기시대가 도래하기 전에 하늘에서 떨어진 별똥별로 철제 검을 만들었다는 건 알고 있나?"

"운철(隕鐵) 말인가?"

"운철은 대기권을 초속 60킬로로 통과할 때 발생하는 어마어마한 마찰열에 불순물이 타 없어져서 철 함유율이 높지."

"제련 과정을 제대로 거치는 셈이군."

"게다가 스테인리스 효과를 내는 니켈, 코발트, 크롬 같은 광물질이 표면을 뒤덮어 수천 년이 지나도 녹이 슬지 않는다구. 생각해보게, 어느 날 철덩이가 하늘에서 뚝 선물처럼 떨어진 거야. 인간은 그걸 주워 철제 검을 만들었고."

"인간은 뜻밖의 선물로 무기를 만들었군."

"메소포타미아에서는 철을 '하늘에서 내려온 불'이라고 불렀지."

"철은 불 속에서 탄생하니까."

"인간의 핏속에도 철이 들어 있다는 건 알고 있나?"

"중학교 과학 시간에 배운 것 같군."

"신의 실수는 인간을 철이 아니라 흙의 먼지로 빚은 거야. 쳐도 그만 안쳐도 그만인 양념을 치듯 핏속에 철을 아주 약간만 첨가한 게, 신의 최대

실수란 말이야."

"그럼 인간이 죽지 않았겠지. 그리고 그랬으면 인간은 신을 찾지 않을 테고. 인간이 신을 찾는 건 죽음이 어쩌면 끝이 아닐지도 모른다는 두려움 때문이야."

"하지만 인간이 죽지 않으면 신은 천국과 지옥을 만들 필요가 없었겠지. 신이 눈코 뜰 새 없이 바쁜 건 간밤에 죽은 저 인간을 천국과 지옥 중 어디로 보내야 할지 판단이 서지 않아서야. 완벽하게 착한 인간도 없고, 완벽하게 악한 인간도 없으니까. 나 자신만 해도 선하기도 하고, 사악하기도 하니까. 특별히 착하게도 그렇다고 나쁘게도 살지 않은 인간들이 죽어 매일 끝이 보이지 않을 만큼 길게 줄을 서서 신은 잠도 못 잔다지. 극도의 과로와 스트레스 때문에 잇몸은 늘 부어 있고, 탈모로 머리카락이 한 줌도 안 된다지."

내 뒤에서는 노동자 둘이 칠판만 한 철판을 가운데 두고 마주 앉아, 분필 같은 걸로 그것에 숫자와 수학 기호를 써 넣으며 뭔가를 계산하고 있다. 마치 칠판 앞에 불려 나와 산수 문제를 풀고 있는 학생들 같다.

"달에서는 철-배를 얼마나 만들었을지 궁금하군."

"또 무슨 헛소리를 하는 거야?"

"자네가 믿든 말든, 달에서도 철-배를 만들고 있는 건 틀림없는 사실이야. 오늘 밤 잠이 안 오거든 사다리를 타고 달 가까이 올라가 귀를 기울여 보게. 망치 수백 개가 서로 질세라 철판을 때리는 소리가 들릴 거네."

"어이가 없군!"

"별은 실은 달에서 튄 용접 불똥이야."

"날 바보로 아는군. 용접 불똥이 밤새 꺼지지 않고 하늘에 박혀 있다는 거야?"

"영수, 우주 온도가 몇 도인지 아나? 영하 270도야. 그 온도에서는 모든 게 얼어버리지. 불똥마저도. 그래서 달 밖으로 튄 용접 불똥이 얼어붙어서 밤새 꺼지지 않고 반짝이는 거야."

"음, 달에서 망치 수백 개가 철판을 때리는 소리가 난단 말이지……."

"사다리를 타고 달 가까이 올라갈 때 조심하게. 재수가 없으면 망치공들이 놓친 망치가 자네 머리로 떨어질 수도 있으니까. 참고로 지구에서 달까지는 38만 4천 킬로미터네."

"자네 말이 사실이라면, 달에서는 철이 어디서 나서 철–배를 만드는 걸까?"

그때 가까이에서 두 노동자를 지켜보던, 다부진 몸매의 사내가 화를 낸다.

"한가하게 노닥거리라고 일당을 주는 줄 알아? 하여간 자네들 같은 태업(怠業)자들 때문에 철–배가 아직까지 완성이 안 된 거야. 태만을 부려서야 오늘 안으로 끝낼 수 있겠어?"

"사흘에 걸쳐 할 일을 오늘 하루에 끝내라고요?"

"잔업을 해서라도 끝내란 말이야."

"반장, 우린 어제도 밤 10시까지 잔업을 했어요."

"엊그제도 10시까지 잔업을 했지요. 오늘도 하면 엿새째란 말이에요."

"오늘 안으로 끝내야 철–배가 제 날짜에 완성되지. 하루라도 늦어지면 조선소가 엄청난 손실을 본단 말이야. 그럼 조선소가 망하겠지. 조선소가 망하면 누가 우릴 먹여 살리겠어."

"반장, 그래서 물어보는 건데 철–배가 언제나 완성될까요?"

"반장, 그나저나 조선소가 곧 망할 거라는 소문이 마을에 돌던데요?"

"그래, 10년 전에 나는 무슨 소문을 들었는지 아나?"

"무슨 소문을 들었는데요?"

"조선소가 이미 망했다는 소문을 들었지."

"발판이 흔들려요!"

내가 서 있는 곳에서 허공으로 6미터쯤 떨어진 발판 위에서 도장공 하나가 벌벌 떨고 있다. 왼손에는 페인트통을, 오른손에는 붓을 들고 있다. 머리에는 장밋빛 스카프 같은 걸 두르고 있다. 도장공들은 안전모 대신 수건이나 스카프를 두르기도 한다. 손에 들린 붓에는 초록색 페인트가 묻어 있다. 작업복에는 초록색, 빨간색, 노란색 페인트가 덕지덕지 묻어 있다.

"발판이 흔들려요!"

겁에 질린 목소리로 똑같은 소리를 반복하는 도장공은 한 마리 앵무새다. 장밋빛 스카프는 머리 깃털, 붓은 꼬리깃털이다.

아무도 자신의 말에 귀를 기울이지 않자 도장공은 울먹인다. 가까이에 다른 도장공이 있지만 붓질 삼매경에 빠져 듣지 못한다. 안짱다리인 그 도장공은 이미 초록색 페인트가 칠해져 있는 철판에 똑같은 초록색 페인트를 덧칠하고 있다.

"반장! 반장!"

도장공이 스무 번은 외치고 나서야, 굵직하고 심드렁한 사내 목소리가 마지못해 들려온다.

"누구야? 누가 또 날 찾는 거야?"

땅딸막하고 뚱뚱한 사내가 씩씩거리며 철계단을 내려온다.

"여기요!" 도장공이 초록색 꼬리깃털을 곧추 세우고 흔들어 보인다.

"아아, 귀찮아 죽겠네! 1분이 멀다 하고 사방에서 찾아서 몸이 열 개여도 모자랄 판이라니까!"

"발판이 흔들려요!"

사내는 두 팔을 휘적휘적 흔들며 통로를 걸어간다.

"누군가 했더니 오(吳) 여사님이셨군."

반장들은 자신보다 나이 많은 여자 노동자를 여사님이라고 부르곤 한다. '여사'가 높여 부르는 호칭이니 듣기 좋으라고 그렇게 부르는 것이겠지만 놀리는 것 같은 게 거슬린다.

"저길 칠하려면 이 발판을 건너가야 하는데 흔들려서 건너갈 수가 없잖 아요." 도장공은 손에 꼭 쥔 붓을 들어, 광채를 잃고 서늘한 한기에 휩싸여 있는 철판을 가리켜 보인다. "내가 정신을 바짝 차리고 있었기에 망정이지 흐리멍덩하게 놓고 있었으면 어쩔 뻔했어요."

"멀쩡해 보이는데?"

"보기엔 그렇지요." 도장공은 발끈하고, 한쪽 발끝을 발판에 살짝 내딛 어 그것이 흔들린다는 걸 확인시켜준다. "나는 오늘 혼자서 저길 전부 칠해 야 한단 말이에요. 나 혼자 손바닥만 한 붓으로 저길 다 칠하는 건, 개미가 저 혼자 꽃술 같은 걸로 칠판을 칠하는 것과 같아요. 아, 저길 언제 다 칠하 나……."

사내는 배를 한 팔로 감싸 안으며 몸을 어정쩡하게 구기고 앉아 발판을 살핀다.

"철사가 풀려 있군."

"철사가요? 왜요?" 흥분한 도장공이 발을 동동 구른다.

"어떤 멍청한 놈이 철사를 풀고는 안 감았겠지!"

"철사를 왜 풀어요?"

"작업에 방해가 되니까 풀었겠지!"

사내는 투덜거리며 풀어진 철사를 묶기 시작한다.

작업대이자 통로인 발판은 철사와 나사로 고정돼 있다. 간혹 그것들이 풀려 있거나 느슨해져 있는 경우가 있다. 그 사실을 모르고 노동자가 무심 코 발을 내딛었다 추락하는 사고가 일어나곤 하는데, 발판이 심하게 기울 어져 있거나, 밑으로 꺼져 있지 않으면 알기 어렵기 때문이다. 그때마다 안 전요원들은 말한다. "안타깝군. 그러게, 안전벨트를 반드시 매라고 했잖 아."

도장공은 딸꾹질 섞인 비명을 지르더니 철계단을 뛰어 올라간다. 왼손에 페인트통을, 오른손에 붓을 든 채로 사방을 두리번거리더니 철판에 노란색 페인트를 칠하고 있는 도장공들 쪽으로 쪼르르 다가간다.

"하마터면 죽을 뻔했지 뭐예요!"

"웬 호들갑이야?"

"발판이 흔들려서 난 빈혈인가 했어요. 요 며칠 빈혈이 심했거든요. 생리는 두 달째 없는데 말이에요."

"두 달? 난 일 년 넘게 생리가 없어."

"그럼 폐경이야."

"벌써?"

"난 마흔일곱 살에 폐경이 왔어, 난 마흔여섯 살에 조선소 도장공이 됐지."

"친정엄마는 내 나이 때 막내를 가졌어."

"네 나이가 몇이더라?"

"64년 범띠, 너하고 동갑이잖아."

"난 음력 12월에 태어나서 띠는 소띠야."

"일 년 넘게 생리가 없는 건 페인트 때문이야. 페인트가 오죽 독해."

"나도 며칠 전에 구역질이 나고 어지러워서 설거지를 하다 말고 쓰러졌어. 냉장고, 전기밥솥, 가스레인지, 냄비, 주전자, 형광등, 시계…… 전부 다 빙글빙글 돌아서 못 일어나고 누워 있었지. 아들이 방문을 열고 나오더니 날 내려다보며 그러데. 엄마, 아무리 잠이 와도 고무장갑은 벗고 주무세요."

"네 아들은 뭐 해?"

"놀고 있지."

"발판공 뽑던데."

"발판공은 늘 뽑으니까."

"내 아들도 놀고 있어. 용접기술이라도 배우라고 했더니, 화를 내지 뭐야."

도장공들이 페인트칠을 하며 자기들끼리 나누는 얘기를, 발을 동동 구르며 듣고 있던 도장공이 새된 소리로 말한다.

"아아, 글쎄 누가 발판 철사를 풀어놓았지 뭐예요. 난 그런 줄도 모르고 발을 내딛으려 했고요. 그랬으면 난 6미터 아래로 떨어졌을 거예요."

"떨어진다고 다 죽는 건 아니야."

"죽지 않으면 불구가 되겠지."

"운이 좋으면 다리에 금이 가거나 팔이 골절되는 것 정도로 끝나겠지."

"운이 나쁘면 전신마비가 될 수도 있고."

"차라리 죽는 게 나으려나?"

탁, 탁, 지지직 ― 다시 불똥이 튄다. 철이 녹아 철물이 고여 흐른다. 황금빛 꿀물처럼 황홀하게 일렁이던 철물이 잿빛으로, 잉크빛으로 굳는 걸 넋 놓고 바라보고 있으면 내 심장도 덩달아 굳는 것 같다.

철물이 굳는 데 걸리는 시간은 길어야 3, 4초다. 철물의 온도는 2천 도가 넘는다. 그렇게 어마어마한 온도에 도달한 철물이 순식간에 식는 게 신기하다. 끓는 물은 100도지만 천천히 식는다. 인간의 몸은 고작 36.5도지만 그보다 훨씬 더 천천히 평생에 걸쳐 식는다.

나는 성실한 화기 감시자는 아니다. 불똥에 홀려 주위를 살피는 걸 소홀히 하곤 한다. 용접 마스크를 쓴 최 씨의 얼굴로도 불똥이 튄다.

"용접 마스크가 잘 어울리네요."

최 씨에게 내 목소리가 들릴 리 없다. 나는 목소리가 작은 편이다. 화기 감시자가 되고, 도장공들과 실랑이를 벌이다 보니, 나 자신도 깜짝 놀랄 만큼 괄괄해졌지만, 금희나 정자 언니 목소리와 비교하면 모기 소리다. 잘생긴 거랑 용접 마스크가 잘 어울리는 거랑은 아무 상관이 없다.

파워공 셋이 최 씨의 머리 위 발판에 자리를 잡더니, 그라인더로 철판을 갈기 시작한다. 철판 표면이 매끈하지 않으면 페인트칠이 깔끔하게 안 되고, 해도 금방 벗겨진다. 그래서 페인트칠을 하기 전 울룩불룩 튀어나온 용접 부위나 녹이 심하게 낀 곳, 표면이 거친 곳을 그라인더로 갈아 다듬는다. 눈을 뜨고 있는 게 곤혹일 만큼 철가루가 심하게 날려서 파워공들은 우주복처럼 생긴 방진복을 작업복 위에 입고 방진마스크를 두세 개씩 겹쳐 쓰기도 한다.

한 손으로는 그라인더 손잡이를 잡고(자동차 브레이크처럼 생긴 손잡이가 달려 있다), 다른 손으로는 (그라인더와) 에어호스가 연결된 부위를 잡고 버티는 노동자들은 흡사 날개가 찢기고 몸통만 남은 잠자리들 같다. 선풍기 날개가 회전하는 속도의 세 배속으로 빙글빙글 돌아가는 그라인더는 잠자리의 머리고, 그것을 부여잡고 버티는 노동자들은 몸통이다. 잠자리들은 날개가 찢겼다는 걸 까맣게 모르고 날아오르려 몸통을 수직으로 곧추세우고 부단히 떨고 있다.

먼지와 철가루, 분진이 엄청나게 날리기 때문에 파워공 근처에는 얼씬도 않는 게 상책이지만 그럴 수가 없다.

파워공 하나가 그라인더를 붙잡고 들들들 떨며 확성기에서 흘러나오는 것 같은 큰 소리로 말한다.

"닭이 개구리를 다섯 마리나 낳았대."

"우리 집 치와와는 시계 반대 방향으로만 돌지."

"닭은 참으로 위대해. 그 어느 해인가는 오리를 네 마리나 낳았지. 내 마누라는 인간도 닭에서 나왔을 거라고 하더군."

"한 바퀴, 두 바퀴, 세 바퀴……."

파워공들의 목소리가 크고 격앙된 건 가는귀가 멀어서다. 그라인더 여러 개가 거의 동시에 돌아가며 내는 굉음을 생각하면 귀가 멀지 않는 게 오히려 이상하다. 그 소리는 끔찍할 정도로 굉장해서 듣고만 있어도 귀가 통째로 갈리는 것 같다.

"조선소 주인은 어미젖도 안 뗀 새끼 돼지만 먹는다지? 태어난 지 만 하루도 안 된 송아지의 가죽으로 지은 구두를 신고."

"방금 나보고 돼지라고 했나?"

"어느 날 작업을 마치고 집에 갔더니 내 아버지가 치와와를 시계 위에 올려놓고 박수를 치고 있지 뭐야. 분침과 시침은 떼어버리고 초침만 남겨둔 둥근 시계 위에 말이야. 치와와는 빨간 혀를 내밀고 시간을 되돌리듯 시계 반대 방향으로 돌고 있었어. 한 바퀴, 두 바퀴, 세 바퀴…… 내 아버지 연세가 올해 아흔둘!"

그라인더 세 개 중 하나에서 철가루가 유난히 심하게 날린다. 먹구름처럼 일어나는 철가루에 파워공의 얼굴이 삼켜졌다 토해진다.

"내가 붙여도 이것보다 낫겠군!"

파워공은 투덜거리며 철판에서 그라인더를 거둔다. 허공에서 빙글빙글 돌아가던 그라인더가 한순간 멎는다. 파워공의 두 팔은 여전히 덜덜 떨린다. 파워공은 용접공을 향해 소리 지른다.

"이봐, 발로 용접하는 거야!"

용접공은 그러나 들은 척도 하지 않는다. 화가 난 파워공은 욕설을 퍼붓다 도리어 지쳐서는 한숨을 내쉰다.

"용접 자격증이나 있나 몰라. 하여간 자격증도 제대로 없는 용접공들을 데려다 용접을 시키니까."

파워공들과 용접공들은 앙숙이다. 용접공들이 철판을 녹여 붙일 때 말끔하게 하지 않으면 파워공들은 고되다. 그라인더로 갈아야 하는 시간이 그만큼 길어지고 발가락에 쥐가 나도록 버텨야 할 만큼 그라인더가 격렬하게 진동한다.

파워공들이 훑고 지나간 철판은 그라인더의 날 자국이 남아 있어서 흉측하다. 하지만 멀찍이 떨어져서 올려다보면 물결이 번진 것같이 보이기도 한다.

철-상자 맨 밑에서는 용접공이 철을 녹여 들뜬 틈새를 메우고, 그 위에서는 사상공들이 그라인더로 철판 표면을 깎고, 그 위에서는 터치업 도장공들이 철판에 페인트를 칠하고, 그 위에서는 망치공들이 망치로 철판을 두드려 펴고, 그 위에서는 또 스프레이 도장공들이 호스처럼 생긴 분사기로 철판에 페인트를 분사하고, 그 위 철판 너머에서는 갈매기가 날고 구름이 흘러간다, 그리고 그 위에는 낮달이 떠 있다……

도장공 하나는 그네를 탄다. 도장공들도 때때로 공중그네사가 돼 밧줄그네를 타고 허공을 날아다니며 붓질을 한다.

아르곤가스통 여러 개가 모여 있는 앞에서, 어깨가 굽고 땅딸막한 노동자가 자신보다 머리 하나는 큰 젊은 노동자를 호통친다.

"허우대는 멀쩡해서 나사 하나도 제대로 못 박는군. 남들이 열 개 박을 때 겨우 한 개밖에 못 박으면 곤란해."

"그게…… 제가 이런 일은 처음이라서요."

난감해하는 젊은 노동자의 손에는 전기드릴이 들려 있다.

"누구는 엄마 배 속에서부터 나사 박는 걸 배우고 태어난 줄 알아?"

"함석판이 너무 매끈해서 드릴이 자꾸만 미끄러지잖아요. 드릴이 밀려나서 하마터면 손에 구멍을 낼 뻔했어요."

"자네, 일한 지 얼마나 됐지?"

"2시간이요."

"내가 장담하는데 자네 일하는 꼬락서니를 보니 길어야 사흘 버티겠군."

"사흘이요?"

"사흘도 후하게 쳐준 거야. 면접 볼 때는 오래 일할 것처럼 굴다가 고작 반나절 일하고 말도 없이 내빼는 치들이 한둘인 줄 알아?"

"하지만 난 조선소에 취직하려고 멀리서 왔단 말이에요."

"얼마나 멀리서 왔는데?"

"고속버스를 타고 5시간이나 달려왔단 말이에요."

"퍽도 멀리서 왔군! 저기 저 친구는 조선소에 취직하려고 비행기를 타고 7시간을 날아왔지. 조선소에서 하루 일하더니 무서워서 도저히 못 하겠다고 하더군. 집에 돌아갈 비행기 표 값을 구할 때까지만 일하게 해달라고 해서 그러라고 했지."

"으싸, 으싸……." 포설공들이 전선(導線)을 당기며 내는 소리다. 전기 의장(艤裝)이라고도 하는 포설은 전선을 설치하는 작업이다. 포설공들은 둘씩 혹은 대여섯씩 무리지어 다니며 전선을 옮기고, 깔고, 설치한다. 전선은 새끼손가락 굵기부터 종아리 굵기까지 다양하다. 포설공들이 아나콘다라고 부를 만큼 무게가 상당한 것도 있어서 중노동이다. 대여섯 명이 전선에 매달려 줄다리기하듯 잡아당기는데, 종일 그 일을 하고 나면 반 시체가 된다.

"으싸, 으싸, 으싸……."

"아악, 손가락이 꼈어!"

"조심해. 손가락 하나 잘리는 건 순식간이야."

전선 밑이나 전선들 사이에 손가락이 끼면 잘릴 수 있다.

조선소에서 가장 위험하고 사고가 빈번한 작업이 허공에 공중누각을 짓는 것이라면, 가장 힘이 드는 작업은 포설이다. 그 일을 1년쯤 하면 어깨와 손목이 망가진다. 그래서 안전요원들도 웬만하면 그들은 건드리지 않는다.

기계와 배관을 단열재로 감싸는 일을 하는 단열공들은 포설공들을 보면 입버릇처럼 말한다.

"진폐증에 걸리더라도 우리 일이 나아."

"그럼, 일하다 죽을 일은 없으니까."

"그럼, 그럼, 수명은 줄어들지 몰라도 우리 일이 훨씬 낫다니까."

저 구석에서는 단열공들이 야외 수업을 나온 초등학생들처럼 오순도순 모여 앉아 함석판을 가위로 오리고 있다. 함석판은 겉에 아연을 입힌 강철판으로, 배관 파이프를 감싸는 데 쓰이는 단열재다. 단열공들은 파이프들을 스펀지 단열재로 한 차례 감싸고, 함석판으로 한 차례 더 감싼다. 배관 파이프들은 복잡하게 얽혀 있고, 모양과 굵기가 다양하다. 그래서 능숙하고 눈썰미가 있으며, 그림 솜씨도 있는 단열공이 파이프들의 둘레와 길이를 일일이 재 종이에 설계도를 그린다. 그럼 꼼꼼하고 일머리가 있는 다른 단열공이 가로 1.5, 세로 3미터인 함석판에 설계도를 그대로 옮겨 그린다. 마침내 설계도가 완성되면 단열공들은 삼삼오오 둘러앉아 가위로 함석판을 오리는 작업에 들어간다. 얇지만 재질이 철인 함석판을 단열공들은 도화지인 듯 오린다.

"반장, 가위가 잘 안 들어요."

"그럴 리가 있나."

"봐요, 다른 사람들 가위는 잘 드는데 내 가위만 안 들잖아요."

"서툰 목수가 연장 탓을 하지."

"반장, 이 가위는 더 안 드는 것 같아요."

"자넨 머리는 있는데 일머리가 없군. 그나저나 자네 애인은 있나?"

"네……."

"굼벵이도 구르는 재주가 있다더니…… 애인 생각은 하지 말게."

"왜요?"

"산업안전공단 공익광고도 못 봤나? '일하다 여자 친구 생각하지 마라. 너 다친다.'"

나는 눈꺼풀에 쌓인 철가루를 새끼손가락으로 툭툭 두드려 턴다. 새끼손가락 손톱에 묻어난 철가루를 작업복 자락에 문질러 훔친다. 한결 가벼워진 눈꺼풀을 깜박여본다. 깜박, 깜박, 깜박, 눈앞에 펼쳐진 세상이 사라졌다 다시 나타난다.

신이 인간을 철로 만들지 않아서, 핏속에 아주 약간만 쳐놓아서 다행이다. 나는 영원히 살고 싶지 않다. 내게 영원히 산다는 건, 영원히 철―상자 속에서 화기 감시자로 살아야 한다는 걸 의미하니까.

조선소 작업복을 입은 사내가 공구함으로 내 엉덩이를 툭 치고 지나간 다. 키가 내 두 배는 되고, 밝은 갈색 머리카락이 안전모 밖으로 구불구불 내려와 있다. 외국에서 온 하루살이 조선소 노동자다. 조선소가 망할 거라 는 소문에도 불구하고 먼 곳에서 사람들이 찾아온다. 그리고 조선소의 하 루살이 노동자가 된다.

눈동자에 낀 철가루는 눈물로 씻어내야 한다. 눈물만 한 게 없는 데다, 다른 걸로는 말끔히 씻기지 않기 때문이다. 그래서 나는 평소에 울고 싶어 도 참는다. 슬픈 드라마도 보지 않는다. 그런데도 요즘 부쩍 양이 줄어서 눈물을 흘리려면 애를 써야 한다. 눈물은 유리가루를 씻으라고 있는 것이 다. 나는 불티를 바라보며 눈에 눈물을 모은다. 철가루 섞인 눈물이 볼을 타고 흐른다.

한 시간 넘게 거의 같은 자세로 용접을 하던 최 씨가 개구리처럼 엎드린 자세를 취한다. 우스꽝스럽지만 웃을 수 없다. 저런 자세로 용접을 하는 게 얼마나 힘든 일인지 알기 때문이다. 골반과 엉덩이에 힘이 들어가는 게 느 껴진다. 용접공들은 말한다. 조선소 용접이 힘든 건 협소한 곳을 용접할 일 이 잦아 자세 잡기가 쉽지 않기 때문이라고. 무릎을 꿇고 앉아서, 납작 엎 드리고, 고개를 한껏 뒤를 젖히고, 포복하듯 드러누워서 용접을 하다 허리 나 목을 삐끗하곤 한다. 손과 용접기만 겨우 들어갈 만큼 좁아서 거울로 용 접할 곳을 비추어가며 용접하기도 한다.

3

망치 소리가 일제히 멎고 그라인더 소리도 잦아든다. 안전요원들은 그새 어디로 가버리고 없다. 단열공들도 손에서 가위를 내려놓고 기지개를 켜거나 체조하듯 팔다리를 흔든다. 휴식 시간이다. 조선소 근무 시간은 오전 8시부터 저녁 5시까지다. 두 시간마다 10분이라는 휴식 시간이 있고, 12시부터 1시까지는 점심시간이다. 잔업은 밤 8시까지 하는 1차 잔업과 10시까지 하는 2차 잔업으로 나뉜다.

두 시간 내내 용접 열기를 쬈더니 얼굴이 화끈거린다. 바람이 쐬고 싶다. 최 씨는 용접 마스크를 벗고 용접 부위를 살핀다.

휴식 시간이 되면 노동자들은 두 부류로 나뉜다. 철-상자 안에서 버티는 부류와 잠깐이라도 바깥 공기를 쐬려는 부류. 나는 후자에 속한다. 바깥 공기를 한 모금이라도 마시고, 바람을 쐬야 살 것 같다. 철계단을 올라가는데 최소 3분, 내려오는 데 또 최소 3분이 걸리기 때문에, 바깥에서 머물 수 있는 시간은 길어야 4분 남짓이다.

발판 위에 누워 쪽잠을 자는 노동자, 휴대전화를 만지작거리거나 통화를 하는 노동자, 무표정한 얼굴로 챙겨온 간식(빵, 두유, 고구마, 캐러멜, 캔에 든 커피 등)을 먹는 노동자, 트랜지스터 라디오를 듣는 노동자, 그냥 멍하니 주저앉아 꾸벅꾸벅 조는 노동자도 있다.

5층 높이의 발판 위에 걸터앉아 담뱃갑 크기의 석탄처럼 시커먼 트랜지스터 라디오를 듣던 노동자가 볼륨을 높인다. 바늘로 찌른 자국처럼 작은 스피커 구멍들에서 흘러나오는 노랫소리가 전기드릴 돌아가는 소리처럼 들릴 만큼 잡음이 심하게 나자 안테나를 최대한 길게 뽑는다. 트랜지스터 라디오를 귀에 붙이고 스피커 구멍들에서 흘러나오는 소리에 귀를 기울인다.

"캐나다 동쪽 오래된 마을 호수에 거위 한 쌍이 사이좋게 살고 있었대."

"그런데?"

"어느 날 암컷 거위가 병이 들어 세상을 떠났다네."

"그래서?"

"혼자 남겨진 수컷 거위가 안쓰럽고 외로워 보여서, 마을 사람들이 십시일반 돈을 모아 신문에 광고를 냈다는군. 수컷 거위가 살얼음이 언 호숫가 바위 위에 혼자 쓸쓸하게 서 있는 사진 밑에 '마이클의 새 짝을 찾아주세요' 라고 호소하는 글을 실은 광고를 말이야."

"마이클?"

"수컷 거위의 이름이라는군."

"그 마을 사람들은 어지간히 할 일이 없는 모양이군."

"그러자 캐나다 각지에서 암컷 거위들을 보내왔대. 비행기에 태워서, 트럭에 실어서, 유모차에 어린 암컷 거위를 싣고 호수까지 찾아온 사람도 있다지 뭐야. 근데 그 숫자가 무려 5백 마리가 넘었다지 뭔가."

"저런!"

"5백 마리 다 수컷과 짝지어줄 수는 없는 노릇이어서 공정한 심사를 거쳐 짝이 될 암컷 거위를 뽑았다더군."

"어떻게?"

"나이, 성격, 몸무게, 수영 실력, 울음소리, 목 길이, 부리 크기와 모양, 식성, 털 색깔, 비행 실력…… 지병이 있으면 안 되니 건강검진도 실시하고. 너무 잘 날면 자격 미달로 탈락시켰대."

"왜?"

"너무 잘 날아서 다른 호수로 날아가 버리면 수컷 거위가 더 큰 상처를 입을 테니까."

"그렇겠군. 심사는 누가 했지? 설마 수컷 거위가 한 건 아니겠지."

"신부, 목사, 유치원 원장, 조류학자, 수의사, 그 마을의 저명한 시인, 그림동화 작가, 정신분석학자……."

"정신분석학자?"

"인간의 무의식을 연구하는 사람 말이야."

"무의식? 그게 뭐야? 무개념, 무차별, 무관심…… 그런 건가?"

"무의식이 뭐냐면…… 자네가 식당에서 비빔밥을 주문해 먹지만 정말로 먹고 싶은 건 만둣국인 경우를 말하는데, 자네가 비빔밥을 주문한 건, 자네 자신도 정말로 뭘 먹고 싶은지 모르기 때문이고, 바로 그 알지 못하는 영역을 무의식이라고 하지…….”

“무의식은 그러니까 ‘만둣국’이군. 대학교를 나왔다더니 자네는 참 아는 것도 많아. 그래서 짝지어줄 암컷 거위를 뽑았대?”

“하늘 아래 인간의 계획대로 되는 건 없는지, 기껏 만장일치로 맘 씀씀이도 좋고 인물도 훤한 암컷 거위를 뽑았더니, 수컷 거위가 그사이 다른 암컷 거위와 눈이 맞아 사랑에 빠졌다지 뭐야. 제 눈에 안경이라고, 까탈스럽고 순위에도 못 든 암컷 거위와 말이야.”

“그래서 인생은 재밌어.”

“오늘도 내 신청곡은 안 틀어줄 모양이군.”

“무슨 노래를 신청했는데?”

“난 늘 똑같은 노래를 신청하지. 6년째 하루도 안 빼놓고 똑같은 노래를 신청했지만 한 번도 틀어준 적이 없어. 하지만 난 내일도 똑같은 노래를 신청할 거야.”

나는 계속 철계단을 올라간다. 1초도 지체하지 않으려 철계단으로 발을 부지런히 내딛는다. 철계단은 올라가도, 올라가도 끝날 것 같지 않다.

철-상자 밖으로 나가자마자 나는 참았던 숨을 토한다.

철-상자 위에서 머리카락을 풀어헤치고 캔커피를 마시고 있던 정자 언니가 날 보고는 금을 씌운 앞니를 드러내고 웃는다. 그녀의 얼굴은 그을린 양은냄비 바닥처럼 거무스름하다. 도톰한 편인 입술은 짓무른 가지 빛깔이다. 페인트의 독성은 얼굴에 깃들어 있는 색깔을 녹여버려서 아무리 피부가 고운 사람도 도장 일을 1년쯤 하고 나면 얼굴 혈색이 형편없어진다.

나는 그녀 곁으로 가서 자리를 잡고 앉는다. 작업화를 벗지 않는다. 그걸 신고 벗는 데 드는 시간이 아까워서다. 짠 소금기를 머금은 바람이 내 목덜미에 감겨온다. 바람에서 바다 특유의 비릿하고 짠 냄새가 맡아진다. 바다가 가까이 있다는 걸 나는 깜박 잊곤 한다.

"바람에서 바다 냄새가 나네요."

"바다 냄새?"

"바다가 가까이 있으니까요."

"난 코가 문드러져서 아무 냄새도 못 맡아. 냄새를 못 맡고부터 입맛도 잃었어. 근데 이상하지, 고장 난 건 코인데 짜고 싱거운 것도 모르겠어. 꽃을 봐도 그냥 그래."

나는 작업복 주머니에서 보름달 빵을 꺼낸다. 보름달처럼 둥근 두 조각의 빵 가운데에 크림이 발려져 있다. 빵공장에서 대량으로 만들어 파는 보름달 빵은 내가 나 자신에게 주는 선물이다. 조선소에 출근하기 싫은 날이면 나는 보름달 빵을 생각한다. 그리고 스스로에게 말한다. 보름달 빵을 먹으려면 조선소에 출근해야 해. 빵은 카스텔라처럼 푹신하고, 크림은 달고 부드럽다.

나는 빵 한 조각을 정자 언니에게 내민다. 그게 뭐라고, 그녀는 한사코 마다하다 미안해하며 받아든다.

"남편이 가장 먼저 조선소 (하루살이) 노동자가 됐어."

그녀의 남편은 사상공이다.

"그리고 내가 조선소 (하루살이) 노동자가 됐지. 내 큰아들이 조선소 (하루살이) 노동자가 되더니, 작은아들마저 조선소 (하루살이) 노동자가 됐지 뭐야."

그녀의 부르튼 입술에 크림과 빵 부스러기가 묻어난다. 어금니에 씌운 금에도. 그녀의 두 아들은 발판공이다.

나는 바람이 불어오는 바다 쪽으로 고개를 돌린다. 턱을 치켜들고 시선을 최대한 멀리 뻗는다. 하지만 철-상자들과 타워크레인들, 탑처럼 높이 쌓아 놓은 철판 더미 등에 가려 바다는 보이지 않는다.

정자 언니가 갑자기 꿈에서 깨어난 듯 정색을 하더니, 뼈가 앙상한 목을 빼고 철—상자 아래를 굽어본다. 푸른 작업복 차림의 사내 스무여 명이 태양을 등지고, 바위덩이처럼 뭉툭한 그림자를 작업화 신은 발로 굴리며, 일사불란하게 걸어가고 있다. 발판공들이다. 발판공 무리는 눈에 띈다. 총알이 날아다니는 최전선을 찾아가는 군인들처럼 분위기가 비장하고 살벌하다. 너무 거리가 멀어 표정을 읽을 수는 없지만 얼굴이 일그러지도록 입을 다물고 있을 것이다. 핏발 선 눈동자들은 번뜩이고 있을 것이다.

"내 큰아들이 저기 있네."

그녀의 눈가에 부챗살처럼 박힌 주름들이 떨린다.

"사귀는 여자가 있다고 하지 않았어요?"

"자기들끼리 결혼 약속까지 한 모양인데 최근에 헤어졌지 뭐야. 마음을 못 잡고 매일 밤 술이야. 오늘 아침엔 겨우 깨워 콩나물국 한 그릇 먹여 보냈어. 보내고 나서야 사고라도 나면 어쩌나 싶은 게 가슴이 철렁 내려앉지 뭐야."

발판공들은 철—상자와 철—상자 사이로 난, 왕복 6차선 도로쯤 넓은 길을 부단히 걸어간다. 철—상자를 찾아가는 것이리라. 그 안에 공중누각을 짓기 위해, 혹은 부수기 위해.

"난 나쁜 엄마야."

"언니가 나쁜 엄마면 세상에 좋은 엄마가 하나도 없게요?"

"아니야, 난 참 나쁜 엄마야."

마을 여자들은 자신의 아들들이 조선소의 하루살이 노동자가 되는 걸 원치 않는다. 하지만 고등학교나 대학교를 졸업하고 군대도 다녀온 아들이 마땅히 취직을 못 하고 집에서 놀고 있으면, 백수건달로 늙어 죽는 게 아닐까 싶게 그 기간이 길어지면, 그러다 어느 날 불쑥 조선소의 하루살이 노동자가 되겠다고 하면, 그런데 그것 말고 다른 선택의 여지가 없어 보이면, 체념하듯 받아들인다. 어쨌든 조선소는 늘 하루살이 노동자를 뽑는 데다 사지만 멀쩡하면 금세 취직이 되니까. 결심이 얼마나 단호한지 떠보기 위해, 그리고 진실을 말해줄 때가 됐다는 생각에 아들에게 말한다. '조선소에서 버티는 건 쉽지 않아. 일하다 죽기도 하지.'

일하다 죽는 사람들도 있다는 게 어째서 진실인지 모르겠지만, 그건 조선소의 하루살이 노동자라면 누구나 아는 비밀이자 진실이다.

"네 아들은 뭐해?"

"취직 준비하고 있어요."

"네 아들은 몇 살이지?"

"스물일곱 살이요."

스물일곱 살에 남편은 조선소의 하루살이 노동자가 됐다. 이듬해 아들이 태어나고, 철-배가 완성되었다는 소문이 돌고, 그로부터 10년이 훌쩍 지난 어느 날 남편은 잔업을 마치고 조선소를 걸어 나오다 심장마비로 세상을 떠났다. 일하다 죽은 게 아니어서 보상금은커녕 산재 신청도 할 수 없었다. 남편의 장례를 치르고 나는 아들과 먹고살기 위해 식당 일을 다녔다.

불티를 넋 놓고 바라보다 보면 최면에 빠져드는 것 같은 순간이 있다. 그럼 눈꺼풀에 5톤 철판이 매달려 있는 것 같은 졸음이 몰려오는데, 일단 졸기 시작하면 도장공이 페인트통 뚜껑을 소리 나게 열어젖혀도 모른다. 수십 개의 망치가 철판을 두드리는 소리도, 그라인더들이 미친 듯이 회전하며 철판을 깎는 소리도 아득히 멀어진다. 굉음들 속에서, 먼지 구덩이 속에서, 질식시킬 것 같은 독성 강한 냄새들 속에서 꾸벅꾸벅 졸 수 있다는 게 신기하지만 그렇게 된다.

철-상자 안에서 조는 것은 위험하다. 사고로 이어질 가능성이 크기 때문이다. 하지만 노동자들은 망치를, 전기드릴을, 그라인더를, 용접기를 손에 든 채로 졸곤 한다. 철파이프를 어깨에 짊어지고 걸어가면서도. 조느라 아르곤가스통 밸브 잠그는 걸 깜박하곤 한다.

안전요원들은 비몽사몽인 노동자를 보면 말한다. "병든 염소가 여기 또

한 마리 있군." 사나흘 연달아 잔업을 하고 나면 누구나 병든 염소가 된다. 그냥 병든 염소가 아니라 푸른 작업복을 입은 병든 염소다.

나는 때때로 졸음을 떨치지 못하고 꿈까지 꾼다. 초록색 페인트로 내 몸을 칠하는 꿈을 꾸기도 한다. 나는 잎이 되고 싶은 걸까.

최 씨는 3시간여를 꼬박 용접으로 메운 곳을 눈으로 훑는다. 유별나게 꼼꼼한 성격일까. 눈으로 살피는 걸로는 부족한지 손으로 더듬어보기까지 한다.

"말끔하게 됐네요. 사상공들도 불평을 못 하겠어요."

최 씨는 아무 대꾸가 없다.

"사상공들은 용접공들에게 불만이 많으니까요."

최 씨가 그제야 고개를 들어 날 바라본다. '누구지' 하고 묻는 눈빛이다.

"날 그새 잊어버린 거예요?"

최 씨는 여전히 물음표가 담긴 눈빛을 거두지 않는다.

"난 오늘부터 아저씨하고 짝이 됐지요. 그렇다고 내가 원해서 아저씨하고 짝이 된 건 아니고요. 나는 내내 아저씨 옆에 꼭 붙어 있었어요."

삑— 삑— 벨소리가 울린다. 철—상자에 들끓던 소리들이 일제히 잦아든다. 노동자들이 연장을 손에서 놓고 철계단을 올라간다.

벨소리를 못 들은 걸까. 최 씨는 용접에 더 열을 올린다.

"점심시간이에요."

최 씨는 내 말을 무시하고 축제라도 벌이듯 불티를 한바탕 흠씬 뿌리고 나서야 용접기를 철판에서 거둔다. 용접 마스크를 벗고, 작업복에 수북이 묻어난 철가루를 손으로 툴툴 털며 몸을 일으킨다.

꾸물거리는 최 씨를 두고 나는 철계단을 올라간다.

철-상자마다에서 노동자들이 줄지어 나온다. 철-상자들은 하나같이 거대해서 먹잇감을 찾아 집을 나서는 개미들의 행렬 같다. 노동자들은 15분은 부지런히 걸어가야 하는 구내식당 쪽으로 몰려간다. 점심시간은 1시간이다. 왕복 30분이 걸리는 데다, 철-상자에서 나오는 데도 시간이 걸리기 때문에 정작 식사할 수 있는 시간은 20분 남짓이다. 줄은 늦게 서면 10분에서 20분은 기다려야 해서, 5분 만에 식사를 마쳐야 한다.

내 앞으로 줄이 10미터는 서 있다. 구내식당에는 땀 냄새와 음식 냄새가 뒤섞여 떠돈다. 배식판 부딪치는 소리, 배식판에 음식 담는 소리, 숟가락이 배식판에 부딪치는 소리, 의자 끌리는 소리, 수천 명의 노동자가 한꺼번에 밥알 씹는 소리, 콩나물무침이나 단무지 같은 반찬 씹는 소리, 목청 높여 떠드는 소리, 환풍기 돌아가는 소리…… 구내식당도 소음으로 들끓는다. 사내들 틈에 자리를 잡고 앉아 미역국에 만 밥을 부지런히 먹고 있던 금희가 날 보곤 알은체를 한다.

"늦었네."

땀에 화장이 지워진 데다 철가루와 녹가루가 얼룩덜룩 묻어난 그녀의 얼굴은 짓무른 가지 같다.

나는 어깨를 으쓱해 보이고 뒤를 돌아다본다. 내 뒤로도 3미터쯤 줄을 서 있다. 최 씨의 모습이 보이지 않는다.

머리가 희끗희끗한 망치공들이 입에 밥알을, 콩나물무침을, 소시지를 한가득 물고 떠드는 소리가 들려온다.

"소문 들었어? 조선소 주인이 죽어서 다섯 살 먹은 손자가 새 주인이 됐다는군."

"조선소 주인이 죽었단 말이야? 언제?"

"두 달 전에."

"2년 전에도."

"그는 5년 전에도 죽었지."

조선소 주인은 죽고, 죽고, 또 죽는다. 그러니 또 죽을 수 있다. 살아 있는 그를 보았다는 하루살이 노동자는 없다.

내 앞에서 부지런히 걸어가던 정자 언니가 멈춰 선다. 그녀와 앞서거니 뒤서거니 걸어가던 금희도 서버린다. 나도 덩달아 머뭇머뭇 걸음을 멈춘다. 백설기 같은 구름이 우리 머리 위에 떠 있다.

우리는 약속이나 한 듯 입을 다물고, 태양빛을 정면으로 받아 이물스런 광채에 휩싸인 철—상자를 바라본다. 점심식사를 마친 노동자들이 그 안으로 삼켜지고 있다. 바깥 공기를 한 모금이라도 더 마시려고 그 밑에서 어슬렁거리는 노동자들도 있다.

정자 언니가 말한다. "어제 저 안에서 불이 나 노동자가 둘이나 죽었다지."

"망해버려라!" 금희가 갑자기 소리 지른다.

"조선소가 망하면 네 남편은? 너는?" 정자 언니가 묻는다.

그럼 금희의 남편은 다른 조선소를 찾아가 그곳의 노동자가 되거나 막노동판을 전전해야 한다. 그리고 금희는……

"조선소가 아니면 갈 데가 없어. 내 남편도, 내 아들들도…… 나도……"

"정자 언니, 세상 사람들은 알까요?" 내가 말한다.

"뭘?"

"철—배를 만들다 사람이 둘이나 죽었다는 걸요."

"세상 사람들이 우리 같은 하루살이 노동자에게 얼마나 관심이 있을 것 같아?" 금희가 말한다. "세상 사람 대부분은 철—배가 만들어지고 있다는 사실도 모를걸."

"세상에서 가장 큰 철—배를 만들고 있는데 어떻게 모를 수 있어?"

"우리에겐 조선소가 전부지만, 그들에겐 그들이 살고 있는 세상이 전부일 테니까."

정자 언니와 금희는 다시 걷는다. 나는 두 발짝 내딛다 다시 서버린다.
정자 언니가 뒤를 돌아다본다.

"뭐 해?"

"저기서 새가 날아올랐어요."

나는 손을 들어 우리가 들어갈 철-상자를 가리켜보인다.

"녹 가루야." 정자 언니가 어깨를 으쓱해 보인다. 철-상자 곳곳은 심하게 녹이 슬었다.

"새였어요, 붉은 새요."

"붉은 새?" 금희가 눈을 동그랗게 뜬다.

"분홍색보다 조금 붉은…… 꼬리깃털이 유난히 기다란 아름다운 새요."

"아름다운 새는 죽었어." 정자 언니가 말한다.

"죽어요? 언제요?"

"그때 내 나이가 열아홉, 배꽃이 한창인 봄날이었어. 길을 걸어가다 아름다운 새가 죽어 있는 걸 봤어. 아름다운 새의 깃털은 하얀색, 노란색, 푸른색, 연두색, 보라색, 갈색…… 부리는 앵두처럼 붉었어. 부리를 빨면 새콤달콤한 즙이 빨릴 것 같았어. 새는 눈을 뜨고 있었어. 나는 아름다운 새를 손수건에 둘둘 싸 배나무 밭을 찾아갔어. 가장 나이가 많은 배나무 밑에 새를 묻어줬지. 혹시나 고양이들이 흙을 파헤치고 새를 먹을까 봐 판판하고 묵직한 돌로 눌러놓았어."

"아름다운 새가 그 새 하나는 아니잖아요."

내 말에 정자 언니가 고개를 완강히 흔든다.

"아니, 이 마을에 아름다운 새는 그 새 하나뿐이었어."

"다른 새들은요?"

"예쁘거나, 귀엽거나, 사랑스럽거나, 슬프거나, 처량하거나, 외롭거나……."

"정자 언니, 아름다운 게 뭐야?" 금희가 묻는다.

"그 모든 걸 합쳐놓은 거." 정자 언니가 말한다.

"빛으로 치면 흰빛이겠네." 금희가 말한다.

"흰빛?" 내가 묻는다.

"모든 빛을 섞으면 흰빛이 된다던데." 금희가 말한다.

"애들아, 우리가 사는 게 왜 이렇게 힘든 줄 알아?" 정자 언니가 금희와 내게 묻는다.

"왜요?"

"우리가 죽은 세상에서 살고 있기 때문이야. 아름다운 새가 죽고 세상도 죽었어. 우린 죽은 세상에서 살고 있는 거야. 아름다운 새를 묻은 배나무가 말라죽더니 다른 배나무들도 차례로 말라죽었어. 배나무들과 함께 세상도 죽은 거야."

그때 철-상자 표면에서 새 한 마리가 또 머리를 내밀더니 사선으로 날아오른다. 새는 순식간에 내 시야에서 사라진다.

"죽은 세상에서 사는 건, 어미 새가 죽은 나무의 가지 위에 지은 둥지에서 새끼를 키우는 것과 같아. 둥지를 떠받치고 있는 가지가 썩고 메말라 언제 부러질지 모르지."

나는 철계단을 내려간다. 정자 언니와 금희는 그새 어디로 가버리고 없다. 허방을 짚을까 봐, 작업화 신은 두 발이 떨린다.

어디로 가야 할지 모르겠다. 공중누각에는 표지판이 없다. 흔한 화살표 하나도. 길을 잃었다는 생각에 오싹 공포감이 밀려든다. 누군가는 말할지도 모른다. 철-상자 안에서 길을 잃어봤자 철-상자 안이 아니냐고.

내 뒤에서 노동자들이 발소리를 엇갈려 내며 줄지어 계단을 내려온다. 옆으로 비켜서려는 내 어깨에 전구가 부딪쳐 흔들린다. 그 바람에 전구가 발산하는 불빛이 흔들리며 공중누각이 흔들리는 것 같은 착시를 일으킨다.

나는 노동자들 무리에 휩쓸려 철-상자 바닥까지 내려간다. 등에 아르곤가스통을 짊어진 노동자가 곧장 내 앞으로 저벅저벅 걸어오며 소리 지른다.

"비켜요!"

노동자는 방진마스크로 입과 코를 가리고 두 눈만 빼꼼히 내놓고 있다. 눈동자는 놋쇠 빛깔이다. 아르곤가스통의 무게는 20킬로그램이다. 옆으로 비켜서는 내 발에 뭔가가 밟혀온다. 뭔가 했더니, 해바라기꽃 모양으로 오린 함석판 조각이다. 나는 손을 뻗어 그걸 주워든다. 함석판 조각 표면이 전구 불빛을 받아 야릇하게 번들거린다.

나는 함석판 조각에 얼굴을 비춰본다. 일렁거리는 게, 흐르고 흐르는 게 내 얼굴이라니, 기분이 이상하다.

"거기서 뭐 하는 거야?"

안전요원이 둘이 의심스런 눈초리로 나를 바라보고 있다.

"얼굴이 있어요……."

"뭐?"

"내 얼굴이 여기 있어서요……."

나는 함석판 조각을 들어 보인다. 얼굴을 찾은 내게 안전요원들은 경고를 준다. 경고를 한 번 더 받으면 나는 조선소에서 쫓겨난다.

최 씨는 홀로 용접 삼매경에 빠져 있다. 나는 안도감과 함께 밀려드는 허탈감에 빠져 불티를, 철판에서 피어나는 불꽃을, 고여 흐르는 철물을, 철물이 부풀어 오르며 굳는 걸 바라본다. 길을 잃은 게 그의 잘못이 아닌데도 울컥하도록 서운한 마음이 든다. 철가루-비를 맞고 서서 소리 없이 울먹이던 나는 최 씨가 철판에서 용접기를 거두길 기다렸다 말한다.

"길을 잃었어요."

최 씨의 얼굴이 기우뚱 들리더니 날 향한다.

"영원히 길을 잃을까 봐 겁이 났어요."

그는 용접 마스크를 쓴 채로 날 바라본다.

"그런데 헤매다 얼굴을 찾았어요."

나는 함석판 조각을 들어 보인다.

"여기, 내 얼굴이 있지 뭐예요."

최 씨가 용접기를 바닥에 내려놓는다. 여전히 용접 마스크를 쓴 채로 장갑 낀 손으로 철판을 툭툭 친다.

"이 속에 뭐가 있는 줄 알아?"

"뭐가 있는데요?"

"불이 있지."

"불이요?"

"잠자는 불."

최 씨가 잠시 침묵하더니 다시 말한다. 여전히 용접 마스크를 쓰고 있어서 나는 그의 눈빛도, 표정도 읽을 수 없다.

"대장장이들이 왜 그렇게 망치로 메질을 하는 줄 알아?"

"왜요?"

"철 속에 가둔 불을 잠재우려고."

"철 속에 불을 가두다니요?"

"나무, 번개, 별, 물, 소금, 철…… 그것들에만 불을 가둘 수 있어."

"나무에 불을 가둘 수 있다고요?"

"불을 삼키면 쇳덩이처럼 단단해져서 불멸할 수 있다는 걸 나무들은 몰라. 나무는 인간에게 지혜와 깨달음을 주지만 정작 자신들은 지혜가 없거든. 잎, 꽃, 열매는 일장춘몽. 물은 나무에게 탄생과 죽음을 반복하는 윤회의 고통과 허망함만을 줄 뿐이야. 잎은 바람이 가져가 버리고, 꽃 속에 든 꿀은 벌과 나비와 새들이 따 먹고, 열매는 인간들이 가져가 버리지. 뿌리의 기운이 다하면 나무의 윤회도 끝나지. 윤회의 끝은 죽음. 마침내 죽은 나무를 기다리고 있는 건 버섯과 이끼와 개미와 달팽이……."

"번개는요?"

"번개는 불의 화형대야."

"그럼, 별은요?"

"별은 불을 만나면 얼어버리지. 소금은 흰색을 만들고, 물은 구름이 되고."

최 씨의 용접 마스크를 쓴 얼굴이 망치 소리가 들려오는 곳을 향한다. 불협화음처럼 분산돼 울리던 망치 소리가 마침내 화음을 이루듯 하나로 합쳐진다.

"불이 깊이 잠들면 잠들수록 철은 더 단단해지지. 그래서 망치공들이 망치로 철판을 두드리고 두드려 불을 재우는 거야."

"하지만 철은 차가워요. 불이 그 안에 있으면 뜨거워야 하잖아요."

"그건 불이 잠들면 온기를 잃고 서늘해지기 때문이야…… 불을 깨우면 안 돼."

"불이 잠에서 깨어나면 어떻게 되는데요?"

"철판이 녹아버리지."

"그럼 어떻게 되는데요?"

"어떻게?"

철판이 녹는 건 생각해본 적 없는지 그는 고개를 갸웃거린다. 용접 마스크 때문에 고갯짓이 부자연스럽지만 어쩐지 귀엽다.

"그럼 철-배를 못 만들겠지."

최 씨는 혼잣말인 듯 중얼거리고 용접기를 집어 든다.

"세상 사람 대부분은 우리가 세상에서 가장 큰 철-배를 만들고 있다는 걸 모를 거라는데요."

"그래서?"

순간 용접 마스크가 그의 얼굴을 압박하듯 누르는 것 같은 착시가 일어난다. 누르고 누르다 마침내는 들러붙어 그의 얼굴이 된다. 그제야 나는 깨닫는다. 미역색 용접 마스크에도 표정이 있다는 걸. 날 바라보는 용접 마스크에 깃든 표정은 무뚝뚝한 듯 순박하다.

내 대답을 기다리는 걸까. 그는 내게서 얼굴을 거두지 않는다.

"그렇다고요."

긴장이 풀리면서 몸이 나른하고 무거워진다. 서 있는 게 고역이다. 오후 2시부터 4시까지 사고 빈도가 가장 높은 시간이다.

태양이 달아오르면서 철-상자도 뜨거워진다. 내 겨드랑이와 등은 이미 땀으로 축축하다. 땀방울이 흐르는 등이 간질간질하다. 작업복 속에 파고든 유리가루가 살갗을 긁어대서다. 출근했을 때만 해도 서늘했던 철-상자 안의 온도는 점점 올라가고 있다. 여기저기서 기계가 돌아가며 열기를 발산하고, 불티가 만발하니 온도가 올라가는 건 당연하다. 3백 명에 달하는 노동자들이 발산하는 열기, 전구 불빛 열기…… 그 모든 열기는 밖으로 발산되지 못하고 고스란히 안에 고인다.

오후 3시경, 철-상자는 태양에 한껏 달아올라 40도가 넘는다. 한여름에는 5, 60도에 육박한다. 쉬는 시간을 알리는 벨소리가 울린다. 또다시 길을 잃을 수도 있지만 1분이라도, 1초라도 바깥 공기를 쐬기 위해 철계단을 올라간다.

늙은 망치공들은 장기판을 펼친다.

"조선소 주인은 철-배가 완성되길 바라지 않는다지."

"그럴 리가 있나!"

"철-배가 너무 거대해서 사겠다는 사람이 없다지 뭐야. 그래서 철-배가 완성되면 조선소가 망할 거라는군."

"조선소가 망하지 않으려면 철-배가 영원히 완성되지 않아야겠군."

"영원히?"

"우리는 영원히 망치질을 하고."

"우리는 망치공이니까."

철계단에서 작업반장 박 씨와 마주친다. 면도를 하지 않았는지 턱 주위가 거뭇거뭇하고 눈에는 핏발이 섰다.

"어때?"

"뭐가요?"

"새 짝꿍 말이야. 맘에 들어?"

"맘에 들 것도, 맘에 안 들 것도 없어요."

"비싸게 구는군."

"누가요?"

"시치미 떼기는. 아줌마, 근데 그거 알아? 매일 500명 넘는 노동자가 작업복을 벗어 던지고 조선소를 떠난다는 거 말이야."

"그래요?"

"그럼, 그건 알아?"

"뭘요?"

"매일 500명이 넘는 사람들이 조선소 노동자가 되기 위해 이 마을을 찾아온다는 거 말이야."

4

태양이 서쪽으로 떨어지고, 초승달이 떠올라서야 최 씨와 나는 철−상자에서 나온다. 초승달 밑에는 별이 한 점 떠 있다.

"기다렸어요."

"누굴……?"

"누구겠어요."

최 씨는 내 말을 무시하고 손으로 작업복 바지를 턴다.

"오늘은 유난히 하루가 길었던 것 같아요."

최 씨가 한쪽 손에 들고 있던 룩색을 한쪽 어깨에 두르고 날 쳐다본다.

"내가 누군지 그새 또 잊어버린 거예요?"

"나는⋯⋯."

최 씨의 눈가가 떨리는가 싶더니 눈동자가 철-상자를 향한다. 나도 철-상자를 바라본다.

"최 씨 아저씨, 저게 정말 철-배의 심장일까요?"

"심장이 아니면 뭘 것 같아?"

"심장은 빨개야 하잖아요. 딸기나 잘 익은 사과처럼 말이에요. 과학 동화 책에서 봤는데 심장은 빨간색이었어요. 근데 저건 그냥 잿빛이잖아요."

뼈는 흰색, 살은 살구색, 콩팥은 검정색, 폐는 짙은 녹색이었다.

"뭘 모르는군."

"네 심장도 저래."

"내 심장이 저렇다고요?"

"6년 전에 암으로 세상을 떠난 내 마누라 심장이 저랬거든. 수술비하고 입원비가 꽤나 들어 빚을 잔뜩 남기고 떠났지."

나는 최 씨가 내게서 멀어져 푸른 작업복들 속으로 사라지는 걸 바라본다.

조선소 정문에서 집까지 나는 걸어서 간다. 금희나 정자 언니처럼 남편과 자식들이 있는 여자들은 버스나 오토바이를 타고 출퇴근한다. 그녀들은 집에 돌아가자마자 쌀을 씻어 밥솥에 안치고 저녁 식탁에 올릴 반찬을 만든다. 남편과 자식들을 먹여야 하기 때문이다. 설거지를 하고, 세탁기를 돌리고 나면 밤 열 시가 훌쩍 넘는다. 그것도 잔업이 없는 날 얘기다. 잔업이 있는 날이면 새벽 두세 시에나 겨우 잠자리에 들 수 있다.

바다 쪽에서 갈매기 두 마리가 시차를 두고 날아온다. 나는 고개를 들고 눈으로 갈매기들을 쫓는다. 거위만 한 갈매기가 날개를 크게 한 차례 펄럭인다. 갈매기들은 정탐꾼들처럼 조선소를 한 바퀴 둘러보고는 다시 바다로 날아간다.

나는 여전히 '나'가 누군지 모르지만 한 가지는 알고 있다. 그것은 나 말고는 아무도 내 삶을 대신 살아줄 수 없다는 것이다. 내 삶은, 나만 살 수 있다.

"언니, 누구 기다려?"

나는 목소리가 들려오는 곳을 바라본다. 영숙이다.

"응……."

"누구?"

"나와 함께 슬퍼할 사람."

"누구?"

"나와 함께 기뻐할 사람."

영숙이 가고, 나는 혼자 철-상자 앞에 남겨진다.

나는 철-상자를 올려다본다. 온갖 소리들로 들끓던 철-상자는 침묵에 잠겨 있다.

길을 잃었던 충격이 큰 걸까. 모두가 떠난 철-상자 안에서 여전히 길을 잃고 헤매고 있는 기분이다. 전구들이 꺼지고 열기가 식는다. 발밑에서는 녹지 않은 철가루-비가 고여 흐른다. 허공에서는 나사가 풀어진 발판이 삐걱- 삐걱- 소리를 내며 흔들리고 어딘가 밸브를 잠그지 않은 아르곤가스 통이 놓여 있다.

나는 철-상자에 다가선다. 철-상자가 워낙 거대해서 하늘에서 내려다보면 실오라기가 달라붙어 있는 것처럼 보일 것이다. 나는 철-상자에 손을 대본다. 종일 태양에 달구어져, 막 찐 감자처럼 따뜻하다. 까끌까끌하고, 비릿한 피 냄새가 난다. 이상하다. 어째서 철 덩이에서 피 냄새가 나는 걸까.

---

* 허환주, 『현대조선 잔혹사』, 후마니타스, 2016 참고.

이토록 잔혹한, 사랑

김혜선 (한양대학교 국어국문학과 박사과정 수료)

1

소설은 조선소 하루살이 노동자의 잿빛 하루를 담담하게 쫓아간다. 그간 남성 중심적인 일터로 여겨졌던 '조선소'라는 예외적 공간에 푸른 작업복을 입은 여성 노동자를 세워둔 점이 조금은 각별하게 느껴질 수 있겠다. 전작 『떠도는 땅』에서 고려인 강제 이주의 슬픈 역사는 좁고 어두운 '3.5평 화물칸'이라는 구체적인 조건에 옮겨지고 나서야 그 닫힌 세계로부터 온갖 (목)소리들이 하나둘씩 흘러나올 수 있었다. 임신부 '금실'의 목소리도 그중 하나였다. 그렇다면 이 소설도 이렇게 말해볼 수 있겠다. 우리 시대 하청 노동자의 삶은 그들이 들어가 일하는 구체적인 노동 '현장' 속에 있다고 말이다. 이 소설이 공들여 묘사하는 것이 바로 그 현장성이다. "그 위에 두 발을 딛고 서서 혹은 쭈그리고 앉아서 망치질을 하고, 그라인더를 돌리고, 용접을 하고, 페인트칠을 한다." 노동하는 이 세계로부터 분명 어떤 (목)소리들이 흘러나올 것이다. 이곳에서 화기(火氣) 감시자로 일하는 '나'의 동선을 주시해야만 하는 이유이기도 하다. '나'는 이들의 삶을 근거리에서 중계하고 전달하는 하나의 눈(目)과 귀(耳)가 되는 걸까.

> 조선소에서는 철-배를 만든다. 무게가 2, 3톤 나가는 철판 수십 장을 병
> 풍처럼 이어 붙여 커다란 철판을 만들고, 그 철판들을 맞추어 짜 철-상자를
> 만든다. 저마다 용도에 맞게 공정(工程)을 거친 철-상자들을 조립하면 마침
> 내 철-배가 탄생한다. 철-상자는 대개 가로, 세로, 깊이가 20미터에 무게가
> 60여 톤 나간다. 그리고 노동자 2, 3백 명이 한꺼번에 그곳에 들어가 일한
> 다. 철-배는 보통 10만여 조각의 철판이, 3백여 개의 철-상자가 합쳐져서
> 완성된다.(16쪽)

본격적으로 '나'의 동선을 따라가기 앞서 소설은 철-배가 만들어지는 제
조 과정을 무미건조한 어조로 서술한다. 이를 무심히 보아 넘길 수 없는 이
유는, 철-배의 "조각인 철-상자"에 투입되는 생산요소로서의 노동력이자
그 일부를 구성하고 있는 노동자의 납작한 운명을 예고하고 있기 때문이
다. 그리고 '나' 역시도 그 노동력의 일부로 투입된, 어느 물량팀 소속의 하
루살이 노동자라는 점에서 그것은 곧 '나'의 운명이기도 하다.

소설은 '다단계 하도급 구조'가 전면화된 조선소의 현실을 서늘하게 들
춰내면서 삶의 안전망 밖으로 밀려난 하청 노동자들의 삶과 일을 불러들이
고 있다.[1] 열악한 노동 현장과 노동 강도, 불의의 사고와 은폐되는 위험, 해
고와 실직, 그로 인해 박탈될 수 있는 생존에 대한 불안과 공포가 그것이
다. 적어도 안전한 노동 현장에서 자신의 생명과 안위를 보장받으며 하는
노동은 복되다. 그러나 '나'의 가시권과 가청권에 포착된 우리 시대 하루살

[1] 조선업 다단계 하도급의 일반적 구조는 '원청 조선소 → 1차 하청업체 → 물량팀1, 2, 3…'이
다. 원청 조선소는 특정 업무를 1차 하청업체에 내려주고, 1차 하청업체는 작업기간 단축 등
을 위해 공정별로 물량팀을 투입한다. 이러한 고용 형태의 맨 끝에 물량팀 '하청 노동자들'
이 놓여 있다. 김지환, 「"바쁠 땐 쓰고 쉽게 해고…'1회용 물량팀'으로 조선업 고속 성장」, 『경
향신문』, 2016.5.30.

이 노동자들이 직면한 현실은 복되지 않다. "죽거나, 다치거나, 쫓겨나"는[2] 산재(産災)의 시간으로 차갑게 굳어가고 있기 때문이다.

2

작업반장 박 씨로부터 당장 내일부터 용접공 최 씨의 짝이 되라는 말을 듣고 나서, '나'는 뭔가 마뜩잖은데 2년 전 그와 동행했던 화기 감시자가 "철-상자에 갇혀 질식사하는 사고가 있었"기 때문이다. '나'는 최 씨 탓이 아니라는 것을 잘 알면서도 "그가 한 번쯤 뒤를 돌아다보았다면, (⋯) 그녀가 철-상자 안에 혼자 남겨져 길을 잃는 일은 없었을 거라"며 그녀의 '죽음'에 자꾸 붙들려 있다. 이는 '나' 역시 그녀처럼 혼자 남겨져 길을 잃을지 모른다는 불안감의 산물로 읽히지만, 소설은 다른 질문을 돋을새김한다.

> 내가 최 씨에게 책임을 지우려 드는 건, 그녀의 죽음이 그저 그녀 자신의 책임만은 아닐 거라는 의심을 떨칠 수 없어서다. 진실은 뭘까. 나는 때때로 진실이 중요하지 않다는 걸 알 만큼 나이를 먹었다. 차라리 모르는 게 낫기도 하다는 걸. 순간적인 진실도 있다는 걸. 그리고 진실이 없을 수도 있다는 걸. 그래도 나는 종종 진실이 알고 싶을 때가 있는데 지금이 그렇다. 그녀의 죽음은 누구 탓일까.(14쪽)

'나'는 "그녀의 죽음이 그저 그녀 자신의 책임만은 아닐 거라" 의심하는데, 이는 철-상자 속 죽음에 대해 "결국 아무 책임을 지지 않"는 부조리한 이 세계를 향해 있는 듯하다. 그렇다 하더라도 이 소설이 진실을 '규명'하는 소설은 아니다. 오히려 이 질문은 누군가의 죽음이 결코 '사건'이 되지

2 허환주, 『현대조선 잔혹사』, 후마니타스, 2016, 264쪽.(김숨은 이 소설을 집필할 때, 이 책을 참고했다고 밝혀두었다.)

못하고, 진실에 도달하지 못하는 어떤 '현실'을 일으켜 세운다. 즉 "일하다 죽는 사람들도 있다"는 것이 어째서 "조선소의 하루살이 노동자라면 누구나 아는 비밀이자 진실이" 되어야 하는 현실을 말이다. '나'가 철-상자 안으로 들어가는 "푸른 작업복 차림의 노동자들"을 바라보면서 "나그네쥐들이 절벽 아래 바다로 떨어져 죽는 광경이 겹쳐 떠오"르는 것이 무리도 아니다. 소설 전체에 산재하는 죽음에 대한 이미지들은 차라리 이들이 '삶'이 아니라 '죽음'을 반복해서 살아내고 있다는 것을 증언한다. 생존을 위해 들어온 이곳에서 오히려 생존을 위협받는다. 그래서인지 이 질문 바로 다음에 '나'가 "두 발을 모으고 서서 철-상자를 올려다"보는 장면이 의미심장하게 읽힌다. 소설에서 자신이 일하다 나온 철-상자를 무심히 올려다보는 장면이 몇 차례 등장하는데 "이물스런 광채에 휩싸인 철-상자"야말로 불가해한 이 세계에 가닿는 유일한 통로처럼 느껴지기 때문일 것이다. 이제 "되돌아 나가고 싶은 충동을 억누르고 철계단에 발을 내딛"을 때다.

3

소설은 철-상자 안에서 일어나는 일의 형편과 세목들을 건조한 필치로 서술하는데, 그 과정에서 드러나는 것은 도처에 도사리고 있고 방치되는 사고와 위험들이다. 베테랑 발판공이 "추락"해 "반신불수"가 되고 "공중누각의 일부가 무너"지는가 하면 무심코 내딛는 "발판이 흔들"린다. "철사 뭉치가 발에 감겨"와 "휘청"하거나 "불티"가 튀어 "화상을 입을 수 있"고 "최악의 경우 철-상자가 폭발할 수도 있다." 그뿐일까. 온종일 "철가루-비"가 내리고 "못-눈"이 떨어지고 "철판-구름"이 떠 있고 "유리가루-안개"에 몸 구석구석이 포위된다. 재수가 없으면 "철-파이프 번개"에 "머리나 어깨를 맞아 타박상을 입을 수"도 있다. 한낱 인간의 의지로 날씨를 바꾸어낼 수 없듯이, 일개(一介) 노동자에게 이 세계는 "맞지 않을 재간은 없어서 그냥 맞는 게 상책이"고 "그렇다는 걸 알지만 피할 도리는 없다." 그러므로 조선소 하루살이 노동자에게 '사고'는 어쩌다 닥치는 불운과 시련이 아니라 언제 일어나도 이상할 게 없는 삶의 조건이 되고 만다. 그런데 어딘가 불편하지 않은가. 조선소의 안전수칙이 있고, 설사 사고가 나더라도 재발방지대책이 있고, 그 모든 것을 관리·감독하는 법적·제도적 안전장치가 분명 있을 것이다. 그럼에도 이러한 죽음의 '현장'이 계속해서 방치되는 이유는 무엇일까.

'다단계 하도급 구조'로 돌아가는 조선소의 현실이, 이때 개입해 들어온다. 문제는 이러한 하청 구조에서 다급하고 위험한 일은 전부 더 아래 단계(하청의 하청)의 하청 노동자들에게 전가되고 있는 불편한 현실이다. '위험의 외주화'라는 용어로 갈음되는 이러한 사태는 '세계 1위 수주'라는 타이틀이 무색한 한국 조선업의 민낯을 드러내는 고질적인 문제점으로 지적돼왔다. 소설에서 드러나고 있듯이 '공기(工期) 단축'을 목적으로 소속도 하는 일도 제각각인 서로 다른 물량팀의 하청 노동자들이 철−상자 내부에 '경쟁적'으로 투입되는 것이다. 그러다 보니 "밀폐되고 어두침침한 철−상자 안에서 여러 작업이 동시다발로 진행"될 수밖에 없고 "조선소의 안전 수칙에 어긋"난 "혼재 작업"은 이들에게 거의 일상이 되다시피한다. 이쯤 되면 위험을 '외주화'하는 것을 넘어 위험을 '생산'하고 있는 것이 아닌가. 그러나 이를 문제 삼기는 현실적으로 어려운데 "조선소로부터 수주 받은 물량을 서둘러 해치"워야 "조선소에서 돈이 나오고, 그래야 급여를 지불하고, (…) 새 물량을 수주 받을 수 있"는 물량팀은 말할 것도 없거니와 하루살이 노동자 역시 "싫으면 내일부터 나오지 말든지"식의 해고로 이어질 수 있기 때문이다.

달리 말해서 철−상자 내부를 주조하는 시간(성)은 '공기 단축'이라는 지상 과제를 향해서 전력질주하는데, 이는 철저하게 자본의 '의지'에 따라 생성되고 움직인다. "시간이 금인 것도 몰라"라는 다소 상투적인 경구가 겨냥하는 것은, 이 철−상자 속 세계가 자본의 철두철미한 관리 아래 종속돼 지배되고 있음을 의미한다. 이에 따라 '나'와 같은 하루살이 노동자들의 시간이 결정된다. "하루라도 늦어지면 조선소가 엄청난 손실을" 보게 되므로 "사흘에 걸쳐 할 일을 오늘 하루에 끝내"게 만드는 것이다. '안전'요원은 이 세계를 '효율적'으로 움직이기 위한 노동자 관리와 통제에 신경을 쓸 뿐 "정작 노동자들의 안전은 뒷전이다." 오히려 노동현장에서의 사고를 노동자의 "부주의"함으로 돌리기에 급급하다. 각자도생의 생존 원리를 다그치는 이러한 노동환경에서 종합적인 안전관리 시스템이 제대로 작동될 리 없다. 그리고 이 모든 것을 다그쳐서 가능하게 만드는 이 광포한 '시간성'을 근본적으로 재고해보지 않는 한, 이 힘에 짓눌린 하루살이 노동자의 삶은 "푸른 작업복을 입은 병든 염소"의 삶에서 끝내 벗어나지 못할 것이다.

그러므로 이 철−상자 속 '노동'은 대상을 변형시키는 활동적인 삶의 의미가 아니라, 단순히 공기 단축을 위해 경쟁적으로 투입되는 노동력으로 소진되고 있을 뿐이다. 이들은 철−상자 안에서, 철−상자를 옮겨 다니며, 자기 소모적인 노동을 반복해야만 하는 운명이다. 고로 "나는 영원히 살고 싶지 않다. 내게 영원히 산다는 건, 영원히 철−상자 속에서 화기 감시자로 살아야 한다는 걸 의미하"기 때문이다.

이제 소설에서 노동하는 행위 '주체'는 흐릿하고 노동하는 행위'들'만이 소음처럼 들끓고 있는지를 설명할 수 있을 것 같다. 이곳에서 노동자의 개별 주체성은 더이상 존재하지 않으며 '동력'을 만들어내는 하나의 움직임으로 수렴될 뿐이다. 망치를 잡은 손이 연장이 되고 용접 마스크가 얼굴이 되어가는 동안, 이 동력을 밑천 삼아 이 세계가 유지된다. 그러므로 이 세계가 요구하는 것은 자본의 이 원활한 흐름이고, 그 과정에서 교체되고 폐기되는 노동자들의 긴 행렬은 부수적인 것에 지나지 않는다. 정작 노동자의 '죽음'이 중요해지는 순간은 그 죽음으로 인해 노동이 지연되거나 정지당해 이 세계를 일순간 멈춰 세울 때다. 이때뿐이다. 작업반장 박 씨의 말마따나 "매일 500명 넘는 노동자가 작업복을 벗어 던지고 조선소를 떠"나지만 "매일 500명이 넘는 사람들이 조선소 노동자가 되기 위해 이 마을을 찾아온다." 이 순환만이 계속된다.

4

그렇다면 철−상자 안에서 '나'가 결국엔 "길을 잃어"버리고 마는 것, 과거 철−상자에서 길을 잃은 '그녀'를 현재의 '나'가 돌림노래처럼 반복하는 것은 우연이 아닐 것이다. 이 세계를 굴러가게 하는 힘이 그대로일 때, 이전에 일어났던 일은 '또다시' 일어날 수 있다. 그럼으로써 이 세계가 언제라도 '길을 잃을 수 있는 구조'라는 것을 누설한다. 이 장면은 "표지판"도 그 "흔한 화살표도" 없는 철−상자 안에서 "길을 잃었다는" 실제적인 '나'의 공포와 불안을 증폭시켜 보여준다. 거기서 한 걸음 더 들어가 '나'의 삶이 그만큼 위태로운 토대 위에 뿌리내리고 있음을 암시하는 것이기도 하다. 그런데 '나'의 실존이 가장 위협받고 "흔들리는 것 같은" 순간에 역설적으로 '얼굴'이 찾아온다.

> 나는 함석판 조각에 얼굴을 비춰 본다. 일렁거리는 게, 흐르고 흐르는 게 내 얼굴이라니, 기분이 이상하다.
> "거기서 뭐 하는 거야?"
> 안전요원 둘이 의심스런 눈초리로 나를 바라보고 있다.
> "얼굴이 있어요……."
> "뭐?"

"내 얼굴이 여기 있어서요……."

나는 함석판 조각을 들어 보인다. 얼굴을 찾은 내게 안전요원들은 경고를 준다.(49쪽)

문제는 '얼굴'을 대하는 '나'의 반응이다. "얼굴이 있어요……" "내 얼굴이 여기 있어서요……"라는 이 되뇜에는 지금까지 나의 얼굴은 여기 '없었'거나 혹은 '지워져' 있었다는 사실을 넌지시 일러주지 않는가. 그렇지 않고서야 얼굴을 대하는 '나'의 반응이 이렇게 생경할 수는 없을 것 같다. 그런 의미에서, 얼굴을 찾은 이 순간은 이 세계에서 떨어져나와 자신의 개체성을 회복하는 유일한 순간일 것이다. 그러나 이 세계는 "얼굴을 찾은 내게" 곧장 "경고"로 응대함으로써, 이 철–상자 속 세계가 '얼굴에 대한 의례'를 행할 수 없는 비인격적인 곳이라는 것을 다시금 깨닫게 한다.[3] 이 세계의 입장에서 보건대, 누군가의 구체적인 '얼굴'은 관리하기 까다로운 비효율적인 대상에 불과하므로, 얼굴 없는 이전으로 돌아갈 것을 촉구하는 것이다. 그러므로 얼굴이 '여기' 있다는 것을 확인하는 것만으로는 역부족이다. 이 세계를 멈춰 세울 어떤 가능성도 닫혀있다.

오히려 소설은 가능성의 위치를 다른 방향에서 찾는 듯싶다. 조선소의 시간을 가능하게 만든 이 시간성 전체를 반성하는 것부터여야 한다면 너무 먼 얘기가 될까. 예컨대 정자 언니와 금희와 '나'의 짧지만 강렬한 대화를 통해 조선소가 세워지기 전후의 마을의 변화상이 압축적으로 제시된다. 조선소가 들어서기 전 마을은 "배꽃이 한창"일 정도의 "배나무 밭"이었고 모든 색의 깃털을 간직한 "아름다운 새"가 사는 생명력이 넘치는 설화적 공간으로 그려진다. 반면 조선소가 들어서고 난 '이후'의 시간은 사뭇 다르게 흘러간다. 하나뿐인 "아름다운 새가 죽고" "아름다운 새를 묻은 배나무가

3 김현경, 『사람, 장소, 환대』, 문학과지성사, 2015, 87쪽 참조.

말라죽"고 이어 "다른 배나무들도 차례로 말라죽"더니 결국 "죽은 세상"이 되었다는 이 연쇄의 과정으로부터 우리는 근대성에 대한 진지한 성찰을 시도해볼 수는 없을까. 요컨대 '조선소'로 표상되는 근대 자본주의 발전사가 실은 모든 살아 있는 생명을 점진적으로 죽게 만드는 혹은 그 희생을 감수한 불모의 시간성이라는 사실을 폭로하고 있기 때문이다.[4] '철'의 시간이 더 단단해지려면 다른 '불'의 시간은 자신의 속성인 뜨거움마저 잃은 채 철 속에 깊이 잠들어 있어야 하는 법이다. 뜬구름 같았던 최 씨와의 대화를 이 지점에서 곱씹게 된다.

그리고 이 연쇄의 고리로부터 조선소의 운명과 동고동락하는 지역·가족 단위 공동체의 운명 역시 짐작해 볼 수 있을 것 같다. "조선소가 아니면 갈 데가 없"는 지역사회의 곤경은 말할 것도 없거니와 부모가 "조선소 (하루살이) 노동자"면 그 자식들도 "조선소 (하루살이) 노동자"가 될 수밖에 없는 제약적인 현실이 고스란히 드러나기 때문이다. 그러므로 지금 필요한 것은, 이렇게까지 되어버린 이 시간성 전체를 집요하게 응시하면서 그 시간성에 개입해 들어가는 일이다.

> 죽은 세상에서 사는 건, 어미 새가 죽은 나무의 가지 위에 지은 둥지에서 새끼를 키우는 것과 같아. 둥지를 떠받치고 있는 가지가 썩고 메말라 언제 부러질지 모르지.(48쪽)

정자 언니가 말하는 이 "죽은 세상"을 단순히 절망과 체념으로 읽을 수도 있겠지만, 이 시간성 전체에 대한 반성과 성찰이 불러온 파국적인 진단으로 읽을 수도 있다. 설사 그것이 무력한 개입에 불과할지라도, 그리고 난

4　이는 김숨의 소설 『철』에서 '쇠와 '녹'의 시간으로 전경화된다. 이에 대해서는 소영현, 「철의 시대를 기억하라」, 『철』 해설, 문학과지성사, 2008, 264~265쪽 참조.

이후에야 다른 가능성을 미약하게나마 그려볼 수 있지 않을까. 여기, 조선소의 시간이 만들어낸 '죽은 세상'의 맨 끝자락에 조선소 하루살이 노동자들의 삶이 놓여 있다. 그리고 "언제 부러질지 모르"는 그 삶을 보살피기라도 하듯, 소설의 마지막에서 '나'는 일이 끝나고 나오는 모두를 "기다려"준다.[5] 철−상자에서 나오는 최 씨를 기다려주고, "나와 함께 슬퍼할 사람" "나와 함께 기뻐할 사람"을 기다려준다. 어쩌면 '나'의 이 행위로부터 시작해볼 수도 있을 것이다. 철−상자에 혼자 남겨져 길을 잃는 사람이 없기를 바라는, 누군가를 걱정하는 이 '돌봄'을 더 넓게 상상해보는 일이야말로, 지금까지와는 다른 시간(성)을 만들어낼 수 있는 가장 시급하고 필요한 일이될 것이기 때문이다.

지금, 김숨의 시선이 머무르는 곳은 삶의 터전에서 강제로 뿌리뽑힌 사람들, 어디에도 뿌리내리지 못하고 부유하는 그 연약한 삶을 어루만지며 그들의 삶을 송두리째 흔들고 있는 삶의 그 불가해함과 맞서고 있다.

*

작가는 이 소설에 보란 듯이 '철(鐵)의 사랑'이라는 제목을 붙여놓았다. 철−상자에 갇혀 시시포스의 온기 없는 노동을 반복하고 있는 이 소설에 얼토당토않은 '사랑'이라니. '사랑'이라는 인장을 새겨넣으려는 이 욕망은 누구의 것인가. 소설 말미에 철−상자를 가리키며 "저게 정말 철−배의 심장일

---

5   소설 「철(鐵)의 사랑」은 『문장 웹진』(2020년 6월호)에 실린 원문에서 부분적으로 수정·보완되었음을 확인할 수 있는데, 이에 따라 소설의 톤도 조금은 바뀌었음을 언급해두고 싶다. 그런 맥락에서 '나'가 누군가를 기다려주는 이 장면은, 새롭게 추가된 것이니만큼 자못 의미 심장하게 읽힌다.

까요?"라는 다소 엉뚱한 질문으로부터 연상되고 있는 이 사랑의 행위자가 '철'이라는 것을 잊지 말자. 잿빛 심장을 가진 이 사랑의 세계는, 매일매일 철—상자 속으로 삼켜지는 푸른 작업복의 노동자들이 흘리는 피와 땀을 수혈받으며 박동한다. 우리는 이 사랑의 기원을 파우스트의 저 대사 "수천의 손 부리는 하나의 정신"[6]으로부터 이미 배웠던 적이 있다. 어떤 사랑(의 정신)은 이토록 무감하고 잔혹하다는 예감("이상하다. 어째서 철 덩어리에서 피 냄새가 나는 걸까")만을 거듭 일깨워줄 뿐이다.

---

6 괴테의 『파우스트』에 나오는 이 대사는 소설 『철』의 제사(題辭)로 쓰이기도 했다. "이 위대한 일을 완성하는 데는 수천의 손 부리는 하나의 정신으로 족하리라." (김숨, 같은 책에서 재인용)

시디팩토리

김의경

2014년 『한국경제』 청년신춘문예에 장편소설
『청춘 파산』이 당선되며 작품 활동 시작. 소설집
『쇼룸』, 장편소설 『콜센터』 있음.

시디팩토리

목이 말랐다. 빛이 조금 들어오는 것을 보면 열한 시쯤 되었을 것이다. 나는 엎드린 채로 기어서 냉장고까지 갔다. 냉장고 문을 열어 이온음료를 마셨지만 갈증은 가시지 않았다. 이럴 줄 알고 한 병 이상 마시지 않으려고 했는데 어제는 어쩐 일인지 자꾸만 옛날 생각이 나서 소주를 두 병이나 마시고 잠들었다. 감상에 빠져서는 안 되는데 왜 자꾸 약해지는지 알 수 없었다. 이런 생활에도 감정의 통제는 중요했다. 최소한 나 자신을 책임질 수 있어야 했다. 핸드폰 요금과 인터넷 비용을 내고 최소한의 생활을 유지하려면 한 달에 30만 원은 벌어야 했다.

컴퓨터를 켜고 아르바이트 구인 사이트에 접속했다. 5분 안에 올라온 당일알바를 클릭해 즉시 문자를 보냈다. 금세 답문이 왔다.

— 오늘밤 9시 30분까지 가산디지털단지역으로 가세요.

그는 역에서부터 공장으로 가는 길을 문자로 자세히 알려주었다.

'시디팩토리'라고 적힌 1층짜리 공장 안에서는 한 아줌마가 신경질적인 목소리로 이런저런 지시를 내리고 있었다. 그녀는 금세 누군가를 향해 소리를 질렀다.

"애, 너 뭐니? 어디서 핸드폰을 보고 있어? 어서 집어넣어!"

그 '누군가'는 바로 나였다. 나는 성급히 핸드폰을 주머니에 넣었다. 중개인은 일터에 도착하면 자신에게 문자를 보내라고 당부했다. 나는 금세 순종적인 자세를 취하며 일을 했다. 저 여자도 보름 전에 갔던 공장 사장과 비슷한 부류인 것 같았다.

그날은 뭣도 모르고 끌려가서 고생만 하다 왔다. 누군가 독산역에 도착한 열댓 명의 이십대들을 봉고차에 태워 오산으로 실어가더니 짐처럼 부려놓았는데 그곳은 노인 부부가 운영하는 작은 호빵 공장이었다. 식기 세척부터 호빵 나르기까지 고된 노동의 연속이었다. 칠십대로 보이는 할머니, 할아버지는 아르바이트생들에게 욕설을 퍼부어댔다. 이 바보 같은 놈! 너여기 놀러 왔냐? 저리 가서 짜부라져 있어. 그러니 취직을 못 하지. 너 같은 거 한 트럭으로 있어. 다들 기가 막혀서 그 노인들을 물끄러미 바라보다가 한두 명이 "에이, 그냥 돌아가자." 하며 돌아섰지만 다시 서울로 가려니 차비도 없고 오늘 하루 참아보자는 눈치였다.

가장 참기 힘든 건 할아버지의 성희롱이었다. 나와 한 여자는 선 채로 호빵을 두 손에 쥐고 쟁반으로 옮기는 일을 몇 시간 동안 반복해야 했는데 할아버지는 저 일은 남자애들에게 시켜야 잘 한다며 히죽거렸다. 그러고는 손으로 무언가를 주무르는 시늉을 했다. 우리는 '저 노인네 노망 난 거 아냐?' 하는 눈짓을 주고받으며 남은 시간을 가까스로 버텼다. 돌아오는 길에서야 하루 종일 소, 돼지 취급을 당한 것이 참을 수 없이 억울해지면서 다시 돌아가 노인네들의 목을 조르고 싶다는 생각이 들었다.

지금 눈앞에 있는 아줌마는 그 정도는 아니었으므로 나는 그냥 참을 만했다. 다들 이런 취급에 이력이 났는지 묵묵히 손짓만 했다. 나는 혹시라도 타깃이 되지 않도록 아줌마의 시야에서 벗어난 곳에 자리를 잡고 사각 종이 시디케이스에 쉴 새 없이 시디를 담았다. 인크레더블. 여자처럼 예쁘장하게 생긴 아이돌 그룹이었는데 나는 모르는 그룹이었다. 나는 근 2년간 텔레비전을 보지 않았다. 밤을 새워도 포장이 끝나지 않을 것 같은 수북이 쌓인 시디로 인기 그룹이라는 것을 짐작할 뿐이었다.

손목이 시큰했다. 잠시 눈을 들어 주변을 살폈는데 손이 아주 빠른 여자애가 보였다. 그 애는 나보다 족히 서너 배는 속도가 빨랐다. 내게 소리를 지른 아줌마가 그 애 곁으로 다가갔다. 그 여자애는 아줌마에게 '사모님'이라고 부르며 무슨 질문을 했다. 아줌마는 뜻밖에도 친절하게 여자애의 질문에 답해주었다. 그리고 등을 한 대 치며 너는 내일도 꼭 나오라고 했다. 인크레더블이 예정보다 빨리 컴백하는 바람에 요즘 밤낮으로 알바생들이 이곳을 드나드는 모양이었다.

식사 시간, 모두들 다른 공간으로 이동해 공장 측에서 제공한 도시락을 풀었다. 얼마 만에 먹어보는 반찬이 갖추어진 도시락인지. 나는 먼저 냄새를 깊이 들이마신 뒤 나무젓가락을 둘로 쪼갰다. 한 입 입에 넣는데 누군가 말을 걸어왔다.

"혼자 왔어요?"

그 여자는 내 옆으로 바짝 다가앉으며 자신의 도시락 뚜껑을 열었다.

"저는 늘 혼자 오는데요."

"젊어 보이는데 왜 단기알바를 해요?"

"그냥 일하기 싫어서요. 사실은 정규직 다니는 거 피곤해서 못 해요. 집에 있다가 컨디션 좋아지면 일하러 나오고 일하기 싫으면 며칠간 누워 있고."

대수롭지 않게 말하려고 했는데 이상하게 웃음이 나왔다. 여자가 나를 한심하게 생각할 것 같아 나는 시선을 도시락에 고정했다. 여자는 내게 젊어 보인다고 했지만 여자는 기껏해야 나보다 한두 살 많아 보였다. 아니, 피부 상태로 보자면 나보다 서너 살 어릴지도 몰랐다. 여자는 고개를 갸웃거리며 말했다.

"그래도 겨울인데 생활비는 안 들어요?"

"사실은 가스를 거의 안 틀어요. 집 안에 김이 올라와요. 그냥 벌벌 떨며 지내다가 정 못 견디겠다 싶으면 언니 집에 가서 돈 얻어 오고 그래요."

나는 이렇게 말하고 또 피식 웃었다.

"남친은 없어요?"

"있는데 1년에 두세 번 만나요."

"두세 번? 그게 무슨 남친이에요?"

나는 키득거리며 말했다.

"전에 한 번 3만 원짜리 가방 사달라고 했거든요. 그날 사주긴 했는데 그 이후로 연락이 끊겼어요. 뭐 저도 연락하긴 싫은데 연락하면 받아주는 사람이 나밖에 없는 거겠죠."

왜 자꾸 웃음이 나오는지 모를 노릇이었다. 여자는 "으음." 하더니 밖으로 나갔다. 기훈은 제멋대로였다. 기훈과 사귄 것은 4년이 넘었지만 사실 우리는 다섯 달 전에 끝났다. 기훈은 먼저 헤어지자고 해놓고는 석 달 뒤 아무 일 없었던 것처럼 다시 연락을 해 왔다.

여자는 금세 담배 냄새를 풍기며 돌아와 내게 커피를 건넸다. 그러고 보니 누군가와 밥을 먹어본 것이 도대체 얼마 만인지 몰랐다. 밥을 먹으며 누군가와 대화를 한 것도 근 1년 만이었다. 여자는 뭐가 그렇게 궁금한 게 많은지 나에게 질문을 퍼부어댔다. 자신은 취업 준비를 하면서 가끔씩 단기 알바를 한다며 좋은 정보가 있으면 알려달라고 했다. 나는 어디에 취직하고 싶으냐고 물었다. 여자는 목소리를 낮춰 말했다.

"스튜어디스 시험 준비를 하고 있어요. 8년간 시험을 엄청 많이 봤는데 계속 떨어졌어요."

여자는 스튜어디스가 되고도 남을 정도로 예뻤다. 특히 눈웃음과 청아한 목소리는 보고 듣기만 해도 기분이 좋았다. 이런 여자가 떨어지는 것을 보면 그 시험에는 예쁘고 똑똑한 여자들만 몰려드는 모양이었다. 나는 노인 부부의 호빵 공장을 포함해 절대로 가면 안 되는 회사 이름을 몇 개 알려주었다. 사장 마누라가 설치는 이곳 역시 다시는 오지 말라고 했다. 여자는 고맙다고 하면서 내가 마신 커피의 종이컵을 대신 버려주었다.

"식사 끝!"

사장 마누라의 목소리에 다들 안으로 우르르 몰려 들어갔다.

"여기가 무슨 학교 줄 알아? 어서 앉아 시작해!"

여자가 저쪽 테이블에서 둥근 의자를 들고 와 내 앞에 자리를 잡았다. 사장 마누라는 5분 늦게 들어온 세 명의 알바생들에게 소리를 지르며 그따위로 할 거면 당장 가라고, 일할 사람은 시디처럼 잔뜩 쌓여 있다고 말했다. 두 명은 구시렁대며 가방을 싸 들고 나갔고 한 명은 의자에 앉아 일을 시작했다. 사장 마누라가 나가는 애들을 향해 "정신머리가……" 하며 잘못 건드린 바람에 내 옆에 쌓여 있던 시디케이스들이 바닥으로 떨어졌다. 나와 여자는 사장 마누라의 명령으로 바닥에 떨어진 시디케이스들을 마른 수건으로 닦는 일에 투입되었다. 여자는 빠른 속도로 시디케이스를 닦아 원래 자리에 쌓았다.

우리는 다시 의자에 앉아 봉투에 시디를 담았다. 한참을 담다가 고개를 들어보니 여자가 나를 보며 웃고 있었다. 여자가 시디를 하나 집어 자기 얼굴에 갖다 대자 얼굴이 사라졌다.

"얼굴 정말 작네요. 연예인 해도 되겠어요."

여자는 그 말을 기다렸다는 듯이 말했다.

"그렇죠? 얼굴 크기로 스튜어디스를 뽑으면 좋을 텐데."

"어디서 잡담질이야?"

사장 마누라의 시디 튀는 듯한 목소리에 우리는 고개를 숙이고 다시 담기 시작했다. 담아도 담아도 시디는 줄어들지 않았다. 세 시간 정도 시디 담기를 했더니 몸이 더 납작해진 기분이었다. 등을 펴고 잠시 쉬려는데 사장 마누라가 나를 노려보는 것이 보여 나는 다시 몸을 웅크렸다.

봉투에 시디를 담는 것은 시디케이스에 시디를 담는 것에 비하면 일도 아니었다. 우리는 이제 줄줄이 늘어서서, 참고서의 부록으로 나갈 시디 천

개를 컨베이어 벨트 위에서 빠른 속도로 지나가는 시디케이스 안에 꽉 눌러 고정시켜야 했다. 한 명이라도 제대로 누르지 못하면 기계를 멈춰야 했으므로 사장 마누라의 고성이 끊이지 않았다. 그것을 두 시간 하고 나자 손가락이 뻐근하게 아파 왔다. 새벽 네 시가 넘어가자 하나둘 하품을 하는 사람이 보였다. 그 독한 사장 마누라도 공장 한구석에서 졸고 있었다.

10분간의 휴식 시간에 여자가 나를 하나의 문 앞으로 잡아끌었다. 포장하는 곳 옆에는 문이 하나 있었는데 '시디제작실'이라고 적혀 있었다. 문을 열고 들어가니 오십대 중반으로 보이는 아저씨가 일을 하고 있었다. 여자가 눈웃음을 지으며 아저씨에게 말했다.

"아저씨, 저희 구경 좀 해도 돼요?"

아저씨가 고개를 끄덕이며 아르바이트생이냐고 물었다. 여자는 고개를 끄덕이며 쉬는 시간이라고 말하고 작은 시디를 들어 올리며 귀엽다고 했다. 여자가 들어 올린 시디는 80mm의 작은 원형 시디였다. 우리가 알고 있는 일반적인 시디보다 크기가 작았다. 아저씨가 그 시디는 '미니시디'로 120mm의 시디로 제작한 다음에 커팅한 것이라고 했다.

"이건 뭐지?"

여자가 들어 올린 시디는 타원과 사각형을 섞어놓은 독특한 모양이었다.

"그건 반달형 시디야. 명함시디라고도 하지. 영업사원들이 시디에 이력이나 카탈로그를 넣어서 명함처럼 사용해. 커팅 공정 때문에 며칠 더 걸려."

"크기가 작은데 시간은 더 걸린다고요? 까다롭네요."

내가 이렇게 말하자 여자는 반달형 시디를 들여다보며 웃었다. 아저씨가 기계를 만지며 말했다.

"음악시디도 만들고 디브이디 시디도 만들지. 인기가수 음반 대량 제작할 때가 이렇게 바빠. 복사할 시디나 디브이디가 있으면 갖고 와."

내가 사장 마누라가 깼을지 모르니 어서 가자고 재촉하자 여자는 그 방에서 나왔다. 우리는 다시 자리에 앉아 시디를 담았다.

아침 여섯 시에 일이 끝나자 새로운 아르바이트생 대여섯 명이 공장 안으로 들어왔다. 사장 마누라의 말처럼 우리 같은 단기알바생은 시디처럼 잔뜩 쌓여 있는가 보았다. 밤새 몸을 납작하게 하고 있었더니 별다른 어려움 없이 일당을 챙길 수 있었다. 당일치기 알바를 하면서 깨달은 건 그것뿐이었다. 최대한 몸을 낮춰 나를 감출 것. 사람들 사이에 묻혀 평균적으로 일하고 일당을 챙기면 그만이었다.

밖으로 나오는데 여자가 나를 쫓아왔다. 여자는 내게 팔짱을 끼며 어디로 가느냐고 물었다. 나는 1호선을 타야 한다고 하자 여자가 품에서 무언가를 꺼내 내밀었다. 인크레더블의 시디 두 장이었다. 여자가 웃으며 말했다.

"미친 여자한테 당한 만큼 가져오려면 저 안에 있는 거 다 가져와도 모자랄걸요. 안 그래요? 미친년. 돈도 던지듯이 주더라고. 한 달 안에 망해라!"

여자는 집에 가자마자 오늘 있었던 일을 인터넷에 올릴 거라고 했다. 알바생이 떨어져야 알바생을 인간 대접해주지 않겠느냐면서. 여자는 시디 하나를 내 가방 안에 넣어주었다. 싫다는 말조차 귀찮아 대강 인사를 하고 돌아서려는데 여자가 말했다.

"또 봐요. 나도 단기알바 하니까."

또 보자고? 하긴 단기알바를 하다 보면 어디선가 함께 일했던 사람을 며칠 뒤 다른 곳에서 마주치기도 했다. 그럼 서로 아는 척하지 않고 각자 일했다. 저 여자는 얼굴가죽이 다른 사람보다 두 배는 두꺼운 모양이었다.

집으로 돌아오는 길에 실수했다는 생각이 들었다. 뭐 하자고 처음 보는 여자에게 주저리주저리 내 이야기를 늘어놓은 건지. 하긴 보름간 아무하고도 이야기하지 않았으니 무리도 아니었다. 혼자 산 이후로 처음 몇 달간은 혼잣말도 했지만 언젠가부터는 그냥 속으로 또 다른 나와 말을 주고받았다. 설마 외로운 건가? 한숨을 내쉬며 기훈에게 핸드폰 문자를 보냈지만 핸드폰은 미동조차 하지 않았다.

우리에게도 하루 종일 서로 핸드폰 문자를 보내며 일상을 나누던 시절이 있었다. 그는 늘 10분을 넘기지 않고 답문을 보내주었다. 요즘은 '잘 지내?'라고 물으면 이틀 뒤에, 심하면 한 달이 지나 답문이 왔다. 핸드폰이 울렸다. 기훈이 웬일로 즉시 답문을 보냈다.

—그냥 숨만 쉬고 있어.

기훈은 취업 준비를 하며 피시방에서 아르바이트를 하고 있었다.

일당으로 받은 돈으로 라면과 부탄가스, 휴지, 생리대 등을 사서 집으로 향했다. 집에 거의 다 와서 결국 유혹을 이기지 못하고, 마트에서도 사지 않은 소주를 근처 슈퍼에서 사서 들어갔다. 나는 방 안을 뒤져 오랫동안 사용하지 않은 시디플레이어를 찾았다. 먼지를 닦고 전원을 연결한 뒤 여자가 준 시디를 넣었다. 인크레더블의 음악은 생각보다 좋았다. 여러 개의 댄스곡 다음에 이어지는 발라드를 허밍으로 따라 부르는데 이유 없이 눈물이 났다. 나는 인크레더블의 노래를 며칠간 반복해서 들었다.

며칠이나 지났을까. 문 열리는 소리가 들렸다. 나 외에 열쇠를 가진 사람은 언니밖에 없었으므로 이불 속에 그대로 누워 있었다. 언니는 신발도 벗기 전에 현관에서부터 잔소리를 늘어놓았다.

"너 죽은 건 아니지? 어떻게 이러고 사니? 돼지우리도 아니고⋯⋯."

나는 그제야 엉거주춤 일어나 언니에게 다가가서는 언니가 들고 온 것들을 낚아챘다. 가지무침, 진미채볶음, 도라지무침, 시금치, 멸치볶음⋯⋯ 손에 닿는 대로 집어 삼키다가 삼겹살을 본 순간 이성을 잃었다. 이불을 몸에 동여매고 고개만 내민 상태로 버너에 프라이팬을 올리고 고기가 익는 시간을 견디는데 언니가 혀를 차며 말했다.

"너 요즘 거울은 보고 사니? 젊은 애가 어떻게 이러고 사니? 세수도 잘 안 하지? 네 나이에 연애도 안 하고 일도 안 하고 대체 어쩌려고 그래? 무슨 병이 있는 것도 아니고."

언니는 집 앞에 쌓아놓은 연탄을 봤는지 시끄럽게 종알댔다.

"아무리 추워도 연탄난로는 쓰지 말라고 했잖아."

한 달 전에는 언니 집에 반찬을 얻으러 갔다가 형부와 언니가 나를 두고 무기력증, 은둔형 외톨이, 정신과 진료 어쩌고 하는 소리를 들었다. 형부는 그래도 가끔씩 일하러 나가는 것을 보면 은둔형 외톨이는 아니라고 했다.

병에 걸린 것은 아니었지만 나는 언젠가부터 몸에 힘이 없고 밖에만 나가면 어지럽고 답답했다. 일을 하는 중에도 자꾸 편안하고 보드라운 이불의 감촉이 그리웠다. 세상에서 나를 인간 대접해주는 유일한 것은 이 방뿐이었다. 이 방도 사실 내 것은 아니었다.

처음에 나는 언니와 형부 집에 얹혀살았다. 1년간 언니 부부의 신혼 생활을 방해하던 나는 고시원에 들어가겠다고 했고 형부는 그것이 미안했던지 전세 2500만 원인 이 방을 구해주었다. 작은 화장실도 달렸고 지층이긴 하지만 1층처럼 생긴 지층이었다. 3년이나 살았더니 정도 들었다.

대학을 막 졸업했을 때만 해도 나는 의욕에 차 있었다. 열심히 이력서를 내고 면접을 보러 다녔다. 수 년간 백 개가 넘는 이력서를 쓰고 몇 번의 면접을 봤지만 최종심사를 통과하진 못했다. 어느 순간 취업 같은 건 불가능하다고 생각했고 구직 활동을 중단했다. 가끔씩 당일알바를 하며 지낸 지가 벌써 2년, 어쩌면 언니와 형부가 걱정하는 무기력증 직전의 상황인 것 같기도 했다.

배를 채우자 나른해져서 다시 이불 속으로 기어 들어갔다. 언니는 엄마 아빠가 걱정하시니 집에 전화 한 번 하라고 하더니 자리에서 일어났다. 언니는 가끔 와서 속 뒤집어지는 소리를 하고 갈 때가 많았지만 저번에는 울다가 갔다. 내가 자는 척하는 것을 모르고 내 머리를 쓰다듬며 훌쩍거렸다. 형부도 나만 보면 버려진 강아지라도 보는 것처럼 안쓰러운 눈길로 보듬어보고 5만 원짜리를 손에 쥐여줬다. 온 가족이 나 때문에 회의라도 했는지 지난해부터 가족들이 나를 대하는 방식이 비슷했다.

1주일 뒤 술을 살 돈이 떨어져서 나는 또다시 아르바이트 구인 사이트에 접속했다. 단기아르바이트로 검색 조건을 설정하고 게시물을 걸러냈다.

－당일알바 독산역, 단순한 아기 옷 포장작업, 10명 모집.

10분 전에 올라온 글이었다. 잽싸게 클릭하고 핸드폰 문자를 보냈다. 중개인의 답문이 없었다. 한 발 늦은 건가 싶어 다른 게시글을 보려는데 답문이 도착했다.

－11시까지 독산역 1번 출구로 가세요. 도착하면 확인 문자 주시고요. 펑크 내면 안 되는 거 아시죠?

지하로 난 계단을 내려가는데 어째 좀 불안했다. 지금까지의 경험으로 판단하건대 일하는 장소가 은밀할수록 일하는 환경은 열악했다. 들어가자마자 나는 뒤돌아 나가고 싶은 심정이었다. 커다란 탁자에 둘러앉아 있는 이십대들 옆에 서 있는 관리자는 거대한 체구의 눈이 푹 꺼진 남자였다. 몰래 돌아서 나가려는데 누군가 나를 불렀다.

"다혜 씨!"

놀라서 돌아봤는데 그 여자, 바로 시디만 한 얼굴이었다. 내가 이름을 알려주었던 모양이다. 내가 주춤대며 여자에게 다가가자 여자는 호들갑을 떨며 또 만났다고 좋아했다. 나를 더 놀라게 한 것은 탁자에 높이 쌓여 있는 브래지어였다. 분명히 아기 옷이라고 했는데 온통 성인용 속옷이었다. 두 개의 봉분처럼 쌓여 있어 멀리서 보면 그 자체가 하나의 거대한 브래지어 같았다. 관리자는 원래 아기 옷을 포장할 계획이었는데 갑자기 내일 아침까지 백화점에 속옷 납품해야 할 일이 생겨서 바뀌었다고 했다.

우리는 마주 보고 앉아 일을 했는데 관리자는 인상과는 다르게 우리를 괴롭히지 않았고 심지어 알바생들에게 별 관심이 없어 보였다. 그는 애인과 전화 통화를 하는지 얼굴이 발그레해서는 연신 전화질이었다. 여자가 커다란 분홍빛 브래지어를 들어 올리며 이렇게 커다란 것은 누가 하는지 모르겠다고 했다. 나 역시 E컵 브라는 처음 봤다. 외국 여자들이 하겠죠 뭐. 우리는 그 많은 브래지어들을 비닐에 담고 90, 95와 같은 사이즈를 나타내는 동그란 스티커를 팬티에 붙이는 일을 일곱 시간 동안 했다.

나는 밖으로 나와 고개를 돌리며 뻣뻣하게 굳은 목을 풀었다. 여자는 이번에도 나를 뒤쫓아 왔다.

"여기는 그래도 할 만했죠? 다음에 모집하면 또 와야지."

내가 고개를 끄덕이자 여자가 말했다.

"우리 아무래도 인연인가 봐요. 자꾸 만나고. 돈도 나왔는데 맥주 마시러 갈래요?"

나도 맥주가 마시고 싶지 않은 건 아니었지만 나는 솔직하게 돈이 없다고 말했다. 이 돈은 내 1주일 치 생활비기 때문에 다 써버릴 순 없다고 했다. 그래도 여자는 나를 쫓아왔다. 지하철도 따라 타기에 같은 방향으로 가는 줄 알았는데 내가 내리는 데서 같이 내렸다. 여자가 내게 팔짱을 끼며 말했다.

"오늘 돈 다 내가 낼게요. 일당 6만 원 다 가져요. 우리 그냥 다혜 씨 집에 가서 피자 한 판 먹는 거 어때요?"

나는 얼결에 승낙을 해버렸다. 여기까지 따라온 여자를 그냥 내칠 수도 없었다. 내 방을 보면 기겁해서 일찍 가겠지 하는 마음도 있었다. 여자는 집에 가는 길에 유명 피자 체인점에 들러 내가 평소 먹을 생각도 하지 못하는 3만 원이 넘는 피자를 사서 나왔다. 여자는 소풍이라도 가는 줄 아는지 집 앞 슈퍼에서 맥주 피처를 사며 신나서 종알댔다. 아까 그 관리자 아저씨 개그맨 닮지 않았어요? 이름이 뭐였더라?

방문을 열자마자 여자는 안으로 들어섰고 갑자기 "푸!" 하고 크게 웃음을 터뜨렸다.

"여기서 혼자 사는 거예요?"

여자는 눈에 띄는 가전제품이라고는 냉장고와 중고 텔레비전, 그리고 낡은 컴퓨터 하나뿐인 방 한가운데서 즐거워했다. 그러고 보니 하나 더 있었다. 컴퓨터 모니터를 올려놓은 작은 상 위에는 휴대용 시디플레이어도 놓여 있었다. 이불과 요는 개키지도 않은 채로 펼쳐져 있고 한구석에 쓰레기가 쌓여 있었지만 여자는 신경 쓰지 않는 것 같았다. 여자는 이불 속에 발을 집어넣은 뒤 맥주를 종이컵에 따라 내게 주었다.

"건배!"

여자와 잔을 부딪치는데 기분이 이상했다. 여자가 들어와 있어서 그런지 방이 예전보다 밝아 보여 내 방 같지 않았다. 여자가 이불을 들추며 말했다.

"안 추워요? 이리 들어와요."

나도 이불 속으로 다리를 집어넣었다. 이불 속에서 우리의 발이 닿았다. 나는 발을 슬그머니 옮겨 닿지 않게 했는데 여자는 자기 발바닥을 내 발바닥에 밀착시켰다.

"이러고 있으니까 초등학생 된 거 같다. 예전에 사촌들하고 이러고 놀았거든요. 발 잡기 놀이 하고."

여자가 갑자기 이불 속으로 손을 집어넣어 내 발을 덥석 쥐더니 "잡았다!" 하며 크게 웃었다. 기가 막혀서 나도 따라 웃었다. 하지만 같이 발 잡기 놀이까지 해줘야 한다면 앞으로는 집에 들이지 말아야겠다고 생각했다. 나는 자리에서 일어나 보일러를 틀었다. 너무 오랜만에 틀어서인지 보일러가 쿨럭쿨럭 이상한 소리를 냈고 여자는 크게 웃었다.

여자는 내게 나이를 묻더니 자신이 한 살 언니라고 했다. 여자의 이름은 '하령'이라고 했다. 그녀가 말을 놓자고 제안하더니 말했다.

"초대해줘서 고마워."

하령을 초대한 적은 없었지만 그녀의 살가운 성격 덕분인지 기분이 좋아졌다. 우리는 한참 동안 웃고 떠들었다. 처음에는 내가 주로 듣는 편이었지만 한 잔 두 잔 술이 들어가자 나도 모르게 말을 많이 했다. 하령이 갑자기 시무룩해지며 말했다.

"오늘 하루 종일 속옷을 담아서 그런가, 또 생각나네. 예전에 코딱지만한 회사에서 비서 노릇을 잠깐 했는데 사장 새끼 무식하고 돈밖에 없는 놈이 툭하면 성희롱이야. 속옷 사이즈가 몇이냐는 둥. 못 들은 척하면서 석 달이나 버텼는데 하루는 일 끝나고 밖으로 불러내서 스튜어디스 시험 합격하기 힘들다는데 자기랑 몇 달만 동거하자는 거야. 아이가 셋이나 있는 유부남이. 그때 정말 기분이 더러웠어."

하령은 종이컵에 담긴 맥주를 단숨에 마셨다. 하령이 갑자기 눈물을 흘렸다. 왜 그러냐고 물었더니 갑자기 친구 생각이 나서 그렇다고 했다. 나는 친구에게 무슨 일이 있느냐고 물었다. 하령은 눈시울을 붉히며 말했다.

"몇 달 전에 친구가 죽었어. 자살이었어. 고등학교 친구였는데 걔는 내가 아는 가장 잘난 애였어. 몇 년간 공무원 시험 준비했는데 계속 떨어졌어. 그렇다고 자살을 하다니 말이 돼? 그렇게 잘난 애가 말이야."

무슨 말을 해야 좋을지 알 수 없었다. 나는 친구를 마지막으로 본 것이 언제인지도 기억나지 않았다. 하령은 혼잣말을 하듯이 알 수 없는 말을 했다.

"이렇게 알바를 하면서 사는 것도 나쁘진 않겠지만 시디 공장 같은 데서 일하다 보면 나도 모르는 새 내가 증발해버릴 것 같아. 그리고 어쩌면 나는 그 순간을 기다리고 있는 것 같아."

우리는 잠시 말없이 인크레더블의 음악을 들었다. 마음이 따뜻해졌다. 혼자서 들었을 때는 느끼지 못했던 무언가가 내 안을 부드럽게 통과하고 있었다. 하령이 자리에서 일어나더니 시디플레이어에서 시디를 빼내어 자신의 얼굴을 비춰보았다. 하령은 할 수만 있다면 시디 속으로 들어가 숨어버리고 싶다고 했다. 하령은 아무도 찾지 못하는 곳으로 가서 몇 달만 살다 왔으면 좋겠다고 했다. 나는 하령에게 얼굴도 몸도 작으니 시디 속으로 들어가는 게 어렵지 않을 거라고 했다. 하령이 눈을 빛내며 말했다.

"나는 죽으면 영혼이 되어 시디 속으로 들어가고 싶어. 평생 그 안에서 빙글빙글 몸을 돌리며 음악이 되어 살고 싶어."

나는 웃으며 말했다.

"시디 속에 들어가면 앉아 있을 순 없고 누워 있어야겠네. 그런데 시디가 둥그니까 똑바로 누워 있을 순 없고 기역자 비슷하게 허리가 꺾일 거 아니야. 플레이 버튼 누르면 빙글빙글 허리 운동 되겠어."

하령도 나를 따라 웃었다. 하령이 가방에서 무언가를 꺼냈다. 케이스에 담긴 미니시디와 반달형 시디였다. 공장에서 인크레더블만 훔쳐 온 게 아닌 모양이었다. 하령은 미니시디를 내게 건넸다. 나는 하령이 준 80mm짜리 미니 원형 시디를 들여다봤다. 용량이 185MB밖에 안 되는 커팅 미니시디에는 원래의 형태에서 잘려진 자국이 희미하게 남아 있었다. 하령은 자신은 반달형 시디가 마음에 든다고 했다. 반달형 시디는 35MB로 185MB인 미니시디보다 용량은 작지만 시디 속에 들어갈 수 있다면 반달형 시디를 택하겠다고 했다. 하령이 반달형 시디에 얼굴을 비춰보며 말했다.

"이제 겨우 서른이니 용량은 이 정도로도 충분해."

나는 하령에게 맥주를 따라주며 앞으로 같이 알바를 다니자고 했다. 하령은 그럼 덜 심심하겠다며 좋다고 했다. 맥주가 떨어지자 하령은 나에게 맥주를 한 캔만 사다 달라고 부탁했다. 내가 코트를 걸치고 방에서 나가려 하자 하령은 아까 그 피자도 미디엄 사이즈로 한 판만 더 사다 달라고 했다. 내가 아직도 배가 고프냐고 묻자 하령은 지갑에서 돈을 꺼내며 조금 더 먹고 싶다고 했다. 내가 돈을 내겠다고 했더니 하령은 내가 장소 제공을 했으니 돈은 자신이 내겠다고 했다.

밖으로 나와 걷는데 웃음이 나왔다. 엉뚱하고 재미있는 여자라는 생각이 들었다. 비슷한 처지라서인지 하령과 이야기하는 것이 편했다. 피자 체인점은 집에서 10분 정도 걸어야 했다. 하령이 자기는 그 피자가 아니면 먹지 않는다고 했으므로 나는 걸음을 재촉했다. 피자는 정확히 15분 만에 나왔고 식지 않게 가져다주고 싶은 마음에 나는 집까지 뛰다시피 걸었다. 그러고 보니 뛴 것이 대체 얼마 만인지 몰랐다. 속도를 늦추며 숨을 몰아쉬는데 길고양이가 보였다. 고양이는 배가 고픈지 나를 빤히 쳐다봤다. 나는 피자를 한 조각 떼어 고양이 근처에 놓았다. 조금 걷다가 돌아보니 고양이가 피자 가까이로 다가가고 있었다. 하령은 그날 밤 두 번째 피자를 혼자서 다먹은 뒤 잠들었고 나도 이런저런 술주정을 하다가 잠들었다.

다음 날 나는 고소한 미역국 냄새에 깨어났다. 창으로 새어 들어온 햇살에 눈이 부셔 이불을 뒤집어쓰려는데 하령의 목소리가 들렸다.

"이제 그만 일어나. 해가 중천에 떴어."

하령은 앞치마를 두른 채로 작은 상을 편 다음 밥, 김치 그리고 고소한 냄새가 진동하는 미역국을 올렸다. 나는 앞치마는 어디서 났느냐고 물었다. 하령은 부엌에서 찾았다고 했다. 나는 고맙다고 말하며 숟가락을 들었다. 하령의 요리 솜씨는 기대 이상이었다. 고소한 미역국이 온몸으로 퍼져나가는 것 같았다.

밥을 먹고 커피까지 마신 다음 나는 조심스럽게 하령에게 집에 가지 않아도 되느냐고 물었다. 하령은 얼굴을 붉히며 사흘만 더 있으면 안 되느냐고 물었다. 하령은 난처한 표정으로 사실은 가출하다시피 나와서 집에 들어가기가 싫다고 했다. 어제 아르바이트 하러 나오기 전에 부모님과 대판 싸웠고, 부모님께 다시는 이놈의 집구석에 들어오지 않겠다고 으름장을 놓았다고 했다. 그리고 보니 어제부터 하령의 핸드폰은 자주 울렸는데 하령은 진동으로 해놓고 받지 않았다. 왜 부모님과 싸웠느냐고 물으려다가 말았다. 나만 해도 부모님 얼굴 보는 것이 불편했다.

"딱 사흘이야. 대신 요리, 청소 다 내가 할게."

하령이 간절한 눈빛으로 나를 바라봤다. 내가 아무 말 하지 않자 하령은 자신이 슈퍼에 가서 장도 봐 오겠다고 했다. 나는 그 말에 얼굴을 찡그리지 않으려 애쓰며 고개를 끄덕였고, 고개를 끄덕이면서도 실수한 것 같다는

생각을 지울 수 없었다. 누군가와 함께 같은 방에서 생활한 지가 너무 오래
되었기 때문에 걱정이 되었지만 하령은 우렁각시처럼 하루에 한 번씩 걸레
질을 하고 장을 봐 와서 간단한 반찬을 만들었으며, 식사를 마친 후에는 설
거지까지 끝냈다. 그렇게 하루 이틀 지내다 보니 나는 하령이 처음 약속한
것과는 달리 엿새나 집에 머물렀다는 것을 깨달았다. 이제 집에 돌아가 봐
야 하지 않겠느냐는 말을 꺼내려는데 하령은 아르바이트 구인 사이트에 접
속하고 있었다. 하령은 잽싸게 핸드폰으로 문자를 보냈고 곧 답문이 왔다.
하령이 코트를 입으며 말했다.

"어서 옷 입어. 한 시간 뒤에 합정역. 생활비 다 떨어졌잖아."

지하철에 올라서야 나는 우리가 웨딩홀 뷔페에 당일알바로 가는 중이라
는 것을 알았다.

"10초만 늦게 클릭했어도 다른 사람에게 넘어갔을걸. 두 명 구하는 알바
라서 보자마자 보냈지."

우리는 예식장 탈의실에서 식장에서 제공한 흰색 유니폼으로 갈아입고
간단히 화장도 했다. 거울에 비친 내 모습은 어색했지만 하령은 훨씬 예뻐
보였다. 우리는 손발이 잘 맞았고 요령껏 휴식을 취하며 일을 했다. 예식이
진행되는 동안 식당에서 테이블을 세팅하고 그릇을 나르는 일은 쉬웠지만
예식이 끝나고 사람들이 식당으로 몰려들자 정신이 하나도 없었다. 하지만
둘이 함께 아르바이트를 해서인지 일이 그리 어렵게 느껴지지 않았다.

나는 집으로 돌아오는 길에 하령에게 언제 집에 갈 것인지를 물어보려다
가 입을 다물었다. 때때로 하령의 얼굴에 비치는 어두운 표정 때문에 말을
꺼내기가 힘들었다. 그럴 때마다 나는 하령이 있어서 좋은 점을 생각했다.
생각할 것도 없이 집 안이 깨끗해졌다는 점을 들 수 있었다. 예전에 나는
열흘에 한 번 청소를 했다. 세탁기가 없었으므로 손빨래만 해도 온몸이 뻐
근했다. 하지만 손재주가 좋은 하령은 빨래와 청소는 물론이고 고장 난 문
고리 수리까지 손쉽고도 빠르게 해치웠다. 하령은 요리 솜씨도 뛰어났다.

하령은 값싼 재료로 금세 먹을 만한 반찬을 만들어냈으며 기똥차게 맛있는 라면을 끓일 줄 알았다. 2인 1조로 일하는 것의 장점은 말할 것도 없었다. 하령과 지내면서 나는 처음으로 사흘 연속으로 일하기도 했다. 하지만 TV 채널 때문에 우리는 종종 다퉜다. 하령은 자신이 내 방에서 신세지고 있다는 것을 잊었는지 채널을 결정하려 들었다.

우리는 자그마치 두 달간 함께 살았다. 정확히 말하자면 하령이 내게 두 달간이나 빌붙었다. 두 달간 1주일에 두 번 정도 일했으니 혼자 살 때보다는 많이 일한 셈이었다. 하지만 별것 아닌 일로 티격태격하고 서로에게 베개를 집어던진 다음 날, 나는 아침에 일어나자마자 하령에게 당장 집에서 나가달라고 말했다. 하령은 어른스러운 말투로 일하러 가야 한다고, 어서 옷을 입으라고 했다. 지하철에 올라타서야 나는 우리가 이태원에 있는 한 호텔 직원식당에 당일알바로 가고 있다는 것을 알았다. 하령은 지하철 의자에 앉아 눈을 감고 자신의 팔짱을 낀 채로 말했다.

"내일 아침엔 무슨 일이 있어도 집에서 나갈 테니 걱정하지 마."

직원식당은 한 명의 영양사와 두 명의 주방 아줌마가 함께 일하는 곳이었다. 아줌마 한 명이 몸이 아파 못 나와서 당일알바를 구한 모양이었다. 우리가 해야 할 주방 설거지와 주방 바닥 닦기를 비롯한 주방 청소는 쉬운 일이 아니었다. 주방 아줌마는 한 달에 두세 번 쓰는 알바생들에게 자신들의 일까지 모조리 떠넘기려 했다. 쉴 새 없이 몸을 움직이던 우리는 어느 순간 눈이 마주쳤다. 하령의 이마에는 땀이 맺혀 있었다. 갑자기 하령이 호스를 들어 나에게 물을 뿌렸다. 나도 호스를 잡고 하령을 향해 물을 뿌렸다. 우리는 입을 막고 웃었다. 물에 흠뻑 젖은 하령은 즐거워 보였다. 우리는 주방에 떨어진 마지막 물방울까지 깨끗이 닦은 다음 작업복을 벗었다. 영양사는 우리처럼 호흡이 잘 맞는 친구는 본 적이 없다면서 다음에도 와달라고 했다.

지하철역에서 내려 피자 체인점 앞을 지나는데 하령이 나를 체인점 안으로 끌어당겼다. 우리는 피자가 만들어지는 동안 나란히 앉아 핸드폰을 만지작거렸다. 집까지 오는 길에도 하령은 말이 없었다. 하령은 집 앞 슈퍼에 들어가 맥주 피처를 사서 나왔다.

힘든 노동 덕분에 피자는 순식간에 사라졌다. 우리는 이불 속에 발을 집어넣고 금세 페트병을 비웠다. 하령은 또다시 하소연을 늘어놓았다.

"사실 난 집안의 천덕꾸러기야. 언니 오빠 다 일류대 들어갔는데 나만 지방 전문대, 그것도 과외선생 붙여서 겨우 갔어. 스튜어디스? 그런 건 처음부터 그림의 떡이었어."

나는 말없이 맥주를 마셨다.

"그동안 고마웠어. 나중에 취직하면 거하게 한턱 쏠게."

하령이 그렇게 말하니 나는 더 미안해서 말이 나오지 않았다. 하령은 잔에 남은 맥주를 한 모금 더 마셨다. 하령은 콜록거리며 가방에서 무언가를 꺼내 입 안에 털어 넣었다.

"약을 술이랑 먹으면 안 좋다던데."

하령은 전에처럼 나에게 피자를 미디엄 사이즈로 하나만 더 사다 달라고 했다. 나는 피자 사러 가는 김에 맥주도 사다 주겠다고 하면서 자리에서 일어났다. 하령이 내게 돈을 내밀었다. 나는 이번에는 내가 쏘겠다고 하고는 방에서 나왔다.

피자 체인점까지 가는데 몸이 축 처져서 걷기가 힘들었다. 나는 체인점에 들어가 저번에 하령이 주문했던 피자 이름을 가까스로 기억해냈다.

"새우 들어간 거 신제품 뭐더라? 아, 쉬림푸스 퀸 미디엄 한 판 주세요."

나보다 먼저 온 사람이 피자를 받아 나간 뒤 나는 의자에 앉아 머리를 기대고 눈을 감았다. 피자가 만들어지는 15분 동안 나는 기분이 좋지 않았다. 그새 하령에게 정이 들었는가 싶어 기분이 이상했다. 그렇다고 하령에게 다시 가지 말라고 할 수도 없는 노릇이고 앞으로도 같이 아르바이트를 할 거니 지겹도록 볼 건데 무슨 걱정인가 싶었다. 둘이서 장기적으로 할 수 있는 아르바이트를 구해도 괜찮을 것 같았다. 다시 발걸음이 가벼워졌다. 나는 골목을 빠르게 돌았다.

집 앞에 와서야 맥주를 빼먹었다는 사실을 깨달았다. 다시 왔던 길로 돌아가려다가 하령에게 피자를 건네주고 슈퍼에 가려고 벨을 눌렀는데 대답이 없었다. 손으로 문을 탕탕 두드렸지만 마찬가지였다. 주머니에서 열쇠를 꺼내 열쇠 구멍에 꽂으려는데 왜인지 잘 들어가지 않았다. 녹이 슬어서 그런 걸까. 내일 열쇠를 하나 더 맞춰야겠다고 생각하며 열쇠를 돌려 문을 연 순간 익숙한 냄새가 흘러나왔다.

나는 본능적으로 입을 틀어막고 문을 활짝 열었다. 버너 위에 타다 남은 연탄과 번개탄이 보였다. 하령의 옆모습이 보였다. 여전히 하체는 이불 속에 집어넣은 채로 벽에 기대어 있었다. 나는 하령에게 다가가 몸을 흔들었다. 하령의 몸은 젖은 솜처럼 축 늘어졌다. 나는 하령의 겨드랑이에 양손을 끼워 밖으로 끌어내 입 안에 바람을 불어넣었다. 인공호흡은 한 번도 안 해봤지만 체육 시간에 배운 기억을 최대한 되살려 몇 번 하다가 핸드폰을 꺼내 들었다. 119에 전화를 하려 했지만 버튼을 누르는 손이 흔들리는 바람에 몇 번의 시도 끝에 겨우 전화를 걸 수 있었다.

하령과 함께 구급차에 올라타 병원으로 가는 길에 나는 또다시 몸이 납작해지는 것 같았다. 자꾸만 드러눕고 싶고 이불 속으로 기어 들어가고 싶었다. 구급대원이 아가씨도 혹시 가스를 마신 거 아니냐며 의자에 기대어 있으라고 했다. 내가 누울 자리는 없었으므로 나는 허리를 굽혀 눕듯이 의자에 기대었는데 빙글빙글 도는 놀이기구를 탄 것처럼 어지러웠다.

혼수상태에 빠진 하령은 응급실로 들어갔다. 누군가 하령의 부모님께 전화를 걸었는지 금세 하령의 부모님이 들이닥쳤다. 누군가 내 연락처를 적어 갔고 나는 이런저런 질문에 답한 뒤에 집으로 돌아올 수 있었다.

나는 집에 오자마자 문을 걸어 잠갔다. 역시 방에 들이는 게 아니었어. 뺨 위로 눈물이 흘러내렸다. 버너 위에 놓인 번개탄과 연탄을 창문 밖으로 내던졌다. 연탄은 집 앞에 있던 것을 사용한 것 같았고 번개탄은 하령이 직접 사 온 것 같았다. 하령은 언제 번개탄을 사 왔을까. 내가 피자를 사러 간 사이에? 하령이 미웠다. 피자를 사러 가는 나를 비웃으며 번개탄을 사러 간 하령이 무섭고 미웠다.

창문을 닫은 다음 이불 속으로 기어 들어갔다. 누군가 위에서 누르고 있는 것처럼 몸이 무거웠다. 곧 깊은 잠이 몰려들었다. 올겨울엔 돈을 아끼기 위해 종종 연탄난로를 사용했다. 춥고 배가 고파 죽어버릴까 하는 생각이 종종 밀려들었다. 사나흘 동안 술을 마시다가 잠들고, 일어나 구인 사이트를 들여다보는 생활의 연속이었다. 지지난달에는 난로를 켜놓고 잠시 졸았는데 가스를 마셨는지 메스껍고 구역질이 났다. 나는 입과 코를 틀어막고 거북이 자세로, 하지만 속도만은 토끼처럼 빠르게 기어서 밖으로 나왔다. 나는 언니 집으로 향했다. 언니에게 동치미 국물을 달라고 해서 한 대접 마신 다음 집으로 돌아와 이불을 덮어쓰고 키득거렸다. 매일 죽고 싶다고 생각했는데 대체 왜 그랬는지 알 수 없었다. 혹시 하령도 그랬던 건 아닐까. 막 죽으려는 순간 밖으로 나가고 싶었던 건 아닐까. 아니다. 하령은 진심으로 납작해지고 싶어 했다. 납작해져서 몸을 숨기고 싶어 했다. 하령이 죽고 싶었던 진짜 이유는 무엇일까. 단지 스튜어디스 시험에 떨어져서? 묻고 싶었지만 하령은 답할 수 없었다.

아침에 일어나자마자 몸을 뻗어 기지개를 켜려는데 몸이 움직여지지 않았다. 아무래도 잠이 덜 깬 모양이었다. 가위에 눌린 건가? 현관 쪽에서 소리가 들렸다. 언니가 안으로 들어와 나를 불렀다. 나는 여기에 있다고 말하려 했지만 목소리가 나오지 않았다. 언니가 내 곁으로 다가와 무언가를 눌렀다. 어디선가 시디 돌아가는 소리가 들렸다. 허리 부분이 비틀리는 감각이 느껴지면서 음악 소리가 들려왔다.

"문 열어놓고 어딜 간 거야?"

방 안을 인크레더블의 음악이 점령했다. 나는 목청껏 언니를 불렀지만 내 목소리는 음악 소리에 묻혀 들리지 않았다. 아무것도 보이지 않았지만 몸이 빙빙 돌아가는 것만은 느껴졌다. 어지럽고 토할 것 같았다. 갑자기 음악이 뚝 끊어지더니 눈앞이 밝아졌다. 눈이 부셔 실눈을 떴다. 언니가 내 쪽으로 얼굴을 바짝 들이밀었다. 드디어 나를 발견했구나 싶어 웃음이 나오려는데 언니가 옆에 놓인 인크레더블 시디 케이스를 들어올렸다.

"시디 살 돈도 있네?"

다시 시야가 어두워지며 뚜껑 닫히는 소리가 들렸다. 음악이 울려 퍼졌다. 비틀리는 허리의 통증을 느끼며 나도 같이 노래를 불렀다.

당신의 집에서 잘 수 있나요, 오늘 밤[1]

이동재(한양대학교 강사)

　어쩌면 철이 지난 이야기로 보일 수도 있겠다. 이젠 2,500만 원으로도 서울에서 한 몸 풀어놓을 방을 구하기 힘들기에, 음원을 다운로드하여 휴대폰으로 음악을 듣는 시대이기에 그런 생각이 들 것이다. 그러나 슬프게도 이 이야기는 지금이다. 다혜와 하령이 경험했던 부조리는 아직도 지속되고 있으며 더 단단히 여물어가고 있기 때문이다. 작품의 시간적 배경에서 오는 이질감이 십수 년간 변하지 않은 삶의 조건들과 기묘한 균형을 이루며 기시감을 남기고 있지 않은가. '미래'란 기표가 '포기'라는 기의와 결합되어 있다고 생각하는 N포세대의 감각을 딛고 서면 작품과 현실의 시차에서 비롯된 현기증이 가실지도 모르겠다.

　김의경 작가의 개성은 일관된 주제 의식과 담박한 문체로 이루어져 있다. 작가는 자신의 경험을 씨앗 삼아 엮어낸 '청춘 3부작'(「청춘파산」, 「쇼룸」, 「콜센터」)을 통해 청년이 '사람'의 조건을 획득하는 차원에 주목해왔

1　글의 제목은 김이강 시인의 「당신의 집에서 잘 수 있나요, 오늘 밤」에서 빌렸다.

다. 「청춘파산」에서는 채권자와의 법적 다툼 끝에 성장하는 백인주를 조망했고, 「쇼룸」에서는 '다이소'와 '이케아'를 중심에 놓고 소비를 통해 자신의 공간과 미래의 간격을 가늠하는 인물들을 펼쳐놓았다. 여기까지가 이를테면 한 사회에서 누군가가 '사람'으로 인정받기 위한, 또 스스로를 '사람'으로 인식하기 위한 물적 토대와 관련된 탐구로 보인다. 그리고 「콜센터」에 이르러 '사람'을 이루는 새로운 성분에 주목하기 시작하는데 그것은 바로 '대접'이다. 좁은 부스에 갇혀 한 시간에 40번씩이나 타인의 침탈과 몽니를 감당해야 하는 인물들은 진상들로부터 받는 '대접'에 분개한다.

경제적 교환의 질서 바깥에서도 사람의 자격은 형성된다. 사람을 사람으로 만들어주는 것은 숫자나 관념이 아니라 매일매일 남들로부터 받는 대접이기 때문이다. 작가의 눈은 바로 이 지점, 상호의례적 픽션 속에서 '사람' 문턱을 넘기 힘들어하는 청춘의 음영을 바라보고 있다. 그리고 「시디팩토리」는 이 주제의 연장선상에 놓인다. 작가는 이를 다루기 위해 그간 등장인물을 배치하는 공간을 갈수록 축소해왔다. 「청춘파산」에서 「콜센터」로 나아가며 수만 명을 품어낼 수 있는 동의 넓이가 한 명의 육체를 담아내는 폰부스로 줄어들었고, 이윽고 「시디팩토리」에 이르러서는 CD 한 장으로 수렴되고 있다. 이러한 공간적 응축은 타자와의 간격을 좁혀놓는다. 시현과 진상의 거리는 그녀의 귓바퀴와 밀착된 헤드셋만큼이나 위태로울 정도로 가까웠고 바로 이 거리 때문에 시현은 자신의 감정을 숨길 수 없었다. 그래서 그녀는 진심을 다해 '미안해'한다. 그들을 둘러싼 공간이 축소되면서 역설적으로 '인격성'의 경계는 타자를 향해 활짝 열리게 된 것이다.

작가는 이러한 열림의 극점에 다혜를 놓아둔다. 언뜻 보기에 다혜는 폐쇄된 공간에 갇힌 수형자 같다. 그러나 그녀가 직면하고 있는 문제는 정반대이다. 다혜는 감옥을 가질 수 없다는 문제를 앓고 있었다. 그녀가 스스로를 가둔 것으로 보이는 감옥은 실상 그녀가 원치 않을 때 무시로 열린다.

그녀가 위안을 얻을 수 있는 공간은 기껏해야 '포근한 이불 속' 정도다. 이불 밖은 추위와 연탄가스가 도사리고 있으며 문밖엔 호빵 공장 사장의 음흉한 눈초리와 시디팩토리 사장 마누라의 날카로운 고함이 가득하다. 그뿐일까. 심지어 자신의 기억과 내면도 감정의 급류를 만들어내며 위태롭게 하는 통에 매일 소주로 다잡고 있다. 다혜는 이 모든 것에 너무도 철저하게 열려 있다. 그래서 그녀는 자신이 보호할 수 없다고 판단한 '나의 영역'을 성실하게 감산해왔다. 정규직을, 애인을, 희망을, 감정을 깎아냈다. 마치 이와 같은 노력이 자신의 '영혼'을 지킬 수 있는 유일한 방법이나 되는 듯이. 그러나 다혜가 봉착한 문제는 스스로 해결할 수 없다. 그녀에겐 더 줄일 것이 없기 때문이다. 그러므로 그녀는 자신의 인격성을 닫고 그 영역을 소중하게 다뤄줄 누군가의 '대접'에 기댈 수밖에 없다.

다행히 다혜는 여자를 만났다. 그녀는 쾌활했다. 스쳐 지나가는 소모성 관계임에도 다혜에게 말을 걸고 조언을 구했고 함께 굴욕을 참아내며 일했다. 자신의 일상을 자조적으로 드러냈음에도 그 어떤 판단도 하지 않았다. 그들을 '인간 대접'해주지 않던 '미친년'을 대신 흥보면서 훔쳐낸 인크레더블 CD를 선물했다. 그리고 그날 밤 다혜의 일상에는 균열이 생겼다.

> 나는 방 안을 뒤져 오랫동안 사용하지 않은 시디플레이어를 찾았다. 먼지를 닦고 전원을 연결한 뒤 여자가 준 시디를 넣었다. 인크레더블의 음악은 생각보다 좋았다. 여러 개의 댄스곡 다음에 이어지는 발라드를 허밍으로 따라 부르는데 이유 없이 눈물이 났다. 나는 인크레더블의 노래를 며칠간 반복해서 들었다. (75쪽)

다혜에겐 이 역시도 여자의 첫 번째 '침입'으로 보였을지 모르겠다. 그러나 '이유 없는 눈물'과 며칠간 반복해서 음악을 듣는 모습을 통해 그녀가 포기했던 무언가를 조금씩 되찾고 있다는 것이 드러나며 이와 동시에 '끔찍한 현재[2]로 응결되어 있던 그녀의 시간 감각이 유동성을 회복하고 있다는 점이 주목된다. 그것은 다혜가 매우 오랜만에, 실로 오랜만에 경험한 '환대'였던 것이다. 환대란 누군가의 '자리'를 인정해주는 제스처를 뜻한다. 조건을 헤아리지 않고 자신이 점유한 자리를 내어주며 누구도 빼앗을 수 없는 당신의 자리가 여기 있음을 알려주는 몸짓이다.[3] 이 '자리'가 바로 '사람됨'의 근본적 조건이라는 점을 덧붙일 필요가 있을까. 다혜가 CD를 며칠간 반복해서 들었던 것은 그녀의 '환대' 속에 영혼의 울타리가 닫히는 희미한 소리가 녹아 있었기 때문이었을 것이다.

다혜는 여자와의 두 번째 만남을 통해 그녀의 '대접'에 응할 기회를 얻었다. 자신의 집으로 초대한 것이다. 평소에는 엄두도 내지 못할 3만 원짜리 피자와 맥주를 사 들고 그들은 작은 방에 들어선다. 초라한 자신의 방을 보고도 여자는 어떤 판단도 하지 않았다. 그녀는 스스럼없이 이불 속으로 다리를 밀어 넣었다. 엉겁결에 다혜는 자신의 영역을 내어주게 된 것이다. 둘의 대화가 무르익어가며 여자는 '하령'이 되었고 다혜와 별반 다를 바 없는 처지라는 사실이 드러난다. 하령 역시도 자신의 '사람됨'이 그 어떤 보호도 받을 수 없다는 선명한 깨달음을 차곡차곡 축적해왔던 것이다. 하령의 희망은 이러한 사정을 드러내고 있다.

> "나는 죽으면 영혼이 되어 시디 속으로 들어가고 싶어. 평생 그 안에서 빙글빙글 몸을 돌리며 음악이 되어 살고 싶어."
>
> (…) 하령은 자신은 반달형 시디가 마음에 든다고 했다. 반달형 시디는 35MB로 185MB인 미니시디보다 용량은 작지만 시디 속에 들어갈 수 있다면 반달형 시디를 택하겠다고 했다. 하령이 반달형 시디에 얼굴을 비춰보며

2   『콜센터』의 최시현은 전화로 상담하는 시간, 즉 노동의 시간을 숨을 곳이 없는 '끔찍한 현재'로만 경험한다. 김의경, 『콜센터』, 광화문글방, 2020, 83쪽.
3   김현경, 『사람, 장소, 환대』, 문학과지성사, 2020, 204쪽.

말했다.

"이제 겨우 서른이니 용량은 이 정도로도 충분해."(80~81쪽)

CD는 시간의 흐름을 최소의 부피로 굳혀낸 것이다. 누군가에게 자리를 구걸하지 않을 수 있을 만큼 작다. 문 하나 없는 순수한 깊이가 그 안에 있다. 그럴 수 있다면 하령의 영혼은 세상에서 가장 작은 공간을 점유한 채 누구도 함부로 들어 올 수 없는 깊이 속에서 평안할 수 있을 것이다. 오직 접속하는 사람에게만 음악을 들려주면서 말이다. 35MB짜리 CD가 되고 싶다는 하령의 욕망은 형식상 다혜가 그동안 스스로에게 해왔던 일과 구분되지 않는다.

그러나 이 대화 이후 다혜의 시간은 흘러간다. 하령의 돈을 받아 들고 다혜는 다시 피자를 사러 나온다. 그리고 피자가 익는 '15분'을 느끼며 집으로 걷는 '10분'을 재촉한다. 이 30분 남짓한 시간을 그려내는 작가의 시선은 건조하지만 하령의 '침입'과 응대 이후로 시간의 흐름에 기민한 감수성을 노출하는 다혜의 정황을 잘 포착하고 있다.

> 피자 체인점은 집에서 10분 정도 걸어야 했다. 하령이 자기는 그 피자가 아니면 먹지 않는다고 했으므로 나는 걸음을 재촉했다. 피자는 정확히 15분 만에 나왔고 식지 않게 가져다주고 싶은 마음에 나는 집까지 뛰다시피 걸었다. 그러고 보니 뛴 것이 대체 얼마 만인지 몰랐다. 속도를 늦추며 숨을 몰아 쉬는데 길고양이가 보였다. 고양이는 배가 고픈지 나를 빤히 쳐다봤다. 나는 피자를 한 조각 떼어 고양이 근처에 놓았다. 조금 걷다가 돌아보니 고양이가 피자 가까이로 다가가고 있었다.(81~82쪽)

그간 다혜의 시간은 불활성이었다는 사실을 미루어봤을 때 이 지점은 새롭다. 하령 덕분에 다혜의 내감이 10분 앞의 미래에 주목하고 있기 때문이다. 그리고 이 미세한 어긋남이 길고양이에게 무언가를 건네는 행위로 연결되고 있다는 점 역시 빛난다. 그렇게 다혜는 고양이에게 자리를 내어주었다. 이 '길'이 네가 있을 곳이라고 말이다. 미래를 향한 이 작은 보폭은 '위태로운' 동거 생활을 끝내던 날, 좀 더 먼 미래까지 닿고 있었다.

> 피자가 만들어지는 15분 동안 나는 기분이 좋지 않았다. 그새 하령에게 정이 들었는가 싶어 기분이 이상했다. 그렇다고 하령에게 다시 가지 말라고 할 수도 없는 노릇이고 앞으로도 같이 아르바이트를 할 거니 지겹도록 볼 건데 무슨 걱정인가 싶었다. 둘이서 장기적으로 할 수 있는 아르바이트를 구해도 괜찮을 것 같았다. 다시 발걸음이 가벼워졌다. 나는 골목을 빠르게 돌았다.(85~86쪽)

그러나 하령은 그 사이 자살을 시도했다. 이는 다혜의 방에서 벌어질 수밖에 없었는데, 그녀에게 여기가 빼앗길 수 없는 너의 자리라고 알려준 것은 다혜 자신이었기 때문이다. 그리고 다혜는 이를 번복했다. 다혜는 하령이 '신세를 지고 있는' 사람이며, '자그마치 두 달간 빌붙었다'고 말한다. 자신은 하령과의 관계를 교환 논리로 이해하고 있다고 주장한 셈이다. '나는 형부와 언니에게 받은 재화의 한 귀퉁이를 대여했을 뿐이다'라고 주장한 것과 다름이 없다. 그녀는 자신에게 벌어진 일의 의미를 외면하고 있다. 이러한 다혜의 말이 거짓말임을 우리는 쉽사리 알아챌 수 있다. 그들이 맺은 관계는 대갚음의 논리와는 무관한 자리에서 발생했기 때문이다. 다혜는 누구보다 하령의 장점을 정확하게 알고 있으며, 취향을 섬세하게 기억해냈고, 피자가 익는 시간 동안 하령과 함께할 미래를 그려보았다. 이미 하령을 '환대'했던 것이다. 하령의 자살 시도는 그러므로 하나의 주장으로 읽힐 수 있다. 여기가 나를 닮을 수 있었던 유일한 장소라는 주장 말이다.

다혜는 이 메시지를 이해하지 못한 채 받아들인다. CD 속에 갇히게 된 것이다. 이 지점에서 다혜의 운명은 어느 날 갑충으로 변해버린 「변신」의 그레고르 잠자와 한 가닥 실로 연결된다. 다혜가 얻게 된 광택성 표면의 경도는 그레고르의 키틴질 피부와 짝을 이루고, 그 매끄러운 피부 속에 도저히 가시화되기 어려운 '내면' 혹은 '음악'이 자리하고 있다는 점에서 둘은 친연성으로 묶여 있다. 그레고르의 방문이 그가 원하지 않는 순간에 무참히 열리곤 했다는 것[4]을 떠올린다면 다혜가 놓인 곤경은 우리에게 낯선 것이 아니다. 그럼에도 불구하고 그 둘은 서로 다른 결말을 맞을 것이다. 그레고르에겐 하령이 없었기 때문이다. 그리고 바로 그 때문에 이 작품의 결말에 대한 해석은 단순한 절망으로 귀결될 수 없다.

CD가 하령이 다혜에게 건넨 첫 번째 환대였음을 독자는 기억할 것이다. CD는 그 환대의 은유이자, 하령의 얼굴과 인접성을 이루고 있는 환유이기도 하다. 그녀가 내민 그 작은 환대만이 세상에서 차지할 수 있는 연장의 전부라는 것을 다혜는 비로소 온몸으로 받아들이고 있는 중이다. 다혜는 그녀의 소리로 가득 찬 감옥을 마침내 얻게 되었다. 이 완성되지 못할 '애도'는 다혜에겐 필요한 절망이다. 타자와의 마주침이 없는 자폐적 순환에서 한 발 빼냈다는 사실을 체감할 때, 믿고 있었던 것과 실제로 하고 있었던 일의 차이를 발견할 때 주체를 엄습하는 강력한 붕괴이기 때문이다.

그래서 나는 다혜가 힘겹게 얻은 외딴 방을 어떻게 꾸밀지 자못 궁금해진다. 다하지 못한 하령의 이야기도 어떻게 확장될지 궁금해진다. 이 궁금증에 참여하고 싶은 분들에게 작가의 3부작을 강력히 권한다. 매우 따뜻한 환대가 준비되어 있을 것이다. 그리고 그 온기 속에서 오래 묻어 두었던 그리운 부탁을 마주하게 될 것이다. "당신 집에서 잘 수 있나요? 오늘밤."

---

4 위의 책, 99쪽.

굴 드라이브

김지연

2018년 문학동네 신인상 수상으로 작품 활동
시작. 공저 『언니밖에 없네』가 있음.

굴 드라이브

버스가 속도를 늦추며 모퉁이를 도는 게 느껴져 잠에서 깼다. 김이 서린 차창을 커튼으로 슥슥 닦아 밖을 보니 잠들기 전과는 풍경이 완전히 달라져 있었다. 좁고 구불구불한 도로와 전깃줄이 복잡하게 얽힌 전신주들, 낮고 낡은 건물들 너머로 보이는 바다. 푸른 바다 위로는 흰색의 양식용 스티로폼이 열을 지어 둥둥 떠 있었다.

"어, 이제 거의 다 왔다. 네 시간은 너무 먼 거리라니까. 마중 나올 거가?"

내 옆자리에 앉은 여자가 누군가와 통화하는 소리에 나는 속으로 동의를 했다. 맞아요, 네 시간은 너무 멀죠. 한편으로는 네 시간 정도면 국내 어디로든 닿을 수 있다는 것이 안심이 되기도 했다. 아무리 멀어져도 한나절이면 못 갈 곳이 없다. 아침에 마음을 먹고 정오에 출발해 저녁이면 다른 도시에 도착해서 아침에 있었던 곳을 깡그리 잊는 것도 가능하다. 하지만 돌아갈 곳 역시 그만큼 가깝다. 멀리 가도 아주 멀리 가지는 못한다.

삼촌이 내게 전화를 걸어 좋은 일자리가 있는데 면접을 한번 보겠냐고 물은 것이 이틀 전이었다. 처음에는 농담인 줄 알았다. 고향에는 일자리 같은 게 거의 남아 있지 않았기 때문이었다. 내가 출향을 결심한 것도 그래서였다. 할 일이 없었기 때문에. 그래도 당시에는 조선소 일자리가 넘쳐나 용접을 배워볼까 생각했었다. 마침 근처 취업지원센터에서 여성을 대상으로 한 용접 강좌를 무료로 열고 있어 좋은 기회라고 생각했지만 결혼하기 전에 조선소에서 일한 적 있는 경옥 숙모가 나 같은 사람은 절대 조선소 문화에 적응할 수 없을 거라며 필사적으로 만류했다. 나 같은 사람이 뭔지, 조선소 문화가 어떤 건지 몰랐지만 숙모와 대화를 나눈 다음에는 나도 납득했다. 어쩌면 내게는 다행한 일이었는지도 모른다. 그 뒤로 조선 경기가 점점 나빠져 무급 휴가를 가거나 이른 퇴직을 하는 사람도 많아졌기 때문이다. 나 같은 사람은 어찌어찌 적응하며 다녔다 해도 방출 1순위가 되었을 것이다.

조선 경기가 나빠지자 도시를 떠나는 사람도, 빈집도 점점 많아졌다. 그런 마당에 제대로 된 일자리가 있을 리 만무했다. 하지만 삼촌은 아주 좋은 일자리가 있다고 말했다. 뭔데, 뭔데? 물어도 제대로 대답은 해주지 않고 한번 내려와 얼굴 보며 이야기하면 안 되겠냐고 했다. 거의 하는 일도 없이 월 3백은 거뜬하다고 했다. 그래서 당연히 농담이라고 생각했다. 그런 일자리면 삼촌이 하면 될 거 아니냐고 빈정거렸는데 나이 제한이 있어 본인은 할 수 없다는 것이었다. 젊은 사람이 필요하다고 했다. 나는 서울에서 이런저런 사무직을 전전하며 살다가 최근 3년은 1년씩 계약을 연장하며 한 회사에 다녔다. 지난달 계약이 종료된 후 더는 연장되지 않은 것은 젊은 사람을 고용하고 싶기 때문이라는 것을, 회사에서 올린 채용 공고를 보고 알았다. 내가 쌓은 경력이 능력을 인정받기보다 급여를 계산할 때나 일을 시킬 때 걸림돌이 될 뿐이라는 것도. 서울에서는 채용 시장에서 밀려나는 늙은 사람 취급을 받는데 고향에 내려가면 아주 젊은 사람이라는 것에 어쩌면 조금 솔깃했는지도 몰랐다. 어차피 회사도 그만뒀으니 바람도 쐴 겸, 오랜만에 가족들도 볼 겸 다녀오자고 마음먹었다.

고속버스에서 내려 올라탄 시 외곽으로 향하는 시내버스에는 이 도시에

늦게 도착한 나와 금요일 밤을 즐기다 귀가하는 동남아계 남자 셋뿐이었다. 한참을 달리던 중 내 뒤에 앉은 한 명이 내 어깨를 툭툭 치기에 돌아봤더니 술 냄새를 풍기며 "누나, 우리 집에 안 갈래?" 하고 말을 걸었다. 따로 떨어져 앉아 있던 일행들이 나를 주시하며 낄낄거렸다. 나는 대꾸를 하지 않고 고개를 돌렸다. 버스 기사가 백미러로 나를 보더니 "다음에 다 내릴 겁니다" 하고 외쳤다. 그 뒤에도 남자는 내게 "가자, 가자" 계속 말을 붙였지만 다행히 버스 기사의 말대로 다음 정류소에서 모두 내렸다. 그들은 버스에서 내려서도 건널목에 서서 나를 향해 손을 흔들어댔다. 참다못한 내가 가운뎃손가락을 들어 보였더니 배를 잡고 고꾸라지며 웃었다. 어떤 식으로든 화를 내고 모욕을 주고 싶었는데 오히려 웃겼던 모양이다. 버스가 정차한 산비탈 아래로 공장지대가 있었다. 불이 거의 없어 아주 캄캄한 그 근방에 숙소가 있을 것이다. 나는 그들이 어둠 속으로 거리낌 없이 걸음을 옮기는 것을 눈으로 좇았다. 버스 기사가 나를 흘끔거리며 말했다.

"그러니까 이렇게 늦게 다니면 안 되지."

새로 타는 승객이 없어 집에 도착할 때까지 버스에는 버스 기사와 나뿐이었다. 버스 기사는 내가 어디에서 내릴 것인지를 물었고 나는 그런 것까지 다 알려주고 싶지는 않았지만 고분고분 대답을 해주었다. 버스에서 내릴 때는 "안녕히 가세요" 인사까지 했다. 살을 엘 듯한 거센 바닷바람이 실어오는 비릿한 냄새를 맡으면서 고향은 한 번도 나를 환영한 적이 없다는 사실이 새삼 떠올랐다.

시간이 벌써 자정이 됐는데도 저녁을 먹지 않았다고 하니 엄마가 야참을 차려주었다. 김장 김치와 보쌈이었다. 최근 김장을 한 모양이었다.

"좀 일찍 올 걸 그랬나? 김장도 돕고."

"됐다. 많이도 안 하는데 괜히 걸리적거린다."

엄마는 내 맞은편에 앉아 내가 먹는 꼴을 물끄러미 바라보았다. 굴을 넣고 만든 겉절이를 씹자니 고향에 와 앉아 있다는 것이 또 실감 났다.

"삼촌이 왜 오라 했는지 아나? 좋은 일자리가 있다던데."

"얘기 안 해주더나?"

"안 하던데."

"결혼하라고."

"뭐?"

"좋은 남자가 하나 있단다."

그 말에 나는 폭소를 터뜨렸다. 너무 크게 웃어서 안방에서 자고 있던 아빠가 잠에서 깨어 팬티 차림으로 나와서는 나를 발견하고 언제 왔냐고 물어보았다.

"아빠, 안녕."

딱히 대답이 필요했던 것은 아니었는지 아빠는 화장실에 갔다가 다시 안방으로 자러 갔다.

내가 대학생이었을 때 엄마는 나에게 결혼 같은 건 하지 않아도 된다고 말했다. 다만 혼자 멀끔하게 잘 살자면 경제력만은 꼭 갖추어야 하니 좋은 직장을 구해야 한다고. 하지만 나는 무척 결혼을 하고 싶은 사람이었고 엄마에게 사귀는 남자가 있다고도 말했었다. 이상하게도 엄마는 그 남자를 집에 한번 데려오라는 말은 하지 않았다. 안 궁금하나? 물으면 귀찮게 뭣하러 서울에서 여기까지 왔다 갔다 하냐고 둘이 잘 만나고 있으면 됐다고 말했다. 사진이라도 보여줄까? 물어봤을 때는 어디 보자, 하긴 했는데 싫어, 안 보여줄래, 말을 바꾸니까 싫음 말고, 하고 그냥 넘어갔다. 엄마는 내가 싫다는 것은 강요하지 않았다. 중학교 때는 내가 공부하는 게 싫다고 하니까 그럼 뭘 하고 싶은지 물었다. 그런 건 없다고 하니까 어쩌냐, 사람이 자기 밥벌이는 하고 살아야 하는데, 하면서 전에는 시킨 적 없던 집안일을 시켰다. 하고 싶은 걸 찾을 때까지 엄마가 가르쳐줄 수 있는 거라곤 그것뿐이라고 말이다. 그건 당연히 앉아서 공부만 하는 것보다 힘들어서 나는 다시 공부를 하겠다고 선언했다. 불행히도 공부에는 별로 재주가 없었다. 어떻게 대학까지 가기는 했지만 나를 멀끔하게 잘 살게 해줄 경제력은 갖추지 못했다. 뭐든 늦된 편이라서 잘하는 걸 찾기까지, 멀끔해지기까지 남들보다 시간이 좀 걸릴 거라고 생각하긴 했었는데 영영 못 찾는 경우의 수는 별로 생각해보지 않았다. 그런 깨달음조차도 좀 늦된 편이었다.

다음 날 아침 일찍 삼촌에게 전화를 걸었다. 혹시나 하고 기대했던 내가 바보 같았다. 이 촌 동네에 나를 위한 월 3백짜리 일자리가 있을 리 없었다. 삼촌이 말하던 일자리가 결혼을 말하는 거냐고 하니까 삼촌은 순순히 그렇다고 하면서도 지금은 통화하기 곤란하니 나중에 전화하라고 말했다.

"진짜 다음부터는 이런 일로 오라 가라 하지 마라, 짜증 나니까."

"나 노로바이러스 걸렸다."

"뭐? 양식장 관리를 얼마나 거지처럼 했으면."

자신의 잘못을 시인하는 대신 병에 걸렸다는 이야기를 하는 게 짜증 나서 내가 쏘아붙이자 삼촌이 또 똥 싸러 가야 한다고 말하면서 울었다. 진짜로 울었는지 그 비슷한 소리만 낸 건지는 알 수 없었다. 삼촌은 연안에서 작게 굴 양식업을 하고 있었다. 제법 잘되는 편이었다. 봄이면 조가비를 줄에 엮어 길게 늘어뜨려 바닷속을 떠돌던 어린 굴들을 조가비에 들러붙게 했다. 그걸 부표에 매달아놓으면 굴은 알아서 잘 자랐고 알이 굵게 자라면 거둬들였다. 굴을 까는 일은 동네 아줌마들의 몫이었다.

기대했던 할 일이 없어져서 나는 내내 이불 속에 누워 스마트폰만 만지작거렸다. 아빠는 소파에 앉아서 남동생이 사준 태블릿 PC로 바둑을 뒀고 엄마는 TV를 봤다. 단열이 잘 안 되는 단층 주택이라 좀 추웠다. 바닥은 불을 때 어떻게 해결한다고 해도 이불 밖 공기에 코가 시렸다.

경옥 숙모에게 전화가 걸려온 것은 정오였다. 좀 지루해지던 차였다. 어쩌면 내게 남자를 주선한 사람은 숙모였는지도 몰랐다. 그래서 그 일 때문인가 했는데 내가 그 남자를 만날 리가 없다는 것을 깨달았는지 그건 이제 아무래도 상관없다는 듯 공장에 와서 일 좀 도와주면 안 되겠냐고 물었다. 무슨 일이냐고 물으니까 원래 삼촌이 배달하기로 되어 있던 굴들을 배달하는 일이라고 했다.

"그냥 택배 부르죠?"

"딴 지역으로 가는 건 다 택배 쓰는데 여기 근처는 원래 삼촌이 했거든. 아파트에 단체 주문 많아서 그냥 단지 앞에 트럭 세워놓고 쭉 돌리면 된다. 별로 힘도 안 든다. 부탁 좀 할게. 지금 일손이 넘 달려서. 알바비도 많이 챙겨줄게. 1종 보통 맞지?"

면허증을 딸 때를 빼곤 트럭을 몰아본 일이 없었지만 어쨌든 나는 그렇다고 하고 그 일을 하기로 했다.

"근데 이번에 배달하는 굴은 괜찮은 거예요? 노로바이러스로 난린 거 같던데."

"괜찮으니까 배달하지. 또 탈 나면 공장 망한다. 그럼 부탁할게. 지금 바로 공장으로 와요."

전화를 끊고 바로 나갈 채비를 하니 엄마가 어디 가느냐고 물었다.

"삼촌 공장에."

"예쁘게 하고 가."

"일하러 가는 거야."

엄마는 내가 그 남자라도 만나러 가는 줄 알았는지 내가 자초지종을 설명하니까 가지 말라고, 오랜만에 내려와서 쉬고 있는데 뭐 그런 걸 시키냐고 말렸다.

"너무 심심해서 그래. 나갔다 올게. 근데 엄마, 옛날에는 나 결혼 같은 거안 해도 된댔잖아."

"대신 돈 많이 벌라고 했지."

그렇게 말하니 또 할 말이 없었다.

"갔다 올게."

얼른 인사만 남기고 현관을 나서자마자 찬 바람이 훅 불어와 문을 쾅 닫아버렸다. 문 안쪽에서 아빠가 엄마에게 뭐라 말하는 소리가 들렸는데 내용까지는 정확히 알 수 없었다.

나는 옷깃을 여미며 공장 쪽으로 향했다. 별로 멀지는 않았지만 바닷바람을 쐬며 20분쯤 걸어야 했다. 따로 버스가 다니는 길도 아니고 택시를 불러도 오는 데만도 한참 걸리는 데다 콜 비용을 따로 챙겨줘야 하니 걸어가는 게 제일이었다. 아빠 차를 타고 갈까도 생각했는데 길이 좁고 구불구불해 혹시라도 마주 오는 차와 마주치면 낭패였다. 걸은 지 몇 분 안 돼서 후회를 하긴 했다. 서울보다 한참 남쪽이라 연중 온도는 늘 몇 도씩 높았지만 이 바닷바람을 맞으면 그런 숫자는 아무 상관이 없는 것 같았다.

공장에 도착하니 직원 셋이 나와 나를 맞아주었다. 6, 70대쯤으로 보이는 여자 둘과 더 나이가 많은 쪽의 며느리라는 필리핀 여자였다. 숙모는 보이지 않았다.

"배달하러 온 거 맞지요?"

내가 고개를 끄덕이자 같이 짐 좀 나릅시다, 하고 나를 공장 안으로 이끌었다. 안에는 패딩 조끼를 껴입고 볼이 빨갛게 언 채로 굴을 까고 있는 사람이 다섯 더 있었다.

"근데 다들 노로바이러스에 걸렸다던데 괜찮으신가요?"

내 질문에 굴을 까던 두 사람이 나를 흘긋 쳐다봤다.

"사장 조카래."

나를 안내하던 여자가 말하자 굴을 까던 사람이 퉁명스럽게 대꾸했다.

"도대체가 이 비린 걸 왜 먹지."

"안 좋아하세요?"

"안 좋아하지. 이걸 어떻게 먹을까 늘 궁금했어."

온 동네에 비린내가 퍼져나가는 곳에 살면서 굴 같은 걸 비려서 먹을 수 없다고 생각하는 여자가 굴을 까고 있었다. 작업대에는 그녀가 까놓은 굴이 잔뜩 있었다. 굴은 흐물흐물해져서 싱싱한 건지 상한 건지 가늠이 안 됐다. 다른 사람들이 계속 굴을 까는 동안 필리핀인은 말없이 계속 스티로폼 상자를 옮겼다. 나도 함께 상자를 날랐다. 트럭에 다 실은 다음에는 다 함께 모여 믹스커피를 한 잔씩 타 먹었다.

"이제 가면 되나요?"

"어디로 배달할 건지는 알고 가야지. 좀만 기다려요. 반장이 와서 알려줄 거니까."

반장이라는 사람은 30분이 지나서 나타났고 내가 아는 사람이었다. 그녀도 나를 알아본 것 같았다. 눈이 동그래져서는 너, 너! 하고 외치다가 반갑다, 친구야, 손을 내밀었다. 그런 환영이 반갑기도 했지만 우리가 고등학교에 다닐 때 사이가 좋았던 것은 아니어서 떨떠름하기도 했다. 반장은 그때도 반장이었다. 그래도 시간이 제법 흘렀고 그때의 감정들은 그 순간엔 그다지 중요한 것은 아니었다. 무엇보다 내민 손을 모르는 척할 수 없어 마주잡았다. 따뜻한 데 있다가 왔는지 손에서 온기가 느껴져 찬 바람을 맞으며 걸어온 내 손이 얼마나 차가운지 절절히 느껴졌다.

"맞다, 여기 너네 삼촌 회사제. 니는 서울에서 무슨 강의한다더니."

그건 벌써 몇 해 전이었다. 나에 대한 정보가 거의 갱신이 안 됐다는 사실이 차라리 다행스러웠다. 나는 크게 부정도 긍정도 하지 않고 화제를 친구의 근황으로 옮겼다. 첫애가 내년 봄이면 초등학교를 들어간다고 했다. 소문으로 아이를 낳았다는 얘기를 듣긴 했지만 벌써 그만큼 컸다니 놀라웠다. 나는 이야기가 다시 내 쪽으로 돌아오지 않도록 쉬지 않고 질문을 했다. 다행히 배달을 하러 떠나야 했기 때문에 오래 이야기를 나눌 시간은 없었다. 반장은 차 키를 건네면서 필리핀 여자의 어깨를 툭툭 쳤다.

"여기 미셸이랑 같이 가면 돼."

이미 이야기가 되어 있었던 듯 미셸은 자연스럽게 조수석에 올라탔다. 반장은 일 끝나면 맥주나 한잔하자고 했다. 나는 그러겠노라고 고개를 끄덕이면서도 저녁에 거절할 말들을 떠올려보았다.

숙모의 말대로 일은 크게 어려울 것이 없었다. 오랜만에 드라이브를 하는 기분마저 들었다. 고향에 오는 것은 명절 때뿐이었고 그때마다 여유가 없어서 어딜 갈 생각은 못 했다. 서둘러 제사만 지내고 어른들과 아이들에게 용돈이나 좀 쥐여주고 도망치듯 서울로 올라왔다. 힘들고 지칠 때 고향을 찾아 마음의 평안을 얻는다는 이야기를 나는 한 번도 믿어본 적이 없었다. 어떻게 그런 게 가능할 수가 있을까. 하지만 이번의 드라이브는 내게 평안 비슷한 것을 주었다. 내게도 고향의 어떤 점들은 좋은 추억으로 남아 있었던 것이다. 그게 무엇인지 정확히 설명할 수 없었는데 어쩌면 이런 호젓함이었는지도 모른다. 나는 규정 속도를 지키며 달리면서 가야 할 몇 곳을 방문했다. 대개 아파트 단지였고 경비에게 방문 목적을 밝히자 굴 상자를 모두 관리실에 두고 가라는 곳도 있었다. 집집마다 방문해야 할 경우에도 미셸이 거의 모든 일을 순식간에 해치웠다. 나는 짐을 내릴 가까운 곳에 트럭을 갖다 대기만 하면 됐다. 그리고 아파트와 아파트 사이의 도로를 달리면서는 드라이브의 기분을 만끽하는 것이다.

마지막 배송지를 남겨두었을 때 미셸이 물었다.

"그거 아세요?"

내가 대답할 틈 없이 곧 다음 이야기가 이어졌다.

"암컷 굴 한 마리는 수천만 마리의 알을 낳아요."

그녀는 굴이 너무 이상해서 인터넷에서 찾아본 적이 있다고 했다. 딱딱한 껍데기 속에 그 흐물거리는 몸이라니.

"알에서 깬 새끼들은 바다를 헤엄쳐요. 붕붕 떠다녀요. 붕붕, 붕붕."

그녀는 막 의태어를 배운 아이처럼 붕붕을 몇 번이나 반복해서 말했다. 그 발음이 재밌다고 생각하는 것 같았다. 양손으로 물결을 만들며 계속 붕붕거렸다.

"그때는 아주 작아요. 아주, 아주."

"얼마나 작은데요?"

"아주. 바닷물을 떠 봐도 안 보일 만큼. 그리고 몇 차례나 변해요."

보이지 않는 굴이 수천만 마리의 알을 낳는 장면도, 굴 유생(幼生)이 변태를 거치는 과정도 머릿속에 잘 그려지지 않았다. 나는 그녀가 이런 사실들을 다 찾아보았다는 것과 그것들을 다 기억하고 있다는 것이 신기했다. 나라면 금세 다 까먹었을 이야기들이었다.

"그리고 붙어서 살 곳을 찾아요."

부유하던 굴 유생들이 어느 날에는 정착을 결정한다.

"그리고 살아요."

"그렇군요."

"그리고."

마지막으로 그녀는 집게손가락을 들어 트럭 뒤쪽을 가리켰다. 우리가 쌓아놓은 굴 상자가 있는 곳이었다. 나도 모르게 웃음이 터져 나왔다. 미셸도 덩달아 웃어서 우리는 같이 한참 웃었다.

언덕길을 지나다 경치가 좋은 공터를 발견했을 때에는 미셸에게 잠깐 쉬었다 가자고 말한 후 차를 세우고 내렸다. 고등학교를 다닐 때 통학하며 자주 지나던 곳이었지만 늘 스쳐 지나기만 했을 뿐 한 번도 그곳에 발을 디뎌 본 적은 없었다. 물론 그런 곳들은 아주 많았다. 안다고 생각하지만 사실은 전혀 아는 게 아닌 곳. 언덕이라 바람은 더 세게 불었지만 공기가 쾌청해 콧속이며 머릿속, 가슴속까지 시원해지는 것 같은 기분이 좋았다. 시야를 가리는 것 없이 탁 트인 전망도 마음에 들었다. 시커멀 정도로 짙은 바다에 작은 섬이 몇 개 있었고 작은 고깃배가 파도를 가르며 지났다. 날이 좋아 빛을 받은 물결이 희게 반짝거렸다. 어쩌면 별것도 아닌 그 풍경을 찬 바람을 맞으며 서서 한참 보았다. 오래 바라보고 싶은 풍경과 마주하는 것은 참으로 오랜만이라 기분이 좋았다.

일은 다섯 시가 안 되어 끝났다. 나는 반장에게 전화를 걸어 일이 끝났음을 알렸다. 반장은 고생했다는 말뿐 다른 말은 덧붙이지 않고 전화를 끊었다.

오늘의 일은 모두 끝났다는 생각으로 미셸과 한담을 나누며 느긋하게 공장을 향해 차를 몰았다. 미셸은 결혼한 지 1년이 조금 넘었다고 했다. 아직 아이는 없었다.

"서울 삽니까?"

"네, 서울에 살아요."

"저도 서울 가고 싶어요."

"안 가봤어요?"

"네, 한국 올 때도 김해로 왔어요."

"한번 놀러 가자고 해요."

"바빠서 안 된다고 합니다."

미셸의 대답을 들으며 나는 눈치가 없는 편이라는 것을 새삼 깨달았다.

"제 친구는 호텔에서 노래를 불러요. 저도 노래 잘 부릅니다."

내가 노래를 청하자 미셸은 망설이지 않고 목을 가다듬더니 노래를 부르기 시작했다. 〈문 리버〉였다. 한 소절을 듣자마자 왜 망설이지 않았는지 알 수 있었다. 머릿속에서 절로 '아름답다'는 문장이 떠올랐다. 차는 겨울을 보내며 아무것도 경작하지 않는 황량한 논밭을 지나고 있었다. 아름다운 노래가 더해지자 그 풍경들도 다 사연이 있는 것처럼 보였다. 노래가 끝났을 때 나는 박수를 쳤다.

"동네에서 인기 많겠어요."

"글쎄요."

나는 한 곡 더 청하고 싶었지만 왠지 시무룩해진 그녀에게 말을 꺼내기가 미안했다.

"서울에는 언제 갑니까?"

"내일 저녁요."

"나도 데려가세요."

"네?"

나는 깜짝 놀라 그녀를 돌아보았다. 그 말은 완전히 진심인 것처럼 들렸기 때문이다.

"농담이에요. 앞에 보세요."

하지만 미셸은 그게 농담이라고 했다. 농담이라는 말은 참 간편하다. 모든 말들을 금방 가볍게 만들어버린다.

공장 부근 사거리에서 그녀는 차를 세워달라고 했다.

"집이 이 근처입니다. 여기서 걸어가면 돼요."

"바람이 찬데요. 집 앞까지 데려다 드릴게요."

그녀는 한사코 사양하며 조금 걷고 싶다고 해서 나는 횡단보도 앞에 차를 세웠다. 미셸은 내게 작별 인사를 한 후 차에서 내려 걷기 시작했고 나는 금세 그녀를 앞질러 갔다.

저녁에 반장에게서 전화가 왔다. 아까는 공장에 갑자기 주문이 밀려와 정신이 없어 금방 끊어야 했다며 이제 퇴근을 했는데 낮에 말한 대로 한잔하지 않겠냐는 것이었다. 낮에는 반장이 술을 마시자고 하면 어떻게든 핑계를 대고 거절할 작정이었지만 집에 돌아와 엄마의 잔소리를 듣던 중이었으므로 얼른 승낙했다.

"어디서 볼까?"

"괜찮으면 우리 집으로 올래? 어디 가봤자 돈만 비싸고 시끄럽고."

"남편은 괜찮대?"

그렇게 물은 것은 내가 괜찮은지를 가늠할 시간을 벌기 위해서였다. 집까지 찾아갈 만큼 잘 아는 사이도 아닌데 이렇게 냉큼 초대를 받아들여도 될까? 거의 10년 만에 보는 건데? 반장은 무슨 생각으로 집에서 보자고 하는 걸까? 내 질문에 반장은 웃으며 괜찮다고 했다. 그 웃음소리를 듣고 나니 아마도 아이가 있기 때문일지도 모르겠다는 생각이 들었다.

"치킨 시켜놓을 테니까 올 때 맥주만 좀 사 올래? 또 먹고 싶은 거 있어?"

"아니, 치킨이면 돼."

나는 아빠의 차를 빌려 반장의 집으로 갔다. 원래 가려고 했던 동네 마트는 몇 달 전 문을 닫은 것 같았다. 확장 이전을 했는지 경영 악화로 폐업을 한 건지 알 수 없었다. 다른 업체가 들어올 예정도 없이 꽤 오래 방치됐는지 폐허 분위기가 났다. 반장이 산다는 아파트 단지 근처까지 가서야 마트에 들를 수 있었다. 맥주 여섯 캔과 아이에게 줄 만한 과자도 샀다. 요즘 애들이 뭘 좋아하는지 몰라 좀 고민하다가 마침 엄마에게 과자를 사달라고 조르는 아이가 보여 그걸 따라서 샀다. 한라봉을 싸게 팔고 있어서 그것도 한 상자 샀다.

반장의 집은 바다에서는 좀 떨어진 시내에 있는 아파트 단지였다. 바닷바람도 불어오지 않고 창문을 열어도 바다가 보이지 않는 곳이었다. 단지 입구에서 경비원에게 반장의 동과 호수를 말하니 주차할 곳을 일러주었다. 지하 주차장에 주차를 하고 엘리베이터를 타고 올라가면서 나는 조금 부러워했다. 지방이니까 집값이 싸긴 하겠지만 그래도 2, 3억은 있어야 살 수 있는 집이었다. 학창 시절에도 반장을 부러워했었다. 호쾌한 성격에 별로 공부를 열심히 하지도 않는 것 같은데도 늘 상위권이던 성적, 원어민 선생도 칭찬했던 영어 발음, 100미터 달리기에서 늘 1등을 하던 것……. 하나씩 나열하자면 끝이 없을 것 같았다. 하지만 반장은 대학을 가지 않고 고향에 남아 이듬해에 결혼했고 바로 아이를 낳았다. 반장을 아는 사람들 모두가 그 선택을 의아하게 여겼다. 그런 이야기는 다 다른 사람들에게 전해 들었기 때문에 자세한 사정은 알 수 없었다. 소문은 진짜 중요한 이야기는 빼놓고 금방금방 퍼지니까. 친하게 지내지 않았으니 결혼할 때나 아이를 낳았을 때 따로 축하의 말을 건넨 적도 없었다. 친하지 않았을 뿐 아니라 나는 반장을 싫어했다. 반장이 나를 싫어했기 때문이었다.

초인종을 누르자 안에서 누가 우다다 달려오는 소리가 들렸다. 문을 열어준 사람은 반장의 딸이었다.

"안녕하세요."

"안녕, 이름이 뭐야?"

"민정이에요."

"그래, 난 엄마 친구 동희야. 반갑다."

민정과 악수를 하는데 반장이 앞치마를 한 채 나타나서 웃었다.

"무슨 애랑 인사를 그런 식으로 해?"

"치킨 시킨다더니 뭐 만들어?"

"생각해보니까 진짜 오랜만에 보는 건데 배달 음식만 먹기 그래서."

나는 캔 맥주를 식탁 위에 올려놓았다.

"냉장고에 넣어둘까?"

다시 불 앞에 가서 선 반장은 내 쪽을 돌아보더니 응응, 했다.

"먼저 마시고 있어도 되고. 근데 맥주만 사 오라니까 뭘 또 사 왔노. 술은 그거 갖고 되려나? 많이 안 마시나 보네."

"더 사 올까? 요 앞에 마트 있던데."

"이따 부족하면. 앉아 있어라. 집 구경해도 되고."

"도울 건 없나?"

"다 했다."

나는 코트를 벗어 식탁 의자에 걸어두고 천천히 집을 둘러보았다. 방바닥도 공기도 따뜻했다. 방은 세 개에 전망도 좋았다. 지은 지 얼마 되지 않은 아파트였다. 분양을 할 때 아빠가 전화를 걸어와 주택 청약 통장이 있느냐며 나에게도 하나 신청해보지 않겠느냐고 물었던 기억이 났다. 나는 고향에 내려와 살 생각이 전혀 없었기 때문에 거절했다. 13층 높이의 베란다에서 전망을 보고 있자니 그때 분양을 받았어도 좋았겠다는 생각이 들었다. 물론 가점을 받을 일이 없는 내가 당첨될 확률은 낮았을 것이다.

뭘 하는지 민정은 방에 들어가 나오지 않았다. 내가 가져온 과자에도 별 흥미가 없었다. 나는 거실 소파에 앉아 텔레비전을 켜보았다. 갑자기 현실감이 없었다. 오래전 싫어했던 사람의 집 거실 소파에 앉아 리모컨으로 채널을 돌리고 있다는 사실이 어색하고 불편하기만 했다. 동창이라는 이유만으로 이럴 필요는 없는 거였는데. 앞으로 두세 시간 동안 나누게 될 이야기들이 피로하게만 느껴져 빨리 집에 가고 싶은 마음이었다.

"와서 수저 좀 놔주라. 근데 선보러 왔다는 거 진짜가?"

나는 소파에서 일어서며 인상을 썼다. 역시나 이 동네는 소문이 빨랐다. 나를 부른 것도 소문낼 이야깃거리를 듣고 싶어서가 아니었을까 하는 데까지 생각이 미치자 또 집에 가고 싶어졌다.

"삼촌이 그러더나?"

"사장님이랑 사모님 얘기하는 거 얼핏 들었다."

"좋은 일자리 있다고 했는데. 월 3백짜리. 그 남자가 돈을 많이 버나 봐."

"맞다, 돈 많지."

"아는 사람이야?"

"어, 나이도 많고. 만나볼 건 아니제?"

"아니지."

"그럼 그 얘긴 더 안 할게. 기분만 잡칠 테니까."

"그래."

"이제 먹자!"

"딸은 같이 안 먹나?"

"치킨 오면 먹는대."

반장은 요리도 잘하는 편이었다. 퇴근하고 와서 후다닥 만든 것 같은 어묵탕과 굴 요리, 그 외에 김치며 장아찌 같은 밑반찬들도 집에서 만들었다는데 다 맛있었다. 특히 굴 요리가 좋았다. 부추와 계란과 함께 볶은 것이 있는데 달고 짭짤하고 쌉쌀하고 따뜻했다. 굴을 좋아해서 겨울이면 매일같이 먹으면서도 이런 식으로 만들어 먹어본 적은 없었다. 먹으면서 이 맛을 꽤 오래 기억하게 될 것 같다는 예감이 들었다.

반장과 나는 지난 10여 년간 나누지 못한 이야기들을 했다. 더 정확히 말하자면 서로를 알게 된 이후로 한 번도 나눠본 적이 없는 방식의 이야기들을 했다. 반장은 지난해 이혼을 했다고 했다. 남편은 바로 옆 동네에서 다른 여자와 살고 있다. 어쩌다 마주칠 때도 있긴 하지만 반장과는 물론이고 딸아이와도 약속을 하고 만나는 일은 거의 없다. 다른 도시로 가버릴까도 생각해봤는데 완전히 낯선 곳으로 갈 용기는 없었다. 그래도 부모님이 지척에 살고 있어 덜 외로운 편이다. 아직은 가끔 아이를 맡길 데도 필요해서 이곳에 사는 것이 여러모로 도움이 된다. 어렸을 때는 평생 이곳에서 살게 될 것이라고는 생각하지 못했다는 말도 했다. 삼촌 회사에서는 경리와 회계 같은 사무 일을 본다. 요즘 만나는 남자는 이혼남인데 시내에서 소고깃집을 하고 있다. 결혼까지 가게 될지는 알 수 없다. 속궁합은 그럭저럭 잘 맞는데 조선 경기가 안 좋은 탓인지 요즘엔 수입이 좋지 않은 편이다. 역시 직업은 안정적인 게 제일인데 자기를 쫓아다니던 공무원을 너무 취향이 아니라는 이유로 거절했던 것을 조금 후회한다…… 반장은 아주 오랜만에 말을 하는 사람처럼 자신의 신상에 대한 이야기를 쏟아냈다. 나는 한참이나 고개만 끄덕였다. 문득 그걸 깨달았는지 반장이 물었다.

"니는 어떻노?"

나는 반장이 내게 들려준 이야기들에 대한 답례로 내 이야기도 들려주고 싶었지만 별달리 떠오르는 일이 없었다. 그래서 짧게 얘기했다. 원룸에서 살고 있다고 말했다. 최근에 다니던 회사를 그만두었다는 이야기는 하려다가 하지 않았다. 이제는 결혼을 할 생각도 없다는 것은 말했다. 어차피 만나던 사람과도 헤어졌다는 이야기는 애초에 할 생각이 없었다. 전에는 고향에 내려올 생각이 전혀 없었는데 이젠 어찌 될지 잘 모르겠다는 이야기도 했다. 서울의 집세를 감당하기가 제일 힘들다는 이야기, 꼭 서울에 살아야 할 필요가 있나? 그런 생각으로 목록을 만들고 지우고 하다 보면 어디든 지방에서 사는 게 나라는 인간의 규모에 잘 맞는 것 같다는 이야기도 했다. 반장도 나처럼 말을 골랐을까? 가감 없이 모두 털어놓는 것처럼 여겨졌지만 어떤 건 분명 생략했을 것이다.

"내려온나. 나랑 한 번씩 이렇게 술도 마시고 놀자. 근데 오늘 너무 내 이야기만 했네. 사실 오늘 집에 초대한 건 옛날 일을 사과하고 싶어선데."

"옛날 일?"

"알고 있었는지 모르겠는데, 나 고등학교 다닐 때 니를 엄청 싫어했거든."

"왜?"

나는 몰랐던 사람처럼 굴었다. 모를 수가 없었다. 너무 티를 냈다. 교실에 앉아 있는데 내게도 다 들리게 다른 친구들과 쟤 좀 이상하지 않나? 수군거리며 낄낄댄 적도 있었다. 하지만 어디가 좀 이상한 건지는 말하지 않았다.

"그건 잘 모르겠어. 어릴 땐 다들 그렇잖아. 어떤 일을 하면서도 왜 하는지도 몰라. 그냥 하는 거야. 어쩌면 싫어할 게 필요했는지도 모르지. 우리가 보기에 넌 뭔가 좀 이상했나 봐."

사람들은 자기가 하는 말이 무슨 뜻인지 잘 모를 때가 많다. 어릴 때만 그런 건 아니었다. 미안하다는 말도 그렇다. 그 마음을 갖지도 않은 채로 그 말을 한다. 반장은 이번에도 나의 어디가 구체적으로 어떻게 이상하다고는 말하지 않았다. 나도 자세히 묻지 않았다. 뒤늦게 상처를 받게 될 것 같은 기분 때문이었는지도 모른다. '우리'라고 말하면서 나를 싫어했던 게 자신만이 아니었다는 것을 상기시키는 것에도 마음이 상했다.

"용서해줄 수 있어?"

나는 반장의 얼굴을 보았다. 묘하게 서울말을 쓰고 있었다. 그래서인지

나는 반장의 얼굴을 보았다. 묘하게 서울말을 쓰고 있었다. 그래서인지 연기를 하는 것처럼 느껴졌다. 반장의 시선은 젓가락 끝에 있는, 자기가 먹으려고 막 집은 굴로 향해 있었다. 반장은 말하느라 먹을 타이밍을 놓쳐버린 것 같은 굴 한 알을 뒤늦게 입에 넣고 오물거리면서 고개를 들었다. 만족할 만한, 달고 짭짤하고 고소한 맛을 느끼면서 내가 입을 열길 기다렸다.

"아니."

내 대답에 반장은 어이가 없다는 듯한 표정을 지었다. 취기가 올라 발그레한 얼굴로 약간 언성을 높였다.

"왜?"

"뭐가 왜야?"

"이유가 있어? 사과 안 받아주는?"

"없지, 그런 건 없어."

"근데 왜 안 받아줘? 오늘 말 안 했으면 싫어했는지도 몰랐을 거 아냐."

"그러게, 왜 말했어?"

내 말에 반장은 또 어이가 없는 듯한 표정을 짓더니 웃기 시작했다. 취했나? 술이 약하네. 그런 생각을 하고 있는데 반장이 중얼거렸다.

"씨발…… 하여튼 맘에 안 들어. 이러니까 싫어했겠지……."

이번에는 내가 어이가 없는 표정을 지었다. 절로 그런 표정이 지어졌다. 그리고 나 역시 좀 취했는지 웃음이 나왔다.

"왜 웃어?"

"그러는 너는?"

왜 웃음이 나왔는지 알 수 없었다.

"엄마, 치킨 언제 와?"

뭘 하는지 방에서 조용하던 민정이 나와서 물었다. 어쩌면 웃음소리가 들려 뭐 재밌는 일이라도 생겼나 하고 내다본 것 같았다.

"치킨 안 와."

반장은 심술궂게 대답했고 얼마 지나지 않아서 치킨이 왔다. 민정은 몇 조각 먹지도 않고 잠이 온다고 칭얼거렸다. 반장과 나 사이에 분위기가 냉랭한 것을 알고 눈치를 살피는 것이 느껴져 괜히 민정에게 이런저런 말을 붙여보았지만 민정은 반장을 쳐다보며 곧바로 대답을 하지 않았다.

"뭐 해? 어른이 물어보는데."

반장이 그렇게 말하고 나서야 얼른 대답했다.

"학교 가는 거 좋아요. 저도 이제 다 컸으니까요."

반장이 민정에게 양치질을 시키고 잠자리를 봐주는 동안 나는 가겠다는 인사를 했다. 반장이 배웅하려고 했지만 그럴 필요 없다고 하고 얼른 나와버렸다. 대리운전을 기다리느라 조수석에 앉아 있을 때 반장이 내려왔다. 차창을 두드려 문을 열어줬더니 운전석에 냉큼 앉았다.

"내가 운전해줄까?"

"돌았어? 술 마셨잖아."

"농담이야. 어차피 면허도 없어."

반장은 운전대를 잡고 좌우로 살살 흔들며 운전하는 시늉을 했다.

"이 시골에서 차도 없이 어떻게 살아?"

"택시 타야지, 뭐. 나 운전 잘할 거 같지? 폼 나지 않아? 면허는 내년에 딸 거야. 사실 올해도 쳤는데 떨어졌어. 내년엔 꼭 딸 거야. 혼자 애 데리고 다니려니까 있긴 있어야겠더라. 너도 태워줄게. 가고 싶은 데 있음 말해봐. 손님, 어디로 모실까요."

"헛소리하지 말고 빨리 올라가봐. 애 깬다."

"괜찮아."

뭐가 괜찮다는 건지 주어와 목적어 자리에 어떤 단어가 올지 헷갈렸다. 너무 많은 단어들이 나타났다 사라졌다 해서 나는 그냥 반장에게 장단을 맞춰주기로 했다. 나는 제일 먼저 베를린에 가고 싶다고 했다. 물론 거기까지는 운전을 해서 갈 수 없지만 어차피 진짜로 운전을 할 수 있는 것도 아니면서 할 수 있는 척하고 있는 것뿐이니까 상관없었다.

"네네, 고객님. 안전하게 모시겠습니다."

반장은 입으로 슝슝, 하고 소리를 냈다. 베를린으로 향하던 중 마음이 바뀌어 베이징으로 가겠다고 했는데 반장이 중국은 비자를 따로 받아야 하므로 안 된다고 해서 어쩔 수 없이 홋카이도로 가기로 했다. 승용차로 바다를 건널 수는 없는 노릇이었지만 어차피 진짜 갈 것도 아니므로 상관없었는데 왜 비자는 받아야 한다는 건지 알 수 없었다. 대리운전 기사가 예상보다 더 늦어져 우리는 꽤 오래 드라이브를 했다. 모퉁이를 돌 때는 반장이 꽉 잡으세요, 소리쳐서 손잡이를 잡고 몸을 기울이기도 했다. 취했기 때문인지 우리는 죽이 잘 맞았다. 찰떡 호흡을 자랑하는 만담꾼 같았다. 오래전에 서로를 싫어하는 일만 없었다면 제법 친한 사이가 됐을 수도 있었을 것이다. 그편이 더 좋았을 것이라 말하려는 것은 아니다. 어차피 알 수 없는 일이니까.

"손님, 창밖 좀 보세요. 눈이 옵니다."

그 말에 나는 순간 진짜 눈이 오는가 했다. 지하 주차장이라 눈이 온다 해도 알 수 없을 텐데도 잠에서 깬 사람처럼 서둘러 밖을 살피다가 계속된 농담의 연장일 뿐이라는 걸 알았다.

"앗, 제가 잘못 봤나 봐요. 눈이 안 옵니다."

"눈 보고 싶다."

"눈 좋아해?"

"넌 싫어해?"

"응, 민정이가 감기 잘 걸리거든. 찬 바람 안 맞아야 하는데 눈 오면 참을 수가 없잖아."

"그니까 실은 엄청 좋아하는 거네."

반장은 고개를 끄덕끄덕했다.

우리의 긴 드라이브가 끝난 다음에도 반장은 침묵 속에서 자리를 지키고 있었다.

"할 말 있어?"

내가 묻자 반장이 장난스럽게 운전대를 흔들던 손을 멈추고 나를 보았다.

"진짜 용서 안 해줄 거야?"

이제 와서 그런 게 뭐가 중요하냐고 묻고 싶었다. 이렇게 우연히 만나지 않았다면 절대 구하지 않을 용서 아니냐고. 내가 용서를 해준다고 해서 뭔가 달라지는 것이 있느냐고. 나는 그런 것들을 묻지 않았다. 반장이 어떤 대답을 내놓았다고 해도 그렇게 애원하는 듯한 표정을 보니 원하는 답을 해주기가 싫어졌다. 어릴 때에 누군가에게 오랫동안 미움만 받았던 기억은 도무지 지워지지가 않았다. 상처가 됐다. 내 마음대로 할 수 있는 일이 아니었다.

"안 해줄래. 그러니까 그냥 계속 싫어해."

반장의 표정은 빠르게 일그러졌다. 어쩌면 나도 그저 누군가에게 상처를 주고 싶었을 뿐이었는지도 모른다.

"미친, 진짜."

반장은 짜증 난다는 듯이 거칠게 문을 열고 차에서 내려서는 있는 힘껏 쾅 닫고 떠났다.

서울로 돌아가기 전에 나는 엄마에게 맛있는 걸 해주겠다고 호기롭게 말하고 반장의 집에서 먹었던 굴 요리를 했다. 엄마는 충분히 맛있다고 했지만 내 입엔 그날 먹은 것만큼 맛있지가 않았다. 고민하다가 서울로 향하는 버스 안에서 반장에게 물어볼 결심이 섰다. 고향에서 점점 멀어지고 있다는 생각을 하니까 그곳에서 일어난 일들이 모두 대수롭지 않게 느껴졌다.

—그날 먹은 굴 말이야, 요리법 좀 알려줄래?

내가 보낸 카톡을 확인한 반장은 다른 말은 없이 요리법을 캡처한 사진을 보내주었다. 재료는 빠짐없이 다 들어갔는데 순서가 달랐다. 고마워, 라고 인사했지만 그 옆의 '1'은 서울에 가까워질 때까지 사라지지 않았다. 어쩌면 나를 차단했을 수도 있겠다고 생각했을 즈음에 답이 왔다.

—또 먹으러 와.

뜻밖이었다. 그 문장을 물끄러미 보면서 나와 다시 만나고 싶다는 건가 의아해하는데 또 메시지가 왔다.

—용서는 안 해줘도 되니까 그냥 와.

그건 또 알 수 없는 말이었다. 반장도 자기가 무슨 말을 하고 있는지 잘 모를 것이다. 나는 도무지 알 수가 없어서 커튼으로 차창의 습기를 닦고 창밖이나 보았다. 어둠 속에서 작은 눈발이 날리고 있어 한참이나 창에 코를 박고 있었다. 붕붕거리며 바닷속을 떠돈다는 굴 유생들도 저런 모양일까. 서울로 향하는 마지막 톨게이트를 지나자 실내등이 켜졌다. 집으로 돌아왔다는 생각에 몸이 나른해졌다. 이러니저러니 해도 내가 찰싹 들러붙어 살아가야 할 곳이었다. 한 자세로만 앉아 오래 굳어 있던 몸을 풀려고 크게 기지개를 켰다. 안도할 만한 일은 아무것도 없는데도 나는 안도했다. 나는 반장을 용서하지 않아도 된다. 그제야 고향을 좀 그리워하는 마음이 생겼다.

다시 쓰는 「무진기행」? 새로 쓰는 우리의 이야기

노대원(문학평론가, 제주대학교 국어교육과 교수)

오늘날, 「무진기행」을 다시 쓴다면 그 최고치가 이 소설이라고 할 수 있을까? 김지연의 「굴 드라이브」는 언뜻 보기에 김승옥의 단편 「무진기행」과 무관해 보인다. 그러나 이 소설은 지난 시절 소설 독자들에게는 정전(正典)이 아니라 차라리 전설, 신화와도 같았던 한 소설과 시간을 넘나드는 대화를 나눈다. 그리고 아주 적절하게도, 그 대화는 물론 절대적인 숭배가 아니라 과거라는 시간대에서 빚어지는 한계를 벗어나려는 시도 속에서 빛난다. 그것이야말로 대화라는 말의 진정한 의의가 될 것이니까.

*

「무진기행」이 그렇듯, 「굴 드라이브」 역시 회귀의 서사다. 서울에서 고향으로, 금의환향이 아닌 탕자의 귀향이 두 소설의 골격을 이룬다. 김승옥의 소설이 '무진으로 가는 버스' 안의 풍경을 묘사하며 시작하는 것처럼, 김지연의 소설 또한 쇠락한 조선소가 있는 해안도시 고향으로 향하는 버스를 묘사하며 시작한다. 한국 소설의 애독자라면, 이 출발부터 「무진기행」의 특유의 분위기를 느끼지 않기란 쉽지 않다.

그러나 유사한 서사적 골격 안쪽에 자리한 두 소설의 실체는 전혀 다르다. 속물들의 세계에 안착하려 자기 세계와 마지막으로 이별을 고하는 낭만적인 비즈니스. 그 일을 고독하게 수행하는 남성 주인공의 이야기가 '감수성의 혁명'을 일으킨 작품이 「무진기행」이다.

「굴 드라이브」는 그것에 반(反)한다. 스스로 실패를 인정하며 삶의 새로운 가능성을 모색하기 위해 낙향한 여성 주인공은 비록 이 시대의 '낭만이 소거된' 서글픈 청춘 세대의 전형이지만, 지난 시절의 자기기만과는 철저하게 안녕을 고한다. 그 분명한 자기 인식은 스스로 '늦되고' '재주 없음'을 인정하는 정직하고 소박한 성찰이 만들어낸 것이고, 김승옥 식의(혹은, 지난 시절, 문학청년 식의) 자기 위악과는 전혀 무관하다. 그래서 그녀는 더 우울해도 좋을 상황 속에서도 크게 좌절하지는 않는다.

반면, 우울한 정념이 안개처럼 짙게 깔린, 「무진기행」에서, 윤희중의 회귀는 말 그대로 떠난 자리로 되돌아오는 회귀에 그친다. 타인들과의 만남은 그의 삶에 부끄러움을 느끼게 할지언정 긍정적인 작은 변화조차 이끌어내지 못한다. 「굴 드라이브」에서 주인공은 아주 작은 사건이지만 타인들과의 만남을 통해 삶의 변화를 체험한다. 그녀 역시 떠난 자리로 그대로 돌아갈 테지만 그곳은 여전히 같은 곳은 아닐 것이다. 결국 유생으로 바닷속을 부유(이 역시 '굴 드라이브'라 부를 수 있다)하던 굴이 안착하듯, "찰싹 들러붙어 살아가야 할 곳"이라는 인식에 도달한다.

*

「무진기행」의 무진(霧津)이 "여귀(女鬼)가 뿜어내놓은 입김"과 같은 안개로 덮여 있다면, 「굴 드라이브」의 고향 도시에는 쇠락한 조선소와 굴 양식장이 있다. 안개에 뒤덮인 풍경에 깔린 짙은 감상적 분위기가 「굴 드라이브」의

도시 풍경에 끼어들 틈이 없다. 차라리 이 도시의 소설적 형상화는 새로운 리얼리즘의 렌즈에 포착된 지역의 정치경제학, 청춘의 세대론에 가깝다. 그리고 무엇보다도 오늘날 젊은 여성의 삶을 대면한 구체적 현장 기록이기도 하다.

「굴 드라이브」에서 '나'의 고향은 "멀리 가도 아주 멀리 가지는 못한다." 는 체념과 현실적인 인식 속에 위치한 곳이다. 서울에서 더 이상 일을 할 수 없게 된 주인공은 고향을 다녀올 생각을 하게 된다. 하지만 고향 역시 "일자리 같은 게 거의 남아 있지 않았"다. 일자리 대신에 부유한 남자와의 맞선 자리가 있었지만 그녀는 큰 고민 없이 거절한다.

서울과 고향은 거리만큼 다른 곳이지만, 네 시간 안에 도달해서 하루 안에도 다녀올 수 있는 곳이다. 멀지만 아주 멀지 않은 곳, 다시 말해, 서울과 다르지만 그렇다고 완전히 다르지 않은 곳이 바로 고향이다. 서울의 실직이 고향에서 완벽하게 회복되지 못한다. 고향 역시 주인공에게 쉬운 게임의 공간은 아니다. 이제 고향은, 지난 시절 무진처럼 낭만적 도피의 공간도 새로운 대안적 삶의 공간도 아니다. 정말로 "고향은 한 번도 나를 환영한 적이 없다". 그러면 여기서 앞으로 펼쳐질 이야기는 이미 한계 속에 갇힌 이야기가 될 것인가? 그 한계를 뚫고 다른 무언가를 전달할 수 있을 것인가? 독자의 그런 질문에 대해 어떻게 답할 것인가에 따라 소설의 성취도 결정될 것이다.

*

「굴 드라이브」의 고향은 세 사람의 여성의 삶을 조명하는 무대이다. 주인공이 고향을 방문하는 까닭을 보여주면서 그녀의 삶의 대차대조표는 고스란히 드러났다. 그리고 굴 공장 덕분에 두 사람의 여성이 더 등장한다. 먼저, 굴 공장에서 시어머니와 함께 일하는 필리핀 여자, 미셸이다. 이 인물은 「무진기행」을 겨냥한 「굴 드라이브」의 가장 분명하고 흥미로운 패러디 부분이다. 미셸은 '나'에게 서울에 데려가 달라고 청한다. 「무진기행」의 애독자라면 어떤 대목의 패러디인가 바로 눈치챌 수 있을 것이다. 그 소설에서 무진중학교의 음악교사 하인숙은 윤희중에게 서울로 데려가 달라고 청하지 않았던가. 서울의 남성에게 구원을 청하는 희망 없는 여성. 미셸 또한 하인숙처럼 노래를 부른다. 하지만 그녀는 하인숙처럼, 속물들을 위해 〈목포의 눈물〉을 부르지 않는다. 그녀가 부르는 〈문 리버〉는 자신의 현실과 이상의 괴리를 아프게 드러내기는 하나, 자기 자신을 위한 노래이기도 하다.

이렇게 「굴 드라이브」는 「무진기행」의 다분히 남성중심적인 구도를 뒤집는다. 물론, 인물 관계 속에 위치한 중요한 등장인물들이 모두 여성이어서 가능했던 것은 아니다. 미셸은 하인숙과 또 다른 위치에 있는 타자이다. 어쩌면, 서울이 아닌 '지방'에 사는 결혼 이주 여성 노동자인 미셸이 생각하기에, 서울은 새로운 가능성의 지역일 수 있겠다.

그러나 서울로 데려가 달라는 미셸의 청은, 농담이라는 덧붙임으로 참으로 "간편하게" 기각된다. 미셸의 말이 진심인지 농담인지 주인공과 독자는 더 이상 알 길이 없다. 그러나 또 추측해보건대, 미셸의 청은 서울에서의 구원이 전혀 불가능한 시대를 서늘하게 체감한 자의 넋두리이거나 농담일 수 있다. 서울에 가도 구원이 있을 리 없지 않은가! 자신의 고향에서 이주해 살고 있는 미셸은 그것을 분명하게 알고 있지 않을까. 여기가 아닌 다른 곳이 곧 구원이라는 등식은 불행히도 지금, 이 세계에서는 성립하지 않는다. 다른 곳은 다른 곳일 뿐, 다른 곳에는 다른 곳의 어려움과 고통이 기다리고 있을 뿐이다.

미셸만 아니라, 「굴 드라이브」의 주인공 역시 그 사실을 이미 간파하고 있다. 그래서 이 소설은 「무진기행」보다도 훨씬 성숙한 어른들의 세계를 그린다. 그러면, 도대체 낭만 없는 세계의 낭만은 가능하기는 할까. 이곳에 희망이 존재한단 말인가? 이 소설에서 '반장'과의 만남은 그 질문에 대한 답변으로 제출된다.

'나'는 학창 시절에 그런 것처럼, 아파트 단지에 살고 있는 반장을 잠시 부러워한다. 하지만, 그런 반장 역시 이혼 후에 딱히 부러울 것은 없는 삶을 꾸려나가고 있었다. '나'는 반장과 회포를 풀면서도 그녀의 사과를 거절한다. 화해 없는 화해. 어쩌면, 그것이 희망을 묻는 질문에 대한 답이 될 것이다.

화해의 순간, 우리는 감격한다. 화해가 불가능하다고 인식하는 순간, 우리는 절망한다. 그러니, 화해 없는 화해의 순간은, 우선, 당혹스러운 감정을 선사한다. 그것은 온전한 화해가 아니니까. 하지만 그럼에도 그것은 전적으로 부정적인 것만은 아니다. 화해 없는 화해는, 화해 이전의 그 불편한 대립과 적대의 관계와는 또 다른 새로운 관계로 두 사람을 이끌고 간다. 사실 「굴 드라이브」에서 '나'와 반장의 적대와 대립이 별것 아닌 것이었으니, 사실 거창한 용서의 극적인 이야기가 펼쳐지는 것도 민망한 일이겠다.

주인공은 용서를 거부하지만 공존과 공생을 위해 포용한다. 타인에 대한 태도, 혹은 나 자신에 대한 태도는 세계에 대한 태도와 다르지 않다. 「굴 드라이브」는 비정한 세계에 대해 철부지 같은 절망도, 낙관도 하지 않는다. 대신 그것을 받아들이기로 한 성숙한 자의 무덤덤한 가능성을 보여준다. 그 가능성은 텅 비워진 채로 존재하지만 무엇이든 새롭게 쓰일 수 있는 가능성이다. 고향도 서울도 전적인 구원이 될 수 없었던 것처럼, 고향도 서울도 전적인 절망으로 인식될 필요도 없다. 그렇다면, 고향에서든 서울에서든, 어디든, 누구와도 가능성은 펼쳐진다. 굴(窟)을 파고드는 드라이브 끝에 결국 새로운 길이 나타날 것이다.

오래된 협약

김초엽

2017년 「관내분실」로 제2회 한국과학문학상 중단편부문 대상, 2019년 『우리가 빛의 속도로 갈 수 없다면』으로 제43회 오늘의작가상, 2020년 「인지 공간」으로 제11회 젊은작가상을 수상하며 작품 활동 시작. 소설 『원통 안의 소녀』, 소설집 『우리가 빛의 속도로 갈 수 없다면』 있음.

오래된 협약

이정에게.

이제 탐사선이 다음 행성에 도착했을지도 모르겠네요. 벨라타에서의 시간은 어떠셨나요? 얼마 지나지 않았는데도 벌써 이정과 해안가를 거닐던 시간들이 그립습니다. 마지막 날 드린 선물함을 꼭 살펴봐주세요. 이정의 이름을 쓴 유리병이 있을 거예요. 벨라타의 바다 모래가 마음에 든다고 했던 당신에게 제가 보내는 선물입니다. 이곳에서 보았던 모래의 색과는 조금 다를 거예요. 그 오묘한 색은 철록 박테리아가 해안에 부는 금속 바람과 상호작용하며 만들어내는 것이거든요. 같은 환경이 재현되지 않는다면 모래의 색 역시 재현되지 않지요. 그 모래를 그대로 담아드리지는 못했지만, 이정이 유리병을 볼 때 우리의 즐거웠던 산책을 떠올려주었으면 하는 바람이에요.

지구에서 온 탐사선이 이 행성을 방문한다는 소식을 들었을 때, 사실 제가 가장 먼저 느낀 감정은 두려움이었답니다. 아마 제 동료 사제들도 그랬겠지요. 지구를 기억하는 사람들은 수백 년 전에 모두 죽었고, 지금은 지구 문명에 관한 기록조차 충분히 남지 않은 형편이니, 당신이 처음에 보내온 정중한 메시지에도 기꺼운 답변을 보내지 못했어요.

2021 올해의 문제소설

그러나 걱정과 달리 지난 두 달간은 흥미로운 지적 여정으로 가득한 시간이었습니다. 특히 이정을 만난 것은 제게 큰 행운이었고요. 우리가 자연과 우주, 미생물과 별의 시간에 관해 나누었던 무수한 대화들을 잊지 못할 거예요. 제가 지구 문명의 기록을 잠깐이나마 연구했던 것이 다행이었다는 생각을 했답니다. 그러지 않았다면, 지구의 문화와 언어에 대해서도 잘 알지 못했을 테니, 이정과도 그렇게 즐거운 날들을 보낼 수 없었겠지요.

제가 얼마 전 여러분의 탐사선에 송별 메시지를 보냈지요. 그 메시지에 쓴 것처럼, 한때 푸른 행성을 함께 공유했던 자매들로서 우리가 짧은 시간 나눈 우정이 무척 특별하게 느껴집니다. 또한 우리에게 기꺼이 발전한 기술들을 나누어준 것에 대해서도 깊은 감사의 마음을 전하고 싶어요.

그렇지만 이것은 이정에게 쓰는 편지이니만큼 솔직히 말하면, 지구측 탐사대의 태도가 유쾌하다고만은 할 수 없었어요. 특히 그날 이후로 대원들의 태도는 처음의 존중과는 점점 멀어졌지요. 마지막 주가 되자 어떤 학자들은 밤중에 대뜸 찾아와 우리를 설득하려고 했고, 공격적으로 화를 내기도 했지요. "대체 왜 진실을 마주하지 못하는 겁니까?" 하고요.

제가 가장 슬픈 것은 이정 역시 마음의 혼란을 겪고 있는 듯하다는 점이었답니다. 당신은 저를 존중하고 싶은 마음과, 저를 구하고 싶은 마음 사이에서 갈등을 겪고 있는 것 같았지요. 저는 그 두 가지 태도가 공존할 수 있다고 생각하지만, 이정의 동료들은 그 균형을 잡지 못했던 모양이에요. 물론 그 모든 태도가 기본적으로 연민의 마음에서 나왔다는 것을 알기에, 당신들의 선의를 의심하지는 않습니다.

우리의 마지막 작별인사도 그 때문에 엉망이 된 것일까요. 지구측 학자들 상당수가 큰 마음의 상처를 입고 떠났다고 들었습니다. 저는 우리 행성 사람들이 발사 구역으로 몰려가지 못하도록 설득하느라 이정에게 마지막 인사조차 건네지 못했고요. 동료 사제들이 그때의 급박한 상황을 이야기해주었어요. 벨라타인들이 당신들의 탐사선에 돌을 던졌다고요. 신을 모욕하지 말라고 소리를 지르고, 침을 뱉고, 아주 모욕적인 말을 했다고요. 어떤 이들은 사제들이 여러분에게 준 선물들을 도로 뺏어오려 했다고 하더군요. 특히 떠나는 당신을 사제들이 아주 냉대했다고 들었어요. 그 이야기를 듣고 마음이 찢어지는 것 같았지요. 우리가 지난 시간 나누었던 우정이 그렇게 한순간에 부서지고 마는 것은, 너무나 슬픈 일이었어요. 한편으로 일부 학자들의 날 선 발언이 우리 행성 사람들과 사제들을 매우 힘들게 한 것도 사실입니다. 벨라타의 신앙이 전면적으로 공격받은 일이니까요.

이정. 혹시나 이 편지가 이정에게 제 입장만을 일방적으로 주장하는 것처럼 보일까 봐 걱정이 되어요. 그렇지만 그렇게 인사조차 못하고 당신을 떠나보낸 이후에, 제가 며칠 동안 아무것도 못할 만큼 깊은 슬픔에 잠겨 있었다는 것만은 이야기하고 싶어요. 만약 그 자리에 제가 있었다면 어땠을까, 수도 없이 상상해보았지요. 행성 사람들을 막을 수 있었을까. 그런 일이 벌어지기 전에 먼저 설득할 수는 없었을까. 그리고 모두의 앞에서 진실을 털어놓는 제 모습도 상상하지요.

그러나 그 상상은 언제나 제가 입을 다무는 것으로 끝이 납니다. 그것이 사제로서의 제 의무이니까요.

고민 끝에 이 편지를 쓰고 있어요. 이정. 우리가 나눈 감정들은 그 순간만큼은 진실한 것이었다고 믿어요. 그리고 어쩌면 당신만은, 제 이야기를 듣고 기억해줄지도 모른다고 생각했지요. 어쩌면 이정이 우리의 작은 가능성이 될 수도 있다고요. 그래서 저는 우리의 우정에 대한 신뢰와 사랑을 담아, 그리고 약간의 슬픔을 담아 이 편지를 써내려가고 있습니다.

*

저는 첫눈에 당신을 알아보았죠. 제비뽑기에서 제가 이정의 개인 수행을 맡게 되었을 때, 크게 내색은 하지 않았지만 사실 정말로 기뻤답니다. 지구에서 온 학자들 중에서도 이정은 특히 편견 없는 호기심과 탐구 정신으로 무장한 것 같았거든요. 당신과 제가 첫날부터 밤새 이야기를 나누었다고 말하자 다른 학자들이 놀라던 것이 생각나요. 우리의 이야깃거리는 끊이지 않았죠. 벨라타와 지구의 자연은 얼마나 다른지, 또 얼마나 같은지. 각각의 세계는 얼마나 견고하고 다채로운지. 함께 벨라타의 검은 해안과 오브를 탐방했던 날 당신이 반짝이는 눈빛으로 말하던 것을 기억해요.

"벨라타는 무척 정적이고 고요한 행성이군요. 모든 것이 가장 아름다운 순간에 고정된 것처럼 보여요. 마치…… 멈춘 행성처럼요. 그간 많은 행성을 보았지만, 이런 느낌은 처음이네요."

지구에서 온 학자들이 벨라타의 풍광에서 어떤 이질감을 느끼면서도 곧바로 짚어내지 못하던 무언가를, 당신은 단번에 설명했죠. 실제로 벨라타는 정적인 행성이에요. 겉으로 드러내서 요란하게 움직이는 생물은 우리 인간뿐이고, 그 밖에는 움직임을 최소화한 채 아주 느리게 호흡하는 생물들로 가득합니다. 우리의 일상적 풍경은 대개 멈추어 있고, 미시 생태계를 확대경으로 들여다보아야만 꾸물거리며 이동하는 작은 미생물들을 관찰할 수 있지요. 역동하는 생물들로 가득한 지구와는 상반되는 풍경이었을 거예요.

이정도 오브의 들판에 방문했던 날을 기억하나요. 벨라타의 가장 특징적인 장소인 그곳에는, 언뜻 특이한 모양의 바위처럼 보이는 것들이 들판 가득히 규칙적으로 펼쳐져 있었지요.

"벨라타에는 이러한 오브의 들판이 매우 많답니다. 오브는 벨라타에서 가장 금기시되고, 가장 기피되는 생물이지요. 우리는 절대 오브를 먹지 않습니다. 오브 근처에 접근하거나, 손을 대거나, 훼손하지도 않지요. 그것은 벨라타 신앙의 가장 강력한 금기입니다."

저는 몇 번이나 강조했죠.

"여러분 역시 오브를 훼손하거나 먹어서는 안 됩니다. 무슨 일이 있어도, 절대로 손을 대지 마세요."

엄격한 금기와 더불어 그것의 기묘한 모양 때문인지, 지구측 학자들이 오브에 크게 흥미를 보였던 기억이 납니다. 당신도 거의 헬멧에 오브가 닿을 만큼 위태롭게, 가까이서 그것들을 살펴보았죠. 굽은 원통 모양의 바위나 고목 같은 것들이 들판을 가득 채운 모습은 지구에서는 볼 수 없는 광경이기도 하겠지요. 모두들 오브에 손이 닿지 않도록 주의하며 들판을 관찰하다 보니 저녁이 되었어요. 들판과 약간 떨어진 곳에서 토양 시료를 채취하는 당신을 제가 도왔습니다. 그날 밤 이정이 물었지요.

"노아는 그럼 오브 근처에 가도 괜찮은가요?"

저는 웃으며 대답했죠.

"그럼요. 저는 신의 허락을 받은 사제이니까요."

"오브가 금기시되는 것은, 어떤 복잡한 사연이 있나 보죠?"

호기심 가득한 당신의 시선을 피하며 저는 짧게 대답했죠.

"네. 그래요."

다른 이야기는 무엇이든 당신이 묻지 않은 것까지 들떠 말하곤 했지만 오브에 관한 이야기만은 회피하고 싶었습니다. 우리의 화제는 곧 지구 문명에 관한 것으로 옮겨갔어요. 하지만 아마 '그 사실'을 알게 되기 전까지는 당신도 특별한 의문을 갖지 않았으리라고 생각해요. 당신도 언젠가 말했다시피, 인류 역사상 특정한 음식에 대한 금기 현상은 매우 보편적이고 흔한 것이었으니까요. 그러한 금기를 엄격히 지키는 일은 많은 경우 신앙의 영역으로 존중되었고요.

우리의 탐사는 계속 이어졌습니다. 다른 학자들과 함께 움직이는 날도 있었지만, 우리는 공식 일정이 없어도 이곳저곳을 돌아다녔어요. 저는 이정에게 이 행성을 소개하는 일이 무척 즐거웠답니다. 제가 지구의 기록을 면밀히 살폈던 사제이기도 하기에, 지구와는 다른 생태를 마주하는 당신의 기쁨이 얼마나 대단한 것일지 조금이나마 상상해볼 수 있었어요. 규소 미생물과 탄소 미생물이 한 행성을 공유하는 벨라타와 같은 환경은 전 우주에서도 꽤나 드문 것이리라고 생각해요. 당신과 함께 벨라타의 새벽과 아침, 붉은 하늘과 잿빛 노을, 번지듯 하늘을 스쳐가는 납작한 위성들을 보는 것, 그리고 무엇보다 당신과 그 모든 시간을 함께하는 일은 제게도 드문 기쁨이었지요.

그래서 이정이 그렇게 말했을 때, 저는 이정에게서 시선을 뗄 수 없었습니다.

"노아. 저는 이곳에 꼭 다시 오고 싶어요."

이정의 투명한 헬멧 표면에 제 얼굴이 비쳐 보였지요. 저는 울렁거리는 속을 숨기려고 애쓰며 무덤덤하게 말했습니다.

"네. 언제든지. 벨라타의 사제들은 이정을 환영할 겁니다. 다음에 시기가 맞는다면, 벨라타의 여름을 보실 수도 있겠지요."

"그게 아니고…… 저는 다시 와서 노아를 만나고 싶은 건데요."

이정이 장난스레 웃으며 했던 말들을 기억해요.

"지구에 돌아가면 벨라타와 곧바로 정식 교류를 시작하자고 제안할 거예요. 그렇지만 예정된 탐사가 남아 있어서, 항로를 따르면 적어도 다섯 군데의 행성을 더 거쳐가야 하고…… 무엇보다 초광속 여행의 시간 지연까지 포함하면, 이십여 년은 걸리겠지요. 하지만 정말로 다시 한번 오고 싶네요. 저는 이 행성과 여러분의 문명, 그리고 무엇보다 노아 당신에게 매료되었어요. 다음번에는 훨씬 더 오래 머무를 수 있을지도 몰라요. 당신이 말한 대로 벨라타의 여름을, 어쩌면 모든 계절을 볼 수도 있을 거예요. 물론 벨라타의 사제분들께 허락을 받는 것이 가장 우선이겠지만요. 어쨌든, 노아, 그때도 함께해줄 거죠?"

아득한 시간을 순간처럼 이야기하는 것이 우주 여행자들의 습관이라던가요. 제가 그 질문에 무어라고 대답했는지는 잘 기억이 나지 않지만, 그날 밤을 새워 우리의 대화를 생각했던 것만은 기억합니다. 마음의 일부가 이정에게 완전히 사로잡힌 것 같았어요.

하지만 곧 깊은 슬픔이 제 마음을 바닥으로 끌어내렸습니다. 저는 스무 해가 지난 후에 다시 벨라타를 찾아올 이정의 모습을 상상해보았어요. 당신의 옆에서 함께 걷는 저의 모습도 상상해보았지요.

그것이 결코 실현될 수 없음을 저는 알았습니다.

당신이 벨라타의 그림자를 알아차리기까지는 오랜 시간이 걸리지 않았지요. 언젠가부터 당신은 우리 행성의 아름다운 것들에 대해 묻는 대신, 벨라타인들의 삶에 대해 묻기 시작했어요. 당신이 최대한 건조하고 무심한 어조를 유지하려 했던 것을 기억합니다. 어디까지나 학자의 호기심에서 비롯한 질문이라는 태도를 보이기 위해서였겠죠. 그러나 당신이 우리의 생애주기와, 성장 이후에 겪게 되는 '몰입' 상태와, 엄격한 종교적 규율에 대해 물을 때, 그 질문들은 이미 어떤 감정과 가치판단을 내재한 것처럼 들렸습니다.

벨라타로 오는 새로운 항로가 발견되었을 때, 지구인들이 느꼈을 두근거림을 상상해보곤 합니다. 또 이 행성에 한때 지구인이었던 이들이 살고 있다는 사실이 여러분에게 주었을 충격도요. 이정의 말에 따르면, 아직 지구만큼 인간에게 호의적인 행성은 없지요. 그러니 오래전 영영 길이 폐쇄된 줄로만 알았던 이 아름다운 행성에, 여전히 인류의 자매들이 살아간다는 사실을 알았을 때, 그것이 지구 문명에 의미하는 바는 특별했을 거예요. 어쩌면 인류가 머나먼 우주 건너편에서도 여전히 잘 살아갈 수 있다는 증명으로 여겨졌을지도 모르지요.

그러나 그 경이로움 이면에는 많은 것들이 감추어져 있었습니다. 우리가 말하지 않은 것들을 당신은 파헤치기 시작했지요. 당신은 꽤 사실에 근접했던 것으로 보여요.

당신이 추측한 대로, 이 행성 사람들은 지구인에 비해 매우 짧은 수명을 지녔습니다. 우리는 대개 스무 해를 넘겨 살지 못하지요. 사제의 경우도 고작 서른 해가 최대이고요. 마지막 다섯 해는 '몰입'이라고 부르는 상태에 빠지는데, 신경세포의 급격한 감퇴와 기억 손상, 지성의 저하, 언어능력의 상실을 경험합니다. 몰입 상태의 벨라타인들은 비명을 지르고, 잃어가는 기억들을 회상하며 울부짖고, 때로는 아주 폭력적인 상태로 돌변합니다. 우리는 몰입을 신과의 만남으로 해석하지요. 그 종교적 황홀경은 오히려 적극적으로 경험할 만한 것으로 여겨집니다. 거리로 나와 소리치는 이들에게도 제재를 가하지 않지요. 고통을 경감하는 약초를 제공할 뿐이에요. 모든 벨라타인들이 언젠가는 몰입을 경험하게 되며, 그것은 사제 역시 마찬가지입니다. 우리는 몰입이 우리의 영혼을 구원한다고 말하지요.

우리의 삶에 가까이 접근할수록, 당신은 점점 말수가 줄어갔어요. 저를 보는 시선에 슬픔과 안타까움, 연민이 담기기 시작하는 것을 저는 느꼈습니다. 그것을 원하지 않았지만, 당신이 느끼는 바를 방해하고 싶지도 않았어요. 긴 시간 서로를 불안한 시선으로 바라보다가 침묵으로 끝을 맺는 날들이 많아졌지요. 그 시선이 제게 묻는 것 같았어요. '왜 이 행성의 사람들은 그렇게 짧은 삶을 살다 가나요. 왜 당신들의 신경 손상과 기억 감퇴는 그렇게 급격하게 진행되나요. 왜 당신들은 그렇게 불합리한 신앙을 지키나요.'

하루는 당신이 간밤에 사제들을 동반하지 않은 채로 혼자 자취를 감추었다가 새벽 무렵 나타난 것을 알았습니다. 저는 그 사실을 누구보다 빨리 눈치챘지만, 일부러 감추어주었지요. 그날 당신이 오브의 들판에 방문했다는 사실도 알고 있었어요. 원칙대로라면 벨라타의 규율을 존중하지 않은 당신을 추방해야 했지요. 그러나 정확히 설명하기 어려운 이유로, 저는 그렇게 하지 않았어요. 어쩌면 제게는 이정이 영원히 제 고통을 몰랐으면 하는 마음과, 그것을 알아차려주기를 바라는 마음이 공존했는지도 모릅니다.

그리고 그날 밤, 이정이 문을 열고 제 방에 들어왔을 때, 저는 당신이 무슨 말을 할지 듣기도 전부터 이미 알고 있었어요. 이정은 저를 설득하기 시작했지요.

"노아, 당신은 너무나도 재능 있고 영민한 사람이에요. 그런 노아라면 제 말을 조금이라도 들어줄지 모른다고 생각해요. 우리 탐사대의 원칙은 탐사하는 행성의 자연과 문화에 개입하지 않는 것이에요. 그렇지만…… 모르겠어요. 저는 당신과 너무 가까이 지냈고, 이제는 평정심을 잃어버린 것 같아요. 무엇이 옳은지 여전히 혼란스럽네요. 그러나 올바른 학자라면 모두 이렇게 할 거예요. 그러니까, 노아."

이정은 슬픈 눈빛으로 말했죠.

"당신들의 금기를 깨야 해요. 오브에 대한 금기를요."

무어라고 입을 열어야 할지 알 수 없는 심정이었어요.

"잘 들어요, 노아. 이 행성에는 클로포늄이 대기 중에 널리 분포해요. 이 입자는 당신들의 뇌를 손상시키지요. 단기간의 노출은 괜찮아요. 하지만 손상이 누적되면, 신경섬유의 퇴화는 도저히 돌이킬 수 없는 상태가 됩니다. 구르는 눈덩이처럼 순식간에 불어나는 거예요. 당신들의 수명이 짧은 것도, 당신들이 몰입을 경험하는 것도 다 그 때문이에요. 그러나 몰입은 뇌의 손상으로 나타나는 결과일 뿐이에요. 그리고…… 가장 중요한 것은, 이 문제를 해결할 방법이 이미 벨라타에는 존재한다는 것입니다."

저는 고개를 저으며 거부했지만, 당신은 말했습니다.

"바로 오브를 먹는 거예요."

"대화는 여기서 끝내는 게 좋겠어요."

"오브는 그냥 죽은 식물이에요. 생물학적 활성이 없어요, 노아. 금기도 신의 저주도 아니라고요."

"말했다시피 우리는 오브를 먹지 않습니다. 그러지 못해요."

"정착 이후 시간이 흐르면서 뭔가 분명히 오해가 생겨났을 거예요. 오브를 섭취하면 클로포늄을 분해할 수 있어요. 장기적으로 섭취해야 하고, 살아가는 동안 평생 먹어야 하지만, 그것만이 당신들을 살릴 수 있어요."

"아닙니다. 그런 말을 입에 올리는 것만으로도 우리는 저주를 받아요. 그

만해주세요."

"노아, 생명을 살리는 거예요. 신도 여러분이 살기를 원할 거라고요. 제발, 그냥, 한 번만 제 말을 믿어줘요. 당신도 이제…… 몰입 상태에 진입하고 있잖아요. 그렇지 않나요? 하지만 당신에게는 아직 시간이 있어요. 살아갈 수 있어요. 오브를 먹으면요. 끔찍하거나 저주받은 일이 아니에요. 태초부터 모든 인간들이 살아가기 위해 하는 일일 뿐이에요. 우리 지구에도 오랫동안 종교가 남아 있었어요. 당신들의 신을 모독할 생각은 없어요. 하지만 인간보다 신이 중요하지는 않아요. 노아. 벨라타의 신은 금기보다 당신들의 생명을 귀하게 여길 것이라고요."

이정은 아주 슬퍼 보였고 또 절박해 보였어요. 우리가 함께 있을 때, 제가 잠시 기억을 잊거나 의식으로부터 멀어지는 것을 보았겠죠. 벨라타의 이면이 당신의 눈을 피할 수 없었던 것처럼, 제 운명 역시 당신을 속일 수는 없었습니다. 저를 어떻게 설득해야 할지 도저히 감을 잡을 수 없었겠지요. 당신은 거의 울먹이며 말했어요. 그리고 제가 결국 고개를 들었을 때, 당신은 몹시 당황했지요.

"알아요, 이정. 무슨 말인지 다 이해해요."

제가 울고 있었으니까요.

"그게 전부 우리를 걱정해서 하는 말이라는 것을 알고 있어요. 지금 당신이 무슨 이야기를 하는지도 누구보다도 잘 알고요."

저는 울면서 말했습니다.

"그래도…… 우리는 그럴 수 없어요."

*

저는 끝내 당신에게 진짜 이유를 말하지 않았지요. 우리가 금기를 지키고, 규율에 복종하고, 죽음에 순응하는 이유를요. 아마 그것이 우리의 작별을 더욱 어려운 일로 만들었겠지요.

이정. 당신은 저를 신앙의 관점에서 설득하고자 했을 거예요. 벨라타의 신은 분명히 우리의 생명을 소중히 여길 것이라고, 그러니 오브를 먹어야 한다고 말이에요. 그러나 사실 이정의 짐작은 어긋나 있었습니다. 저는 사제이지만, 신을 믿지 않는 사제니까요.

그리고 이정에게는 놀라운 일이겠지만, 우리 사제들은 대부분 신을 믿지 않지요. 이제 지구에도 인격적인 존재로서의 신을 믿는 종교가 거의 사라지고 도덕적 규율로서의 종교만이 남아 있듯이, 벨라타의 종교 역시 정확히 그러한 역할을 수행합니다. 우리는 신을 믿는 대신 신앙의 필요를 믿지요. 그리고 그 필요에 복무합니다.

사제로 선택된 이들은 삶의 어느 시점에서 반드시 신의 부재를 직면하게 된답니다. 제게는 그것이 열 살 무렵이었어요.

어린 시절 저에게는 쌍둥이 언니가 있었습니다. 우리는 같은 얼굴을 마주 보며 즐거움을 함께 나누고 자랐지만, 여섯 살에 우리의 운명이 나뉘기 시작했어요. 검은 로브를 입은 사제들이 아이들을 한 명씩 작은 방으로 들여보냈습니다. 그 방은 갑갑한 공기로 가득차 있어 숨을 쉴 수가 없었죠. 거의 모든 아이들이 방에 들어서자마자 울음을 터뜨리거나 구토를 했습니다. 하지만 저는 평소보다 울렁거리는 느낌을 받았을 뿐, 다른 아이들과 비슷한 고통을 겪지는 않았죠. 언니는 반응이 심각한 수준이어서, 발을 내딛자마자 거의 정신을 잃으려는 것을 사제들이 다급히 밖으로 빼내야 했어요. 그 이상한 시험이 다름 아닌 벨라타의 사제를 선발하는 의식이었다는 것은 나중에야 알게 되었습니다.

저는 교리를 배우고, 아침저녁으로 예배를 드리고, 신자들을 위해 봉사하며 사제 교육을 받게 되었습니다. 사람들은 어린 저를 사제로서 존중하고 존경했어요. 하지만 제 쌍둥이 언니는 남은 생을 집에만 갇혀 살았고, 아주 이른 나이에 세상을 떠났어요. 열 살에 너무 빨리 몰입이 시작되었죠.

그 다음해에 언니는 저를 기억하지 못했고, 우리가 어린 시절 함께 했던 놀이조차 모두 잊어버렸습니다. 텅 빈 눈으로 허공을 바라보거나 울부짖거나 옆에 다가온 저를 밀어냈어요. 그러다 어느 날 언니는 완전히 떠나버렸고, 언니의 죽음을 가까이서 지켜본 저는 공포에 사로잡혔습니다. 시간이 지나면서 언니 외에도 그렇게 이른 나이에 죽는 아이들이 많다는 것을 알게 되었어요.

언니와 나의 차이는 무엇이었을까. 언니는 왜 괴로움 속에 죽어가야 했을까. 왜 우리의 삶은 이렇게 짧고, 그마저도 절반은 영혼을 빼앗긴 채 살아가야 할까. 저는 신에게서 그 답을 구하고자 했지만, 신은 한 번도 기도에 응답하지 않았습니다. 돌아오는 것은 허망한 두려움뿐이었죠. 그러면서 저는 서서히 우리의 선조들이 왔다는 행성 지구에 관심을 갖게 되었어요. 훨씬 더 발전된 문명을 가졌다던 행성에서도 이러한 고통이 여전했을지 궁금했던 것이지요. 비록 남은 것은 수백 년 전의 자료들뿐이었지만, 저는 지구 문명을 연구하며 큰 충격을 받았습니다. 그곳에서는 신이 아닌 문명과 기술이 사람들을 보호하고 있었죠. 지구인들은 우리보다 훨씬 더 긴 생애를 살았고, 인생의 절반에 걸쳐 영혼을 빼앗기지도 않았어요. 무언가 잘못되었다는 것을 깨달았습니다. 정말로 벨라타를 다스리는 신이 있다면, 언니는 왜 그렇게 빨리 떠나야 했을까요? 점점 저는 신의 존재에, 그리고 우리의 행성을 지배하는 신앙에 의심을 품게 되었어요. 교리와 규율, 신이 존재한다는 증거들이 허점 가득한 거짓말로 보이기 시작했죠.

어느 날 저는 정처 없이 수도원 바깥을 걷고 있었습니다. 그날 제 안에서 휘몰아치던 감정들을 설명하는 것은 어려워요. 대상 없는 분노와 고통, 두려움이 저를 채우고 있었지요. 절대적이라고 믿었던 규칙들이 돌연 태도를 바꾸어 저를 조롱하는 기분이었어요. 그리고 문득, 저는 이 행성에서 가장 강력한 금기의 실체를 보고 싶다는 생각이 들었어요.

제가 한참을 걸어 도착한 곳은 오브들로 가득한 들판이었습니다. 대부분의 사람들은 혐오하여 근처에도 가지 않는 식물들이지만, 저는 금기를 마주해야 했어요. 금기가 아무것도 아니라는 것을, 신은 우리의 가냘픈 삶조차 구원하지 못하는 허상에 불과하다는 것을 확인해야 했지요. 저는 오브들 사이를 마구 달렸습니다. 그러다 어딘가에 부딪혀 넘어졌다가, 언덕 아래로 굴러떨어지기 시작했습니다.

눈을 떴을 때는 몸이 욱신거리며 아팠습니다. 고개를 들고 주위를 둘러보니 아까와는 다른 장소의, 오브의 들판이 펼쳐져 있었습니다. 대체 얼마나 달린 건지, 얼마나 멀리 온 것인지도 알 수 없었습니다. 무언가에 얻어맞은 듯한 고통이 느껴졌습니다. 옆에 거대한 오브 하나가 있었는데, 제 옷에 오브의 겉껍질이 잔뜩 붙어 있는 것으로 보아 그 오브에 몸을 부딪힌 것 같았습니다. 저는 힘겹게 몸을 일으켰어요.

그때 어떤 목소리가 제게 말을 걸었습니다.

왜 갑자기 깨우는 거야?

그 목소리는 마치 공기의 떨림을 통하지 않고 제 머릿속으로 직접 들려오는 것 같았죠. 저는 눈을 크게 뜨며 주위를 다시 돌아보았어요.

"누구지?"

우리를 몰라?

순간 제가 방금 부딪혔던 오브가 진동하고 있는 것을 보았습니다. 그것이 제게 물었습니다.

어때, 이 행성은 마음에 들어?

꿈을 꾸는 것 같았죠. 현실감이 들지 않았어요. 저는 멍하니 그것을 바라보다가, 무슨 말을 하는지도 모른 채 말했습니다.

"아니. 이 행성은…… 무섭고 끔찍해. 도망치고 싶어. 도망칠 곳도 없지만."

그건 아쉽다. 좀 더 즐거우면 좋을 텐데.

대체 무슨 말을 하는지 알 수 없었지요. 무슨 뜻이냐고 캐물으려던 차에, 또 다른 말이 머릿속으로 들려왔어요.

이야기를 더 나누고 싶지만, 이제 나는 자러 가야 해.

"잔다고? 왜?"

그게 너희들과의 약속이니까.

"무슨 약속?"

이해할 수 없는 말들뿐이었습니다. 하지만 제가 방금 그 오브에 부딪혀서 그것이 잠에서 깨어났음을 추측할 수 있었죠. 그리고 그동안 죽은 식물이라고 생각했던 그것이, 생각하고 말하는 지성체라는 것도요. 제가 여전히 혼란에 빠져 있는 사이 그가 말했습니다.

난 갈게. 안녕.

목소리가 끊기는 순간 오브의 미세한 떨림도 멈췄고, 저는 완전한 침묵 속에 놓였지요. 어떤 것도, 공기조차도 움직이지 않았어요. 무생물과 같은 것이라고 생각했던 오브가 갑자기 말을 하다가 한순간 잠들어버리는 그 순간은 매우 낯설고 두려웠지만, 저는 얼떨결에 말했습니다.

"그래…… 고마워. 잘 자."

왜 고맙다고 말한 걸까, 스스로 의아해하면서요.

사라진 것 같던 목소리가 잠시 뒤 한마디를 덧붙였지요.

어떤 약속이었는지 궁금해?

저는 그것이 알려준 길을 따라갔습니다. 지하로 이어지는 계단을 내려가자 어둡고 축축한 공간이 보였습니다. 어떤 안내문도 지시도 없고, 오직 입구만이 있었어요. 저는 조심스레 그 공간을 살피기 시작했어요. 아주 오래전 무언가 존재했던 흔적들을 발견할 수 있었지요. 여기저기로 어지럽게 뻗어 있는 통로, 닫힌 문, 흙과 먼지로 뒤덮인 바닥, 그리고 낡은 천으로 덮인 가재도구들.

마치 누군가가 도망쳐서 몸을 숨긴 흔적처럼 보였습니다.

하지만 최근에 생긴 흔적은 아니었어요. 정말로 오래된 흔적들이, 기이

한 이유로 과거의 시간에 고정되어 있는 것처럼 보였지요. 저로서는 도저히 이해할 수 없는, 어떤 종류의 멈춘 시간이 이곳 지하실을 집어삼킨 것 같았어요. 저는 문득 섬뜩한 생각에 사로잡혔습니다.

머릿속에서 낯선 진동이 일었어요. 조금 전 말을 걸어온 오브의 목소리처럼, 진동이 소리로 직접 변해 두개골 안쪽을 울렸습니다. 저는 두려움에 떨다 바닥에 주저앉고 말았어요.

그리고 다음 순간, 공간에 남은 목소리의 잔해들이 머리로 쏟아져 들어오기 시작했습니다.

저는 그날 들었던 목소리들을 결코 잊을 수 없습니다. 그것들의 의미를 해석하기 위해 뇌가 완전히 흐트러졌다가 다시 조립되었어요. 목소리들이 말했습니다. 모두 죽었어. 저 밖에 있던 사람들은 전부 다 죽었어. 울부짖는 것 같기도 하고 비명을 지르는 것 같기도 한 목소리들이 서로 엉켜 있었습니다. 우리도 죽을 거야. 돌아갈 수 없어. 도망칠 수도 없어. 죽음을 받아들여야 해. 하지만 그럴 수 없어.

눈물이 흐르기 시작했어요. 그 목소리들은 마치 제 마음을 읽은 것 같았죠. 저도 죽음이 두려웠어요. 그것을 너무 가까이서 봤지요. 공포에 질린 사람들의 목소리가, 죽음을 앞둔 이들의 두려움이 제 심장을 꽉 쥐어오는 것 같았습니다. 그때 오브들의 목소리가 말했습니다. 우리가 **행성**의 **시간**을 나누어줄게.

그리고 모든 것이 조용해졌습니다.

눈을 떴을 때, 저는 바닥에 쓰러져 있었습니다. 감당할 수 없는 어떤 슬픔이 저를 짓누르다가 한순간 떠나버린 것 같았어요. 까마득한 과거에 이곳에서 무슨 일이 있었는지, 저는 이제 알 수 있었습니다.

오래전 우리가 벨라타에 도착했을 때, 이곳은 오브들이 지배하는 행성이었습니다. 그들에게 우리는 불청객이었습니다. 과학자들은 곧장 이 행성이 겉보기와 달리 인간에게 결코 호의적이지 않은 환경임을 알아차렸죠. 인간의 뇌는 행성 대기의 클로포늄에 의해 급격히 손상되었고, 그것은 이 행성을 지배하는 오브들에 의해 발생되는 것이었습니다. 그러나 우리에게는 갈 곳이 없었습니다. 항로는 계산 오류로 폐쇄되었고, 가까운 곳에는 생명체가 살 수 있는 행성이 없었어요. 방법은 오직 이 벨라타에서 살아남는 것이었습니다. 우리는 절대로 공존할 수 없었습니다. 죽음만이 유일한 답이었지요. 그들의 죽음, 혹은 우리의 죽음. 단 두 가지의 선택지만이 있었습니다.

우리는 살기 위해 오브들을 죽였습니다. 오브들을 죽인 장소에서는 일시적으로 생명을 유지할 수 있었죠. 그들의 사체를 먹으면 클로포늄을 약간이나마 해독할 수 있다는 사실도 알아냈어요. 그러나 오브들은 행성의 생명체일 뿐만 아니라, 행성 자체였습니다. 땅 위와 땅 아래, 세계 전체로 뻗은 그들의 몸이 환경을 조절했어요. 오브들이 없는 장소로도 바람이 클로포늄을 실어날랐죠. 그들은 대기 중의 수분을 순환시켜 온종일 폭우를 내리게 했습니다. 벨라타는 물의 행성이 되었고 우리는 수많은 이유로 죽었습니다. 먹을 것을 찾지 못해서, 물살에 휩쓸려 절벽 아래로 추락해서, 강으로 떠밀려 익사해서. 오브들의 생명 활동이 활발해질 수록 대기 중의 클로포늄도 증가했습니다.

그리고 어떤 이들은 침략자가 되는 대신 지하로 숨어들었습니다. 어떤 대단한 결단이 있는 것은 아니었어요. 그들은 단지 원래 이곳에 있던 오브들을 죽이는 것이 옳지 않다고 생각했지요. 지구에서도 어떤 이들은 가장 절망적인 순간에조차 타인을 훼손하는 대신 자신의 죽음을 선택하는 것처럼, 과거의 벨라타에도 그런 이들이 있었습니다. 단지 그렇게 하는 방법만을 아는 이들이었죠. 만약 약간이라도 오브들의 신체를 떼어 온다면 생명을 조금씩 연장할 수 있었겠지만, 그들은 그마저 포기했습니다. 지하로 숨어들면 클로포늄을 덜 흡입할 수 있었죠. 하지만 그것도 끝이 정해진 운명이었어요. 바깥의 사람들은 싸우다 죽었고, 지하의 사람들은 체념한 채로 죽어갔어요. 그렇게 최후의 사람들이 남을 때까지, 죽음은 계속되었습니다.

우리가 중추신경계를 가진 개체 중심적 사고에서 벗어나지 못했기 때문에, 그들 전체가 우리에게 말을 걸고 있다는 사실을 알아차리기까지는 꽤 오랜 시간이 걸렸습니다.

이정. 당신이 이 행성을 처음 보았을 때 느낀 기묘한 이질감을 기억하나요. 이정이 말한 것처럼, 이 행성은 몹시 고요하고 정적이지요. 벨라타에서 움직이는 것은 오직 공기와 물, 그리고 우리 인간들뿐입니다. 이정은 정확히 본 것이었어요. 벨라타는 한때 아주 작은 생물들로부터 아주 큰 생물들까지 역동하는 생명들의 살아 있는 행성이었지만, 지금의 벨라타는 그렇지 않습니다. 이정이 본 벨라타는 '멈춰 있는' 상태의 행성이지요.

그것은 우리의 오래된 협약에 근거하고 있습니다.

언뜻 죽은 고목처럼 보이는 오브들은 이 행성 전체에 깊이 뿌리를 내리고, 땅 위로는 몸의 일부를 드러낸 채, 행성 자체로 기능합니다. 그들은 개체인 동시에 집단이며, 개체로서의 지성과 집단으로서의 지성을 모두 지닙니다. 집단으로서의 오브는 사실상 영원히 살아가요. 벨라타의 거의 모든 생태계가 직간접적으로 오브들의 근권과 엽권에 속해 있습니다. 그리고 이들의 생명 활동과 대사 작용에 의해 발생하는 것이 바로 대기 중의 클로포늄입니다. 그들의 입장에서 그것은 정상적인 생태계 순환의 일부이지요.

먼 우주에서 온 탐사선이 이 행성에 도착했을 때, 오브들은 탐사선에서 내린 작은 생물들을 면밀히 관찰했어요. 그리고 오브들은 곧 알아차렸습니다. 이 개체들은 다른 환경에 취약하고 지극히 생태 의존적인 생물이며, 심지어 폭력적이고 비도덕적이지만, 어쨌든 그들은 모두 자아를 가지고 생각하며 움직이는 존재들이라고요. 오브들에게 우리는 불청객이었지요. 그들은 우리가 단지 죽어가도록, 절망하도록, 흔적도 없이 사라지도록 내버려둘 수 있었습니다. 하지만 그들은 그렇게 하지 않았습니다. 그들은 연민할 줄 아는 존재였으니까요.

제가 지하실에서 들은 마지막 대화는 지하에 남은 최후의 인간들과 오브들의 약속에 관한 것입니다.

누군가가 말하기 시작해요. 미안해요. 우리가 끔찍한 짓을 했어요. 정말 미안해요. 당신들의 행성을 망쳐버렸어요.

오브들이 묻기 시작하지요. 그들은 궁금해합니다. 이 낯선 존재들이 어디서 왔고 어디로 가는지. 그들에게 죽음은 끝인지 시작인지. 사실상 인간의 힘으로는 대단한 흠집조차 내지 못하는 오브들의 행성을 망쳤다고 미안해하는 것을 재미있어하지요.

대화는 이렇게 끝이 난답니다.

우리의 긴 삶에 비하면 너희의 삶은 아주 짧은 순간이지. 그러니까 우리가 행성의 시간을 나누어줄게.

그리고 그들은 오랜 잠에 빠져들었어요.

그렇게 이 행성의 생동하던 것들은 모두 자신들의 선택으로 잠들었습니다. 행성의 생태계가 멈추면서, 대기 중의 클로포늄도 인간이 살아갈 수 있는 수준으로 줄어들었지요. 남은 우리는 결코 그들을 해치지 않습니다. 그럼에도 연약한 우리는 잔존하는 클로포늄만으로도 쉽게 손상을 경험하고 죽어버리지만, 한 가지 사실만은 분명합니다.

우리에게 주어진 삶의 시간은, 이 행성의 시간을 잠시 빌려온 것에 불과하다는 사실이지요.

그날 밤 지하실로 저를 찾으러 온 사제는 무슨 일이 일어났는지 곧장 알아차린 것 같았습니다. 그 이전에도 이곳에서 몇 번이나 같은 일들을 목격했을 테니까요.

"그러니까, 사제님. 오브들이⋯⋯."

제 목소리가 떨리고 있었습니다.

"오브들이 우리에게 시간을 나누어준 거였어요. 그들이 잠든 거예요. 스스로 멈추기를 선택한 거예요. 우리에게 삶을 주기 위해서요. 하지만 어떻게 그럴 수 있었죠? 제 말은, 고작 이런 우리를 위해서⋯⋯."

사제가 어떤 표정을 하고 있는지 알 수 없었어요. 슬픈 것 같기도 했고 무언가를 당부하는 것 같기도 했어요. 그가 제 어깨에 손을 올렸습니다.

"그래, 너도 보았구나."

그가 말했습니다.

"신도 금기도 없지. 오직 약속만이 있단다."

저는 바닥에 머리를 기대고 여전히 그 공간을 떠돌고 있는 목소리의 잔해를 들었습니다. 제가 평생을 지나도 이해할 수 없을 어떤 결정들이 그곳에 있었습니다. 먼 우주에서 온 작은 존재들에게 기꺼이 자신의 시간을 떼어주기로 결정하는 마음이, 이 잠든 행성 벨라타 전체에 깃들어 있었어요. 저는 눈을 감고 그들을 생각했습니다.

우리 대부분은 기억조차 하지 못하는 그 오래된 협약을, 수백 년이 지나도록 여전히 지키고 있는 존재들을.

*

이정. 당신이 떠난 후에야 이 모든 일을 이야기하는 저를 용서하기를 바라요. 저는 이정을 믿지만, 저 스스로 이 이야기를 어디론가 전하기가 두려웠어요. 진실은 엄격히 통제되어야만 하니까요.

우리의 행성에서 앎은 우리를 구원하지 않습니다. 지난 역사에서 우연히 진실을 알게 된 이들, 사제 중에서도 소수에 해당하는 이들은 협약을 깨고 자신의 삶을 연장하려는 유혹에 시달렸어요. 몰입 상태에 가까워질수록 우리는 이성을 잃고 욕망에 잠식되지요. 우리는 과거와 미래보다 당장의 삶을 갈구하여 협약을 위협했던 사례들을 너무나 많이 보았어요. 그렇기에 벨라타에서 우리를 구원하는 것은 앎이 아닌 무지이지요. 마지막 순간까지 우리를 절제하게 만드는 것은 평생에 걸쳐 우리를 지배하는 규율이고 신앙이며, 금기에 대한 복종입니다.

저도 시간이 지나면 제가 보았던 것들을 잊게 되겠지요. 남는 것은 오직 본능에 새겨진 두려움, 공포, 혐오와 기피뿐일 거예요. 저는 금기의 이유를 모른 채 금기를 지키겠지요. 우리에게 기꺼이 행성의 시간을 나누어준 그들에 대한 존중이 그들을 두려워하는 것으로만 유지된다는 사실은 비극이에요. 그러나 그것이 마침내 오래된 협약을 완성할 것입니다.

이정. 아마 저는 당신을 다시 만나지 못할 거예요.

아름다운 벨라타의 여름을 함께 보자고 했던 그 약속도 지키지 못할 것이고요. 이제 저는 예정된 죽음을 기다리고 있습니다.

제가 이정에게 부탁하고 싶은 것은 한 가지입니다. 저는 언젠가 우리와 오브들이 하나의 행성에서 같은 시간을 공유하며 살아갈 가능성이 있다고 믿어요. 사제들은 보통 사람들에 비해 클로포늄에 내성을 가지는 사제들 자신을 연구하고 있지요. 계속해서 돌연변이들이 태어나고, 우리 역시 이 환경에 서서히 적응하며 생태의 일부가 되어가고 있습니다. 하지만 우리의 너무 짧은 생애와 부족한 기술은 진척을 더디게 만들어요. 가능하다면, 이정과 동료들의 명민한 지성을 빌려 방법을 찾아보고 싶어요.

그리고 당신이 언젠가 오랜 탐사를 끝내면, 이 벨라타에 다시 찾아와주기를 바랍니다. 만약 일이 잘 된다면, 당신은 생동하는 벨라타를 볼 수 있을 거예요. 살아 숨쉬고 움직이는, 모든 것들이 제자리에 있는, 깨어난 행성을요.

그때 저는 아마도 아주 긴 잠을 자고 있겠죠. 저는 땅 위로 내딛는 당신의 발걸음을 느끼고, 꿈결 속에서 당신의 목소리를 들을 거예요. 오래전 이곳에 머물렀던 어떤 다정한 시간들을 생각하면서요.

아마도 그것만으로 저는 괜찮으리라는 생각이 듭니다.

이정을 그리워하는,
당신의 동행 노아로부터.

무심하고 우주적인 자비로움

전혜진(문학평론가)

1. 벨라타에서 온 편지

이 소설은 지구인 이정에게 벨라타인 노아가 전하는 편지의 형식을 띠고 있다. 노아의 고백은 마치 분석가에 전이된 분석 주체의 언어를 닮았다. 우주로부터 온 편지에는 다른 벨라타인들과는 공유할 수 없는 행성의 진실에 담겨 있다. 노아에게 있어 벨라타에는 이 진실을 감당할 수 있는 사람이 없는 듯하다. 그렇지 않다면 벨라타에서 벌어지는 일과 아무 상관 없는 이정이 왜 이 편지의 수신자가 되었겠는가. 자신의 가장 깊은 비밀, 환상을 털어놓을 대상은 전이적 관계를 형성한 동등한 인격인 이정이었다. 그런 점에서 이정은 노아의 욕망이 투사된 존재이며 동시에 모든 것을 '안다고 가정된 주체'로서 작동한다. 그렇다면 도대체 벨라타는 어떤 행성이기에 당사자들에게조차 밝힐 수 없었던 비밀을 가지고 있는 것일까?

거기 모든 것이 멈춘 듯 정적인 행성 벨라타에는 자신들의 운명에 순응하듯 조용하고 경건하게 살아가는 벨라타 사람들이 있다. 벨라타인과 지구인은 같은 뿌리에서 나왔지만 아주 오랜 시간이 흐르고 이제는 서로 다른 방식으로 살아가고 있다. 머나먼 시간과 공간을 넘어 벨라타인과 지구인이 만나게 된다. 벨라타는 여러모로 "지구와는 상반되는 풍경"(129쪽)을 가진 곳으로, 지구인 이정의 시선에는 "모든 것이 가장 아름다운 순간에 고정된"(129쪽) 듯하다. 처음에 지구인은 벨라타의 아름다움에 매혹된다. 그러나 매혹된 것은 지구인만이 아니다. 벨라타인들에게 지구인은 자신과 같은 지적 생명체이면서 동시에 보다 발전된 과학기술과 사회 시스템을 가지고 있는 선망의 대상이다. 지구인은 벨라타에서 오염되지 않은, 혹은 그렇게 상상되는 과거를 보고, 벨라타인은 지구인에게서 도래하기를 바라는 미래를 본다.

하지만 실상은 조금 다르다. 벨라타는 클로포늄이라는 물질에 오염된 곳이며, 지구의 문명과 기술은 사람들을 충분히 보호하고 있지 못하다. 그저 벨라타와 지구는 서로가 '가지 않은 길'을 가고 있는 환상으로, 결핍과 욕망의 투사에 다름 아니다. 이들의 시선은 현재가 아닌 과거와 미래로 향해 있다. 이들이 공유하는 것은 부재하는 현재이다. 노아의 편지가 지나간 과거와 불확실한 미래의 이야기로만 채워질 수밖에 없는 것도 이런 이유 때문이다. 현재는 노아가 선물로 보낸 벨라타의 바다 모래처럼 다시는 재현될 수 없다. 상실된 대상에 대해 인간은 아름다운 것만을 선택적으로 기억한다. 이정과 노아의 우정은 이미 상실된 과거의 것이 되었다. 신뢰와 사랑과 슬픔을 담은 노아의 편지는 연약하고 덧없는 것들에 대한 송시이다. 그러나 이 소설은 우정의 아름다움에 대한 이야기가 아니다.

2. 새로운 사회적 관계의 발명

노아는 지구인을 선망한다. '시간'은 지구인을 더 우월한 존재로 만든다. 단지 생물학적으로 긴 수명을 타고난다는 사실로 인해 지구인은 벨라타인보다 발전된 과학기술을 가질 수 있으며, 지구를 벗어나 자유롭게 우주를 유영할 수 있는 여유를 가진다. 반면 벨라타인의 생애주기는 너무 짧고, 그 마저도 "몰입" 상태에 빠져 자아를 잃게 된다. 주어진 시간이 부족하기 때문에 지식을 축적하는 일도, 그것을 후세에 전승하는 일도 용이하지 않다. 벨라타가 정교한 정치적 시스템 대신 제정일치와 신분제 같은 과거 지구의 봉건제와 닮은 모습을 하고 있는 것도 바로 이러한 이유 때문이다. 그들은 몰입을 신과의 만남으로 여기고 신성시함으로써 자신들의 운명을 납득하고 있지만 사실 몰입은 클로포늄 중독에 의한 뇌손상에 불과했다. 이러한 조건이 그들의 불행인 듯 보이지만, 역설적으로 그 뇌손상 없이는 존재 자체가 불가능하다. 벨라타인의 운명적 불행은 정적이고 행성친화적인 벨라타 사회를 만든 조건이다. 노아는 문제의 해결을 '시간'에서 찾는다. 그가 이정을 통해 지구인들에게 "명민한 지성"을 나누어줄 것을 부탁하는 것은 지구인의 시간을 빌려오고자 하는 것에 다름 아니다.

이 같은 노아의 부탁은 그들이 벨라타 행성으로부터 삶을 나누어받은 "오래된 협약"을 닮아 있다. 행성, 즉 오브는 벨라타에 도착한 인간들이 오브의 대사 작용의 결과물인 클로포늄에 취약하다는 점을 발견한다. 그리하여 이 작은 생물들에게 다음과 같이 말하고 긴 잠에 빠져든다. "우리의 긴 삶에 비하면 너희의 삶은 아주 짧은 순간이지. 그러니까 우리가 행성의 시간을 나누어줄게."(143쪽) 행성과의 최초의 계약에서 오간 것은 시간이다. 계약이라고 하지만 이는 상호적이지 않다. 행성은 아무것도 원하지 않는다. 벨라타인은 오브를 훼손하지 않는 것으로 자신들에게 삶을 준 행성에게 보답하지만, 행성에게는 별 의미가 없다. "사실상 인간의 힘으로는 대단한 흠집조차 내지 못하는"(143쪽) 형국이기 때문이다. 벨라타인에게는 큰 의미이지만 행성에게는 아무 의미도 없는 이 협약은 교환관계를 넘어선 증여와 선물이며, 어쩌면 변덕이라 해야 좋을 그런 것이다. 행성에게는 작은 호기심과 흥미만이 있었을 뿐, 숭고한 목적을 가지고 있지 않기 때문이다. 우주의 자비는 인간의 것과 다르게 무심하게 흘러간다.

노아는 벨라타 행성이 벨라타인에게 조건 없이 시간을 나누어준 것처럼, 지구인의 시간을 나눠 받기를 바란다. 여기서 벨라타 사회의 허약함이 노출된다. 벨라타 사회는 상대방의 호의와 증여가 없이는 유지되기 어려운 구조를 가지고 있다. 그러나 벨라타 사회에 대한 비판에 앞서 주목해야 할 것은 이 같은 상황이 지구에 던지는 질문이다. 지구인들은 과연 행성이 그러했듯 조건 없는 증여로서 그들의 시간을 벨라타인에게 나누어줄 수 있을까? 이 질문은 소설에서 수행하는 사고실험이 발생하는 지점이다. 자본주의적 욕망과 그물처럼 얽힌 물신적인 교환관계로부터 한 걸음 나아가 당신은 타자와 조건 없는 협약을 맺을 용기가 있는가?

3. 불가능한 장면의 재구성

왜 이 세상엔 무(nothing)가 아니라 무언가(something)가 존재하는가? 이 물음에 대답하기 위해 태곳적부터 인류는 무던히도 노력해왔다. 전 세계 모든 문화권에서 전승되는 창세 신화가 이를 증명한다. 대부분의 신화는 태초의 암흑과 혼돈을 그리고 무언가가 생기기 시작한다. 인간은 따지고 보면 순서상 후순위이다. 일단 세계가 먼저 만들어지고 난 뒤 인간은 허전해서라든가 심심해서 등과 같이 단순한 변덕의 부산물로서 탄생한다. 이 태초의 장면에 대한 이야기는 완전한 허구의 산물이다. 태초의 인간의 기억을 복원할 수 있다 해도 인간의 탄생 이전의 기억을 복원할 수는 없는 일일 테니 말이다. 그리하여 존재에 대한 궁금증은 영원한 미스터리이며, 허구적인 이야기의 형식으로 상상될 수밖에 없다. 창세의 장면은 인간에게는 근본적으로 금지된 영역이다.

이 질문은 자기 자신에 대한 질문이기도 하다. 나는 왜 존재하는가? 과학기술이 발달해 아무리 기억을 거슬러 올라간들, 나 자신이 만들어지는 그 순간을 목격하는 것은 불가능하다. 프로이트가 '아이는 어떻게 생겨요?'라는 아이의 질문을 지식의 시작으로 중요하게 다룬 것은 바로 이러한 이유 때문이다. 미스터리한 자신의 존재를 이해하기 위해 필사적으로 추론하고 상상하며, 자신과 세계에 대한 탐색이 이 천진한 질문으로부터 출발하기 때문이다.

과학이 대상으로 삼는 진리의 자리는 확실한 앎의 영역이다. 과학에서의 진리는 "한 장소에 축적된 앎, 즉 하나의 가설 주변으로 축적되는 확실성"이다.[1] 그렇기에 앎 주변으로 추방된 것들이야말로 SF의 몫이 된다. SF는 앎에 균열을 내어 폐쇄된 과학적 진리에 새로운 공간을 열어낸다.[2] 과학의 꿈을 공유하면서 과학이 꿈꾸지 못하는 것들을 제공하는 SF야말로 자신과 세계의 존재를 묻기에 최적의 형식이지 않은가. 목격도 증언도 불가능한 원초적 장면을 복원하고자 하는 욕망은 벨라타인과 행성=신과의 직접적인 소통이 가능했던 그 시절의 신화로 우리를 데려간다.

요한의 복음서는 태초에 말씀이 있었고, 모든 것이 말씀을 통해 생겼다고 하였다(1:1~5). 에덴에서 추방당했지만, 아브라함과 모세를 지나오면서도 인간은 신과 직접 소통할 수 있었다. 인간과 신 사이의 직접적인 소통은 모세 이후로 단절된다. 십계명을 새긴 판은 신의 말씀이 인간에게 전해진 연결의 증거이기도 하지만, 동시에 신과의 직접적인 연결이 더 이상 불가능하다는 사실에 대한 증거이기도 하다. 존재의 근원과의 확실성이 점점 희박해지는 상황에서 인간이 느끼는 조급증은 신과의 "계약"이라는 말을

---

1   테레사 지롱, 「정신분석은 공상과학이다」, 『과학의 유령』, 강수영 역, 인간사랑, 15쪽.

2   위의 글, 17쪽 참조.

통해 드러난다. 구약에서 번번이 신을 배신하고 다른 신을 섬기는 인간과 불같은 분노로 종을 멸종 직전까지 몰아붙이는 신 사이의 불안한 연결을 강력하게 맺어주고 있는 것은 다름 아닌 이 계약이다. 신과 인간 사이의 계약은 인간이 신에게 믿음을 바치고 신은 인간에게 사랑을 주는 철저한 교환관계를 토대로 체결된다.

행성=신은 다른 신화를 제공한다. 벨라타 행성은 인격화된 모습이 아니라 우주 그 자체를 닮았다. 그것은 무관심하고 벨라타인과 깊게 연결되어 있지 않다. 오브를 파괴하고 살아남을 것인지, 지하로 피해 죽음을 기다릴 것인지 여러 혼란스러운 선택에 직면한 것은 오직 인간뿐이다. 오브를 숭배하든 터부시하든 행성=신은 관심이 없다. 노아는 행성이 "연민할 줄 아는 존재"(143쪽)라고 생각했지만 그것은 단지 노아의 생각이다. 행성이 자신의 시간을 나누어준 행위는 호기심과 흥미 이상이 아니었다. 무한에서 일부를 떼어준들 무한은 줄어들지도 변화하지도 않는다.

4. 무의미라는 심연

무한성과 유한한 존재 사이에는 가로지를 수 없는 심연이 놓여 있다. 이는 무한한 행성=신과 유한한 벨라타의 이야기가 들려주는 진실의 핵심이다. 벨라타인에게 주어진 삶의 시간은 행성의 시간을 잠시 빌려온 것에 불과하다. 그리고 협약은 우연과 무의미의 심연을 열어놓는다. 이 소설은 신의 사랑에 대한 이야기가 아니다. 소통과 연대, 나아가 이를 가능하게 하는 믿음이라는 신화를 철저하게 부정하는 불경한 진실에 대한 이야기이다. 이 현기증 나는 진실 앞에서 인간 앞에는 두 가지 선택지가 놓인다. 먼저, 세계와 존재에 마치 의미가 있는 듯 보이는 가짜 신화를 만들어내는 것이다. 진리에 너무 가까이 다가가 두 눈이 타버리지 않도록 말이다. 다음으로는,

모든 존재의 무의미를, 눈앞에 펼쳐진 그 심연을 대면하는 일이다. 적어도 그 무의미와 우연성을 대면할 용기를 내는 일이다.

벨라타인은 전자를 택했다. 오브를 금기시하는 신화를 만듦으로써 벨라타인의 역사에서 중요한 존재인 행성=신을 지웠다. 사제들이 함구한 것은 오브의 실체만이 아니다. 그들이 진정으로 은폐하고자 한 것은 자신들의 삶의 우연성과 무의미로 이루어졌다는 진실이었다. 그 진실은 사제라는 특권계층에게만 허락되었는데, 특권층의 정체는 평범한 사람들보다 오래 사는 사람들, 그러니까 '주어진 시간'이 좀 더 많은 사람들이었다. 지구에서의 자본처럼, 벨라타에서 시간의 소유 여부가 사회적 계급을 결정하는 것이다. 가짜 신화에 얽혀 있는 한 벨라타인은 영원히 시간에 얽매이게 된다. 외부로부터 시간을 빌려오는 협약을 반복하려는 노아의 노력이 무기력해 보이는 건 이런 이유 때문이다. 존재의 무의미라는 심연에 맞서지 못한다면, 삶은 수많은 가짜 신화들로 뒤덮이게 될 것이다. 어쩌면 진실을 대면할 능력과 용기가 없는 자로 판단되어 우리의 문제를 어느 외계인에게 의탁하게 될지도 모를 일이다.

흰 눈과 개

백수린

2011년 『경향신문』 신춘문예로 작품 활동 시작.
소설집 『폴링 인 폴』 『참담한 빛』 『여름의 빌라』,
중편소설 『친애하고, 친애하는』, 짧은 소설집 『오
늘 밤은 사라지지 말아요』 등이 있음.

흰 눈과 개

딸아이는 그에게서 멀찍이 떨어져 걷고 있었다. 한 사람 아니 두 사람은 거뜬히 들어갈 만큼의 거리라고 그는 속으로 생각했다. 딸아이가 일부러 그런 정도의 간격을 유지하고 있는 걸 거라고. 그들의 주변에는 눈 밟는 소리만 가득했다. 규칙적이고 단조로운 소리였다. 어쩌다 마주치는 다른 하이커들도 별다른 대화를 나누며 걷는 것 같지는 않았지만 그렇더라도 그의 눈에 그들은 각기 연인이나 가족, 친구들처럼 보였다. 걷는 데 집중하느라 말을 하지는 않지만 사실은 신뢰와 존중으로 결속되어 있는 관계. 나와 진아는 어떻게 보일까? 그는 눈 쌓인 산을 걷느라 가빠진 숨을 거칠게 몰아쉬며 그런 생각에 잠겼다.

그가 지금 알프스에서 딸과 단둘이 설산을 등반하는 것은, 8년 전 프랑스인과 결혼한 후 제네바에 정착해 사는 딸이 그들 부부를 스위스로 초대했기 때문이다. 두 달 전, 딸이 규칙적으로 아내에게 전화를 걸어 오는 어느 토요일 오후—딸아이는 언제나 아내에게만 전화를 걸었고 아내가 억지로 바꿔줄 때에만 그와 몇 마디를 섞었다—통화를 마친 아내는 아이가 그들 부부를 스위스로 초대하고 싶어 한다고 말했다. "나도?" 그는 놀라서 물었다. "한 번쯤 아버지도 제가 사는 모습을 보러 오셔도 좋잖아요." 딸은 그렇게 말했다고 했다. "꼭, 자기가 오라고, 오라고 했는데 우리가 안 간 것처럼 말하더라니까." 베란다에서 기르는 블루베리 화분에 물을 주러 가다가 말고 아내는 그를 돌아보며 웃었다. "당신도 한 번쯤 가볼 때 됐지, 뭐."

그들은 제네바 시내에 위치한 딸의 집에서 닷새간을 머물며 도시를 구경한 후—처음으로 본 도시는 아름다웠고 백조들이 우아하게 떠다니는 호수는 평화로웠다—이틀 전 알프스로 이동했다. 산과 온천을 좋아하는 그들 부부를 위해 알프스에서 스파를 즐길 수 있는 스키 리조트를 예약해둔 것은 딸이었다. 만년설이 쌓인 산의 중턱에 늘어선 통나무집 모양의 숙소들. 오늘 오후 예정했었던 일정은 딸과 사위가 손녀딸을 데리고 눈썰매를 타러 간 사이 아내와 그는 스파를 즐긴 뒤 낮잠을 자는 것이었다. 하지만 그는 낯선 곳에서 쉽게 잠을 이루지 못하는 성격이었고, 금세 깨버렸다. 숙소는 어린 시절 딸에게 읽어주던 동화책 속의 집처럼 벽과 바닥이 모두 목재로 이루어져 있었다. 검정색 가죽 소파 위에 놓인 양모 담요와 쿠션들. 벽에 걸려 있는 사슴 그림. 그는 담요를 무릎 위에 걸친 채 소파에 앉아 커다란 유리창 너머로 눈 덮인 다른 통나무집 모양의 숙소들을, 소란도 소요도 없는 정적의 세계를 한동안 내다보았고, 그러다 지루해지자 혼자 산책을 할 마음을 먹었다. 그런데 외투를 챙겨 입고 밖으로 나오자마자 숙소로 혼자 돌아오고 있는 딸을 마주쳐버린 것이다.

"어디 가세요?"

딸이 그에게 직접 말을 건 것은 8년 만에 처음 있는 일이라 그는 놀랐다. 스위스에서 재회한 이후에도 아내나 손녀딸을 통해 말을 간접적으로 전했던 아이였다.

"산책을 좀 하려고……."

그러므로 딸아이가 입을 가렸던 목도리를 살짝 내리며 "소피와 알베르는 신이 나서 돌아올 생각을 안 해요"라고 말한 후, 같이 산책을 하지 않겠느냐고 물었을 때 그는 더욱 놀랐다.

"좋지."

그가 엉겁결에 승낙을 해버린 것은 바로 그런 이유였다. 그리고 그 결과, 지금 그는 딸과 단둘이 알프스의 눈길을 어색함 속에서 걷고 있는 중이었다. 처음부터 그와 딸 사이가 이렇게 어긋나 있던 건 물론 아니었다. 8년 전, 그날의 그 일이 있기 전에 그들은 어느 부녀지간보다 가까웠다. 그해 여름 느닷없이 직장을 그만두고 산티아고 순례길을 걷겠다고 떠났던 딸이 결혼할 상대를 찾았다고 선언을 하지 않았더라면. 최소한 결혼 상대자를 직접 만나기 전에 소개할 사람에 대한 정보를 미리 언질이라도 해주었더라면. 하지만, 딸은 그에게는 그런 시간적 여유를 전혀 주지 않았다. "엄마보다는 아빠가 절 더 잘 이해해줄 거 같아서요." 예비 신랑과 셋이서만 밖에서 만나자고 약속을 따로 잡으며 딸아이가 그렇게 말했을 때 그는 얼마나 기뻤던가. 딸과 그 사이의 특별한 유대, 비밀스러운 공모. 그렇지만 대체 어느 부모가 그런 사윗감을 두 팔 벌려 환영한단 말인가. 외국인인 것도 모자라, 입양아인 데다, 맙소사, 마다가스카르 출신이라니!

딸아이에 대한 그의 사랑은 처음부터 유별난 편이었다. 딸이 태어났던 그해, 그는 그때를 그의 인생에서 가장 행복한 한 해로 지금껏 기억했다. 당시 그의 가족은 도심에서 멀리 떨어진 지역에 살고 있었다. 지금이야 알아볼 수 없을 만큼 많이 개발되어 있지만, 그즈음에는 교통편도 좋지 않은 변두리였던 터라 그는 퇴근하고 집에 돌아올 때마다 지하철역에서 내려 30분쯤을 걸어야만 했다. "매일 걷느라 피곤하지?" 집에 도착하면 아내가 걱정스럽게 묻곤 했지만 사실 그는 지하철역에서부터 집까지 걸어가는 그 시간을 좋아했다. 천변을 따라 걷는 그의 시선을 사로잡던 물의 일렁임. 천변가에 늘어선 식당 어디선가 풍겨오던 통닭구이 냄새. 날이 따뜻해지면 사람들은 식당 밖에 플라스틱 테이블을 꺼내놓고 앉아 막걸리와 빈대떡 같은 걸 시켜 먹곤 했다. 그럴 때마다 들려오던 왁자한 웃음소리를 그는 얼마나 좋아했던가. 때로는 술에 취한 사람들 사이에 고성이나 욕설이 오갈 때도 있었지만, 대부분의 경우 그의 눈에 사람들은 흥겨워 보였다. 오랜 세월이 지난 후에도 여전히 그는 그 풍경을 떠올리면 저절로 미소가 지어졌는데, 그 당시 그를 한없이 너그럽게 만들었던 것은 돌아갈 집이 있다는 사실이었다는 걸 그는 이제 알았다.

그가 살던 집은 13평형의 주공 아파트였다. 엘리베이터도 없는 5층 건물로, 복도식이라 한 층에 여섯 가구씩이 나란히 살던. 겨울이면 매일 밤 아궁이의 연탄을 갈아야 했고, 봄이면 단지 한쪽의 쓰레기 소각장 위로 철쭉이 돋아나던 그 아파트에서 딸이 생겼고, 아이가 일곱 살이 될 때까지 살았다. 처갓집에서 산후조리하던 아내와 딸을 데리고 집으로 돌아왔던 날에도 눈이 내렸다. 은퇴한 이후인 지금도 그는 그날의 풍경을 기억했다. 택시 안에서 보았던 거리마다 평평하게 쌓여 있던 새하얀 눈. 눈은, 바람에 크게 흩날리지 않고, 고요히 동시에 천천히, 캄캄한 하늘에서 지상으로 내려왔다. 품에 안은 아이는 너무나도 자그마했고, 신생아답지 않게 머리숱이 많던 아이의 정수리에서는 달콤한 분유 향이 났다. 그는 딸과 함께 집에서 살기 시작한 이후, 야근이나 회식이 없는 밤에는 언제나 들통에 물을 끓여 화장실로 가져다주었고, 아내가 아이 목욕이 다 끝났다고 소리를 지르면 화장실로 들어가 거품이 남아 있는 고무 대야를 헹구었다. 그것은 그에게 하루를 행복하게 끝맺음하는 하나의 의식이었다. 목욕해 개운해진 얼굴로 눈을 감은 채 방싯방싯 미소를 짓다가도 느닷없이 요란하게 울음을 터뜨리던 아이. 울음을 터뜨리기 직전, 곧 벌어질 사태에 대해 마음의 준비를 하라는 듯 경고등처럼 붉게 달아오르던 아이의 통통한 두 뺨과 이마 같은 것이 그는 사랑스러워 견딜 수가 없었다.

진아가 그의 첫아이는 아니었다. 하지만 그는 마치 첫아이인 것처럼 아이의 모든 변화에 감격했다. 첫 번째 트림, 첫 번째 딸꾹질, 솜털처럼 돋아

나던 속눈썹과 황홀한 듯 모빌을 바라보던 눈빛 같은 것들. 첫아이인 진수가 태어났을 무렵엔 주말부부로 떨어져 지냈기 때문이었을까? 주말부부 생활을 끝내고 가족과 매일같이 붙어살게 되었을 때, 아들은 이미 네 살이었고, 너무 커버린 아이의 존재는 그에게 낯설었다. 둘 사이의 거리감. 아들은 언제나 두고두고 아버지가 자신을 덜 사랑한다고 말했지만 그것은 결코 사실이 아니었다. 그는 아들과 딸을 공평히 사랑했고, 이는 의심의 여지가 없었다. 하지만 둘 사이에 존재하는 거리감은 끝내 좁혀지지 않았고, 그 사실은 주머니 속의 바늘처럼 이따금씩 그를 찔렀다.

어쩌면 둘째 아이가 딸이기 때문에 달랐던 것일지도 몰랐다. 아니면 그를 빼닮았기 때문에. "완전 형부 판박이예요." 아이가 태어났을 때, 산부인과로 아이를 보러 온 처제들은 그렇게 말했다. 아닌 게 아니라, 아이의 외모는 처갓집 식구들을 서운하게 할 만큼 모든 면에서 그를 닮았다. 갸름한 얼굴형부터 미간 사이의 넓은 간격이나 새끼발가락의 휘어진 모양까지. "진아 아빠시죠?" 아이가 유치원에 입학한 이후에는 단지 내를 걷다 보면 그에게 다가와 인사를 하는 사람들이 생겼다. 눈에 넣어도 안 아픈 아이. 그 탓일까? 아이 역시 엄마보다 아빠를 더 잘 따랐던 것은. 그는 일요일마다, 아내가 큰아이를 돌보는 사이 딸아이를 데리고 분홍색 고래나 연노랑 비행기를 색종이로 접었고, 동네 뒷산을 산책했으며, 볕이 좋은 오후에는 아이를 배 위에 올려놓고 낮잠을 잤다. 술주정뱅이 아버지로 인해 불화가 끊이지 않던 가난한 집의 늦둥이로 태어난 탓인지, 외로움을 많이 타고 단란한 가정을 이루길 일찍부터 갈망해온 그에게 딸은 꿈을 완성시켜줄 마지막 퍼즐 조각이나 마찬가지였다. 그래서 그는 딸이 태어난 이후 더욱더 열심히 가족을 위해 헌신했다. 청춘을 희생해 아내와 아이들을 위해 돈을 버는 것, 그것은 지독히도 가난한 어린 시절을 보냈던 그가 사랑을 베푸는 방식이었다.

하지만 그는 이제 은퇴를 했고, 자식들은 다 커서 모두 그의 곁에서 멀어
졌다. 그리고 그는 지금 딸과, 곁에 있는 것이 고역인데 의무라 어쩔 수 없
는 사람들처럼 행동하며 걷고 있었다. 아내가 같이 있었으면 좀 나았을 거
라고, 그것은 틀림없는 사실이라고, 그는 생각했다. 하지만 아내는 여전히
자고 있을 거였다. 아내는 어디서든 잘 잤다. 아내는 예민한 구석이 별로
없었고, 자신의 것이든 남의 것이든 감정을 들여다보는 법이 없었다. 어떤
영화나 공연을 보러 가도 감상을 먼저 이야기하는 법은 더더욱 없었다. 딱
한 번, 올림픽을 보다가 눈물을 글썽인 적은 있었다. 태극기가 높이 올라가
던 순간이었는데, 대체 왜 울었냐는 그의 질문에 아내는 끝내 자신의 감정
을 설명하지 못했다. 다른 사람들은 답답해할지 모르는 아내의 그런 면을
어쨌든 그는 좋아했다. 안정감을 주었으니까. 아내는 그와 달리 생활력이
강했고 쉽게 좌절하거나 동요하지 않았다. 그런 성격이 아니었다면 아내는
그토록 가난한 집안으로 시집와 강남에 아파트를 살 만큼 돈을 모으지도,
오랫동안 치매를 앓는 노모를 돌보지도 못했을 것이다. 그런 아내가 그의
곁에 없었다면 야망도 야심도 딱히 없는 그가 임원을 할 때까지 대기업에
버티고 있지도 못했을 것이다. 하지만 그는 어떤 것들은 끝내 아내와 공유
할 수 없으리란 것 또한 알았다. 예를 들면, 그가 왜 툭하면 회사를 그만두
고 싶은 충동에 차를 몰고 한강으로 달려갔는지. 인사팀 내에서 특별한 신
망을 얻은 결과로 누군가의 해고 여부를 판단하는 의사 결정자가 된 이후,
그는 죄책감에 시달렸고, 그의 의사 결정으로 퇴사한 사람의 협박 전화를
받을 때면 견딜 수가 없었다. 그는 아내에게 모든 경제권을 주었지만 탈세
와 투기만은 결코 하지 말 것을 당부했는데, 그것이 자신의 부를 축적하는
대가로 자르는 데 동의한 사람들에 대한 최소한의 도리라고 생각했다. 매
해 일정 금액의 돈을 기부하고, 자신의 이익에 반하는 정책을 펴더라도 중
도 정당에 투표하는 것. 아내는 그를 사랑했지만, 아내 눈에는 무관해 보이
는 것들을 연결 지어 생각하는 그의 마음을 끝내 이해하지는 못했다. 생각

이 많고 쉽게 감상에 빠지는 그를 이해해주는 것은 언제나 아내가 아니라, 하나뿐인 딸이었다.

우리는 같은 종류의 사람이니까. 그는 리조트 한쪽의 기념품 숍을 지나면서 그렇게 생각했다. 그걸 그가 처음으로 알아챈 것은 딸아이를 이불장 안에서 처음 발견한 날이었다. 어린 시절, 딸아이는 구석진 곳에 숨어 있는 것을 좋아했다. 책상 아래, 미끄럼틀 뒤, 경비실과 자전거 거치대 사이의 후미진 틈새까지. 아이가 보이지 않을 때마다 그는 얼마나 무서웠던가. 이미 아이의 장난에 익숙해질 대로 익숙해진 아내는 "당신이 자꾸 그렇게 열심히 찾으니까 애가 더 재미있어서 그러는 거라잖아" 하고 그를 나무랐다. 그 역시 아이가 정말 사라지지 않으리라는 건 알고 있었다. 하지만, 아무도 없는 구석진 자리를 자꾸만 찾아가는 아이를 보면 이불장 안에서 처음 발견했을 때의 표정이 떠올라 견딜 수가 없었다. 그는 그 눈빛을 알고 있었다. 생각이 너무 많은 아이의 눈빛. 언제, 어디서든 자기가 있는 곳을 자기 자리로 느끼지 못하는 이의. 누구와 함께 있든, 있어서는 안 될 곳에 침입한 사람같이 고독해지던 그 마음은 그에게 너무 익숙한 것이었고, 그는 사랑하는 딸아이만큼은 그런 마음을 영원히 모르길 바랐다. 그 후로 그는 아이가 사람들 속에서 떠들고 있다가 갑자기 말없이 허공을 응시하는 걸 발견할 때면 불안한 마음을 주체할 수가 없었다. 그는 아이가 혼자만의 세계에 갇혀 있지 않고 세상과 교류하기를 바랐다. 지구의 반대편으로 와서 살게 되기까지를 바랐던 것은 아니었지만.

아마 그 탓이었을 것이다. 딸이 그와의 관계를 회복하려고 노력하기는커녕 그의 반대를 무릅쓰고 결혼을 강행한 뒤 스위스로 떠나버렸을 때 그가 그토록 큰 배신감을 느낀 이유는. 이어지는 두 계절을 나는 동안 그가 딸이 나오는 꿈을 꾸지 않는 날은 하루도 없었다. 딸을 마주 보고는 하지 못한 말을 전하기 위해 대신 꿈을 꾸는 셈이나 마찬가지였다. 꿈속에서 딸은 때때로 예전의 상냥한 미소를 짓기도 했지만 대부분의 경우, 그 여름, 그에게 그랬던 것처럼 얼굴을 찡그리며 "아빠는 위선자예요"라는 말을 차갑게 내뱉었다. 아내는 딸과의 일을 털어버리지 못하는 그를 안타깝게 생각하며 이젠 잊어버리라고 했지만, 그는 쉽게 그럴 수가 없었다. 그는 그날 심장을 얼어붙게 만들던 딸의 목소리 톤을, 그 말을 하는 동안 미세하게 떨리던 얼굴의 근육을 전부 다 기억하고 있었다. 그런 꿈을 꾸고 난 밤이면, 그는 파리한 어둠 속에서 소스라치듯 일어나 억울하고 답답한 마음을 가눌 길 없어 고통스러웠는데, 그를 배신한 것이 공부를 잘해야 한다고, 취직해야 한다고 매번 다그쳤던 아들과 달리 하고 싶은 것은 죄다 하게 해주며 오냐오냐 키운 딸이었기 때문에 더욱 그랬다.

처음 몇 달 동안 그는 억울하고—아무리 생각해도 자신이 위선자라는 말을 들을 정도로 살지는 않았다!—무엇보다 어떻게 이런 일이 일어났는지 이해할 수 없었으므로 화병이 날 지경이었다. 그러다 시간이 흐르면서 그는 그런 상황에 차차 적응을 했다. 마치 안쪽으로 깊이 곪은 상처의 겉면을 붕대로 감아 압박한 듯한 상태였다. 그러는 사이 그는 은퇴를 했고, 딸은 아이를 낳았다. 아이를 낳은 직후, 딸은 산후조리를 도와줄 수 있겠느냐며 콕 집어 아내만을 스위스로 와달라고 했다. 두 번 정도 손녀딸을 데리고 한국에 방문하긴 했지만—당연하게도 손녀딸은 혼혈이었는데, 아이에게서 딸의 흔적을 맹렬히 찾으려 할 때마다 그는 딸의 얼음 같던 눈빛이 떠올라 소스라치게 놀랐다—그와 딸의 관계는 여전히 물과 기름처럼 겉돌았다. 아이는 영영 나와 인연을 끊으려는 걸까? 먼저 말을 걸 생각도, 관계를 개선해볼 엄두를 내지도 못하면서, 그는 이따금씩 자문했다.

나이를 먹는 탓인가? 처음엔 배신감과 분노로만 터질 듯했던 가슴속 덩어리가 조금씩 공기가 빠지듯, 쪼그라들어갔다. 쪼그라들면서 생겨난 빈자리에는 바람이 통과할 것 같은 구멍만이 남았다.

그에게는 집도, 차도, 아내도 있었고, 경기도권의 신도시에 사는 아들 내

외와 손주들도 있었지만 무언가가 틀림없이 결여되어 있었다. 그 구멍은 갈수록 커졌다. 손을 쑥 밀어 넣을수록 자꾸자꾸 커지는 어둠. 깊이를 알 수 없는 버려진 동굴.

이제 리조트 지구를 벗어난 그들은 비탈을 따라 내려가기 시작했다. 딸은 베이지색 목도리로 칭칭 동여맨 채 털모자까지 눌러쓰고 있었는데 그 탓인지 옆모습이 낯설었다. 왜 나와 같이 걷자고 한 걸까? 그는 이것이 좋은 사인인지 아닌지 정말로 알 수가 없었다. 스위스로 초대한 것이 화해의 제스처가 아닐까 하는 기대를 품고 환승까지 해가며 스위스에 와주었건만 지난 1주일 동안 딸에게선 어떠한 기색도 없었다. 그럼에도 바람은 솔솔 불어왔고, 따사로운 볕이 설산 위로 쏟아졌고, 주위엔 평화로운 적요가 흘러넘쳤다. 눈에 닿는 자리마다 반사되는 빛. 거울을 매단 듯 반짝이는 지붕들. 아무도 딛지 않은 듯한 순백의 눈 위를 걷는 동안, 그의 마음은 오래전 딸과 둘이 산길을 걷던 시절로 저절로 흘러갔는데, 그러자 뜻밖의 기쁨이 그의 마음속에 번져갔다. 딸과 이렇게 나란히 걷는 것은 얼마만의 일인가? 양 갈래 머리를 한 채 단풍잎을 줍겠다고 팔랑거리며 앞장서 걷던 여자아이. 주위에는 구름인지 안개인지 모를 우윳빛 물결이 감돌았다. 크림처럼 부드러운 대기.

"아빠랑 이렇게 걸으니 예전 생각이 나요."

한 발자국 정도 뒤에서 걷던 딸이 조금은 의도적인 것 같은 크고 명랑한 목소리로 말했다.

"언제 말이냐. 같이 동네 뒷산 등산하던 때?"

"네, 아빠도 그때 생각하고 계셨어요?"

딸은 순수하게 기쁜 듯, 물었고 딸의 목소리는 밝고 높았는데 이번엔 진심처럼 들렸다.

"그래, 나도 그때를 생각하고 있었어."

"오빠는 요즘도 그렇게 산을 싫어할까. 오빠는 이런 데 놀러 오라고 했으면 숙소비를 내가 다 낸다 해도 싫다 했을 거예요. 정말 운동을 너무 싫어하고 술만 마시니 건강이 걱정이에요."

딸이 웃었다.

눈이 한 송이씩 고요히 내리기 시작했다. 하늘하늘, 가볍게. 저 멀리 은빛 투구를 쓴 병사들처럼 우아하게 서 있는 검은 전나무들이 보였다. 구름 사이로 뻗어 나온 연한 햇살이 눈밭에 부드러운 무늬를 그리다 사방으로 흩어졌고, 투명한 눈송이들이 바람에 깃털처럼 떠다녔고, 그들은 치즈 냄새를 풍기는 퐁뒤 가게와 핫초콜릿 냄새를 풍기는 작은 카페를 지나쳤다. 커다란 개와 함께 눈길을 걷는 사람들, 스키나 썰매 장비를 들고 걷는 젊은 이들은 그들을 마주치면 다정하게 눈인사를 건넸다. 그런데 드문드문 있던 상점들이 더 이상 보이지 않자 비탈은 조금 가팔라졌다. 갑자기 그들 뒤로 들려오는 요란한 소리에 놀라 그가 황급히 옆으로 피하니 젊은 백인 남자와 커다란 개 한 마리가 "Sorry"라고 외치고는 그가 느릿느릿 걷던 길을 추월해 비탈을 놀라운 속도로 달려 내려갔다.

"괜찮으세요?"

딸이 놀란 듯 물었다.

"괜찮다."

딸은 이제 돌아가는 게 좋겠다고 말했고, 그 역시 동의했다. 그들은 왔던 길을 되돌아가기 시작했다. 그는 비탈을 오를수록 앞이 잘 보이지 않는다는 기분에 사로잡혔는데, 안개인지 구름인지 알 수 없던 것은 기분 탓이 아니라 정말로 조금씩 더 짙어지고 있었다. 그는 날씨가 변덕을 부리는 게 아니길 바랐다. 이렇게 높은 산속에서는 조금 전까지 맑았던 하늘도 갑자기 구름이 낄 수 있다는 걸 그는 잊고 있었다. 하지만 몇 분 걷지 않아 그는 그의 걱정이 늙은이의 기우가 아니었음을 확인했다. 눈발은 이제 굵어졌고,

바람이 불기 시작했으며, 옆에 서 있는 딸의 얼굴조차 분간이 되지 않았다.

젊었다면 겁이 나지는 않았을 거였다. 그들은 사실 리조트 지구에서 멀리 떨어지지 않았고, 조금만 올라가면 카페와 상점들이 나올 거라는 걸 알았으니까. 하지만 그는 쇠약해진 자신의 팔과 다리를 떠올렸고, 무슨 일이 생겨도 딸을 도울 수 없다는 사실에, 돕기는커녕 아이의 짐이 될 수 있다는 사실에 두려워졌다.

"걸을 만하냐?"

그가 물었다.

"그럼요. 아빠는요?"

아이는 힘든 기색을 전혀 내비치지 않았지만, 겁을 먹었을 것이 틀림없었다. 겁이 많은 아이니까. 그처럼 신중하고, 무언가를 시작하기 전에 몸을 사리는 아이니까. 넘어지지 않기 위해 다리에 힘을 주며 걷는데, 아이가 갑자기 발걸음을 멈췄다. 그가 걱정스러운 눈으로 아이를 바라보았다. "아빠!" 아이가 그의 팔을 붙잡았다. "저기 휴게소가 있어요!"

휴게소 안은 갑작스럽게 내리는 눈을 피하려는 사람들과 커다란 개들로 북적였다. 포도주 끓이는 시큼한 냄새, 치즈를 익히는 냄새를 맡자 그는 허기가 느껴졌다. 딸은 그를 창가 옆의 빈자리에 앉혔고, 따뜻한 먹을 걸 사오겠다고 말하더니 휴게소의 안쪽으로 사라졌다.

창밖에는 이제 눈보라가 치고 있었다. 문득, 자다 깬 아내가 걱정하고 있지 않을까 하는 생각이 들었고, 메모라도 해놓고 나올걸, 그는 잠시 후회했다. 소피는 애 아빠가 잘 데리고 돌아갔겠지?

눈보라가 몰아치는 풍경을 보고 있자니, 아는 사람이 딸뿐인 낯선 곳에 단둘이 있다는 것이 실감 났다. 혼자였으면 어쩔 뻔했을까. 의지할 사람은 서로뿐이라는 걸 깨닫자 딸에게 매정하게 굴었던 지난 세월의 일들이 갑작스럽게 후회가 되었다. 문이 열리면서 눈보라를 피하는 또 다른 여행객들이 개를 데리고 휴게소 안으로 들어왔다.

80대쯤 되어 보이는 백발의 커플이었는데, 그들 역시 다른 많은 사람들처럼 커다란 검은 개 한 마리를 데리고 들어오는 중이었다. 그들은 휴게소에 들어오자마자 서로의 어깨와 머리에 묻은 눈을 털어주었다. 그 뒤로, 쟁반을 들고 오는 딸아이의 모습이 보였다.

딸아이가 쟁반에 핫도그와 뜨겁게 데운 포도주를 받쳐 들고 돌아와 그의 맞은편에 앉았다.

"알베르랑 엄마한테 연락해봤는데, 그쪽은 눈이 전혀 안 왔대요."

"다행이구나."

"뱅쇼와 쉬앵쇼예요. 쉬앵쇼라는 말은 처음 들었어요."

테이블 위에 놓인 핫도그와 뜨겁게 끓인 포도주를 가리키며 딸아이가 웃었다.

"쉬앵쇼?"

그가 무슨 말이냐는 눈빛으로 딸아이를 바라보았다.

"뜨거운 개. 핫도그를 직역했나 본데, 어째 좀 그로테스크하죠?"

딸이 웃으면서 말했다.

"뜨거운 개? 세상에. 한국인이 주문했다니, 뭔가 더 블랙코미디 같구나."

그들은 마주 보며 장난꾸러기들처럼 웃었다. 그들이 이렇게 같이 서로를 보며 순수하게 웃은 것은 정말 오랜만의 일이었고, 웃을 때 부드럽게 눈가에 접히는 딸아이의 주름을 보자 그는 딱딱하게 굳어 있던 마음의 일부가 따뜻한 액체가 되어 녹아내리는 걸 느꼈다.

"그나저나 여행 내내 느꼈지만 이 나라는 정말 개들의 천국이구나."

아닌 게 아니라 휴게소 안의 3분의 1을 차지하는 것은 개들이었다. 그것도 시추나 푸들 같은 소형견이 아니라 알래스칸맬러뮤트나 보더콜리 같은 커다란 개들. 그들은 여행하는 내내 수없이 많은 개들을 보았다. 스위스에서 개들은 식당이며 카페, 어디라도 입장이 되는 모양이었는데 놀라운 것은 그 개들이 실내에서 함부로 뛰거나 사고를 치지 않는다는 점이었다.

"이 나라에선 개를 입양하려면 누구나 훈련하는 법을 교육받아야 하거든요. 그래서인지 개들이 사고를 치는 법도 없고 실내에서도 저렇게 얌전히 엎드려 가만히 있어요."

아이가 '입양'이라는 단어를 아무렇지 않게 꺼내 그는 순간적으로 당황했다. 딸은 그의 당혹감을 눈치채지 못한 듯, 뱅쇼를 한 모금 마시며 옆 테이블에 엎드려 있는 개를 눈짓으로 가리켰다. 애정과 훈련. 딸아이는 그렇게 말했다.

하지만 아무리 훈련을 받더라도 어떻게 이게 가능하지? 그는 신기한 눈으로 각 테이블 옆 바닥에 얌전하게 엎드려 있는 커다란 개들을 보았다. 조금 전에 본 백발 커플의 개는 문가 가까운 테이블 바닥에 엎드려 있었는데, 아직 어려 훈련이 덜 된 건지 에너지가 넘치는 건지 그 개는 다른 개가 지나갈 때마다 꼬리를 흔들거나 장난이 치고 싶어 몸을 달싹거렸다. 귀여워라. 그는 즐거운 마음으로 그들의 검은 개를 바라보았다. 개가 답답한지 몸을 일으키려고 하면 노부인이 손짓으로 개를 나무라고, 그러면 개가 곧 시무룩해져 다시 바닥에 엎드리는 모습을.

"아빠 개를 그렇게 좋아하시면서 왜 개 키우는 건 그렇게 반대하셨어요, 어렸을 때?"

"헤어지는 게 얼마나 괴로운지 아니까."

딸은 고개를 끄덕이더니 잠시 후, 대수롭지 않은 말투로 덧붙였다.

"그렇지만 사실 전 제가 직접 겪어보고 알고 싶었어요."

딸아이는 원망하는 걸까? 그는 창밖을 내다보는 딸의 옆얼굴을 보면서 가슴속을 찌르는 따끔한 고통을 느꼈다. 아이는 언제부터 그를 미워하기 시작한 걸까? 딸아이가 사실은 아주 오래전부터 그를 재단하고 곡해했을지도 모른다는 생각이 들자 이번에는 분노가 아니라 슬픔이 그의 가슴 깊은 곳에서부터 솟아올랐다. 그리고 잠시 후 딸이 뜻밖의 일격을 가하는 복

서처럼 물었다.

"그 사람 괜찮죠?"

그는 놀라서 개에게로 향하던 시선을 돌려 딸을 보았는데, 언뜻 딸의 두 눈에는 불안이 비치는 것도 같았다.

"너한테 잘하더구나."

그는 잠시 고민하다가 대답했다. 그러자 딸은 사위가 얼마나 자상한 남편인지, 얼마나 자신을 행복하게 만들어주는지를 이야기하기 시작했다. 사위가 주말마다 요리를 하고 이틀에 한 번씩 청소를 하며, 딸아이가 다리를 다쳐 깁스를 했을 때는 머리를 감겨주고 발을 닦아주기까지 했다는 이야기. 사람은 대체 어째서 이토록 타인의 인정을 애타게 갈구하는 존재인 걸까?

딸은 이번에는 사위가 소피에게 다정한 아빠라고도 말했다. 사위는 매일 밤 아이의 이를 닦아주었으며, 당근을 싫어하는 아이를 위해 당근을 갈아 넣어 케이크를 만들어주기도 했다. 그는 더 듣지 않아도 딸아이가 듣고 싶어 하는 말이 무엇인지를 알았다. 딸아이에게 결혼을 아주 잘했다고 말하면, 세상이 무너지기라도 한단 말인가? 하지만 그 말은 차마 입 밖에 나오지 않았다. 그건 자신이 틀렸다는 걸 인정하라는 소리나 마찬가지였고, 그는 자신이 틀렸다고는 결코 생각하지 않았다.

"아빠는 끝내 그 사람과 결혼하길 잘했다고는 안 해주시네요."

창틈으로 바람이 들어오는지 갑자기 한기가 느껴졌다. 그는 고개를 들어 건너편의 딸아이를 보았다. 조금 전까지 생기 있어 보이던 딸의 얼굴은 갑자기 피로해 보였고, 메말라 각질이 일어난 입술이 눈에 띄었다.

"아빠는 아직도 못마땅하신 거죠?" 그리고 딸아이는 그가 뭐라고 하기도 전에 덧붙였다. "아니에요. 신경 쓰지 마세요."

그리고 동시에 그는 또 한 가지를 깨달아버렸다. 딸은 그에게 사과를 하기 위해 기회를 엿보고 있던 것이 아니라, 그가 사과를 해주길 기다리고 있었던 것이다. 하지만 무엇을? 그들의 관계가 틀어진 계기를 제공한 것도, 그의 화가 풀어지기를 기다리지 않고 결혼을 감행하고 떠난 것도, 무엇보다 그에게 상처가 된 그 말을 한 것도 딸이었는데. 분노인지 슬픔인지 알 수 없는 무언가가 덩어리를 이뤄 그의 목을 틀어막았다.

"넌 결국 내가 틀렸단 걸 보여주려고 굳이 나를 8년 만에 여기로 부른 거구나."

가까스로 그 덩어리를 목 안쪽으로 밀어 넣었을 때, 그가 내뱉은 말은 그런 것이었다.

"그런 거 아니에요."

딸의 목소리는 지친 것처럼 들렸다.

"아니긴 뭐가 아냐. 지금 들어보니 너는 내가 틀렸고 여전히 위선자일 뿐이라고 말하기 위해 나를 여기까지 불렀던 건데."

"아니라고 했잖아요." 그리고 딸은 느리게 말을 덧붙였다. "전 아빠랑 화해를 하고 싶었을 뿐이에요."

'화해'라는 단어를 듣는데 지금껏 참았던 분노가 그의 마음 깊은 곳에서부터 끓어올랐다. 사과를 하거나 용서를 구하는 것이 아니라, 화해를 한다니. 딸은 여전히 잘못한 사람이 그였다고 생각하고 있었고, 그것은 이젠 확실해졌고, 그러자 머리가 어지러울 정도로 화가 치밀어 올랐다.

"일주일 내내 말도 안 거는 게 화해하려는 사람의 태도란 말이냐?"

그가 가까스로 감정을 억누르며 말했다.

"그건 아빠도 마찬가지셨잖아요. 나랑 눈도 안 마주치고, 알베르한테는 말도 안 거는데, 내가 뭘 할 수 있었겠어요? 아빠야말로 여기까지 왜 오셨어요? 제가 얼마나 못사나, 아빠 생각이 얼마나 맞았나, 확인하러 오신 거예요?"

딸의 목소리가 떨리기 시작했다. 즐거운 일이라도 있는지, 그들에게서 멀리 떨어진 테이블에 앉은 젊은 외국인들이 그가 알아들을 수 없는 언어로 환호성을 지르며 박수를 치기 시작했다.

"말도 안 통하는데 무슨 말을 어떻게 할 수 있겠냐?"

그가 침착한 톤을 유지하려 애쓰며 물었다.

"엄마는 아빠보다 영어를 더 못하지만 말도 걸고 장난도 치잖아요."

그건 사실이었다. 아내는, 사위를 '알 서방'이라 부르며 한국어와 짧은 영어를 섞어가며 농담을 하곤 했다. 아내가 그와 딸 사이에서 노력하고 있다는 걸 그 역시도 알았다. 하지만 딸은 몰랐다. "당신이 그렇게 아이랑 사이가 틀어져버리니까, 난 싫은 티를 낼 수도 없잖아." 아내가 오래전 지나가듯 그렇게 말했다는 걸.

"저는 아빠를 비난하려고 부른 게 아니에요. 보고 싶어서 와달라고 한 거예요."

한참 후, 딸이 체념한 듯한 목소리로 말했다.

"보고 싶었다고?"

"네, 어떻게 사는지도 보여드리고 싶었고요. 그래요. 아빠 말대로 내가 잘 사는 걸 보여드리고 싶었어요. 안심시켜드리고 싶었으니까요. 이젠 걱정 안 하셔도 된다고요."

딸아이는 곧이라도 울음을 터뜨릴 것 같았다.

"아빠가 나한테 모처럼 기대란 걸 갖고 있었는데, 내가 그마저 저버렸으니까, 그걸 만회하고 싶었어요."

"그건 또 뭔 소리냐?"

어디선가 개들이 컹, 컹 짖었다.

"아빤 옛날부터 오빠한테 갖는 것만큼의 기대치를 저한테는 갖지 않았잖아요. 나는 그냥 중간만 가면 되는 애, 그래서 아빠를 실망시킬 일도 없던 애. 아빠는 내가 모를 줄 알았어요?"

어느새 코끝이 빨개진 아이가 자조적으로 웃었다.

"아무튼 저는 이젠 이렇게 좋은 집에, 아이도 낳고 잘 살고 있다고 보여드리면 아빠가 조금은 마음이 풀릴 거라고 생각했어요. 아빠 얘기 들어보니 다 잘못 생각한 거 같지만."

"내가 너한테 기대를 안 했다고?"

그는 머릿속이 뒤죽박죽해지기 시작했다.

"늘 그랬잖아요. 아빠가 오빠랑 나 대하는 게 다르단 건 누구나 다 알아요."

누구나 다 안다고? 대체 누가 다 안다는 말인가? 아들이 그렇게 말하는 건 알고 있었다. 아버지는 언제나 진아를 더 끼고돌잖아요. 아버지는 언제나 저만 다그치잖아요. 하지만 지금 그에게 그렇게 말하는 건 아들이 아니었다.

"이젠 됐어요. 언제나 나만 아빠를 일방적으로 좋아했던 거죠. 아빠의 기대를 충족시키지 못하는 딸이라고 생각하며 사는 것도 이젠 지쳐요. 이제는 안 할 거예요."

딸은 흥분이 가라앉은 듯, 침착하고 차가운 목소리로 말했다. 그리고 딸이 덧붙였다.

"이젠 정말 됐어요."

그날 저녁 낮에 있었던 일을 전해 들은 아내는 그를 나무랐다. "여보, 이젠 제발 그만 좀 해."

그는 아내까지 자신의 편을 들어주지 않을 거라고는 생각하지 못했는데, 누구에게도 이해받지 못한다는 건 서러운 일이었다. 그는 다음 날부터 대부분의 시간을 혼자 보내기 시작했다. 여행 일정은 엿새가 더 남아 있었고, 그는 그 며칠 사이에 딸이나 아내와 더 이상 부딪치고 싶지 않았기 때문이다. 그를 제외한 남은 식구들은 모두 행복한 듯 보였다. 저녁 식사를 마치면 나머지 식구들은 둘러앉아 보드게임을 하거나—"할아버지도 와!"—오렌지나 푸딩을 먹으며 웃었다. 혼자인 사람은 그뿐이었다. 그는 외로웠고 화가 났는데, 그가 외롭고 화가 났다는 사실에 관심을 갖는 사람조차 없는 것 같았고, 서글퍼졌다.

　이틀이 더 지났다. 그는 다른 식구들과 마주치지 않으려고 아침을 먹으면 옷을 챙겨 입고 밖으로 나가기 시작했다. 다행히 날씨가 나쁘지 않아서, 그는 먼 곳까지 산책을 할 수 있었다. 뺨에 닿는 공기는 에일 듯 차가웠고, 어디선가 새들이 구슬피 우는 소리만 들려왔고, 며칠 전 그들을 싣고 온 산악열차는 자꾸만 저 멀리로 사라져갔다. 숙소에 돌아와 점심을 먹고 난 이후에는 오전에 갔던 길과 반대쪽으로 향했고, 이번엔 더 크게 한 바퀴를 돌았다. 사방은 시간이 멈춘 것처럼 고요했다. 눈은 통나무 숙소들의 지붕과 낮은 울타리는 물론 보이는 모든 곳에 켜켜이 쌓여 있었다. 그리고 영원히 녹지 않을 것처럼 그렇게 끝도 없이 펼쳐진 눈 속을 홀로 산책을 하노라면, 그의 머릿속에 가장 많이 떠오르는 것은 아이의 표정이었다. "이젠 정말 됐어요" 하던 아이의 표정. 8년 전, "아빠는 위선자예요"라고 말하던 아이의 표정. 나는 아이를 향해 어떤 표정을 짓고 있었을까. 그는 딸이 구김살 없이, 사랑만 받고 자란 사람을 만나 고생 안 하고 행복하게 살기를 원했을 뿐이었다. 하지만 아무도 없는 전나무 숲을 무거워진 발걸음으로 걷고 또 걷다 보면 어쩌면 자신이 사실은 정말 위선자일지도 모른다는 생각이 그를 찾아왔고, 그러면 그는 참을 수 없이 수치스러워졌다.

　산책을 하다 피곤해지면, 그는 딸과 함께 눈보라를 피해 대피해 있던 휴게소에 잠시 들러 커피를 마시기도 했다. 눈보라가 치던 날에는 미처 알아보지 못했는데, 휴게소에서 멀지 않은 곳에는 또 다른 리조트가 있었다. 날마다 비슷한 시간에 휴게소에 가서 앉아 있던 그는 사흘째가 되자, 그뿐 아니라 많은 사람들—아마도 근처 리조트에 숙박하는 사람들—이 규칙적으로 비슷한 시간대에 휴게소에 들러 무언가를 사 먹고 간다는 걸 알아챘다. 눈에 익기 시작한 사람 중에는 딸과 휴게소에서 보았던 그 노인 커플도 있었는데, 오후 세 시쯤 그가 휴게소에 가면 그들은 언제나 테라스에 앉아 있었다. 그들의 검은 개도. 테라스에 앉은 그들은 어김없이 타르트 하나를 둘이서 나눠 먹었고, 다 먹고 나면 타르트의 심지 끄트머리를 검은 개에게 건넸다. 그들이 어찌나 다정해 보이는지, 그는 종종 그들에게 눈길을 빼앗겼다. 그리고 그들을 볼 때마다 그들이 살아왔을 인생이 그의 머릿속에 저절로 그려졌다. 상상 속에서 노부인의 주름진 손은 생기 있는 젊은 여인의 손이 되어 우아하게 파트너의 뺨을 감쌌다. 그들은 함께 무엇을 보았을까? 아마도 그들은 겨울이 와서 얼었던 눈이 다시 녹고, 녹았던 눈이 다시 어는 것을 수도 없이 보았을 것이다. 지천에 핀 홍매화의 아름다움조차 비수처럼 날카롭게 느껴지는 날들과, 만년설 속에서도 연둣빛 새싹이 움트는 걸 목격하는 날들을. 나흘째가 되던 날, 그는 또다시 테라스에 앉아 있었다. 그리고 그는 그날, 언제나 테이블 옆에 엎드려 있던 검은 개가 일어서 걷는 것을 처음으로 보았다.

그날 밤, 그는 먼저 잠든 아내 곁에 모로 누운 채 망설이다가 메신저에 메시지를 입력했다. 저녁 식사를 함께할 때 딸에게 말하려 했으나 하지 못한 말을 전하기 위해서였다.

"내일 일정 있냐?"

그는 세 번쯤 같은 문장을 썼다가 지우길 반복한 끝에 전송 버튼을 눌렀다.

"무슨 말이에요?"

답이 없어 포기하고 잠을 청하려고 다시 돌아눕는데 딸의 답장이 왔다. 그는 같이 산책을 좀 하자고 말하려다 지우고 "일정이 없으면 내일 오후 세시 직전에 그때 그 휴게소로 와라"라고 적었다. 그리고 10분쯤 후 다시 메시지 창을 열었다.

"보여주고 싶은 게 있어."

아내는 코를 낮게 골고 있었다. 답장은 이번에도 한참의 시간이 흐른 후에 도착했다.

"알았어요."

설산 저편의 창백한 하늘 위로 구름들이 천천히 이동하는 오후였다. 저 멀리에서 또다시 베이지색 목도리를 칭칭 감고 다가오는 딸의 모습이 그의 눈에 띄었다.

"여기다."

휴게소의 테라스 쪽에 앉아 있던 그가 어색하게 손을 들었다.

"여기서 뭐 하시는 거예요."

딸이 그의 앞에 서자 눈앞에 그늘이 졌다.

"앉아라."

그는 맞은편 자리에, 조금 멀찍이 떨어져서 앉은 딸을 보다가, 딸이 이제 는 나이가 꽤 많아졌다는 걸 새삼 깨달았다.

"뭐 하고 계시는 거예요?"

딸이 그와의 사이에 흐르던 침묵을 깨고 다시 한 번 물었다.

"기다리고 있지."

시간은 세 시를 향하고 있었고, 그는 시계를 한 번 확인한 후 휴게소 주 위를 둘러보았다. 오늘은 설마 안 오는 건가? 테라스에는 아직 몇몇의 젊은 이들과 그들 그리고 누군가가 만들어놓은 작은 눈사람들만 있을 뿐이었다. 안 오면 어쩌지. 초조한 마음으로 두리번거리는 사이 그의 머릿속에는 며 칠 전 밤, 잠자리에서 아내가 했던 말이 떠올랐다. 그건 사위에 관한 이야 기였다. 어떤 밤이면 사위가 악몽을 꾸다가 비명을 지르며 일어난다는 이 야기. 여섯 살 때 입양이 된 사위는 마다가스카르에서의 기억을 너무 많이 갖고 있다고 했다. 그곳에서 무슨 일을 겪었는지는 딸아이도, 같이 입양된, 사위보다 네 살 어린 친동생도 알지 못했다.

"끔찍한 기억이 틀림없어. 동생을 지키느라 애를 썼는지, 동생은 아무렇 지도 않대. 근데, 사위는 이따금씩 잠자다가 그렇게 식은땀을 흘리며 온몸을 떤다더라고." 그는 침실로 들어갈 때마다 "안녕히 주무세요"라고 어눌한 한국어로 매번 다정히 인사를 건네던 사위의 깊고 커다란 눈을 떠올렸다. 아내에게 그런 이야기를 들려준 것은 딸이었을 것이다. 하지만 그는 딸이 그에게는 결코 말하지 않으리란 것을 알았다. 사랑하는 사람을 그저 안아주는 것 말고는 달리 해줄 게 없어 막막하고 두려운 밤들에 대해서.

딸은 휴대전화만 만지작거리고, 그는 아무것도 알아들을 수 없는 외국어를 쓰는 이들에 둘러싸인 채 그런 딸을 바라보고만 있는데, 고독이 눈사태처럼 몰려와 그를 덮쳤다. 어쩌면 그가 딸아이를 사랑하는 방식이 잘못된 것일지도 모르리라. 하지만, 그는 생각했다. 우리는 대체 어떻게 해야 타인을 제대로 사랑할 수 있는 걸까?

늦은 시간 학원 건물 앞에 차를 세워두고 어린 딸이 나오기만을 기다리던 밤의 기억들이 그를 오랜만에 찾아온 건 지금 그가 휴게소 쪽으로 다가오는 인기척이 있는지 살피며 무언가를 기다리고 있기 때문일지도 모른다. 홀로 차 안에 앉아 있노라면, 그가 권고사직 의사 결정에 개입했던 부하 직원, 그는 몰랐지만 사실은 늦은 결혼을 계획하고 있었는데 회사에서 잘리는 바람에 파혼당했다는 부하 직원이나, 퇴사한 뒤 뇌졸중을 앓는 노부 간병인비 때문에 그를 원망하고 있다는 입사 동기의 얼굴이 불쑥불쑥 떠오르던 밤들. 그런 밤이면 그는 얼마나 누군가를 붙잡고 사죄를 하고 싶었던가. 그리고 이불장 안에 숨어 있던 아이처럼, 자신의 존재를 점점 더 작은 조각으로 구깃구깃 접어 어둠 속에 숨겨놓고 싶어지는 그런 밤마다 그의 앞에 불쑥 나타나 브라보콘을 건네며 "아빠, 오늘도 피곤하구나!" 그를 다시 빛의 세계로 데려가주던 아이.

그때 저 멀리서 휴게소 쪽으로 노부부가 검은 개를 데리고 걸어오는 모습이 그의 눈에 띄었다. 저 두 사람 중 하나가 죽으면 남은 사람은 어떻게 살까. 그러다 개마저 죽으면. 그는 아내 없이 남겨지는 것도, 아내를 두고 죽는 것도 상상하고 싶지 않았다. 그런 상상을 하는 것만으로도 무시무시

한 고독이 그의 심장을 얼어붙게 만들었으니까. 얼마나 감사한 일인가. 그

들이 좀 더 가까이 다가오길 기다리며, 그는 그 순간 진심으로 생각했다. 고독으로 진저리가 쳐질 것 같은 이 세상에, 딸에게 누군가 있다니. 결혼이 란 형태든 아니든, 상대가 누구라도, 어떤 인종이어도 어떤가. 그리고 그 순간 그는 딸에게 그런 말을 해주고 싶었다. 사랑을 받고 산 사람만이 사랑을 줄 수 있는 것은 아니라고. 누군가에게 사랑을 줄 수 있는 사람이 있다면 그건 사랑을 주는 법에 대해 오래 생각해본 사람뿐일지도 모른다고. 그리고 또 이런 말도 해주고 싶었다. 그는 언제나 그녀를 사랑했으며 앞으로 무슨 일이 있어도 변함없이 사랑할 것이라고. 그녀가 한 말로 인해 그는 오랫동안 고통스러웠으나, 그가 딸에게 주었을 상처 때문에 더욱 괴로웠으며, 사실은 용서를 구하고 싶었다고. 그렇게 말하는 것이 또다시 위선처럼 들릴지라도. 다소 얼마간은 정말 위선에 불과할지라도.

그리고 자신이 생각한 것이 사라지기 전에 그는 마침내 용기를 내어 아이의 이름을 낮게 불렀다. "진아야." 하지만 대답이 없고, 아이를 바라보니 딸은 정신이 팔려 어딘가를 넋 놓고 바라보고 있었다.

"아빠."

그때 딸이 낮게 탄성을 지르듯 그를 불렀다.

딸의 시선이 멈춘 곳에는 그 검은 개와 노인 커플이 서 있었다. 그들은 장갑을 고쳐 끼며 서로 대화를 나누고 있었고, 검은 개는 신이 난 듯 정신없이 뛰어다니다가 눈밭 위를 뒹굴었다. 저렇게 신나할 수가.

"아빠, 봤어요?" 딸이 말했다. 온몸으로 뛰어오르는 생명력. 그리고 그는 너무나도 천진한 개를 보면서 딸이 어째서 그렇게까지 그 장면에 몰두하는지를 알아챈다. 그가 딸에게 보여주려던 것을, 딸아이가 이미 발견했음을. 그러니까 그 개가 세 개의 다리만으로 폴짝폴짝 뛰고 있다는 걸.

개는 다리가 하나 없는 것 따위는 아무렇지도 않다는 듯, 어떤 끔찍한 일이 있었지만, 그것은 이제 다 아물었으므로, 괜찮다는 듯 남아 있는 세 다

리로 그렇게 꼬리를 흔들며 눈밭을 뒹굴었다. 얼마나 경이로운지. 전날 그 개를 처음 본 순간 그가 느낀 것은 놀라움이었다. 그리고 그다음엔 또 다른 감정이 그의 안에 서서히 번졌는데, 그것이 무엇이었는지, 어째서 딸에게 이 장면을 보여주고 싶어졌는지 그는 설명할 말을 찾지 못했다. 그러므로 그는 그저 그렇게만 말할 뿐이었다.

"그래, 보고 있어."

하지만 딸은 그의 마음을 이해한다는 듯, 아무것도 덧붙일 필요 없이, 모든 것이 완벽하다는 듯, 그를 바라보며 미소를 지었다. 천진하게. 투명한 햇살에 조금씩 눈이 녹아내리는 새하얀 산을 향해 달려가는 검은 개를 바라보다 그가 딸 쪽으로 시선을 다시 돌리니, 기다리고 있었던 것처럼 딸의 시선이 그를 맞이했다. 그들은 그렇게 아주 잠시 눈빛을 주고받았다. 다정한 공모자들처럼. 설산 저편의 구름 사이로 한 줄기의 연약한 빛이 쏟아져 내렸다.

현현(顯現)과 각성

김영찬 (계명대학교 한국어문화학부 교수, 문학평론가)

관계가 어긋난 아버지와 딸이 있다. 딸은 오래전 아버지가 반대하는 결혼을 강행한 뒤 스위스로 떠나버렸다. 배신감과 분노로 터질 듯했던 '그'(아버지)의 가슴은 세월이 갈수록 쪼그라들어가 이제는 빈 구멍만 남았다. 그런 딸이 8년 만에 그들 부부를 제네바로 초청한다. 이를 계기로 그들 부녀는 나름의 방식으로 멀어진 서로의 거리를 메워보려 하지만 생각만큼 쉽지 않다. 서로에 대한 오해와 상처는 깊고 분노와 배신감은 아물지 않았다. 백수린의 소설 「흰 눈과 개」는 그렇게 한때 지극히 서로를 사랑했으나 지금은 멀어져버린, 그러나 다시금 관계 회복을 시도하는 아버지와 딸의 이야기를 그린다.

백수린은 이 이전에, 중편소설 「친애하고, 친애하는」(『현대문학』, 2019)에서 할머니-엄마-나로 이어지는 여성 3대의 사연을 그린 바 있다. 이 소설에서 백수린은 가정을 돌보기보다 자기 일에만 몰두하는 엄마와 그런 엄마를 이해하지 못하는 '나'의 이야기를 통해, 서로를 사랑하면서도 각자 다른 삶의 방식과 입장 때문에 미묘하게 어긋나는 가족 간의 관계를 묘사했다. 이를 통해 백수린은 친밀성의 관계 속에서 발생하는 소통의 불가능과 관계의 미묘한 어긋남을 탐구하는 한편, 그것을 어떻게 받아들이고 이해해야 하는가를 질문한다. 가족 간의 관계는 혈육이라는 이유로 모든 것을 속속들이 이해하고 받아들일 수 있을 것처럼 보이지만, 너무도 가깝기 때문에 오히려 보지 못하고 이해하지 못하는 지점들이 있게 마련이다. 이는 아버지, 엄마, 딸, 아들 등과 같은 가족 내적 정체성과 역할에 대한 자연스러운 고정관념과 환상이 결국은 서로가 서로에게 타인일 수밖에 없는 엄연한 현실에 대한 인식을 차단하기 때문일 수도 있다. 백수린의 소설이 주목하는 것은 바로 이 지점이다. 「흰 눈과 개」에서 딸을 사랑하면서도 딸에 대한 분노와 배신감을 잊지 못하고 딸과의 불화에 제대로 대처하지도 해결하지도 못하는 아버지인 '그'는 묻는다. "우리는 대체 어떻게 해야 타인을 제대로 사랑할 수 있는 걸까?" 평범하고 단순하지만, 그래서 상투적으로 보이지만 쉽게 해결되지 않는 이 질문은 이 소설 「흰 눈과 개」가 우리에게 던지는 질문이기도 하다.

그런데 아버지인 '그'는 누구인가? '그'는 "청춘을 희생해 아내와 아이들을 위해 돈을 버는 것"으로 가족들에 대한 사랑을 베풀어왔다고 생각했던 사람이다. 대기업에서 인사팀 임원으로 누군가의 해고를 결정하는 일을 해왔던 '그'는 그 죄책감으로 "자신의 부를 축적하는 대가로 자르는 데 동의한 사람들에 대한 최소한의 도리"를 다하며 살기 위해 노력했던 인물이기도 하다. 탈세와 투기를 절대 하지 않고 "매해 일정 금액의 돈을 기부하고, 자신의 이익에 반하는 정책을 펴더라도 중도 정당에 투표하는 것." 예컨대 이것이 '그'가 살아왔던 삶의 방식이다. '그'는 서로 무관한 것을 그런 식으로 애써 연결시키면서 쉽게 감상에 빠지는 인물이다. 우리가 볼 때 '그'는 전형적인 자기기만의 삶을 살아온 인물이지만, 그에게 그런 자각은 존재하지 않는 것 같다. 다만 분명한 것은 그런 '그'를 이해해준 유일한 사람이 다름 아닌 하나뿐인 딸이었고, 그 딸이 '그'를 배신하고 떠난 뒤에는 쪼그라 드는 가슴속에 깊고 어두운 구멍만이 남겨져 있었다는 사실이다.

소설은 아버지와 딸이 눈이 흩날리는 알프스의 설산을 함께 오르는 장 면으로 시작한다. 그렇게 둘이 알프스의 눈길을 어색함 속에서 걷고 있을 때, 둘 사이의 사연이 소개된다. 아버지가 자기와 같은 심성과 눈빛을 가진 딸을 얼마나 유별나게 사랑했는지, 그 딸이 어느 날 갑자기 마다가스카르 출신 외국인 입양아와 결혼하겠다고 했을 때 아버지는 얼마나 배신감을 느 꼈는지, 그리고 결국 "아빠는 위선자"라는 말을 남기고 외국으로 떠나버린 딸에 대한 분노와 그리움으로 오랜 세월을 어떻게 고통받아왔는지 등이 아 버지-'그'의 관점에서 서술된다. 딸은 아버지와 화해하려 하고 아버지도 그러길 바라지만, 서로의 입장을 고집하는 그 둘의 생각과 감정은 미묘하 게 엇나가고 서로를 튕겨내면서 화해는 불발된다.

여기까지 읽은 독자라면 이런 물음을 던져볼 수 있을 것이다. 그렇다면 그들은 과연 어떻게 화해할 수 있을 것인가? 어쩌면 이는 당연한 물음일 수도 있겠다. 그러나 이런 물음은 이 소설을 흔하디흔한 상투적인 가족드 라마로 한정하고 고착시켜버리는 물음이다. 그리고 작가가 이 소설에서 주의를 기울이는 것 또한 그들이 어떻게 서로 간의 오해를 극복하고 서로 를 용서하면서 화해에 이르게 되는가가 아니다. 작가는 그보다는 오히려 그 둘 사이에 무언가를 던져놓는다. 무엇을?

딸과의 화해가 불발된 후 '그'는 자신이 딸의 말처럼 정말로 위선자일지 도 모른다는 생각에 수치심에 젖는다. 그러면서 '그'는 딸과 같이 갔던 산 속의 휴게소에 들러 커피를 마시고 내려오곤 했는데, 그곳에서 딸과 함께 휴게소에서 보았던 다정한 노인 커플과 그들 옆에 웅크린 검은 개를 다시 발견한다. 그리고 그가 목격하는 것은 엎드려만 있던 개가 일어서 걷는 장 면이었다. 그날 '그'는 딸에게 보여주고 싶은 게 있다면서 휴게소에서 만나자는 문자를 보낸다. 그가 딸에게 보여주고 싶었던 것은 무엇이었을까? 아니, 그 이전에 그는 이런 말을 하고 싶었을 것이다. "그는 언제나 그녀를 사랑했으며 앞으로 무슨 일이 있어도 변함없이 사랑할 것이라고. 그녀가 한 말로 인해 그는 오랫동안 고통스러웠으나, 그가 딸에게 주었을 상처 때문에 더욱 괴로웠으며, 사실은 용서를 구하고 싶었다고. 그렇게 말하는 것이 또다시 위선처럼 들릴지라도, 다소 얼마간은 정말 위선에 불과할지라도."

그러나 아버지와 딸의 진정한 화해와 감정의 소통을 이끌어내는 것은 그런 진부한 말 따위가 아니다. 오히려 그것은 다름 아닌, 아버지와 딸이 함께 목격하게 되는, 소소하고 일상적이지만 경이로운 한 풍경이다. 그들이 함께 목격하는 경이로운 장면을, 좀 길지만 옮겨보자.

"아빠."

그때 딸이 낮게 탄성을 지르듯 그를 불렀다.

딸의 시선이 멈춘 곳에는 그 검은 개와 노인 커플이 서 있었다. 그들은 장갑을 고쳐 끼며 서로 대화를 나누고 있었고, 검은 개는 신이 난 듯 정신없이 뛰어다니다가 눈밭 위를 뒹굴었다. 저렇게 신나할 수가.

"아빠, 봤어요?" 딸이 말했다. 온몸으로 뛰어오르는 생명력. 그리고 그는 너무나도 천진한 개를 보면서 딸이 어째서 그렇게까지 그 장면에 몰두하는지를 알아챈다. 그가 딸에게 보여주려던 것을, 딸아이가 이미 발견했음을. 그러니까 그 개가 세 개의 다리만으로 폴짝폴짝 뛰고 있다는 걸.

개는 다리가 하나 없는 것 따위는 아무렇지도 않다는 듯, 어떤 끔찍한 일이 있었지만, 그것은 이제 다 아물었으므로, 괜찮다는 듯 남아 있는 세 다리로 그렇게 꼬리를 흔들며 눈밭을 뒹굴었다. 얼마나 경이로운지. 전날 그 개를 처음 본 순간 그가 느낀 것은 놀라움이었다. 그리고 그다음엔 또 다른 감정이 그의 안에 서서히 번졌는데, 그것이 무엇이었는지, 어째서 딸에게 이 장면을 보여주고 싶어졌는지 그는 설명할 말을 찾지 못했다. 그러므로 그는 그저 그렇게만 말할 뿐이었다.

"그래, 보고 있어."

하지만 딸은 그의 마음을 이해한다는 듯, 아무것도 덧붙일 필요 없이, 모든 것이 완벽하다는 듯, 그를 바라보며 미소를 지었다. 천진하게.(117~118쪽)

다리 하나 따위 없는 것쯤은 아무것도 아니라는 듯 온몸으로 뛰어오르며 눈밭을 뒹구는 검은 개의 모습이 전해주는 경이와 가슴속으로 번져가는 모종의 감정. 그것은 말할 수도 설명할 수도 없는 것이고. 그 자체로 완벽한 것이며, 아무런 말이 필요 없이 그저 마음에서 마음으로 전해지는 것이다. 이것은 사실 이들 부녀의 삶이나 갈등과 직접적인 인과관계도 없고 자신의 문제를 떠올리는 것도 아닌, 그들과는 전혀 무관한 삶의 한 풍경일 뿐이다. 그러나 일상적이고 상투적인 삶의 한 순간이 놀라움으로 다가오는 그 순간의 경이는 돌연 그들의 삶과 상처와 갈등 같은 것들을 상대화하면서 어떤 말할 수 없는 깨달음으로 이끌어간다. 그런 의미에서 이를 부녀가 목격하는 이 장면을 우리는 일종의 세속적 현현(顯現)이라고도 할 수 있을 것이다. 이 압도적인 삶의 경이에 비추어 본다면 자신들의 상처와 수치와 분노와 슬픔이란 얼마나 작고 하찮은 것인가. 오가는 서로의 눈빛 속에 이들 부녀의 갈등과 상처를 순간적으로 녹여버리는 것은 그 말할 수 없고 설명할 수도 없는 깨달음이다. 그러면 모든 갈등을 단숨에 손쉽게 해결해버리는 기계장치의 신(deus ex machina)과 뭐가 다르냐고? 그러면 또 어떤가? 반대로 이 소설이 구구절절 일일이 설명하고 대화하고 화해에 이르는 과정의 곡절을 세세하게 그려 보여주는 데 집중했다면 얼마나 지루하고 따분했겠는가? 백수린의 「흰 눈과 개」는 이처럼 자칫 갈등 끝에 화해에 이르는 상투적인 가족드라마에 그치기 쉬운 이야기를 구출해내, 경이로운 순간의 현현과 말 없는 각성으로 마무리함으로써 매력적인 단편미학의 한 영역을 구축했다.

그룹사운드 전집에서 삭제된 곡

서이제

1991년 출생. 서울예술대학교 영화과 졸업.
2018년 문학과사회 신인문학상으로 작품 활동 시
작. 현재 km/s 동인으로 활동 중.

그룹사운드 전집에서 삭제된 곡

*

살기 전에는 살지 않았다. 태어나지 않았다. 태어나기 전으로 돌아간다면, 돌아갈 수만 있다면, 그럴 수만 있다면. 그런 생각들을 나열하는 밤. 생각들을 나열하다 보면, 내 생각은 이생을 넘어 전생에 닿을 수도 있을 것만 같았다.

너 전생 같은 거 믿어?

내가 물었고, 내가 묻기 전에 우리는 침대에 나란히 누워 각자 다른 생각을 하고 있었다. 너는 무슨 생각을 하고 있었는지 모르겠지만. 나는 전생을 믿든 그렇지 않든, 한 번쯤 전생 체험을 해보는 건 재미있는 일이라는 생각이 들었고, 이렇게 생각난 김에 당장 전생 체험을 해봐도 좋을 것 같았다. 유튜브로 전생 체험을 할 수 있다고 하던데. 나는 말했고, 너는 전생 같은 게 어디 있냐고, 그런 건 믿지 않는다고 말했지만. 그런데 유튜브에 정말 그런 게 있냐고, 내게 물었다. 결국 우리는 전생이 있든 없든, 우리가 지금껏 체험해보지 못한 세상을 체험해보는 건 즐거운 일이라는 결론에 이르러, 함께 전생 체험을 해보기로 했다. 우리는 몸을 펴고 바로 누워 함께 눈을 감고.

자, 이제 눈꺼풀이 무거워지면서 몸과 마음이 편안해집니다.
끝없이 펼쳐진 대지를 상상해보세요. 그곳을 한 발 한 발 걸어갑니다.

유튜버의 말에 따라 걷기 시작했다. 각자 다른 길을 걷고 있었을 테지만, 그래도 걷다가, 걷다가, 걸어가다가, 한 번쯤 우연히 만나도 좋을 거라고 생각했다. 함께 걸어도 좋을 것 같다고. 걷다가, 걷다가, 걸어가다가, 이제 우리는 이생에서 전생으로 진입한다. 열부터 하나까지 세어봅니다. 열, 아홉, 여덟 (……) 어쩌면 우리는 전생에서 또 만날 것이다.

*

우리는 종종 만났다. 종종 만나기 전에 우리는 자주 만났다. 좋았다. 너는 산책을 좋아했고, 하천을 따라 걷다가 물속을 배회하는 물고기를 보게 되는 우연을 좋아했다. 너는 산책을 나온 개들과 길에 사는 고양이들을 좋아했고, 그들도 너를 좋아했다. 나한테서 개 냄새 나나 봐. 고양이가 또 나를 찾아왔네. 너는 그들에게 인기 있었고, 나는 그들과 대화를 나눠본 적 없었지만, 그들의 마음을 알 것 같았다. 너는 자주 소리 없이 웃고, 나는 너의 미소가 좋았다.

*

젊은 미소. 아빠가 좋아하는 곡이었다. 엄마 말에 따르면, 아빠는 음악을 좋아하는 사람이었으나, 노래를 즐겨 부르진 않았다고 했다. 노래방에 가면 자기가 좋아하는 노래 딱 한 곡만 불렀어. 늘 노래를 부르고 싶어 하는 것 같았는데, 노래방에서는 노래를 안 하더라. 내가 안 보는 줄 알고 집에서 혼자 흥얼거린 적도 많았다고. 어쨌든 수줍음이 많은 사람이었어. 웃을 때는 옷소매로 얼굴을 가리거나 고개를 숙이는, 그런 사람이었어. 엄마는 아빠와 함께 산지 한참이 지나서야 아빠가 깔깔 소리 내어 웃는 걸 봤다고 했다. 텔레비전 보다가 혼자 웃더라고. 나랑 대화할 때는 한 번도 그렇게 크게 웃은 적 없어. 엄마는 그때 아빠가 참 별난 인간이라는 생각이 들어 웃기지도 않았다고 했다. 엄마는 이제 아빠에 대한 기억을 떠올리고 싶지 않다고 했지만. 그래도 가끔 네 아빠가 수줍게 웃던 게 생각나. 엄마는 아빠가 죽은 후, 아빠 얼굴은 희미하게나마 기억나지만, 목소리는 도무지 기억해낼 수 없다고 했다.

*

젊음아 퍼져라.
내 꿈 다시 피어나면.
너와 나의 영원한 젊은 미소.[1]

*

유튜브를 떠돌다 보면, 떠돌다가 너무 멀리 왔다는 생각이 들었다. 분명 나는 방금 전까지 90년대 양준일 영상을 보고 있었는데, 어쩌다가 80년대 MBC 대학가요제 영상을 보고 있는 건지. 뉴트로니 뭐니 해서, 유튜브에는 유물들이 쌓여 있었다. 노다지. 강변가요제. 노다지. 젊은이의 가요제. 노

1 건아들, 〈젊은 미소〉, 1980년 TBC 젊은이의 가요제.

다지. 해변가요제. 노다지. 그 시절 젊은이라면, 모두 가요제에 몰려들었던 것 같았다. 그 시절 영상 속에서 노래를 부르는 사람들은 모두가 젊고 모두 다 젊어서 행복해 보였다. 내가 살아보지 못한 그 시간 속에서 나의 부모는 만났을 것이다.

*

우리는 만난다. 종로 피카디리에서 만난다. 너의 부모님이 30년 전 처음으로 데이트를 했다는, 그곳에서 우리는 만난다. 만나서 조금 걷는다. 너는 이제 일을 하고 있고, 아직 일이 익숙하지 않지만 그래도 일하지 않을 때보다는 일을 하는 지금이 더 좋다고 말한다. 나도 이제 막 일을 시작했다. 너의 부모님은 이제 곧 퇴직을 해서 더 이상 일을 못하게 되었는데, 계속 일을 하고 싶어 하신다. 이제 겨우 내가 취업하니까, 이제는 부모님 취업을 고민해야 하는 상황이야. 부모님은 대출받아서 카페를 차리고 싶어 하는데, 이걸 어떻게 하지. 장사가 쉬운 게 아니잖아. 그런데 그 일을 안 하면 뭘 하라고 해야 할지 잘 모르겠어. 나는 하지 말라고 말할 수 있을 뿐이고. 이제 부모님이 뭘 할 수 있는지, 해야 하는지, 나는 말해드릴 수가 없어. 부모님은 의욕에 넘치는데, 나는 왜 매사에 이렇게 의욕이 없을까. 나 하나도 감당하기 힘든데. 한 번 실패하면, 한 번 실수하면, 모든 게 무너져 내릴 것 같아. 되돌릴 수 없을 정도로 인생이 망가질까 봐. 너는 여기까지 말하고, 잠깐 쉰다. 내 얼굴을 본다. 나는 되돌릴 수 없을 정도로 무너져 내렸던 것들에 대해 생각한다. 내가 창업은 절대 하지 말라고 하니까, 우리 아빠가 그러더라. 자기 아직 젊다고. 그럼 또 내가 할 말이 없지. 하여튼 창업은 창조보다 어려운 거야. 너는 오늘따라 말을 길게 하고. 우리는 계속 걷는다. 걷다 보면, 청계천이 나올 것이고 우리는 청계천을 따라 걸을 수도 있을 것이다.

*

뇌를 꺼내서 냇물에 씻어버리고 싶어. 동네 아주머니가 우리 엄마에게 말하고, 그 말에 엄마가 웃는다. 모든 기억을 다 지우고 싶어. 그 말에 엄마가 또 웃는다. 아주머니는 자기가 왜 이 고생을 하고 사는지, 이럴 줄 알았다면 결혼 같은 건 애초에 하지 않았을 거라고 말한다. 아주머니가 슬픈 건지, 화가 난 건지. 나는 모르겠다. 엄마는 웃으며, 자기는 종종 저녁 식사를 준비하며 파를 썰다가 식칼로 가슴팍을 찍고 싶을 때가 있다고 말한다. 나는 초등학교에 다니고 있었다.

*

너 초등학교 보낼 때, 얼마나 감동적이었는지 몰라. 조만한 게 자기 몸뚱이보다 큰 가방을 메고. 낑낑거리면서. 학교 정문 앞에서 네가 엄마 손을 놓으면서 했던 말 기억나니. 여기서부터는 자기 혼자 갈 수 있대. 애기가 어떻게 그런 말을 할 수 있지. 아주 똑똑해가지고. 어릴 때부터 눈빛이 반짝거렸다고. 눈에 총기가 있다고 하잖아. 나는 말했다. 나 원래 똑똑하잖아. 나도 내가 참 똑똑하다고 느낄 때가 많아. 엄마는 내가 자기를 닮아서 똑똑하다고 했다가, 아빠는 똑똑하지 않다고 말하다가, 혼자 화가 나서 아빠를 욕하다가, 말해봤자 달라질 거 하나 없는 이야기, 그러니까 왜 바보같이 그 인간하고 결혼을 했을까, 왜 그러고 살았을까, 그런 말들을 나열했다. 에이, 그래도 너를 낳았으니까 됐어. 네 아빠를 못 만났다면 너를 못 만났지. 엄마는 바보 같은 소리를 했다. 내가 말을 배울 무렵이었던가. 엄마는 늘 식탁 의자에 앉아서 울고 있었다. 반쯤 넋이 나간 사람처럼, 또는 더 이상 살고 싶지도 않은 사람처럼, 그렇게 거기 앉아 있었다. 나는 엄마를 위로할 만한 말을 하고 싶었고, 그런 말을 하기 위해서는 말을 배워야 했다. 좋은 말. 나는 엄마에게 다가가 작은 손으로 엄마의 손을 잡으며 말했다. 남자를 바꿔. 그날 이후, 엄마는 자기가 천재를 낳았다는 생각으로 평생을 살았다.

내가 바보였다. 입사만 하면 모든 게 해결될 줄 알았다. 막상 일을 시작해보니, 내가 회사에서 하는 일은 내가 생각했던 그 일이 아니었다. 그러나 내가 생각했던 그 일이든 아니든, 입사지원서를 넣었을 것이다. 일을 따질 형편도 아니었다. 일을 배워야 하는 건 맞지만, 이렇게 온통 모르는 것들뿐이라니. 하나부터 열까지 배워야 할 것들뿐이었다. 오늘 하루도 무사하길 바라는 마음으로 출근했다가, 도대체 지금까지 뭘 배운 거지, 할 줄 아는 게 아무것도 없다고 자책하며 퇴근하는 날이 반복되었다. 그 무렵, 나는 엄마와 자주 다투게 되었는데, 엄마가 갑자기 음악을 배우고 싶다고 한 것이 화근이었다. 엄마는 내게 전화를 할 때마다 그 얘기를 꺼냈고, 나는 갑자기 이러는 엄마를 이해하기 힘들었다. 그냥 지내던 대로 지내지 갑자기 왜 이래. 그냥 지낼 만큼 충분히 지냈어. 나는 더 이상 다투고 싶지 않아, 그냥 알겠다고 했다. 그리고 점심시간을 이용해, 엄마가 다닐만한 대학교를 검색해보았다. 막상 대학교를 찾다 보니, 이왕이면 엄마를 좋은 대학교에 보내고 싶었다. 그러나 이내 등록금에 질려버렸다. 안 되겠다 싶어서 평생교육원을 알아보다가 등록금에 또 질려버렸다. 국립이든 사립이든. 이러나저러나 무언가를 제대로 배우기 위해서는 목돈이 필요했는데, 애써 목돈을 만들어가며 무언가를 배우려고 하는 건 그리 좋은 방법이 아니라는 생각이 들었다. 사짜 새끼들. 갑자기 제도권 교육에 대한 환멸이 치밀어 올랐지만, 그래봤자 나만 고통스러울 뿐이었다. 나는 엄마에게 전화를 걸어, 서울에서 사는 일이 그리 만만하지 않다고 말하려다가, 요즘 같은 세상에 구태여 대학까지 가서 공부할 필요가 뭐가 있냐고 말했다. 엄마는 그럼 학원이라도 다녀보고 싶다고 했는데, 나는 그 말을 칼같이 잘라버렸다. 사교육은 안 돼. 나도 모르게 그런 말을 뱉어버리고, 이내 민망해졌다. 그 잘난 대학 가겠다고. 부모 돈, 있는 돈 없는 돈 다 털어서 학원에 다녔던 나였다.

*

엄마는 하고 싶은 게 많았다. 한때는 영어를 배우겠다고 영어학원을 다녔고, 한때는 보디빌더가 되겠다고 헬스장을 다녔고, 한때는 프로 골프 선수가 되겠다고 골프장을 다녔고, 그 모든 곳에 어린 나를 데리고 갔다. 엄마가 그 모든 것들을 왜 더 이상 하지 않게 되었는지, 지속적으로 하지 않았는지, 알 수 없었지만, 어쨌든 어느 시점이 되면 엄마는 모든 것을 그만두었다. 나는 엄마가 끈기 없는 사람이라고 생각했다. 엄마 말에 따르면, 자기는 조금만 해도 웬만하면 남보다 잘해서 금방 흥미가 떨어진다고 했다. 그러다가, 아빠가 초를 쳐서 그런 거라고 했다. 그러다가 아빠가 자기를 무시해서 그런 거라고 했다. 개뿔. 잘난 것도 없으면서 나를 무시했어. 결혼하기 전에는 그런 사람인 줄 몰랐다고. 내 말은 듣지도 않아. 들어주지도 않는다고. 그러다가 갑자기 자기 탓을 했다. 나한테 미안하다고 했다.

*

엄마는 엄마 되기 전에 엄마가 아니었다. 엄마는 김미경이었다. 그는 스물아홉 살에 딸을 낳았고, 딸을 낳기 전에는 아들을 낳을 줄 알았다. 그는 스물일곱 살에 결혼을 한다. 결혼하기 전에는 결혼하지 않았고, 결혼하게 될 줄 몰랐다. 그는 스무 살에 대학 캠퍼스에서 정명일을 만난다. 정명일은 음악 동아리 회장으로, 친구들과 함께 대학가요제에 나갈 준비하고 있었다. 그렇다고 노래를 하거나 기타를 치거나 드럼을 쳤던 건 아니었고, 그는 밴드의 공연을 기획하고 군기를 잡으며 팀을 이끄는 일을 했다. 그러니까 프로듀서 역할을 하고 있던 것인데, 김미경은 평소에 수줍음이 많던 정명일이 밴드를 진두지휘하는 모습을 보고 그에게 호기심을 느낀다. 옷을 잘입고, 친구들 누구에게나 밥을 잘 사던, 언제나 주변에 친구가 많은 사람. 건아들과 활주로의 음악을 좋아하고, 마그마에 대해 이야기하던 사람. 모두가 그를 부잣집 아들로 알고 있었다. 정명일이 군대에 입대한 해, 김미경은 돈을 벌기 위해 대학을 자퇴한다. 그는 대학을 떠나며, 마지막으로 대학가 다방에서 커피를 사 마셨다. 그러니까 그는 산울림의 음악이 흐르는 그곳에서 커피를 사 마셨는데, 어쩐지 눈물이 흐를 것 같았고 눈물을 흘리면 궁상맞아 보일 것 같아 커피를 다 마시지도 못한 채 자리에서 일어났다. 그는 다방을 떠나며 생각한다. 자기가 대학에서 한 일이라고는 정명일을 만난 것뿐이라고. 마치 정명일을 만나러 대학에 간 것 같다고. 김미경은 정명일을 만나기 전에는 그를 몰랐고, 그를 만나게 될 줄 몰랐다. 모르고 살았다. 김미경은 어릴 적부터 가수가 되고 싶었다. 가수가 되려고 집을 나갔다가, 첫째 오빠에게 잡혀서 죽도록 맞았다. 죽도록 맞으면서 들었던 말. 천박한 짓 하고 돌아다니지 마라. 죽도록 맞기 전에 그는 단지 노래를 하고 싶었다. 춤을 추고 싶었다. 자유롭고 싶었다.

*

청춘을 다 잃었어. 청춘을 다 잃었다고. 엄마가 그렇게 말할 때마다, 나는 청춘이 그렇게 좋은 건가 싶었다. 도대체 청춘이 뭐라고. 뭘 할 수 있다고. 엄마는 자신의 젊은 날을 그려보면, 머릿속에 정명일밖에 없다고 했다. 나는 나의 젊은 날, 그러니까 지난 20대를 그려보면, 머릿속에 남는 건 대학과 휴학과 아르바이트뿐이었다. 어쩌다가 대학을 8년 동안 다녔는지 모르겠지만, 졸업과 함께 남은 건 빚뿐이었고, 이제 내게 남은 일은 더 큰 빚을 지거나 빚을 갚는 일뿐이었다. 그래도 앞으로 내가 죽을 때까지 해야 할 일이 있어서 다행이라는 생각이 들기도 했다. 어차피 사는 동안 아무리 노력해도 돈 같은 건 많이 벌 수도 없을 테니, 이제는 돈 말고 다른 가치를 추구하며 살기 좋다고, 그게 참 다행이라는 생각이 들기도 했다. 젊은이. 요즘 젊은이들은 왜 투쟁을 안 해. 싸우지를 않아. 혁명을 몰라. 요즘 젊은이들은 선언하지 않고, 세상을 뒤집을 생각이 없어. 생각이 없어. 요즘 젊은이들은 낭만이 없고, 도전을 안 해. 젊은이에 대해 이야기하는 사람 중에 젊은 사람은 없었다. 엄마는 청춘을 잃었다고 했지만, 나에게 청춘은 언제 잃어도 그만이었다. 그렇지만 젊음이 그렇게 좋은 거라면, 나도 어디 한번 젊음을 느껴보고 싶었다.

아 활짝 웃으며 젊음을 얘기하자
아 가슴을 펴고 젊음을 얘기하자
젊음을 느껴보자
아 아 아 아 아 아 아[2]

＊

엄마에게도 엄마가 아닐 수 있었던 마지막 기회가 있었다. 김미경은 스물다섯 살이 되던 해, 하던 일을 때려치우고 무작정 서울로 떠난다. 명동에서 우연히 운동권 학생을 만났고, 종종 커피숍에서 커피를 마시다가 폭격 소리와 비명 소리를 들었다고 했다. 그 애는 걸핏하면 연락도 없이 사라졌고, 어디 가서 죽었나 보다, 끌려가서 죽었나 보다, 내가 그러고 있으면 갑자기 또 나타나고 그랬지. 그때 정명일이 서울까지 나를 찾아오지 않았다

2　활주로, 〈우리들의 젊음을〉.

면. 엄마는 말을 더 이어가지 못하고. 어쨌든 그 촌놈이 서울까지 올라와서 나를 끌고 내려갔어. 그 양전하던 사람이 나한테 화를 냈어. 돌아오는 버스 안에서 우리는 한마디도 안 했어. 라디오에서 유미리 노래가 나오더라. 내가 그건 잊지도 않아. 유미리 아나. 내 젊음의— 빈 노트에— 무엇을 그려야 할까—[3] 이렇게 부르는 건데, 모르나. 엄마 그 노래 잘 부르는데. 가끔 엄마는 내가 태어나기도 전에 있었던 일들에 대해 이야기했다. 나 6월 항쟁 때 태어나지도 않았는데. 나 그렇게 아기인데. 내가 말하자, 엄마는 고개를 저었다. 엄마가 너 어릴 때도 많이 불러줬는데, 모르나. 이걸 모르나. 그런데 나는 왜 이렇게 집을 못 나가서 안달이었지. 엄마가 집으로 영영 돌아오지 않았다면, 너는 없었어. 엄마는 어떻게 하다가 자기가 결혼까지 하게 된 건지 기억이 나지 않는다고 했다.

*

그런데 생각해보면, 네 아빠 만나지 않았더라도 나는 어차피 이렇게 되었을 거야. 사실 엄마 사기당한 적도 있어. 서울에 있을 때 음반 기획자를 만났는데, 내 목소리가 참 좋다고 같이 작업을 하면 좋겠다는 거야. 그래서 충무로에 있는 스튜디오에 가서 녹음도 하고 그랬다고. 그런데 어느 날 그 사람이 나를 좋아한다는 거야. 자기가 음반을 왜 내주는지 아냐고 나한테 묻는 거야. 그래서 내가 그랬지. 당연히 제가 목소리가 좋고, 노래를 잘하니까요. 근데 아니었어. 자기랑 안 만나주면 음반도 안 내주겠대. 할 말을 잃었지. 그날 그는 스튜디오를 나와 정처 없이 걸었다고 했다. 그는 명동까지 걸었는데, 거리는 온통 넥타이를 맨 회사원들과 머리에 띠를 두른 대학생들로 가득했고. 그들 모두 한목소리로 호헌철폐를 외치고 있었다고. 그

속에서 자기는 대학생도 아니고, 회사원도 아니었다고. 그 어디에도 속하지 못한 채, 그 거리 위에 혼자 버려진 기분이었다고. 갑자기 자신이 너무도 보잘것없이 느껴졌다고. 심장이 미치도록 뛰었는데 그게 분노인지, 부끄러움인지, 슬픔인지 알 수 없었다고 했다. 그때 머리 위로 최루탄이 터졌어. 이쪽으로 오라고 손짓하는 단발머리 학생이 얼핏 보였으나, 이내 연기 속으로 사라졌고. 그는 혼자서 뿌연 연기 속을 헤매다가, 죽기 살기로 그곳을 빠져나왔다고. 죽기 살기로 그곳을 빠져나오는 동안, 생애가 다 지나가버린 것 같았다고. 어느새 폭삭 늙어버린 느낌이었다고. 결국 내가 네 아빠한테 전화했어. 오빠한테 전화하면 또 맞을까 봐.

*

하나, 둘, 셋 하면 깨어납니다.
하나, 둘, 셋.

눈을 떴을 때, 텅 빈 천장이 보였다. 고개를 돌려보니, 네가 하품을 하고 있었다. 나는 너에게 전생에서 뭘 봤냐고 물었다. 아무것도 안 봤어. 전생에 안 갔거든. 그냥 눈만 감고 있었어. 잠들 뻔했어. 너는 전생에 다녀왔어? 나는 내가 눈을 감고 본 것들에 대해 이야기하려다가, 그냥 한마디만 했다. 끔찍했어.

*

하천을 따라 걷다가, 너는 물속을 배회하는 물고기를 발견했다. 서울에 사는 물고기들은 산소가 부족해도 잘 견디는 아이들이야. 네가 말했고, 네가 말할 때, 물은 한 방향으로 흐르고 있다. 우리는 물이 흐르는 반대 방향으로 걸었고, 걸을 때, 노부부가 우리를 지나쳐 갔다. 나이 들어서도 둘이 함께 행복하게 잘 사는 사람들이 있다고 한다. 나는 언젠가 동네에서 만났던 아주머니가 생각났고, 아주머니에게 안부를 묻고 싶었다. 뇌를 꺼내서 냇물에 씻어버리고 싶어. 아주머니의 아저씨는 늘 술에 취해 있었다. 집안에서 무슨 일이 벌어지는지 알 수 없었다. 알면 안 됐다. 물의 상류에서 하류로, 뇌같이 생긴 것이 떠내려오고 있었다. 떠내려오다가, 떠내려갔다. 사람들이 쓰레기를 너무 아무 데나 버려. 네가 말했다. 우리는 물에 떠밀려가는 쓰레기로부터 멀리, 아주 멀리 떠나려고, 더 걸었다. 함께 걷고 있으니, 부부같이 느껴지기도 했지만. 우리는 오랜 시간을 함께하면서도 결혼 이야기는 단 한 번도 꺼내지 않았다. 우리 둘 중 누군가 결혼 이야기를 꺼냈다면 우리는 결혼했을 수도 있을 것이다. 결혼하지 않았더라도, 결혼에 대해 진지하게 고민해볼 수 있었을 것이다. 고민하지 않더라도, 만약 우리가 결혼을 하게 되면 어떻게 살아갈지, 훗날의 모습을 그려볼 수도 있었을 것이다. 우리 둘 중 누구도 먼저 결혼 이야기를 꺼내지 않길 바라면서. 소망하면서. 결혼을 하지 않더라도, 우리가 함께 행복할 수 있는 곳에 이르길 바라면서, 걷고 있었다.

*

해야 떠라 해야 떠라
말갛게 해야 솟아라
고운 해야
모든 어둠 먹고
앳된 얼굴 솟아라[4]

만약, 엄마가 대학을 계속 다녔다면 엄마는 대학가요제에 나가게 되었을까. 그 시절 젊음의 축제에서 주인공이 될 수 있었을까. 언젠가 사진 속에

4 마그마, 〈해야〉 1980년 MBC 대학가요제(박두진의 시 「해」를 마그마의 보컬 조하문이 개사).

서 봤던 엄마의 앳된 얼굴. 어쩌면 엄마는 그 얼굴로 무대 위에 올라, 기타를 치고 소리를 내지를 수도 있었을 것이다.

*

　노래방을 나오며, 엄마는 내게 물었다. 엄마 노래 괜찮았어? 내가 엄지를 보이며 대답했다. 그럼, 마그마 터졌어. 엄마가 조하문이야. 엄마가 마그마지. 엄마가 건아들이고 엄마가 활주로야. 엄마는 고개를 저으며 도무지 말이 안 통한다고 했다. 너 장난치지 마. 아니, 내가 무슨 장난을 쳐. 진심인데. 그런데 옛날 밴드들은 참 이름도 엄청나다. 세상 다 뒤집어놓을 것 같은 이름이잖아. 실제로 그랬어. 모두 운동권이고 모두 시인이었지. 그리고 엄마는 내게 하고 싶었던 말을 조심스럽게 꺼냈다. 내가 찾아봤는데 서울 가면 그룹 레슨이 있대. 그건 금액도 그렇게 안 비싸. 엄마도 아르바이트하잖아. 그 정도는 내가 낼 수 있겠더라고. 전화해보니까, 내 또래 사람들도 꽤 있대. 수업해주시는 분도 돈이 없어서 학원은 못 차리고, 일주일에 몇 번씩 연습실 대여해서 수업하는 것 같더라고. 엄마 거기 가서 새로운 친구도 사귀고 그러고 싶은데. 그럼 안 되나. 내가 이기적인 건가. 엄마는 내게 구구절절 설명했다. 엄마가 구구절절 이야기할 만한 이야기는 아니라는 생각이 들었다. 어디서부터 잘못된 걸까. 어디서부터 잘못된 건지 모르겠지만, 지금이라도 되돌릴 수만 있다면 되돌릴 수 있는 모든 걸 되돌리고 싶었다. 엄마, 그런 얘기 다 안 해도 돼. 정말로, 그런 얘기는 다 안 해도 되었다. 엄마가 하고 싶으면 하는 거지. 잘됐네. 엄마 수업 끝나고 나 회사 끝나고, 둘이 만나면 되겠네. 맛있는 것도 먹고 그럼 되겠다. 엄마 얼굴에 미소가 번졌다. 근데 너 그런 옛날 사람들 어떻게 알았니. 나는 유튜브에서 봤다고 했다. 세상 모든 젊음이 그곳에 영원히 봉인되어 있는 것 같아. 내가 한 번도 느껴본 적 없는, 그런.

*

점심시간에 잠깐 나와, 시외터미널에서 엄마를 만났다. 엄마는 젊은 시절에 서울에 산 적이 있어서 서울 지리를 잘 알고 있다고 했지만, 엄마가 그렇게 말하니까 엄마가 더 걱정이 되었다. 서울이 너무 복잡해서. 서울에서 헤매지 않고 잘 다닐 수 있는지. 혹시 길이라도 잃을까 봐. 연습실이 있는 곳까지 함께 가기 위해 지하철을 탔다. 지하철 문 열리고, 닫히고 (……) 다시 열린다. 지하철역을 나오며 내가 말했다.

엄마, 선생님 말 너무 잘 듣지 말고……

시간이 별로 없었다. 지금 다시 지하철을 타고 돌아가야만, 늦지 않게 회사에 도착할 수 있었다. 엄마, 나 회사 바로 들어가봐야 해서 이만 가야 될 것 같아. 내가 초조해하니, 엄마가 얼른 가보라고 했다. 얼른 갈 수가 없었다. 엄마, 엄마. 이 길로 가다가, 저기 맥도날드 앞에서 우측으로 가면 된다. 알겠지? 구글 맵 보고 잘 가봐. 엄마가 인상을 찌푸렸다. 아니, 얘가 왜 이래. 엄마는 자기가 알아서 갈 수 있다고 말하며, 내 손을 놓았다.

가.

엄마는 나에게 가라고 했지만, 나는 역 앞에 서서 갈 수가 없었고. 정작 가는 건 엄마였다. 그는 뒤도 돌아보지 않고 씩씩하게 걸어갔다. 나는 그 모습을 지켜본다. 한발. 한발. 그는 내게서 멀어지고. 한발. 계속 앞으로 걸어간다. 한발. 걸어간다. 한발. 그는 내게서 점점 멀어져, 작게 보인다. 작아진다. 작아진다. 점점, 어려진다. 작아진다. 작아진다.

청춘이 잉태되는 그 밤

박신영(문학평론가)

서이제의 「그룹사운드 전집에서 삭제된 곡」은 태어나기 전으로 돌아가기를 염원하는 한 청년의 밤으로부터 시작된다. 그의 밤이 이토록 긴 것은 생의 마지막 관문 같았던 취업의 고지에 도달한 지금, 성취와 충만이 있으리라 기대했던 이곳이 결코 자기 실존의 표지가 될 수 없음을 알았기 때문이다. 자신을 달려오게 한 것이 무엇인지 알 수 없는 이 시간, 삶은 공허하기 그지없다.

알랭 바디우라면 자기 노동의 의미를 회의하는 이 청년의 방황을 독려할 것이다. 그는 삶에서 의미 찾기를 그만두고, 그저 상품 소비의 쾌락에 몰두하라고 부추기는 자본주의 세계에 맞서 스스로 삶의 상징을 창조해야 한다고 호소한다.[1] 사회 속에 자기 자리를 만들어가는 청년들을 향한 말이지만 지배 권력의 이데올로기가 점유한 세계로부터 삶의 의미를 선취해내는 것은 죽음에 이르기까지 인간이 안아야 할 실존적 과제일 것이다.

---

1   알랭 바디우, 『참된 삶』, 박성훈 역, 글항아리, 2018. 110쪽.

다시 태어나기를 열망하며 청춘의 길을 묻는 이 밤, 자기 존재를 잉태해 내려는 젊은이의 산고가 시작된다.

허락되지 않는 노래

19개의 짧은 장으로 구성된 이 소설의 무대에는 노동의 반열에 막 진입한 청년과 그 부모의 삶이 각자의 공간에 들어차 있다. 문장들은 이들 세대의 경계를 파고들며 삶의 본질을 찾아 헤맨다. "나는 너의 미소가 좋았다."(187쪽)라는 화자의 고백 뒤에 "젊은 미소. 아빠가 좋아하는 곡이었다."(187쪽)라는 문장이 따라와 두 세대는 유사한 내면 풍경 속에서 하나가 된다. 문장들이 반복을 거듭하며 각 장의 경계를 감싸는 동안 세대를 분리하던 절대적 시간의 경계는 흐려지고, 그 자리에 삶 앞에 선 인간이라는 하나의 형상이 남는다.

인생주기의 특정 시기에 갇힌 젊음이 인간 보편의 삶으로 확장되는 가운데 서사는 청춘이 무엇이냐는 화자의 물음에 답을 구하기 위해 전생으로의 여정을 시작한다. 그곳, 군부 독재를 향한 항거가 뜨거웠던 민주투쟁 역사의 한 컷에서 삶을 제 것으로 거머쥐기 위해 분투하던 엄마의 청춘담이 펼쳐진다.

> 가수가 되려고 집을 나갔다가, 첫째 오빠에게 잡혀서 죽도록 맞았다. 죽도록 맞으면서 들었던 말. 천박한 짓 하고 돌아다니지 마라. 죽도록 맞기 전에 그는 단지 노래를 하고 싶었다. 춤을 추고 싶었다. 자유롭고 싶었다.(193쪽).

스스로 주체적 인간임을 의심치 않았던 김미경의 청춘은 음악으로부터 시작된다. 노래가 주는 자유는 자기 존재가 알려오는 신호였고, 그러므로 그 신호를 따라 길을 나서는 것은 삶의 근거이자 목적이었다. 그러나 그녀의 출항은 시작과 함께 여성의 출가를 금하는 가부장의 법도에 맞닥뜨린다. 바디우는 60년대 초까지도 프랑스에는 부인이 남편의 거처에 주거해야 한다는 의무가 법제화되어 있었음을 지적하며 여성 삶의 과거를 분석한다.[2] 청년 김미경이 기거한 80년대 한국은 딸과 어머니, 모두에게 거주지 이탈 금지의 명령이 시행되는 곳이다. 창녀와 성녀로 주조된 여성 이미지의 압박 속에 여성을 모성적 삶에 유폐시키는 이 세계에서 김미경의 출가는 여성에 대한 가부장의 독점적 소유권을 위협한다. 그러므로 장남은 남성의 고결하고 순결한 소유물로서의 여성되기를 거부하는 여동생의 행위를 천박한 짓이라 심판하며 그 자유 영혼에게 죽음을 명한다.

가부장의 법에 굴하지 않고 탈출하여 음반 제작의 목전까지 이른 김미경에게 성적 관계를 요구하는 음반 기획자는 제 삶을 노래하려는 청춘을 다시금 좌절시킨다. 김미경을 성적 대상으로 치부하는 이 남성 존재는 '천박한 짓'이라는 언어로 가부장의 울타리를 벗어난 여성에게 창녀의 이미지를 씌우는 장남의 논리를 공고히 한다. 마지막으로 김미경을 잡으러 온 이가 예비 남편이었다는 사실은 결국 아버지 가부장에게서 남편 가부장에게로 제공되는 김미경의 운명을 고지함으로써 세계의 논리를 완결 짓는다. 김미경이 "엄마가 아닐 수 있었던 마지막 기회"(194쪽)까지 잃는 이 순간, 영화감독이 컷 사인을 외치듯 장면은 화자의 현실로 전환된다. 청춘의 종결을 맞는 김미경의 서사 뒤로 소설은 그 시절 대학가를 휩쓸었던 그룹사운드의 노래를 배치한다.

　　아 활짝 웃으며 젊음을 얘기하자/아 가슴을 펴고 젊음을 얘기하자/젊음을

2　위의 책, 100쪽.

느껴보자(194쪽)

충만한 젊음의 열망을 담은 노래는 열기와 숨결이 거세된 문자언어로 남아서 그룹사운드 전집에서 삭제된 노래, 김미경의 잃어버린 청춘을 비춘다.

삭제된 청춘의 다음 버전

서사가 현생으로 건너오는 동안 소설의 제목은 청춘을 앗아간 세계의 형상을 지운 채, 전생 프레임의 바깥에 선 오늘의 청춘을 다시금 비춘다. 딸이 기거한 이곳은 더 이상 상징적 남성의 기호가 존재하지 않는다. 가부장의 법도를 관장하던 장남은 이야기의 개연성에 엮이지도 못한 채 소리 없이 사라졌고, 남편은 죽었다는 설정만으로 서사에 그 어떤 영향을 가하지 못한다. 그러나 남성 표지의 부재가 청춘에게 해방구가 된 세계를 의미하는 것은 아니다. 그것은 더 이상 성차가 지배 권력의 논리에 소용되지 않는 질서의 도래를 표상한다. 화자는 세계의 진상을 "입사만 하면 모든 게 해결될 줄 알았다."(191쪽)라는 문장으로 전한다.

학령기로부터 시작하여 긴 대학 생활에 이르기까지 화자가 지나온 지난한 배움의 시간은 최종적으로 입사를 향해 있다. 사회가 인정하는 성인이 되기 위해 청년들이 통과해야 할 의례는 더 이상 결혼 혹은 부권(父權) 집행이 아니라, 취업이다. 노동자가 되어 자본주의 체제의 가동에 기여하는 것이 성숙한 시민으로서의 자질을 증명하는 길이다. 그러나 모든 게 해결될 줄 알았던 그 믿음이 오판이었음을 간파하는 화자의 시선은 사회가 제시한 성인의 요건이 결코 실존적 삶의 요건이 될 수 없다는 사실을 짚어낸다.

나는 나의 젊은 날, 그러니까 지난 20대를 그려보면, 머릿속에 남는 건 대학과 휴학과 아르바이트뿐이었다. 어쩌다가 대학을 8년 동안 다녔는지 모르겠지만, 졸업과 함께 남은 건 빚뿐이었고, 이제 내게 남은 일은 더 큰 빚을 지거나 빚을 갚는 일뿐이었다.(193~194쪽)

지그문트 바우만은 세계는 이제 생산자 중심의 담론이었던 자본주의 이데올로기를 넘어 소비능력으로써 인간과 비인간을 규정짓는 소비 지상주의로 진입했음을 지적한다.[3] 취업을 향해 젊은 날을 소진시킨 화자가 마침내 당도한 현전은 제 삶의 주체로서 성인이 아니라 소비능력이 미약한 채무자일 뿐이다. 그러나 노동자이기를 촉구하는 사회의 요구를 여전히 거부하지 못하는 것은 기존 질서 내부의 자리를 점유하는 것이 그들 실존의 문제였기 때문이다. 이제 이 세계에서 자기에게 허용된 존재의 영역이란 자신의 보잘것없는 소비능력에 비례할 뿐임을 응시하는 청년의 하루가 생을 향한 냉소와 무기력 속에 저물어간다.

소비 자본주의 체제 속에 갇힌 이 시대의 청춘으로서 화자는 가부장의 세계 속에서 좌절했던 청년 김미경의 형상과 겹쳐지며 다시 한 번 '그룹사운드 전집에서 삭제된 노래'가 된다. 서로에게 과거와 미래인 그들 생은 세대의 경계를 넘어 반복되는 동일성의 회로에 다시 한 번 갇힌다. 그러나 전생이라는 프레임을 가운데에 두고 1980년대의 청년과 2020년대의 청년을 서로의 반사경으로 비추어내는 것은 막힌 출구를 뚫고 삶을 탈환하고자 하는 소설의 의지이다. 이제 소설은 다시 태어나기에 대한 염원을 제 삶 위에 실현시킬 방안을 모색한다.

---

3 지그문트 바우만, 『지그문트 바우만, 소비사회와 교육을 말하다』, 나현영 역, 현암사, 2020, 179쪽.

다시 삶

세월 속에 청춘을 앗아가던 세계도 사라진다. 그럼에도 불구하고 청춘의 상실이라는 사건만은 반복되고 있는 아이러니를 앞에 두고, 지배 권력은 언제나 존재하기 때문에 그러하다고 이야기를 마칠 수는 없다. 그것으로는 상실한 생을 구할 수 없으며, 무한 반복될 고통의 회로를 끊어낼 수 없기 때문이다. 이 난제 앞에서 사라짐에 대한 장 보드리야르의 사유는 세계의 온상을 다시 한 번 면밀히 살피게 한다. 보드리야르는 완전한 사라짐은 이상일 뿐, 삶 속에 스며든 권위의 흔적들은 끝내 살아남아 신 없는 신의 심판이라는 형상으로 존재한다고 지적한다.[4] 이제 전생이라는 반사경을 빠져나온 화자가 집요하게 응시하는 것도 저 권위의 목소리가 남기고 간 것들이다.

음악 교습을 받기 위해 딸의 동의를 구하는 엄마를 보자. 자기 삶의 행위에 남편의 동의가 필요했던 그는 이제 그 동의를 경제적 가장이 된 딸에게 구한다. 삶과 괴리된 노동에 지쳐 있는 딸의 답은 "그냥 지내던 대로 지내지 갑자기 왜 이래."(191쪽)이다. 과거로부터 이어온 관습적 삶의 방식에 순종하라는 이 말은 여성 청년 김미경을 억압하던 가부장들의 언어였다. 변화는 혼동과 고통을 불러일으킬 뿐이라는 논리 속에 새 삶의 가능성을 차단시키는 이 언어는 대대로 지배 권력의 말이기도 했다. 세계를 제패하는 권위들은 사라졌으나 그들 언어가 살아남아 이 세계의 채무자임을 토로하는 청년에게서 발화된다.

제 언어의 직면이 주는 충격 앞에서 청년은 인지하지 못한 채 고통을 주조해온 자기 삶에 과거와 현재의 질서를 새로이 부여한다. 이제 "물이 흐르

---

4 장 보드리야르, 『사라짐에 대하여』, 하태환 역, 민음사, 2016, 27쪽.

는 반대 방향"(196쪽)에 선 그의 삶 위에서 관습적 세계로부터 자기 존재의 승인을 구했던 나날은 과거로 재편되고, 스스로 잉태한 존재가 오늘을 향해 탄생의 산도(産道)를 통과하고 있다. 남은 일은 다시 신호를 보내오는 엄마의 청춘에 귀 기울이는 일이다.

> 그는 뒤도 돌아보지 않고 씩씩하게 걸어갔다. 나는 그 모습을 지켜본다. 한발. 한발. 그는 내게서 멀어지고. 한발. 계속 앞으로 걸어간다. 한발. 걸어간다. 한발. 그는 내게서 점점 멀어져, 작게 보인다. 작아진다. 작아진다. 점점, 어려진다. 작아진다. 작아진다.(199쪽)

딸의 지지 속에서 음악 학원으로 걸어가는 엄마의 뒷모습 속에서 상실된 삶으로서의 날들은 사라지고 미정형의 삶을 앞에 둔 젊음이 피어난다. 그 형상 위에 변화를 두려워하지 않고 맞닥뜨리던 어린 화자의 모습이 겹쳐지며 어머니가 맞은 청춘은 딸의 삶 위에서 새로운 반복의 회로를 만들어낸다. 한 생의 사라짐과 또 한 생의 도래, 소설 언어가 만들어내는 '페이드-아웃'과 '페이드-인'의 교차 속에 자기를 향해 미래 속으로 걸어가는 청춘이 다시 태어나고 있다.

망원

서장원

2020년 『동아일보』 신춘문예로 작품 활동 시작.
서울예대 문예창작과와 한국예술종합학교 전문사
과정 연극원 서사창작전공 졸업.

망원

이석이 이메일을 보내온 건 지난달 중순, 내가 호주에서 마지막 달을 보내고 있을 때였다. 나는 이석이 편지를 썼다는 사실에 놀라워하며 그의 글을 읽었다. 이석은 우리가 한창 좋았던 시절에도 편지라면 좀체 쓰지 않았다. 무언가를 글로 적어 전하는 일을 민망해했던 듯하다. 그건 나도 마찬가지여서 꽤 오랜 연애에도 불구하고 우리 사이에는 편지나 이메일이 거의 없었다. 헤어지고 보니 아쉬웠던 것 중 하나였다. 하지만 이별 후 2년에 가까운 시간이 지나 이석은 장문의 메일을 보내왔다. 나는 천천히 그의 편지를 읽었다. 내용은 특별할 것이 없었다. 우리가 함께 갔던 카페에 우연히 들렀다가 내 생각이 났다는 문장으로 시작된 편지는, 그 아래로 이런저런 추억들을 늘어놓은 뒤 이만 사무실로 돌아가야 한다며 황급히 끝났다. 다만 글의 말미에 물어볼 것이 있으니 한국에 오면 한 번 보고 싶다는 문장이 적혀 있었다. 나는 보고 싶다는 술어에 방점을 찍었다. 이별 이후 우리는 한 번도 만나지 않았다. 나는 이석에게 긴 답장을 썼다. 호주에 오게 된 이야기며 한국에서의 계획에 대해 늘어놓았지만, 요지는 만나자는 것이었다.

물론 한국에서 내가 만나야 할 사람이 이석뿐은 아니었다. 우선은 아버지와 새어머니가 있었다. 나는 7년 만에 두 사람과 다시 한집에서 살게 됐다. 어릴 적부터 쓰던 방으로 되돌아온 것이다. 방은 침대를 치운 것을 제외하면 바뀐 것이 없었다. 책상과 옷장, 천장에 닿을 듯 높은 책꽂이가 그대로 있었다. 나는 침대가 놓였던 자리에 요를 깔고 누워 고국에서 첫 번째 밤을 맞았다. 뭐라도 해보겠다고 호주까지 나갔던 것인데, 결국에는 이렇게 아버지의 울타리 안으로 되돌아왔다는 생각을 떨치기 힘들었다. 워킹홀리데이를 떠나며 내가 바랐던 것 대부분은 이루어지지 않았다. 영어 실력이 조금 나아지긴 했지만 영어로 말할 때 드러나는 한국어 억양은 여전했다. 목표했던 만큼 돈을 벌지도 못했다. 득실을 따지면 어학원 등록금과 집세며 생활비로 나간 돈이 더 많을 듯했다. 이석을 완전히 털어내겠다는 다짐 역시 메일 한 통에 무너졌다. 귀국 전날 도착한 이석의 답장에 나는 며칠째 신경이 쏠려 있었다. 나 역시 만나고 싶다고 적어 보낸 메일에 대고 그는 토요일 낮에 망원에서 잠깐 볼 수 있느냐고 물었을 뿐 다른 이야기는 일체 하지 않았다. 어쩌면 돈을 빌리려는 것일 수 있겠다는 생각이 뒤늦게 들었다. 좀 황당하기는 하지만 우리가 헤어질 즘 그가 이직했던 식품회사가 다단계 업체일 가능성도 있었다. 오미자즙 같은 걸 내게 떠안기려고 긴 편지를 써 보냈을지도 모를 일이었다. 납작해진 요 위로 몸을 이리저리 뒤척이며 나는 이석의 메일 속 문장들을 하나씩 곱씹었다.

다음 날 아침, 새어머니는 침대를 주문해야겠다며 호들갑을 떨었다. 서양에서 살다 온 사람은 한국식으로 바닥에 요를 깔고 자는 것이 불편하다는 것이었다.

"아니에요. 저 진짜 편해요. 여기 얼마나 있을지 모르는데, 돈 아까워요."

나는 아침 밥상 위로 손을 휘휘 내저으며 대답했다. 호주에 있는 동안 아무래도 몸짓이 커진 것 같다는 생각이 들었다.

"너 있으면 우리가 좋지. 그깟 침대 값이 뭐야."

새어머니가 나처럼 손사래를 치며 말했다. 한동안 본가에 머물러 있어야 하는 건 사실이었다. 새 직장을 얻고 나서 그 근처에 방을 얻는 것이 나의 계획이었는데, 그러려면 재취업을 해야 했고 그러기까지는 시간이 걸릴 것이었다.

"그래, 네 어머니도 너 여기 좀 있었음 좋겠다더라. 너라도 있어야 집이 좀 사람 사는 데 같지."

국에 밥을 말던 아버지가 한마디 덧붙였다. 백수가 된 서른 살의 자식으로서는 황송한 대우라는 생각을 하면서 나는 고개를 끄덕거렸다.

"저기, 근데 현주야."

새어머니가 내 앞으로 달걀찜을 밀어놓고 다시 입을 뗐다.

"진경이 있잖아. 지금 신촌 세브란스에 있는데 너 한번 가볼 수 있니?"

세 달 전에 진경 이모는 대장암을 선고받았다. 호주에서 들어 알고 있던 사실이었다.

"그럼요. 안 그래도 내일 가보려고 했어요."

"내일 당장? 내일은 내가 시간이 안 되는데……."

새어머니가 나를 바라보며 중얼거렸다.

"내일 그쪽에 일이 있기도 하고, 그리고 저 혼자서도 갈 수 있어요."

나는 반사적으로 대답한 뒤 한마디 덧붙였다.

"저 이모랑 둘이 있는 거 별로 안 어색해요."

새어머니가 나를 잠시 물끄러미 바라보더니 이내 고개를 끄덕이곤 다시 밥을 먹기 시작했다. 나는 부들부들한 달걀찜을 입속으로 밀어 넣으며 내일의 일과를 그려보았다. 낮에 이석을 만나고 오후에 이모를 찾아가면 될 듯싶었다. 마지막으로 진경 이모를 만났던 날이 떠올랐다. 작년 새어머니의 생일날이었다. 그날 이모는 등산복 바지에 플리스 재킷을 걸치고, 부스스한 머리칼을 하고서 나타났다. 어디서 샀는지 모를 생크림 케이크를 사들고 왔는데 아버지와 새어머니는 너무 달다며 잘 먹지 못했다. 그날 진경 이모와 무슨 이야기를 했는지에 대해선 별다른 기억이 없다. 어쩌면 아무 말도 하지 않았을지 모른다. 나는 다음 날 출근을 핑계로 일찍 일어났고, 그런 내게 새어머니가 안기다시피 남은 케이크를 들려주었다. 나는 그걸 냉장고에 넣어두었다가 허기진 밤에 조금씩 잘라 먹었다.

다시 찾은 망원은 놀랄 만큼 달라져 있었다. 내가 알던 망원동은 주택과 골목이 많고 경사가 심한 지역일 뿐이었는데, 몇 년 사이 소위 힙하다는 카 페나 술집이 여럿 들어선 모양이었다. 이석과 만나기로 한 카페로 걸어가 는 내내 알록달록 예쁜 간판을 달고 있는 가게들이 눈에 들어왔다. 한낮인 데도 꽤 많은 사람들이 테라스 자리에 앉아 커피와 맥주를 마시고 있었다. 이석과의 약속장소는 주택을 개조해서 만든 카페로, 밖에서 보면 보통의 가정집과 별 차이가 없는 곳이었다. 나는 간판을 제대로 보지 못한 채 한참 을 지나쳐 갔다가 스마트폰 속 지도 앱을 켜고 되돌아가서야 그곳이 카페 임을 알아보았다. 들어가 보니 마당에 테이블이 놓여 있었고 건물 내부도 제법 아기자기했다. 나는 출입구에 면한 이인용 테이블에 자리를 잡고 앉 아 이석을 기다렸다. 커피 한 잔을 완전히 비우고 리필한 커피를 두 모금쯤 마셨을 때에야 이석은 왔다. 날씨에 비해 더워 보이는 긴팔 남방을 입고 있 었고, 내가 기억하는 것보다 체중이 불어난 듯 보였다. 그는 내 맞은편 의 자에 들고 있던 카디건을 내려놓고는 커피를 주문하고 오겠다고 말했다. 내가 대답할 새도 없이 그는 테이블에 허벅지를 부딪히며 카운터 쪽으로 성큼성큼 걸어갔다. 둔한 몸짓을 직접 보니 이석을 만났다는 것이 실감 났 다. 테이블이 흔들리며 쏟아진 커피가 나무 탁자의 표면에 스미는 것을 지 켜보면서 나는 이석을 기다렸다. 잠시 후 이석이 아이스 라테 한 잔을 들고 서 내 앞에 마주 앉았다. 가느다란 머리칼이 이마 위로 날리듯 떠 있었다.

나는 손을 뻗어 이석의 머리를 정리해주려다가 그만뒀다. 이석은 피로하고 긴장된 눈빛으로 나를 마주 보고 있었다.

"물어볼 게 뭔데?"

나는 물었다. 이제 와서 서로의 근황을 전하며 시간을 보내고 싶지는 않았다. 이석이 탁자 위 어딘가에 시선을 주면서 입을 뗐다.

"그게, 너 혹시 망고 좀 맡아줄 수 있을까 하고."

망고라면 우리가 함께 키우던 개의 이름이었다. 나는 힘주어 들고 있던 머그잔을 테이블 위에 내려놓았다.

"얼마나?"

"아주."

나는 이석을 똑바로 쳐다봤다. 이석은 음료가 담긴 유리잔을 내려다보고 있었다.

"갑자기 왜 그러는데?"

"와이프가 개를 싫어하거든."

나는 미지근한 커피를 천천히 들이켰다.

"결혼했구나. 나는 몰랐는데."

이석은 어리둥절한 눈빛으로 나를 바라봤다. 나는 이석을 외면한 채 오래된 영화 포스터가 여기저기 붙어 있는 카페 내부를 잠시 구경했다. 여기는 아주 힙하구나, 하는 어처구니없는 생각이 들었다.

"몰랐구나. 나는 그래도 건너 건너 들었을 줄 알았어⋯⋯."

이석이 아주 곤란하게 됐다는 표정을 지으며 고개를 흔들었다. 난처한 표정 어딘가에서 예전에 이석과 공유했던 어떤 순간들이 떠올라 나는 말문이 막혔다. 우리가 다투거나 이석으로선 이해할 수 없는 이유로 내가 기분이 상해 있을 때 이석은 그런 얼굴을 하곤 했다. 이제 이석은 때때로 그런 표정을 짓고서 누군가의 남편이 되어 살아갈 터였다.

"미안해."

　이석이 다시 나를 바라보고 말했다. 방금 진의 표정은 순식간에 사라져 있었다. 재빠르게 표정이 바뀌는 걸 보니 이석도 이제 나이를 먹었다는 사실이 실감 났다.

　"아냐, 그럴 수도 있지. 괜히 맘 쓰지 마."

　"너도 망고 얘기는 신경 쓰지 마. 내가 알아서 할게."

　나는 문득 우리가 나이 든 것 이상으로 망고가 늙었으리라는 것을 깨달았다. 이석과 내가 헤어지던 시점에도 망고는 이미 늙은 개였다.

　"너 만약에 내가 망고 안 데려가면 어쩔 건데? 계속 키울 수는 있는 거야?"

　"다른 사람 알아봐야지."

　이석은 그렇게 말하고 음료를 크게 한 입 들이켰다. 개를 버리는 인간은 다 개만도 못한 놈들이야. 그런 사람들 전부 누군가에게 버림받았으면 좋겠어. 유기견 보호소에서 망고를 데려오던 날에 이석이 했던 말들을 나는 기억했다. 거기에 내가 진심으로 동의했다는 사실도 덩달아 기억이 났다.

　카페 앞에서 이석과 헤어진 뒤, 나는 이석이 걸어간 방향 반대편으로 마냥 걷기 시작했다. 이 근처 어딘가에 있다는 이석의 신혼집에 대한 생각이 멈추지 않았다. 연회색 벽지를 바른 작은 아파트, 늙은 개가 젊은 부부의 눈치를 보는 집. 곧 있으면 거기서 개는 사라질 테고 이석을 닮은 아이들이 그 자리를 차지할 것이었다. 나는 허공에 숨을 뱉으며 빠르게 걸었다. 모욕을 당했다는 생각이 들었고, 그것이 이석이 의도한 바가 아니라는 사실이 더욱 모욕적으로 다가왔다. 한참 그렇게 걷다 보니 어느새 비탈을 오르고 있었다. 오래전 이석과 망고를 산책시키던 기억이 났다. 망고는 두 시간 넘게 산책을 하고도 집으로 돌아가는 길목이면 가지 않겠다고 떼를 썼고, 나와 이석은 조그맣게 자른 간식으로 망고를 달랬다. 집 쪽으로 한 걸음 움직이면 껌이나 육포를 상으로 주는 식이었다. 우리는 그걸 헨젤과 그레텔 놀이라 불렀다. 시간이 지나며 망고는 산책을 마친 뒤 집으로 돌아가야 한다는 사실을 받아들였다. 사람들에게 짖어선 안 된다거나 횡단보도 앞에선 멈춰 서야 한다는 규칙도 알게 됐다. 한때는 그렇게 나의 삶이 자리를 잡아간다고 생각했다. 이석과 함께 망고를 데리고 산책을 다니는 생활을 아주 오래 할 수 있으리라고 믿었고, 언젠가 망고가 떠나면 망고를 대신할 다른 개를 키울 생각도 했으니까. 평범한 사람이라고 해서 반드시 평범한 행복을 누리리라는 것은 아니라는 사실을 모르던 시절의 일이었다. 나는 숨을 몰아쉬며 걸음을 멈추었다. 음식물 쓰레기 냄새가 진동하는 골목에 들어서 있었다. 내게 익숙한 망원동의 어디쯤인 듯했다. 스마트폰을 열어 위치를 확인한 뒤 버스정류장이 있는 쪽으로 다시 걸었다. 신촌으로 가야 했다.

신촌 세브란스의 암 병동 지하에 마련된 상점가는 완전히 달라져 있었다. 그대로 자리를 지키고 있는 가게는 편의점 하나뿐이었고, 나머지 가게들은 전부 간판이 바뀌어 이전에 갔었던 카페며 빵집, 서점은 보이지 않았다. 나는 그 층을 두 바퀴쯤 돌면서 진경 이모에게 무엇을 사 갈지 고민했다. 예전에, 진경 이모와 이곳에서 커피와 샌드위치를 사 먹었던 기억이 났다. 물론 그 가게는 지금 없어졌고, 설사 있다 하더라도 투병 중인 이모에게 그런 것을 사 가서는 안 됐다. 나는 고민 끝에 편의점에서 꿀물 한 상자를 사 들고 병실로 올라갔다. 진경 이모는 팔층에 있는 6인실을 쓰고 있었다. 나는 이모의 병실로 들어가기 전에 공연히 복도 끝에서 다른 끝까지를 걸었다. 이석에 관한 생각을 떨치려고 노력하면서, 그렇게 애쓰는 것조차 이석에 대한 상념인 것을 알지 못하며 멍청하게 걷고 있을 때 누군가가 내 어깨를 가볍게 붙잡았다. 나보다 키가 훌쩍 큰 여자 간호사였다.

"병실 찾고 계세요? 도와드릴까요?"

내가 얼결에 고개를 끄덕이자 간호사는 데스크로 나를 데려갔고, 컴퓨터를 뒤져 이모의 병실 번호를 알려주었다. 나는 더 이상 어정거리지 않고 곧바로 병실로 들어갔다. 이모의 자리는 창가 쪽이었고, 커튼이 둘러져 있었다. 잠들어 있다면 잠깐 나갔다가 다시 와야겠다고 생각했는데 의외로 커튼이 금세 열렸다. 환갑쯤 되어 보이는 여자가 커튼 안에서 나와 종종걸음으로 내 옆을 지나쳤다. 그리고 반쯤 열린 커튼을 너머로 고개를 모로 돌린 채 누워 있는 이모가 보였다.

"이모, 저 왔어요."

나는 환자용 침대 옆에 놓인 간이침대에 걸터앉았다. 이모가 나를 슬쩍 보고는 너 왔구나, 중얼거렸다. 이모는 아주 작아져 있었다. 헐렁한 환자복 위로 드러난 목과 쇄골이 앙상했다. 오래전에 막 깁스를 풀던 이모의 왼쪽 다리가 떠올랐다. 얇아져 핏줄이 비쳐 보이던 다리로 이모는 겨우 걸었다. 나는 잠시 동안 이모의 침대 주변을 둘러보다 무심코 입을 뗐다.

"누구 왔었어요?"

꽃이 담긴 유리병과 그 옆에 놓인 음료 박스를 보고 한 말이었다.

"응. 얘가 참 연락도 없이 불쑥 왔다 갔네."

"친구가요?"

"응, 친구."

나는 뭐라 할 말이 없어 가만히 고개를 끄덕였다. 대신 이모가 다시 입을 뗐다.

"너는 누구 만나고 오는 길이야?"

내가 날씨에 맞지 않는 여름용 원피스와 반발 카디건을 입고 있는 것을 보고 한 말일 터였다.

"저도 친구 만나고 왔어요."

나는 카디건을 추슬러 단추를 채우며 대답했다. 이모가 또 물었다.

"호주는 어때? 여기보다 좀 나아?"

"여기보다는 좋아요. 카페에서만 일해도 돈 많이 벌고."

"좋은 곳인가 보네. 아주 살지 뭐 하러 왔어."

이모는 흐흐 하고 바람 빠지는 소리를 내며 웃더니 또 말했다.

"너는 하고 싶은 거 다 하고 살아. 미루면 안 돼."

"너무 하고 살아서 탈이에요, 저는."

나는 링거를 꽂았던 자국이 선연한 이모의 손등을 쓰다듬으며 대답했다. 그때 반쯤 둘러져 있던 커튼을 누군가 바깥에서 젖혔다. 조금 전에 내 곁을 지나갔던 여자가 거기 서 있었다.

"우리 조카예요. 여기는 나 돌봐주시는 아주머니셔."

이모가 말했다. 내가 일어나 인사하자 여자는 웃으면서 고개를 끄덕거렸다.

"조카두 오구, 오늘 잔치해도 되겠네."

"다 죽어가는 마당에 잔치는 무슨. 나 죽으면 둘이 하세요."

여자와 이모는 함께 웃었다. 나는 얼결에 따라 웃다가 여자의 손에 들린 네모난 상자를 보고 웃음을 멈췄다.

"조카님은 잠깐만 여 와 있어요. 내가 금방 갈아줄게."

여자는 그렇게 말하면서 상자를 열어 내용물을 꺼내들었다. 상자 속에 들어 있던 것은 타원형 모양의 비닐봉투였다. 나는 물러서서 커튼을 당겨 침대를 가려주었다. 여자와 이모는 그 와중에도 농담을 주고받는지 커튼 너머로 웃음소리가 들렸다. 생각해보면 이모는 예전부터 그렇게 우스갯소리를 잘했다. 이모를 태우고 망원과 신촌을 오가면서 정신없이 웃곤 했던 기억이 났다. 그게 스무 살 겨울이니 10년 전의 일이었다. 그해 초겨울에 이모는 술에 취한 채 집 근처 빙판길에서 크게 넘어졌고, 왼쪽 정강이뼈와 무릎을 다쳤다. 뼈가 부러지고 인대가 찢어지는 심각한 부상이었다. 신촌 세브란스에서 수술과 입원 치료를 받은 뒤 다행히 뼈와 인대가 붙은 것이 확인되어 퇴원했지만, 완치되기까지는 시간이 더 필요했다. 1주일에 세 번씩 병원에 가서 상태를 확인하고 재활치료를 받아야 했던 것이다. 그런데 망원에 있는 이모의 집에서 신촌 세브란스까지 가는 것이 문제였다. 버스로 병원을 오가려면 이모가 넘어졌던 비탈길을 목발을 짚고 내려가야 했다. 택시기사들이 좀체 망원동의 복잡한 골목까지 들어오려 하지 않았으므로 택시를 탈 수도 없었다. 마침 운전면허가 있고 평일 낮에 시간이 비던 내가 이모의 운전수로는 맞춤했다. 이모가 퇴원한 지 닷새쯤 지났을 때, 새어머니가 내게 진경 이모 이야기를 꺼냈다. 그즈음 나는 하릴없이 하루하루를 흘려보내고 있었다. 두 학기 내내 문턱이 닳도록 들락거렸던 문학 동아리방에 막 발길을 끊은 참이었다. 세상에는 나보다 똑똑하고 재능 있는 친구들이 많다는 걸 깨달았고, 그렇게 똑똑한 친구들과 더 이상 어울리고 싶지 않다고 생각했다. 겨울방학이 시작되고 나서는 대부분의 시간을 집 안에서 보냈다. 영화를 보거나 책을 읽기도 했지만 그보다는 하릴없이 방 안에서 빈둥거리는 시간이 많았다. 처음 이모와 병원에 다녀오던 날에, 이모는 두어 달 동안만 기사 노릇을 해줄 수 없겠느냐고 내게 물었다. 이미 새어머니에게 전해 들은 상황을 다시 들은 것이었다. 나는 한 번 더 좋다고 대답했다. 이모가 다 나을 때까지 이모의 차를 써도 됐으니 손해 볼 것 없다고 생각하기도 했지만, 그보다는 그것 말고는 할 일이 없었기 때문이었고, 더 정확히 말하자면 무언가 할 일이 필요했기 때문이었다. 그렇게 나는 그 겨울 동안 진경 이모를 태우고 망원동 주택가와 신촌 세브란스 병원을 오가게 됐다.

잠시 후 여자가 비닐봉투와 젖은 솜뭉치를 한 손에 쥔 채 커튼을 열고 나왔다. 다시 이모의 곁에 앉자, 이모가 팔을 뻗어 내 손을 붙잡았다.

"애, 현주야."

"네, 이모."

이모의 손에 힘이 들어갔다.

"다음에 올 때 향수 하나만 좀 사다줄래? 향 너무 진한 것 말고. 그냥 향수."

　새어머니는 기어코 침대를 주문했다. 그건 내 방을 다시 정리해야 한다
는 뜻이기도 했다. 지금의 방에는 침대가 놓여 있던 자리에 이런저런 짐들
이 쌓여 있어 요 하나를 펼치기도 비좁았다. 나는 쌓여 있는 상자와 보따리
중 내 물건이 아닌 것들을 거실로 내놓았다. 내 것으로 분류된 짐들은 내용
물에 따라 다시 한번 버릴 것과 남길 것으로 나눴다. 대부분의 책과 더 이
상 입지 않는 옷, 유통기한이 지나버린 화장품은 버릴 것으로 분류되었다.
남길 것의 목록에 들어간 것은 이석과 함께 살던 시절 사용했던 침실용 스
탠드와 대학생 때 사두었던 시집 몇 권이 전부였다. 그리고 어느 쪽에도 들
지 못한 것으로 망고의 장난감이 있었다. 망고가 너무 많이 깨물어서 다 터
져버린 테니스공 몇 개를 나는 이석과 헤어지면서 챙겨왔었다. 망고를 기
억한다고 가지고 왔던 것인데, 막상 가져와서는 꺼내놓지 않았다. 나는 보
풀이 일어난 공의 표면에서 망고의 털을 한 가닥씩 떼어냈다. 망고의 온몸
을 뒤덮고 있던 노랗고 복슬복슬한 털이었다. 그 털이 어찌나 많이 빠지던
지, 하루라도 청소기를 돌리지 않으면 방바닥에 털 뭉치가 굴러다녔다. 나
중에는 털 붙은 것이 튀어 보이는 검은색 옷은 이석도 나도 사지 않게 되었
다. 망고도 나이가 들었으니 요즘엔 털이 더 많이 빠질 것이었다. 나는 버
릴 옷이 쌓여 있는 더미 위로 터진 공을 던졌다. 옷 더미가 공에 맞아 풀썩
주저앉았다. 아무도 망고 같은 개를 거두지 않을 것이었다.

　한국에서는 할 일이 많았다. 호주로 떠나기 전에 환송회를 열어주었던
친구들을 불러서 술을 마셨고, 10만 원에 가까운 응시료를 내고 공인영어
시험을 접수했으며, 취업 준비생들끼리 하는 스터디에 들어가 첫 모임을

가졌다. 그리고 향이 진하지 않은 향수를 찾아다녔다. 그건 생각보다 어려운 일이었다. 향수들은 제각기 화사하거나 시원하거나 달콤한 향을 풍겼는데, 그 모든 냄새들은 하나같이 짙고 독했다. 이모가 내게 부탁했던 것은 그저 탈취제 대용으로 쓸 만한 향수라고 생각하면서도 나는 고르기를 멈출 수 없었다. 동네에 있던 화장품 가게로는 성에 차지 않아 백화점 향수 코너까지 둘러봤지만 역시 마음에 드는 물건을 찾지는 못했다. 그렇게 향수를 고르다가 집으로 돌아오면 시향한 향수들의 냄새가 옷과 머리카락에 배어 있었다. 그리고 그 모든 냄새들은 이모와 무관하게 느껴졌다. 내가 알고 있는 한 이모는 향수를 뿌리는 사람이 아니었다. 오히려 자신을 꾸미는 일에 서투르고 어색한 편이었다. 언제나 짧은 커트머리를 고수했고 화장도 거의 하지 않았다. 이모가 가장 멋을 낸 모습을 보았던 건 오래전 함께 갔던 결혼식에서였다. 이모의 친구가 결혼하던 날이었는데, 그날만큼은 이모도 제법 신경을 썼다. 오전에 이모와 나는 미용실에 가서 화장을 하고 머리를 다듬었다. 둘이 나란히 앉아 있는데 미용사 한 명이 다가와 우리가 무척 닮았다고 말해주었던 기억이 있다.

토요일 아침의 아파트 단지는 고요했다. 나는 아파트 현관 앞에 아버지의 세단을 세워놓고 이석과 망고를 기다렸다. 열어둔 창으로 찬송가 소리가 아주 작게 들려왔는데 교회는 보이지 않았다. 나는 이석에게 현관 앞에서 기다리는 중이라고 문자메시지를 보낸 뒤 핸드폰을 옆 좌석에 내려놓았다. 멀리서 보행 보조기구를 짚은 노인이 천천히 이쪽으로 다가오고 있었다. 나는 망고에게 걸어줄 새 목줄을 만지작대며 노인을 지켜봤다. 노인이 내 시야를 지나쳐서 보이지 않게 되었을 때 핸드폰이 울렸다.

'지금 망고랑 내려가.'

'엘리베이터 탄다.'

이석의 문자메시지 두 통이 연달아 수신됐다. 마치 우리가 지금 영화라도 한 편 보러 간다는 투로 이석은 말하고 있었다. 나는 목줄을 양손으로 팽팽히 당겼다. 이제 이석과는 완전히 끝이었다. 물론 이석의 입장에서는 진작 정리된 관계였겠지만 나에게는 여기, 이석의 신혼집 코앞까지 온 이곳이 마지막 장이었다. 잠시 후 이석이 현관 밖으로 나왔다. 한 손에는 망고의 목줄을 쥐고, 다른 한 손에는 큼직한 더플백을 들고 있었다. 내가 차에서 내리자 망고가 꼬리를 흔들고 앞발을 공중에 버둥거리며 나를 반겼다. 망고는 여전히 나를 좋아했다. 나는 다가가서 망고의 따뜻한 이마를 쓸어주었다.

"고마워."

"고마워야지."

나는 이석이 넘겨준 목줄을 손에 쥐었다.

"이거는 사료랑 장난감 담은 거야. 가져가."

이석이 더플백의 지퍼를 열어 내용물을 보여주며 말했다. 나는 그것을 트렁크에 실었다.

"이제 가."

나는 말했다. 이석이 텅 빈 가방을 움켜쥔 채 잠시 그대로 서 있었다. 대학 시절처럼 청바지에 맨투맨 티셔츠를 입은 모습이 낯설지 않았다. 나는 잠시 동안 이석을 바라봤다. 유난히 작던 발과 처진 어깨, 쌍꺼풀 없이 긴 눈을 오랫동안 기억하고 싶었다.

"먼저 가. 너 가는 거 보고 갈게."

이석이 말했다. 나는 망고의 목줄을 풀어 이석에게 건넸다.

"이거 갖고 먼저 올라가."

이석은 때가 탄 목줄을 들고 잠시 서 있다가 뒤돌아서 아파트 현관 쪽으로 걸어갔다. 나는 망고에게 새 목줄을 채워주었다. 망고는 이석이 가버린 것도 아랑곳없이 꼬리를 흔들며 내 손을 핥아주었다. 나는 망고와 함께 이석이 사는 아파트를 빙 돌기 시작했다. 이석과 이석의 아내가 몇 번이고 걸었을 길이었다. 망고는 화단에 심어놓은 나무 밑동마다 다가가 냄새를 맡았고 그중 몇 개의 나무에는 오줌을 뿌렸다. 그렇게 걷고 나서 세워두었던 차가 보이는 곳으로 되돌아왔을 때, 아파트 현관에서 이석이 다시 나왔다. 여자와 함께였는데, 여자는 당연히 이석의 부인일 터였다. 나는 걸음을 멈추고 망고의 목줄을 바짝 짧게 잡았다. 다행히 망고는 이석 부부를 보지 못한 채 땅바닥 냄새를 맡느라 분주했다. 이석이 아파트 현관에서 조금 떨어진 곳에 주차되어 있는 흰색 승용차 운전석에 올라탔다. 여자는 조금 떨어진 채 이석이 나란히 서 있는 차들 사이로 후진하는 풍경을 지켜봐주었다. 손으로 차양을 만들어 해를 가리고 있었으므로 얼굴이 제대로 보이지는 않았지만, 나는 여자가 웃고 있다는 것을 분명히 알 수 있었다. 이석의 차가 넓은 공간으로 완전히 빠져나오자 여자도 조수석에 올라탔다. 망고가 없는 주말을 누리러 어딘가로 떠나는 모양이었다. 나는 차가 코너를 돌아 보이지 않게 될 때까지 지켜보았다. 그리고 망고와 함께 아파트를 한 바퀴 더 돌았다.

나는 결국 향수를 사지 못한 채 진경 이모를 다시 찾았다. 이번에는 새어머니, 아버지와 함께였다. 일요일이라 문병을 온 사람들로 병실이 복닥거렸다. 진경 이모의 침대 옆에도 누군가가 앉아 있었는데, 이모와 나이가 비슷해 보이는 여자였다. 이모가 여자를 소개했다.

"여기는 선우라고, 친구예요."

이모가 우리를 보고 말했다.

"여기는 우리 언니랑 형부고, 얘는 조카야. 너 결혼식 때 얘가 나 데려다 줬다."

우리는 서로 허리를 굽혀가며 인사했다. 나는 10년 전에 보았을 여자의 예전 얼굴을 떠올려보려고 했다. 이모와 결혼식에 갔던 날은 기억이 나는데, 신부에 대해선 생각나는 것이 없었다. 내 기억으로 이모는 신부를 따로 찾아가 인사를 하지 않았다. 돌이켜보면 그건 이상한 일이었다. 아픈 몸을 이끌고 거기까지 가서 얼굴 비춘 티도 내지 않고 식장을 나와버린 셈이니까. 그러고 보니 그날 이모는 친구들끼리 사진을 찍을 때에도 빠져 있었고 식이 끝난 뒤 식사도 하지 않았다. 내가 그런 생각에 골똘해져 있는 사이 여자가 외투와 가방을 챙겨 일어섰다.

"더 있다 가지 그래요. 우리가 괜히 왔는가 보네."

새어머니가 말했다.

"이제 애들 올 때가 돼서 안 그래도 가보려고 했어요. 말씀들 나누세요."

여자는 그렇게 말한 뒤 이모의 한쪽·손을 잠시 잡았다. 그리고 잰걸음으로 병실을 빠져나갔다. 이모는 비스듬히 세워놓은 침대에 등을 비스듬히 기대고 있었다. 지난 방문으로부터 고작 1주일쯤 지났을 뿐인데, 이모의 얼굴은 그새 더 마르고 파리해진 듯했다. 이모의 시간이 점점 빨라지고 있다는 사실이 실감 났다. 오래전, 또 다른 암 병동에 누워 있던 엄마를 나는 잠깐 동안 생각했다. 입원 후 엄마의 시간은 걷잡을 수 없이 빨라졌다. 이제 이모의 시간도 그렇게 흘러갈 터였다. 나는 이모가 덮은 얇은 이불을 잠시 잡았다가 놓았다. 그리고 트렌치코트 주머니에 손을 넣어 향수 상자를 만지작댔다. 향수는 짐을 정리하면서 찾아낸 것으로, 예전에 내가 이석에게 주려고 샀던 것이었다. 이미 관계가 끝나갈 무렵 나는 선물을 전하는 것으로 이석의 마음을 돌리려고 했었다. 그러나 어떤 이유에선지 끝내 전해주지 못했고, 향수는 포장된 그대로 서랍 구석에 남겨졌다.

"이모, 전에 부탁한 거 가져왔어요."

아버지와 새어머니가 잠시 자리를 비운 사이 내가 말했다.

"향수 말이야?"

나는 이모에게 향수 상자를 건네줬다. 이모가 포장을 뜯고 향수병을 꺼냈다. 병은 투명했고 떨어지는 물방울의 모양을 하고 있었다. 이모가 허공에 대고 향수를 뿌렸다. 햇빛 속에서 아주 작은 물방울들이 떠올랐다가 가라앉았다. 축축한 비 냄새가 났다. 나는 이모와 나란히 앉아 이모의 친구를 올려다보던 일을 생각했다. 신랑 신부가 입장하는 단 바로 옆자리에 우리는 앉아 있었다. 제법 유명한 발라드 가수가 참석해 축가를 불러주었고, 나는 가까이서 연예인을 보게 되어 기뻐했다. 가수는 당시 유행하던 창법대로 아주 낮은 목소리로 노래했다. 돌이켜보면 경쾌한 가사의 축가를 그렇게 낮은 톤으로 부르는 것은 좀 이상한 일이었는데, 그때는 그렇게 생각하지 못했다. 그리고 내 옆자리에서 이모는 허밍으로 축가를 따라 불렀다. 나는 물론 테이블 건너편에 앉아 있는 노부부에게도 들릴 만한 소리였으므로 나는 당황했다. 그때 우리는 신부 측의 친척들과 함께 원탁에 둘러앉아 있었다. 안내를 맡은 남자가 식장 구석에 서 있던 우리를 그쪽으로 데려다주었다. 이모가 목발을 짚고 선 모습을 보고 한 행동이었을 텐데, 이모는 한동안 앉지 않겠다고 고집했다가 남자가 포기하고 돌아가자 뒤늦게 자리에 앉으려고 목발을 짚고 원탁 사이를 걸어갔다. 그때는 이미 예식이 시작되기 직전이라 우리의 움직임은 모두의 눈에 띄었을 터였다. 우리가 자리에 앉자마자 식장의 조명이 어두워지고 식이 진행됐다. 이모는 무심한 얼굴로 아직 신부와 신부의 아버지가 걸어가지 않은 단 위쪽을 가만히 올려다보고 있었다. 신랑 신부가 맞절을 하고 주례사를 할 때에도 이모는 식장의 텅 빈 구석을 그렇게 바라보았다. 그날의 기억은 그게 전부다. 아버지와 새어머니가 꽃이 담긴 화병을 들고 병실로 돌아왔다. 이미 시들어 끝부분이 말려들어간 꽃잎에 물방울이 매달려 있었다. 결혼식에서 이모가 마음이 상해 있던 이유와, 이모에게 꾸준히 문병을 오는 친구에 대해 나는 잠시 동안 생각했다.

"시들었는데."

이모가 화병을 올려다보며 중얼거렸다.

"버릴까요?"

내가 묻자 이모가 고개를 끄덕였다. 나는 화병을 들고 병실을 나와 병원 지하로 내려갔다. 지하 1층의 상점가에서 다른 꽃을 살 작정이었는데, 내려가보니 꽃 가게가 사라지고 없었다. 지난 방문 때 확인했던 일을 그새 까맣게 잊어버렸던 것이다. 나는 빈 병을 들고 오래전 이모와 함께 왔던 곳을 천천히 걸었다. 오래전 이모를 처음 보았던 일이 떠올랐다. 아버지와 새어머니의 결혼식을 대신해 가진 저녁 식사 자리에서였다. 커다란 소갈비 식당에 양가 친지가 모였다. 양가 친지라고 해봤자 모인 사람들은 서른 명이 채 안 됐고, 새어머니 쪽에서 참석한 사람은 진경 이모를 포함해 열 명 남짓이었지만, 나는 그들을 받아들이기가 힘겨웠다. 그날 나는 몰래 자리를 빠져나왔다. 엄마가 죽고 나서 채 3년이 지나지 않은 시점이었다. 모든 것이 너무 빠르게 변한다고 생각했다. 나는 길 건너편 버스 정류장에 앉아 식당의 넓고 깨끗한 유리를, 그 속에서 먹고 떠드는 어른들을 말없이 노려보았다. 제법 시간이 지났는데 아무도 나를 찾지 않는다는 사실이 견딜 수 없이 서글프게 느껴질 때쯤, 진경 이모가 길을 건너 내게로 왔다. 어정쩡한 단발에 운동화와 구두의 중간쯤 되는 못생긴 신발을 신은 채였다. 그때가 진경 이모와의 첫 만남이었다. 우리는 한동안 그렇게 앉아 있다가 다시 식당으로 돌아갔다. 별다른 대화를 나누거나 하지도 않았다. 나중에 이모를 차에 태우고 망원과 신촌을 오가던 때에도 이모는 그날의 일을 다시 이야기한 적이 없다. 하지만 이모는 그날을 잊지 않았을 것이다. 그렇기에 어느 저녁, 내게 전화를 걸어 친구의 결혼식에 함께 가달라는 말을 할 수 있었을 것이다.

나는 시든 꽃을 버린 다음 암 병동 지하를 한 바퀴 더 돌아보았다. 그리고 이모가 누워 있는 병실로 돌아갔다. 가서 망고를 다시 만난 이야기를 해줘야겠다고 생각했다.

개조된 거리에 나는 없었다

정은경(중앙대학교 문예창작학과 교수)

서장원의 문체는 매혹적이다. 무심한 듯 흐르는 문장들을 따라가다 보면 어느새 그가 만들어놓어 세계에 흠뻑 발을 적시게 된다. 그의 문체는 무채색의 독특한 톤을 지니고 있다. 체념의 정서랄까, 세계에 대해 관조적인 태도를 지니고 있으면서도 냉소적이거나 차갑지 않다. 무엇보다 그의 체념은 비관이나 절망 쪽에 있지 않고 은밀한 욕망 혹은 간절한 소망을 동반하고 있다는 점에서 이채로운 빛깔을 띤다. 사랑, 혹은 세속적 욕망에서 일찌감치 포기를 선언한 자의 쓸쓸한 몸짓과 우울의 색조를 띠고 있지만, 젊고 싱싱한 에너지에 휩싸인 그 무채색은 시위의 활처럼 팽팽하고 매혹적이다. 화려하고 생동감 넘치는 정념 위에 얹혀 있는 서장원의 모노톤은 그래서 더 애잔하고 마음을 끈다.

「망원」은 이러한 서장원 문체의 매력을 아낌없이 보여주고 있는 작품이다. 이야기의 얼개는 간단하다. 화자이자 주인공인 '나'가 과거 연인으로부터 메일을 받고, 연인을 만나 그들이 함께 키우던 반려견을 넘겨받는다. 그리고 한편에는 암 투병 중인 이모의 이야기가 있다. 두 개의 서사는 별개인

듯 흘러가지만, 읽다 보면 이 두 서사의 밑에 흐르는 정서가 한 곳에 합류하는 것을 느끼게 된다. 호주로 워킹홀리데이를 떠난 주인공 화자 '나'는 귀국하기 전에 과거 연인이었던 이석으로부터 메일 한 통을 받는다. 함께 갔던 카페에 우연히 들렀다 생각났다는 메일 끝에는 '물어볼 것이 있으니 한국에 오면 한 번 보고 싶다'는 문장이 달려 있다. '보고 싶다는 술어에 방점을 찍으며' 연인의 메일을 읽는 '나'의 심정의 저류에는 그리움, 그리고 어떤 새로운 희망 같은 것이 일렁이고 있음을 독자는 짐작할 수 있다. '나'는 귀국 직후 낡았으나, 시공간을 바꾸어 새로워진 어떤 설렘으로 이석을 만난다. '망원'은 그와 같은 마음을 보여주는 공간으로. 낡은 거리였으나 주택을 개조한 카페나 술집이 즐비한 힙한 거리로 변신한 망원의 모습에 '나'는 깜짝 놀란다. 달라져서 새로워진 망원처럼, '나'는 2년의 단절, 호주에서의 고독과 귀국을 통해 조금은 다른 모습을, 그리고 이석에 대한 새로워진 마음을 담게 되었을 것이다.

오랜 해외여행 뒤에 다시 만나는 고국은 새롭다. 과거 지루하게 느껴졌던 익숙함은 친근함으로 바뀌고, 과거 보지 못했던 것들을 발견하는 즐거움은 분명 여행의 또 다른 선물일 것이다. 그 조심스럽게 설레는 마음이 현주를 망원 거리에 가뿐한 걸음으로 나서게 했을 것이다. 한편에는 '어쩌면 돈을 빌리려는 것일지도 모른다' '다단계 업체에 몸담고 있을지도 모른다'는 의혹을 안전장치처럼 품고. 그러나 개조한 거리에서 다시 해후한 이석은 그녀에게 그들이 같이 키우던 '망고'를 영영 맡아줄 수 있느냐고 묻는다. 현주가 그 이유를 묻자 건너온 답은, 와이프가 개를 싫어한다는 것. 현주가 품었던 일말의 기대가 일순간 무너지고 만다. 망고를 맡아줄 수 있는 가보다 그녀에게 더욱 충격적인 것은 이석이 결혼을 했다는 사실이다. "결혼했구나"라고 말하는 그녀에게 이석은 당황해하며 "몰랐구나, 나는 그래도 건너 건너 들었을 줄 알았어"라며 망고 건을 잊으라고 말한다.

　　그렇게 이석과 헤어지고 난 후 '나'는 뒤늦게 어떤 모욕감을 느낀다. 날씨에 맞지 않는 여름용 원피스를 입고 나선 그녀의 마음이 여지없이 배신당했기 때문이다. 이석이 그것을 의도하지 않았기 때문에 더 모욕적이라고 느낀 그녀는 홀로 품었던 마음을 빠르게 정리한다. '개조'된 것은 '나'의 마음일 뿐, 그녀와 이석의 관계는 아니었던 것이다. 그러나 이 단절과 무관하게 쉽게 떨쳐버릴 수 없는 것이 그녀를 사로잡는다. 젊은 신혼부부의 눈치를 보는 늙은 개 망고이다. 망고는 과거 유기견 보호소에서 이석이 데리고 온 개이지만, 그들이 동거하는 동안 일상을 함께했던 가족 같던 존재이다. 그런 망고가 새로 들어온 여인으로부터 배척당한다는 것을 '나'는 견딜 수 없다. 그리고 '망고'를 둘러싼 이러한 갈등과 동요는 고스란히 '현주'의 가족 내력에 섬세하게 겹쳐진다.

　　호주에서 귀국한 현주는 집으로 들어가게 된다. 그곳에는 아버지와 새어머니가 살고 있다. 오래전 어머니가 병으로 사망하자 아버지는 새 가족을 꾸렸던 것이다. 새어머니는 창고나 다름없는 현주의 방을 치우고 새롭게 침대를 주문하는 등 살뜰하게 챙기지만 그들의 집에서 현주가 '망고' 같은 처지임을 부정할 수는 없다. 신혼부부에게 짐이 되어버린 '망고'를 현주가 떠안게 되는 것은, 이러한 내밀한 감정과 연결되는 것이다. 새로운 가족관계에서 어쩐지 서걱이는 존재, 그 미묘한 소외감을 '망고'가 대변하고 있는 것이다. 결국 현주는 아버지의 세단을 몰고 이석의 망원동 신혼집으로 간다. "지금 망고랑 내려가" "엘리베이터 탄다"라며 이석이 보낸 문자에는 망고를 처분하는 홀가분과 새로운 기대가 일렁이지만, 현주는 홀로 또 한 번의 이별을 겪고 있는 중이다.

　　나는 목줄을 양손으로 팽팽히 당겼다. 이제 이석과는 완전히 끝이었다. 물론 이석의 입장에서는 진작 정리된 관계였겠지만 나에게는 여기, 이석의 신혼집 코앞까지 온 이곳이 마지막 장이었다. 잠시 후 이석이 현관 밖으로 나왔다. 한 손에는 망고의 목줄을 쥐고, 다른 한 손에는 큼직한 더플백을 들고 있었다. 내가 차에서 내리자 망고가 꼬리를 흔들고 앞발을 공중에 버둥거리며 나를 반겼다. 망고는 여전히 나를 좋아했다. (…)

"이제 가."

나는 말했다. 이석이 텅 빈 가방을 움켜쥔 채 잠시 그대로 서 있었다. 대학 시절처럼 청바지에 맨투맨 티셔츠를 입은 모습이 낯설지 않았다. 나는 잠시 동안 이석을 바라봤다. 유난히 작던 발과 처진 어깨, 쌍꺼풀 없이 긴 눈을 오랫동안 기억하고 싶었다.(220쪽)

현주는 이석의 발과 어깨, 눈을 포옹하듯 바라보고 떠나보낸다. 이석에게 오래된 목줄을 건네주고, 망고에게 새로운 목줄을 채워주면서 현주는 이석을 완전히 놓아준다. 그녀와 그녀와 함께했던 망고와 그 모든 추억으로부터. 망고와 망원 거리를 산책하던 현주는 멀리서 이석이 아내와 함께 차를 타고 어디론가 가뿐하게 떠나는 모습을 목격한다. 개조된 동네와 집에 '나'와 '망고'의 자리는 없었던 것이다.

이 슬픈 로맨스에 또 다른 서사축인 이모 이야기가 딴청 부리듯 슬며시 끼어든다. 이석과 망원에서 헤어진 후, '나'는 쓰린 마음을 안고 세브란스 병원에서 암 투병 중인 진경 이모를 찾아간다. 진경 이모는 새어머니의 여동생이지만, 이 둘은 어떤 마음의 끈으로 이어진 듯하다. 10년 전 빙판길에서 넘어져 골절을 당한 진경을 위해 현주가 운전기사 노릇을 했던 두어 달이라는 절대적 시간이 각별하게 작용했을 것이다. 그 시간에는 망원동 주택가와 세브란스 병원의 거리와 풍경뿐 아니라, 진경 이모 삶에서 중요했을 어떤 장면과 마음의 진폭도 담겨 있다. 그즈음 목발을 짚은 이모와 함께 '나'는 이모 친구의 결혼식에 가게 된다. 늘 투박한 이모가 정성스럽게 화장을 하고, 가수가 부르는 축가를 다소 큰 소리로 흥얼거리고, 식장의 텅 빈 구석을 가만히 올려다보던 이모를 '나'는 기억한다. 그리고 이모의 그

동요와 부산스러움과 먹먹함에서 어떤 상심을 읽어낸다. 암으로 점점 쇠약해져가는 이모를 찾아 꾸준히 문병 오는 친구, 그 친구에게 그 결혼식 장면이 오버랩된다. 이들 관계와 이모의 상처의 구체적인 내막에 대해서, 작가는 아무런 암시를 하지 않는다. 그러나 분명한 것은 이모가 버림받아 울고 있는 것 같은 장면을 '나'는 보았고, 함께 있었다는 것이다. 그리고 이 문장은 더 오래된 기억에 의해 다시 한번 반복된다.

어머니가 돌아가시고 재혼하게 된 아버지는 결혼식 대신 양가 친지를 모시고 저녁 식사 자리를 갖는다. 새어머니 쪽 친지들은 열 명 남짓이었으나 그들을 받아들이기가 힘겨웠던 '나'는 몰래 그 자리를 빠져나온다. "제법 시간이 지났는데 아무도 나를 찾지 않는다는 사실이 견딜 수 없이 서글프게 느껴질 때쯤", 어정쩡한 단발에 못생긴 신발을 신은 진경 이모가 내게로 오는 것을 본다. 둘은 별다른 대화를 나누지 않았고 그 뒤에도 그에 대해 말한 적이 없으나, 그 순간을 잊지 않는다. 그러니까 "누군가 버림받아 울고 있는 것 같은 장면을 보았고, 함께 있었다"는 문장은 이모에 의해 먼저 수행되었던 것이다. 그리고 이 문장은 다시 한번 더 크게, 현재적으로 반복되면서 작품 전체를 움켜쥔다. 망고가 버림받아 울고 있는 것 같은 장면을 '나'는 보았고, '나'는 그 늙은 개와 함께했다. 그렇게 버려진 늙은 개와 죽어가는 진경 이모, 새 삶을 꾸린 연인으로부터 버림받은 '나'가 함께 있는 그림이 이 작품의 전말이다. 이 버려진 존재들이 함께 있는 장면은 소설 끝에서 현주가 버린 '시든 꽃'처럼 파리하고 무력하다. 그러나 무채색의 이 쇠잔한 그림 밑에는 저렇듯 겹겹이 시간과 육체를 동반한 사연들과 열망, 좌절이 묻혀 있다. 그것이 서장원의 차가운 그림에 깊은 슬픔과 생기, 따뜻한 밀도를 입히고 있는 결들이다. 망원처럼 개조된 거리와 가족, 관계는 새롭게 번쩍이지만, 그곳에 나의 자리는 없다. 「망원」은 그 빈 자리에 대한 애도이다.

치즈 달과 비스코티

이유리

1990년 출생. 2020 『경향신문』 신춘문예 단편
소설 부문으로 작품 활동 시작.

치즈 달과 비스코티

정시에서 5분 정도 지났을 때 남색 재킷을 입은 남자가 들어왔다. 그리고는 모두에게 펜과 종이를 하나씩 나눠주었다. 의사, 또는 치료사라는 직업을 가진 사람들은 모두 환자의 시간을 개똥으로 여기라는 교육을 받는 게 틀림없다. 나는 내게 종이를 내미는 남자의 털투성이 손을 노려보았다. 그러다가 그게 얼마나 이상하게 보일지 생각하고 곧 시선을 돌렸다. 내 정신은 멀쩡했고 절대로 환자처럼 보이고 싶지 않았다. 그런데 그렇게 생각하고 나면 으레 그렇듯, 이번에는 시선을 어디에 두어야 정상적인 사람처럼 보일지 혼란스러워지기 시작했다.

종이를 다 나눠준 남자가 맨 앞으로 돌아가서 말했다.

"여러분, 안녕하세요!"

이미 반수가 넘는 사람들이 남자보다는 종이와 펜에 더욱 큰 관심을 보이고 있었다.

"오늘부터 여러분과 함께 글쓰기 치료를 진행할 미트볼 스파게티입니다. 그냥 미트볼이라고 불러주세요. 여러분을 만나서 정말 기쁩니다."

남자는 그렇게 말하고 과장된 동작으로 꾸벅 절을 했다. 자기가 엄청나게 웃긴 농담을 해냈다고 믿는 개그맨처럼. 물론 아무도 웃지 않았다. 나는 남자의 말이 재미있기보다는 안쓰러웠고, 그런 내 기분을 충분히 담은 표정을 지은 채 옆자리 여자를 쳐다보았다. 마침 그 순간 여자는 입에서 뭔가를 푸 소리 내어 뱉고 있었다. 딱딱한 것이 종이 위에 톡 떨어졌다. 손톱 조각이었다.

남자는 이런 반응은 이미 예상한 것이었으며 자신은 하나도 신경 쓰지 않는다는 듯이 말을 이어갔다.

"겁내지는 마세요. 그냥 친구를 만들러 나왔다고 생각하세요. 여러분은 서로 짝을 정하고 대화를 주고받게 될 겁니다. 그게 전부예요. 저는 여러분의 피를 뽑거나 뇌에 전극을 달지 않을 거예요."

남자가 바보 같은 미소를 지었다. 나는 두 번째로 슬퍼졌다. 하지만 이번에는 공감을 바라는 표정으로 주변을 두리번거리는 대신, 그냥 남자를 빤히 바라보는 쪽을 택했다.

"오늘은 자기 닉네임을 짓는 걸로 시작합시다. 좋아하는 음식, 좋아하는 인물, 뭐라도 상관없어요. 앞으로 여기서는 서로 그 이름으로만 부르는 겁니다. 오 분 드릴게요."

빈 종이 위에서 볼펜을 빙빙 돌리며, 나는 글쓰기 말고 수영이나 합창 치료를 받을 걸 그랬다고 후회했다. 하지만 내 배는 30대 중반의 남자인 걸 감안하고도 심하게 불룩했고 남들 앞에서 노래를 부른다는 건 생각만 해도 끔찍했다. 꼼짝없이 흰 종이로 돌아올 수밖에 없었다. 다행스럽게도 나는 직업상 이런 상황을 아주 많이 겪곤 해서 면역이 있었다. 뭔가 써야 하지만 아무것도 써지지 않는 상황에 써먹기 좋은 몇 가지 묘책. 나는 그중에서 '마감 시간이 임박할 때까지 아무것도 하지 않기'를 선택했다. 4분이 남았다.

방에는 열 명 남짓한 사람들이 둥글게 앉아 있었다. 특별히 정신 나간 것처럼 보이는 사람은 한 사람뿐이었다. 나눠준 종이를 받자마자 잘게 찢어 캠프파이어라도 하려는 듯 높이 쌓아놓은 여자였다. 치료사가 우연히 그 사람 옆을 지나가는 척하며 종이를 한 장 더 주었다. 나는 이런 치료들이 대부분 어떻게 흘러가는지 잘 알고 있었기에, 제발 저 사람과는 파트너가 되지 않길 기도했다.

잠시 후(4분보다 더 긴 시간이 흐른 뒤) 치료사가 종이를 걷어갔다.

"제가 호명하면 일어서서 간단하게 자기소개를 해주세요. 짧게 한마디로 하셔도 됩니다. 정 어려우시면 안 하셔도 되고요."

자기소개. 긴장감에 배 속이 싸늘해지는 것이 느껴졌다. 자기소개란 정상인에게도 매우 어려운 일이다. 차라리 막춤을 추라거나 옷을 벗으라는 요구가 나을지도 모른다. 그러면 요구한 사람을 미친놈 취급할 수 있으니까. 하지만 자기소개는 이 사회를 살아가는 일반적인 사람들에게 꼭 필요한 절차이다. 바로 그 점이 자기소개가 어려운 이유겠지만.

"요구르트 젤리 씨."

치료사가 호명했다. 구석쯤에서 어려 보이는 여자가 비틀거리며 일어났다.

"안녕하세요요구르트젤리를제일좋아하고요특히블루베리가들어간게제일좋아요또콜라맛도좋아하고요어제는후추맛을먹었어요."

여자는 이 모든 말을 아주 빨리 했다. 말을 하는 게 아니라 그저 지저귀고 있는 것 같을 정도였다. 그렇지만 치료사는 여자에게 부드럽게 웃어 보였다.

"수고하셨어요. 아주 잘해주셨어요. 저도 젤리 엄청 좋아해요. 혹시 스웨덴에 가게 되면 스웨디시 젤리를 꼭 드셔보세요. 진짜 맛있답니다. 그럼 다음, 콩 통조림 씨."

이런 식으로 몇 명의 사람들이 호명되고 각자 이상한 소리를 늘어놓는 동안, 나는 내 차례가 되면 뭐라고 해야 할지 고민했다. 나는 매우 평범하고 정상적이며 아무 정신적 질환이 없다는 것을 어떻게 알려줄 수 있을까. 수많은 말들이 떠오르긴 했지만 곱씹어 생각해보면 약간 정신 나간 놈처럼 들릴지도 모르겠다 싶은 것들뿐이었다. 결국 내가 호명되었을 때("마법의 선인장 씨?") 나는 일어났고 이런 말을 했다.

"마법의 선인장이라는 필명으로 패션지에 이달의 별자리 운세를 연재하고 있는 사람입니다. 혹시 잡지를 구독하고 싶으시면 말씀만 하세요. 1년 구독하시면 30퍼센트 싸게 드릴 수 있으니까요. 취미는 여행이고 최근엔 어머니와 나트랑에 다녀왔어요. 베트남이요. 참 좋더라고요. 저는 이 근처에 사니까 친하게 지내면 좋겠군요. 가끔 맥주가 마시고 싶다거나 그저 심심하실 때 산책하실 사람이 필요하실 수도 있잖아요."

여기까지 말하고 나서야 나는 내가 떠들어댄 모든 것들이 매우 비정상적인 얼간이 같다는 것을 깨닫고 자리에 앉았다. 심지어 그것들의 대부분은 거짓말이었다. 나는 잡지 정기구독권을 할인해줄 수도 없고, 여행을 좋아하지도 않으며, 이 근처에 살지도 않는다. 덧붙여서 여기 앉아 있는 사람들과는 더 이상 한마디도 섞고 싶지 않았다. 친구가 된다니 어림없는 소리였다. 이 중 누군가가 나한테 맥주를 마시자고 하면 나는 그 사람의 귀를 물어뜯을지도 모른다.

"별자리 운세라니 정말 특이한 직업을 가지셨네요. 점성술사라고 하나요, 그런 걸? 저는 쌍둥이자리인데 이번 달 제 운세는 어떤가요?"

쌍둥이자리들은 오늘 하루가 끝나기도 전에 전부 끔찍하게 죽을 겁니다, 라고 대답하는 대신 그냥 수줍게 웃어 보일 수 있는 정도의 이성은 남아 있었다. 자연스럽게 차례가 넘어갔다. 나는 남들의 소개에 귀를 기울이는 척하며 여기 있는 모두가 기억상실증에 걸렸으면 하고 생각했다. 아마 나는 오늘 하루의 나머지 전부를 이 바보 같은 짓을 되새기며 괴로워하게 될 것이다. 하지만 한편으로는, 내가 오바마나 마틴 루터 킹에 비견할 만한 연설 솜씨를 가졌다고 해도 자기소개를 하고 나면 약간은 이런 감정을 느낄 것 같다는 생각도 들었다. 그러자 지금 내가 느끼고 있는 부끄러움이 매우 정상적이고 평범한 것처럼 느껴졌다.

비록 이런 사람들 틈에 섞여 앉아 있긴 하지만 나는 아주 멀쩡한 사람이고 어떤 정신병도 갖고 있지 않다(물론 현대인들이 모두 갖고 있는 약간의 편집증을 제외하고). 나는 돌과 이야기할 수 있다. 내가 여기 앉아 있는 이유는 단지 그것뿐이다. 믿겨지는가? 사람들 대다수가 할 수 없는 것을 할 줄 아는데, 칭송과 존경은커녕 미친놈 취급을 받는다는 게 말이다.

내가 이 치료 코스에 들어가기로 결정했을 때 어머니는 울면서 기뻐했다. 사실 이건 어머니의 환갑 선물을 겸해 내린 결정이었다. 생일 선물로 정신병원에 다니기로 했다는 게 좀 우습게 들릴 수도 있다는 거 안다. 하지만 나는 10여 년 전에 딱 한 번 정신과를 방문한 뒤로는 현대의학의 어떤 도움도 구해본 적이 없었고, 어머니는 나 때문에 가슴이 아파 돌아버릴 지경이라고 입버릇처럼 말하곤 했었다. 내가 결혼을 못 하는 것과 변변찮은 직업을 갖지 못하는 것, 심지어 살이 찐 것까지 모두 그놈의 정신병 탓이라는 거였다. 물론 말도 안 되는 얘기다. 나는 그저 햄버거와 피자를 좋아하는 독신주의 기고가일 뿐이다.

물론 어머니는 나를 그냥 내버려두지는 않으셨다. 나는 외출했다가 집에 돌아왔을 때 어머니가 웬 낯선 사람과 함께 차를 마시고 있는 광경을 종종 볼 수 있었다. 어머니의 손에는 눈물을 닦는 데만 사용하는 실크 손수건이 쥐어져 있고, 내가 현관에 서서 신발을 벗는 동안 어머니는 떨리는 목소리로 말한다.

"이분은 널 위해 오신 심리상담가셔. 이분과 잘 얘기해보렴."

그리고는 티테이블에 열 사람이 먹어도 남을 양의 과자와 과일을 갖다 준 뒤, 안방에 들어가 조용히, 하지만 또렷하게 들리는 소리로 흐느끼는 것이다. 젠장, 진짜 울고 싶은 건 나다. 하지만 나는 손수건 대신 과자를 집어 들고 포장을 벗긴다. 와작와작.

이런 일이 반복되자 나는 자칭 '심리상담가'라는 사람들의 사업 구조를 어느 정도 파악할 수 있게 되었다.

"그래, 어머니께 대충 들었어요. 돌이 말을 한다구요?"

심리상담가들은 대부분 말수가 적고, 그나마 하는 말도 모두 빙빙 돌려 요점을 피한다. 그러면서 내게 대화를 이끌어내려는 수작인 것이다. 언제 부터 들었나요? 왜 그게 들린다고 생각하나요? 그게 들릴 때의 기분은 어떤가요?

방문에 귀를 대고 듣고 있을 어머니를 위해, 나는 그 모든 허섭스레기 같은 질문에 성의 있게 답한다. 그러면 그들은 노트에 무언가를 끼적거리며 찡그리는 동시에 미소를 지으려는 것 같은 기괴한 표정을 짓는다. 나는 그들이 '환자의 증세를 분석하고 있을 때' 그런 표정을 한다는 것을 금세 알아차렸다.

곧이어 그들은 똑같은 질문을 한다. 토씨 하나 틀리지 않는다.

"왜 당신에게만 그게 들린다고 생각하나요?"

그렇다. 이 질문은 '너는 네가 뭐 초능력자라도 된다고 생각하는 거냐?' 라고 들린다. 나는 최대한 예의 바르게 대답한다.

"들리는 걸 어쩌라구요."

그러면 심리상담가들은 모두 미리 작당이라도 한 듯 주머니에서 조약돌 하나를 꺼내며 묻는다.

"그럼 이 돌도 말을 할 수 있나요? 뭐라고 하는지 알려줄래요?"

당연하게도, 모든 돌들이 말을 할 수 있는 건 아니다. 그랬다면 나는 시끄러워서 진짜로 미쳐버렸을지도 모른다. 인간 중에서도 외발자전거를 탄다거나 물구나무를 설 수 있는 사람은 극소수인 것과 같은 이치다. 그들에게 어떻게 그걸 할 수 있는지 물어보면 꼭 나처럼 말할 것이다("글쎄요, 그냥 몇 번 해보니까 되던데요?"). 하지만 그들이 꺼낸 조약돌은 모두 내게 아무 말도 하지 않았고, 나는 솔직히 말하는 수밖에 없었다.

"그 돌은 말을 할 줄 모르는 녀석인가 봐요."

그러면 그들은 그럴 줄 알았다는 얼굴로 돌을 다시 주머니에 넣는다. 나는 어쩐지 변명을 한 것 같은 찝찝한 기분으로 마지막 과자를 집어 먹는다. 돌이 말을 할 줄 모르는 것인지, 말을 하고 싶지 않은 것인지 나는 모른다. 어떤 사람이 말을 하지 않는다고 해서 그 사람에게 '실례지만 당신 혹시 벙어리인가요?'라고 묻지는 않는다. 그런 사람이 있다면 그 사람이야말로 정신병원에 처넣어야 옳다.

나는 얼마 지나지 않아 심리상담가들을 대하는 데에 도가 텄고, 그들을 놀려주는 것에 재미를 느끼게 되었다. 예를 들면, 나는 맛있는 디저트를 맨 나중으로 미루는 것과 같은 심리에서 아버지 이야기를 최대한 늦게 꺼낸다.

"저는 아버지의 얼굴을 몰라요. 제가 어머니 배 속에 있을 때 돌아가셨거든요. 사진 한 장 남아 있지 않답니다. 제가 아버지와 아주 닮았다고 하긴 하더군요. 그때도 맥도날드와 피자헛이 있었나 보죠?"

프로이트의 망령에 사로잡힌 심리상담가들이 눈을 빛내는 소리가 들리는가? 개똥을 물고 있는 것 같은 표정으로 앉아 있던 그들이 이 얘기만 하면 어찌나 행복해하는지! 내가 다 뿌듯해질 정도였다. 그래서요? 아버지 얘기를 좀 더 해보세요. 아버지가 그립지 않나요? 아버지 생각을 자주 하나요? 외동아들로서 어머니를 지켜야 한다는 강박관념이 있나요?

참고로 말하자면, 우리 어머니야말로 자신을 지키는 데에 어떤 도움도 필요로 하지 않는 부류의 사람이다. 어머니는 예순 살이지만 아직도 유명 패션잡지의 편집장으로 재직하고 있으며, 2000년대 이후로 등장한 모든 것에 대해 나보다 많이 알고 있다. 어머니의 삶을 요약하면 다음과 같다. 애플 워치, 플라잉 요가, 비건 푸드, 샤넬의 프라이빗 패션쇼 맨 앞자리. 트위터, 페이스북, 인스타그램, 유튜브 팔로워를 합치면 서울시 인구수를 훨씬 넘는 데다 지난달에는 '가장 영향력 있는 대한민국 여성 직업인 100'에 선정되어 크리스털 트로피를 받아온 내 어머니, 모두가 어머니를 존경한다. 게다가 어머니는 여전히 아름답기까지 하다. 나는 30대 중반의 독신 남성이 자신의 어머니를 아름답다고 하는 게 요즘 어떤 의미로 들리는지 잘 알고 있다. 하지만 어머니는 객관적으로 아름답고(아직도 빅토리아 시크릿 속옷을 입으신다!) 남편이 없다는 것조차 아무런 장애물이 되지 않을 만큼 멋진 여자다. 어머니의 유일한 단점은 돌과 대화할 줄 아는 노총각 비만 아들이 있다는 것뿐이다.

내 어머니에 대해 알고 나면 심리상담가들은 잽싸게 노선을 바꾼다. 너무 뛰어난 어머니를 둔 게 괴롭지 않았나요? 어머니의 그늘에서 벗어나고 싶지는 않아요? 등등. 그리고는 오이디푸스 콤플렉스니, 젠더 역할이니 하는 것들을 설명하기 시작한다. 나에게 그런 개념들은, 비유하자면 어머니 침대 옆 서랍에 들어 있는 콘돔 박스와 같다. 분명히 존재한다는 건 알지만 왜 존재하는지는 도무지 알 수 없으며 어찌 되었든 나와는 전혀 상관없다는 점이 그렇다.

몇십 명의 심리상담가들이 다녀가고 어머니가 그들을 위해 구운 브라우니가 백 접시도 넘었지만 나는 여전히 돌과 말을 할 수 있었다. 다만 나는 더 이상 그것을 아무에게도 말하지 않았고, 돌과 대화하고 싶을 때는 주변에 아무도 없는 것을 꼭 확인했다. 하지만 어머니가 내게 가끔씩

"너, 아직도 돌멩이 친구들과 사귀니?"

라고 물을 때는 항상 솔직하게 말하는 쪽을 택했다.

"슬프게도 아직 절친한 사이네요."

어차피 거짓말을 해도 알아차렸을 테지만 나는 어머니께 거짓말을 하고 싶지 않았다. 이유는 모르겠다(심리상담가들은 이거야말로 내가 오이디푸스 콤플렉스라는 증거라고 주장할지도 모른다).

내가 처음이자 마지막으로 정신과를 찾았던 그때, 나는 '망상장애'라는 진단을 받았다. 그날 집으로 돌아온 나는 인터넷에서 미국정신의학회가 제정한 정신장애 진단 통계편람에 따른 망상장애의 기준을 찾아보았다. 그 1항은 이랬다. '기괴하지 않은 망상일 것'. 나를 진찰한 의사가 나를 기괴하

지 않다고 판단한 건 썩 나쁘지 않은 일이었다(만약 1항이 충족되었다면 나는 망상장애가 아니라 조현병 진단을 받았을 것이다). 그렇다. 나는 기괴하지 않다. 그리고 기괴하지 않은 정신병은 사실 현대사회를 살아가는 누구나 조금씩 가지고 있지 않은가. 입에 넣는 것마다 씹어대거나 다리를 떨지 않으면 앉아 있지 못하는 사람들보다는 차라리 돌과 대화하는 편이 낫다. 훨씬.

내가 처음으로 돌과 대화한 건 열일곱 살 때의 일이었다. 그 시절 나는 거의 인간 쓰레기나 다름없는 삶을 살고 있었다. 키와 거의 비슷한 숫자의 몸무게에 여드름투성이, 다른 스타일은 상상조차 해본 적 없는 스포츠형 머리. 나는 공을 가지고 하는 어떤 운동의 룰도 몰랐고 성적도 그저 그랬다. 유일하게 잘하는 건 이 상태가 머지않아 끝나리라는 것을 믿으며 아무렇지 않은 척하는 것이었다. 학창 시절에 주기적으로 두들겨맞아본 사람은 안다. 진짜 쪽팔린 건 맞았다는 사실 자체보다, 그 폭력이 자신에게 굉장히 큰 영향을 미쳤음을 티 내는 것이다. 나는 나를 괴롭히는 놈들을 무시하는 데 도사였다(라고 생각했다, 그 당시에는). 내 신발이 변기통에 들어가 있는 걸 폴터가이스트 현상이라고 생각하거나, 아무도 나와 같은 조가 되려 하지 않을 때면 내가 남들을 밀어내는 특수능력을 가진 히어로라고 믿는 식이었다. 물론 별 도움은 되지 않았다. 우주의 모든 불행들이 나를 겨냥해 날아왔고 나는 커다래서 맞추기 쉬운 과녁이었다. 나는 아침에 눈을 뜨자마자 오늘이 빨리 끝나기만을 바랐고 내일 지구가 멸망하길 기도하며 잠들었다.

그러던 어느 여름날이었다. 나는 내 가슴을 주무르려는 양아치 한 놈을 피해 학교 뒤쪽 주차장에 숨어 있었다(나는 비만인들의 영원한 동반자인 여성형 유방 증후군을 앓고 있었다). 날 구해줄 수 있을 것 같은 사람은 적어도 이 지구에는 한 명도 없었고, 나는 그놈이 흥미를 잃고 집으로 딸딸이

나 치러 가기를 기도했다. 하지만 그런 기도는 보통 이루어지지 않는다. 그놈이 나를 찾아내기까지는 얼마 걸리지 않았다.

"여기 있다! 젖소!"

녀석이 외쳤다. 나는 숨어 있었던 게 아니라 마침 거기에 굉장히 흥미로운 무언가가 있었던 것처럼 바닥에서 아무거나 주워 들고 자세히 들여다보는 척했다. 그건 내 자존심을 지키기 위한 마지막 발악이었지만 그저 나를 더 찌질하게 보이게 하는 것 외에는 아무런 효과도 없었다. 나는 곧이어 내 머리며 배로 녀석들의 주먹이 날아올 것을 알고 있었다. 그때 내 손아귀에서 그 소리가 들렸다.

"던져! 날 던지라고!"

이것저것 잴 것도 없었다. 나는 마법에 걸린 허수아비처럼 손에 든 것을 던졌고 그것은 날아가서 그놈의 이마 한가운데를 정통으로 맞추었다.

뭐, 믿지 않는대도 괜찮다.

그건 날카로운 돌멩이였다. 그놈은 네 바늘을 꿰맸고, 나는 고의로 머리를 가격한 게 아니었다는 걸 선생님과 어머니 앞에서 설명해야 했다. 물론 돌이 그러라고 했다고는 말하지 않았다. 어머니가 너무나 기뻐했기 때문이었다. 어머니는 드디어 내가 남자다워졌으며 앞으로도 저런 놈들이 괴롭히면 똑같이 해주라고 격려했다.

그놈이 이마에 붕대를 감은 채 학교로 돌아왔을 때 내가 죽도록 얻어맞았음은 말할 것도 없다. 그 사건 이후로 내 학교생활은 더욱 험난해졌다. 하지만 나는 그날 새로운 취미가 생겼기에 견딜 수 있었다. 나는 내 눈에 보이는 돌멩이라는 돌멩이는 모두 주워다 말을 걸었던 것이다. 저기요? 제 말이 들리나요? 제발 대답해주세요. 저 들을 수 있어요. 제발.

그건 마치 지구에 마지막으로 남은 인간이 전 세계를 향해 쏘아올리는 메시지와도 같았다. 다행히도 돌들은 내게 응답해주었다. 물론 모든 돌들이 대답해준 건 아니었지만. 나는 새로운 친구들을 귀찮아질 만큼 많이 사귀었다. 조금 대화를 나눠보고 느낌이 안 온다 싶은 녀석은 그냥 다시 멀리 던져버리는 방법으로 친구를 골랐다. 덕분에 내 호주머니는 항상 돌멩이들로 가득했다. 나는 이게 세상에서 가장 지독한 유년 시절을 보낸 사람에게 주어지는 초능력 같은 거라고 생각했다.

아이러니하게도, 친구들이 생기고 나서야 나는 내가 무진장 외로웠었다는 사실을 깨닫게 되었다. 그전까지는 내가 외로웠는지도 몰랐었다. 내게 그것은 거창하게 이름을 붙일 필요도 없는 '평소의 상태'였으니까. 하루하루가 너무나 새로웠다는 건 말할 필요도 없다. '저기 봐, 저 여자 팬티 보인다.', '난 울버린보단 그린 랜턴이 좋아.' 같은 얘기를 편하게 주고받을 수 있는 친구가 있다니, 그 전까지는 대체 어떻게 살아왔던 건지!

내 가장 오래된 친구는 스물세 살 때 만난 조면암이다. 진한 초콜렛색 바탕에 흰색 각섬석이 군데군데 박힌 모양이 아주 근사한 녀석이다. 얼핏 보면 어머니가 종종 굽는 비스코티 과자와 비슷해 스콧이라는 이름을 가진 그 돌은 내 현명한 조언자이자 재치 있는 절친이다.

스콧은 내가 돌과 대화할 수 있다는 사실을 숨기는 게 좋겠다고 했다. 비범한 것일수록 드러내지 말아야 한다면서. 스콧의 말이 맞다. 스파이더맨도 배트맨도 평소에는 자기 능력을 숨기고 살아가지 않는가. 사람들은 자신과 다른 것, 새로운 것, 이해할 수 없는 것을 만났을 때 받아들이려고 노력하는 대신 무시하거나 경멸하는 편이 훨씬 쉽다는 것을 잘 알고 있다. 그리고 나도 굳이 그들에게 이해받고 싶은 생각은 없었다. 내 세계는 나와 스콧, 그리고 사흘에 한 번씩 라지 사이즈 쉬림프 피자와 코카콜라를 배달시켜 먹는 것이면 충분히 완성되었으니까 말이다.

아마 지난번 치료 후 누군가가 방이 너무 덥다고 불만을 제기한 모양이다. 아마 내가 그랬는지도 모르지만. 치료실 안은 적당히 시원했다. 지난번엔 둘러앉을 수 있도록 둥글게 배치됐던 책상과 의자는 이제 둘씩 짝지어져 놓여 있다(병원은 항상 환자들을 원하는 대형으로 앉힐 수 있는 가장 쉽고 강력한 방법을 알고 있다). 내 옆에 앉은 사람은 아주 훤칠하고 키가 큰 남자였다. 이 방 안에서는 그나마 제일 정상적으로 보였다. 나는 그와 간단한 통성명을 막 나눈 참이었다. 남자는 자신을 '쿠커'라고 소개했다.

"쿠커요? 요리를 좋아하시나 보죠?"

내 질문에 남자는 과장되게 웃었다. 나는 어깨를 움츠렸다(감정 표현의 과잉은 정신질환자들의 특징이다).

"아뇨, 쿠커는 제가 좋아하는 로봇입니다. 혹시 〈월레스와 그로밋〉을 아시나요?"

"찰흙으로 만든 애니메이션이요? 어릴 때 봤던 것 같은데."

나는 〈월레스와 그로밋〉에 멍청하게 생긴 개가 나온다는 것 말고는 아는 것이 없었다. 그런데 남자는 내가 〈월레스와 그로밋〉을 안다는 사실만으로도 너무나 기뻐하며 진짜 미친 사람처럼 날뛰기 시작했다.

"맞아요! 영국에서 만든 클레이 애니메이션이죠. 월레스가 사람, 그로밋이 개. 거기 쿠커가 나와요! 로봇 쿠커! 기억나세요?"

"미안합니다만, 그렇게 자세히는 기억나지 않네요."

물론 전혀 미안하지 않았다. 나는 오늘 치 치료 시간인 두 시간을 1초라도 더 빨리 흘러가게 하는 데에 온 신경을 집중하고 있었다. 내 하루의 12분의 1을 이런 무의미한 일로 보내야 한다니. 집으로 돌아가고 싶었다. 해야 할 일이 산더미였다. 다음 주의 별자리 운세도 아직 황소자리까지밖에 지어내지 못했고, 어머니가 퇴근하기 전에 건조기에서 빨래를 끄집어내 정리해야 했으며, 그 일들이 끝나고 나면 스콧에게 지난했던 오늘 하루에 대해 토로하며 정신을 쉬게 할 시간도 필요했다. 게다가 내일은 여행을 갈 계획이었으므로 짐도 싸두어야 했다. 몇 달 전 우연히 적철석이 많을 것 같은 강둑을 발견해 눈여겨두었다. 철이 섞인 돌들은 예민하고 사려 깊으니 스콧과도 좋은 친구가 되어줄 것이다. 그런데 갑자기 남자가 내 손을 덥석

잡았다. 나는 깜짝 놀라 남자에게 주먹을 날릴 뻔했다.

"정말 반갑네요. 〈월레스와 그로밋〉을 좋아하시는 분은 저 말고 처음 보거든요. 지난번에 소개하실 때부터 느낌이 좋았는데 이렇게 인연이 되네요. 친하게 지냈으면 좋겠어요. 저도 이 근처 살아요."

나는 〈월레스와 그로밋〉을 안다고만 했지 좋아한다고 말한 적은 없었다. 잡힌 손을 비틀어 빼며 막 그 점을 지적하려는데, 치료사가 내 등 뒤로 다가왔다(치료사들은 필요할 때면 언제든지 발걸음 소리를 전혀 내지 않고 걸어 다닐 수 있다).

"와! 두 분, 벌써 많이 친해지셨네요. 좋아요. 그렇게 시작하는 거예요. 어색한 건 처음뿐이죠?"

남자가 무슨 대단한 칭찬을 받은 양 활짝 웃었고, 치료사도 마주 웃었다. 정신병원 광고에라도 나올 법한 장면이었다. 나는 온몸에 소름이 오싹 돋고 말문이 막힌 채로 나머지 시간 내내 남자가 〈월레스와 그로밋〉에 대해 떠드는 것을 들을 수밖에 없었다. 〈월레스와 그로밋〉에는 총 여섯 개의 시리즈가 있으며 로봇 쿠커가 등장하는 건 그 중 첫 번째 시리즈인 〈화려한 외출〉이고 자신은 그 에피소드를 천 번은 넘게 보았다는 것, 괴짜 발명가 월레스가 치즈로 된 달을 맛보기 위해 우주선을 개발한 이야기와 치즈 달에 살면서 그곳을 보호하는 로봇 쿠커에 대해서—

"네, 기억나요. 정말 재미있었죠."

내가 한 말은 이게 다였지만, 남자는 내가 그의 얘기에 아무런 흥미도 느끼지 못한다는 걸 전혀 깨닫지 못하고 계속 떠들었다. 치료사가 사람들 사이를 뱀처럼 지나다니며 가끔 대화에 끼어들거나 주의 깊게 듣는 척하는 것도 매우 거슬렸다. 나는 기분이 점점 나빠졌다.

치료가 끝나갈 무렵 남자가 내 전화번호를 물어보았을 때, 그날의 끔찍함은 절정에 다다랐다.

"오늘 정말 재미있었어요. 메시지 보내도 되죠? 맥주 마시기 좋은 펍을 알아요."

내 번호가 찍힌 휴대폰을 가방에 집어넣으며 남자가 말했다. 오늘 가슴 주머니가 달린 셔츠를 입은 건 현명한 일이었다. 가슴 주머니 속에서 스콧이 '진정해. 그냥 미친놈일 뿐이잖아.'라고 속삭여주지 않았다면 나는 그를 흠씬 두들겨 팬 뒤 병원 전체에 불을 질렀을 것이다. 스콧, 현명한 내 친구.

그런데 비극은 그게 끝이 아니었다. 그날 밤, 내가 여행 가방에 모자를 마구 구겨 넣고 있을 때 갑자기 전화벨이 울렸다. 나는 그게 잡지사에서 온 전화일 거라고 생각했다. 그 시간에 전화를 걸 만한 족속들은 잡지 편집자 외에는 없으니까. 그런데 아니었다.

"여보세요! 저 쿠커입니다! 혹시 주무시고 계셨나요!"

마치 우주 끝에서 다른 끝에다 말하는 것처럼 소리를 꽥꽥 질러대고 있는 그 정신병자가 누구인지 기억해내자마자 나는 다시 기분이 나빠졌다.

"아뇨, 그런데 무슨 일이시죠?"

"그냥요. 혹시 지금 바쁘신가요? 안 바쁘시면 맥주 한잔 어떠세요?"

"아, 죄송하지만 정말 바쁩니다. 너무 바쁘네요. 너무. 눈코 뜰 새가 없어요."

"그래요? 뭘 하고 있는데요?"

여기까지 대화했을 때 전화를 끊었어야 했다. 하지만 그때 어머니가 건조기에 말린 내 팬티를 들고 방에 들어오셨다. 어머니는 내가 이 시간에 누군가와 전화를 하고 있는 걸 보고 상당히 놀란 것 같았다. 쿠커의 목소리는 재난 상황을 알리는 스피커처럼 수화기 너머로 또렷하게 새어나왔기 때문에 어머니는 굳이 엿들을 필요도 없었다.

"어…… 여행을 갈 준비를 하고 있어서요. 챙겨야 할 게 너무 많네요. 정신이 없어요."

"여행이요? 어디로요? 와! 참 좋은 일이네요. 요즘 날씨가 완전 여행 가기 좋은 날씨죠!"

"어…… 음…… 물가로 좀 가볼까 해요. 좋은 곳이 있어서요."

"좋네요! 물! 저도 마침 물가로 가고 싶었어요. 낚시를 좋아하거든요. 혹시 동행 있으신가요?"

나는 어머니의 얼굴을 보지 않으려고 애썼지만, 어머니의 눈썹이 치켜올라가는 소리는 똑똑히 들을 수 있었다. 어머니는 너무 놀라서 내 팬티를 내려놓는 것조차 잊어버렸을 지경이었다. 정신병자, 고도비만, 모태 솔로인 내 아들과 같이 놀고 싶어하는 사람이 있다니!

"여보세요? 여보세요?"

쿠커, 어머니, 쿠커, 어머니. 극도의 압박감을 느끼는 상황에서는 흔히들 가장 나쁜 결정을 내리고 만다. 인간은 모두 그렇게 설계되어 있다. 그저 땀을 뻘뻘 흘리며 자신이 일을 최악의 상황으로 몰아넣는 걸 지켜보는 수밖에는 없는 것이다.

"볼 만하겠군."

가슴 주머니 속에서 스콧이 낮게 중얼거렸다.

날씨는 더 맑을 수 없이 맑았고, 바람은 더 시원할 수 없이 시원했다. 내 짐작대로 이 강가의 돌은 대부분이 철을 포함하고 있었다. 날카롭게 조각난 붉은 돌들이 사방에 깔려 있는 풍경은 장관이었다. 형편이 된다면 근처에 숙소를 구해 묵으며 여유롭게 둘러보고 싶을 정도였다.

"와! 진짜 멋있네요! 그런데 왜 이 돌들은 빨간색이에요?"

뒤에서 새끼 새처럼 졸졸 따라다니는 쿠커만 없었다면 이 여행은 내게 올 하반기의 가장 즐거운 기억으로 남았을 것이다. 인터넷에 '아무도 모르게 사람 죽이는 법' 따위를 검색할 필요가 없는 쾌적하고 조용한 여행.

"지층 연구가 취미라니 정말 근사하시네요! 완전 쿨! 혹시 제가 방해가 되는 건 아닌지 모르겠어요. 저는 저쪽에서 낚시할 만한 곳을 찾아볼게요. 낚시는 항상 자리가 중요하거든요. 좋은 자리를 찾으면, 거기서 몇 시간이고 기다리는 거죠. 물고기를요. 가끔 이상한 게 낚이기도 하지만."

쿠커는 바보 같은 웃음을 짓고는 돌아서서 약간 떨어진 곳으로 걸어갔다. 그는 자기 키와 비슷한 크기의 검은 낚시 가방을 메고 한 손에는 커다란 뜰채를 들고 있었다. 뾰족한 돌 위로 비틀거리며 걸어가는 쿠커의 뒷모습은 가련할 만큼 정신병자 같아 보였다(물론 앞모습도 마찬가지였다).

쿠커가 작게 보일 만큼 멀어지자, 나는 쿠커에게서 등을 돌린 채 드디어 작업에 착수했다. 어려울 건 하나도 없다. 그 자리에 앉아 첫 번째로 눈에 띄는 돌부터 집어 올려 시작하면 된다.

"안녕, 내 말 들리니? 들리면 대답해주렴."

돌은 대답이 없었다. 하지만 나는 실망하지 않았다. 이 일에 가장 필요한 덕목은 오래 쭈그려 앉아 있을 수 있는 강한 무릎 그리고 인내심이다. 처음 한 번의 시도에 실패했다고 해서 포기했다면 인류는 여기까지 발전하지 못했을 것이다. 나는 돌이 대답할지 말지 결정할 수 있는 충분한 시간 동안 사려 깊은 눈길로 녀석을 바라본 후, 원래 있던 자리에 조심히 내려놓았다. 자, 그리고 다음.

"안녕? 대답해줄래? 난 네 말을 들을 수 있어."

"안녕? 들리니? 아, 이쪽은 내 친구 스콧이야."

"날씨가 참 좋지? 난 멀리서 왔어."

같은 말을 몇 번이나 반복했지만 하나도 지루하지 않았다. 인간들의 사교 파티나 만찬이 이렇게 재미있었다면 얼마나 좋았을까. 열다섯 번째에 드디어 내 말에 대답하는 녀석을 만나자, 나는 기뻐서 소리를 지를 뻔했다. 게다가 녀석은 암석 표본으로 전시해도 좋을 만큼 멋진 적철석이었다!

"지금 내가 사람하고 얘길 하고 있는 건가?"

녀석의 목소리는 낮고 굵었다. 약간의 경계심이 느껴지긴 했지만 기본적으로 섬세하고 상냥한 친구들만이 갖고 있는 목소리였다.

"오, 안녕! 대답해줘서 정말 고마워. 얼마나 기쁜지 몰라. 우린 여기서 좀 떨어진 도시에서 왔어. 반가워. 넌 참 잘생겼구나.”

“여기 오래 있었지만 말하는 인간을 본 건 처음이야. 별일도 다 있군.”

“모두가 할 수 있는 건 아니야…… 사실은 나 혼자뿐이지.”

“호오, 그래. 재미있군, 재미있어.”

사실 별로 재미있는 대화는 아니었다. 하지만 나는 상당히 흥분해 있었고 스콧도 그랬다. 새 친구를 만나는 건 우리 둘 다 오랜만이었고 날씨는 너무 좋았으며 아직 말을 걸어보지 못한 돌들이 아주 많이 남아 있었다.

“여긴 지내기 좀 어때?”

“뭐, 매일 똑같지. 해가 잘 들어서 좋은데 가끔 비가 오면 물이 넘치기도 해.”

“흙탕물에 잠기는 거 진짜 싫지.”

스콧이 말을 보탰다. 친구를 고르는 데 꽤 까다로운 편인 스콧도 이 친구가 마음에 든 것 같았다. 돌들은 단순하고 솔직하기 때문에 조금만 대화를 나눠보면 금방 성향을 파악할 수 있다. 우리는 편안하게 앉아 잠시 그 친구와 담소를 나누었다. 강, 햇빛, 새 친구와 오래된 친구. 나는 오늘 하루가 시작된 후 처음으로 얼간이 쿠커에 대한 것을 거의 잊어버렸다.

어딘가에서 둔탁한 소리가 들려온 건 그때였다. 풍덩 하는 소리가 먼저였는지 비명 소리가 먼저였는지는 잘 기억나지 않지만, 어쨌든 나는 뒤를 돌아보았고 강 위에 커다란 물보라가 일어난 것을 보았다.

“무슨 일이지?”

스콧이 의아한 목소리로 물었다. 나는 손차양을 하고 눈을 찌푸린 채 그쪽을 바라보았다.

“살려주세요! 살려줘!”

그 소리를 듣기도 전에 나는 그쪽으로 달려가고 있었다. 쿠커였다. 쿠커가 강 중간쯤에서 허우적거리고 있었다!

“거기 가만히 있어요!”

나는 달려가며 소리쳤다. 물론 쿠커는 가만히 있지 않았다. 그랬다간 가라앉고 말 판이었으니까. 잔뜩 겁에 질린 쿠커의 얼굴이 물에 잠겼다 드러났다 하며 조금씩 하류 쪽으로 떠내려가고 있었다. 나는 신발을 벗을 새도 없이 풍덩풍덩 강으로 들어갔다.

"내 손 잡아요!"

내가 손을 내밀자 쿠커는 기다렸다는 듯이 내 손에 엉겨 붙었다. 그런데 끔찍하게도 물에 푹 젖은 쿠커는 생각보다 무거웠고 발바닥이 미끌, 한 순간 나도 중심을 잃고 물 속에 쓰러지고 말았다. 거센 물살이 기다렸다는 듯이 두 번째 희생자를 휩쓸었다.

"아악!"

우리는 한 덩어리로 엉킨 채 흙탕물 속에서 발버둥을 쳤다. 문득 글쓰기 치료 첫 시간에 수영 치료를 선택할걸 하고 후회했던 일이 언뜻 머릿속을 스쳐 갔다. 그랬으면 이 멍청한 놈과도 만날 일이 없었을 텐데…… 하지만 대부분의 후회가 그렇듯이 아무 소용도 없었다.

엄청나게 오래 허우적댄 것 같았지만 실제로는 5분도 되지 않았다. 정신을 차려보니 나와 쿠커는 돌투성이 강가에 몸을 꼬부린 채 두 개의 고무 호스처럼 물을 토해내고 있었다.

"미안해요."

한참 동안 숨을 고른 쿠커가 기어 들어가는 목소리로 말했다.

"미쳤어요? 거긴 왜 들어가요?"

매섭게 쏘아붙이자(미친 사람에게 미쳤냐고 묻는 건 생각보다 재미있는 일이었다) 쿠커가 물에 젖은 비스킷 같은 꼴로 웅얼거렸다.

"정말 미안해요. 낚싯바늘이 하필 거기 걸려서."

하마터면 저 멍청이와 저승길까지 함께 갈 뻔했다니! 소름이 오싹 끼쳤다. 쿠커가 흠뻑 젖은 셔츠를 벗자 앙상하게 뼈만 남은 상체가 드러났다. 저 등짝을 한 대 시원하게 걷어차고 싶었다. 달리기만 빨랐어도 걷어차고

튀었을 텐데. 그런 생각을 하며 나도 셔츠를 벗어 물기를 짜려고 할 때였다. 뭔가 이상했다.

스콧!

스콧이 없었다! 스콧이 들어 있던 셔츠 앞주머니가 텅 비어 있었다. 묵직하게 느껴지던 무게감도 없었다. 게다가 스콧이 없어진 게 언제부터였는지도 전혀 알 수가 없었다.

"쿠커, 혹시 스콧 못 봤어요?"

"예?"

"돌이요, 내 주머니에서 돌 떨어지는 거 못 봤냐구요!"

쿠커는 대답 대신 내 얼굴을 가만히 쳐다보았다. 정적. 쿠커의 머리카락에서 물이 똑똑 떨어졌다. 쿠커는 아무 말도 하지 않았다. 하지만 나는 쿠커의 생각을 읽을 수 있었다. '저 불쌍한 사람, 멀쩡한 것 같더니 기어이 병이 도졌군.' 쿠커를 죽여버리고 싶었다. 하지만 방법이 없었다. 쿠커는 나보다 키도 크고 힘도 세 보였으며 내게는 이렇다 할 무기도 없었다. 게다가 쿠커를 죽이는 것보다 스콧을 되찾는 게 먼저였다. 나는 침착하려고 노력했다.

"뛰어오면서 중요한 걸 떨어뜨렸어요. 같이 좀 찾아봐줘요. 손바닥 반만 하고 초콜릿색에 흰색 점이 박힌 돌이에요."

쿠커는 천천히 고개를 끄덕였다. 하지만 전혀 심각하게 생각하지 않는 눈치였다. 내 말을 이해한 건지도 알 수 없었다. 그러거나 말거나, 나는 돌아서서 바닥을 샅샅이 뒤지기 시작했다.

"스콧! 스콧! 들리면 대답해! 제발!"

그러나 스콧의 목소리는 어디에서도 들리지 않았다.

"스콧! 제발!"

바닥을 기어다니며 이 잡듯 뒤졌지만 스콧은 없었다. 그때 끔찍한 생각이 머리를 스쳤다. 혹시 물에 빠뜨린 건 아닐까? 나는 나도 모르게 고통스러운 소리를 내지르고는 돌투성이 바닥에 머리를 대고 울기 시작했다. 스콧은 차가운 물, 특히 흙탕물이라면 질색을 하는 녀석이었다. 저 병신 같은 놈을 구하느라 그런 곳에 스콧을 내던지다니!

"저기, 괜찮아요?"

쿠커가 다가와 머뭇머뭇 내 어깨에 손을 얹었다. 나는 손을 거칠게 뿌리쳤다. 쿠커를 죽여버릴 수 있다면 뭐든지 할 수 있을 것 같았다. 세상에서 가장 고통스럽고 잔인한 방법으로 죽이고 싶었다.

"미안해요."

쿠커가 작게 말했지만 전혀 귀에 들어오지 않았다. 나는 필사적으로 스콧을 구할 방법을 생각하고 있었다. 방법이 아예 없는 건 아니었다. 지금 당장 차에 가서 휴대폰을 가져와, 잠수부를 부르면 된다. 넓지도 깊지도 않은 강이니 어렵지 않게 찾을 수 있을 것이다. 잠수부들은 프로다. 가라앉은 돌 하나 찾는 건 일도 아니다. 차근차근 생각하자. 스콧은 이 근처에 있을 것이다. 지금 이 장소를 절대 놓치면 안 된다.

"쿠커, 여기 가만히 서 있을래요? 차에 가서 휴대폰 좀 가져올게요. 절대 움직이면 안 돼요."

쿠커의 어깨가 덜덜 떨리고 있었다. 울고 있는 것 같았다.

"미안해요. 미안해요. 나 때문이에요. 내가 잘못했어요."

"아니, 됐고 그냥 여기 가만히 서 있으라고요."

그러자 쿠커는 큰 소리로 흐느끼며 외쳤다.

"치료사님께 얘기 들었어요. 돌이랑 대화할 수 있다면서요? 지금 잃어버린 돌도 당신 친구죠? 정말 미안해요. 난 당신 말 다 믿어요. 정말 미안해요. 당신 친구를 찾을 수 있다면 뭐든지 할게요."

그 순간 내가 차로 달려가려던 발걸음을 멈춘 이유는 무엇이었을까. 비록 녹아내린 아이스크림 같은 꼴을 한 정신병자였지만, 생전 처음으로 나를 믿는다고 말하는 사람을 만났기 때문일까? 아니면 그냥 쿠커가 거기서 조금이라도 움직일까 봐 겁이 났던 걸까?

"정말 미안해요. 난 이해해요. 다 이해한다고요."

지금이라도 쿠커의 다리를 부러뜨려 여기서 움직이지 못하게 만들어야 할지, 아니면 빨리 차로 달려가는 게 좋을지 혼란스러웠다. 지금 이 순간에도 스콧은 물 밑에서 괴로워하며 하류로 데굴데굴 굴러가고 있을지도 몰랐다.

한편 쿠커는 이제 자리에 쭈그려 앉아 통곡을 하고 있었다.

"다 알아요, 다 이해한다구요."

뭘 알고 뭘 이해한다는 건지는 잘 모르겠지만, 어쨌든 스콧을 구하는 게 먼저였다. 나는 차로 달려갔다. 쿠커에게 거기 그대로 가만히 있으라고 소리치면서. 그러지 않아도 쿠커는 한 발짝도 걷기 힘들어 보일 만큼 심하게 울부짖고 있었다.

스콧이 레몬 향 나는 따뜻한 거품물 속에 반쯤 잠긴 채로 말했다.

"정말 긴 하루였어, 친구."

나는 방금 치즈크러스트 피자를 크게 한 입 베어 물었기 때문에 그냥 고개만 끄덕였다.

스콧의 말마따나 정말 긴 하루였다. 잠수부가 오길 기다리는 데 500년쯤 걸렸고, 그 잠수부에게 스콧의 외모를 설명하는 데 다시 500년이 걸렸으며, 그냥 여기 널린 다른 돌들을 주워가면 되지 않느냐는 잠수부의 말이 왜 개 같은 헛소리인지 설명하는 데 2천 년이 걸렸다. 그 밖에 수십만 번의 시행착오가 있었지만("이거예요?" "아뇨, 전혀 달라요. 하얀 점이 있다고 말했잖아요!") 결국 그 저능아는 10미터쯤 떨어진 강바닥에서 스콧을 찾아냈다. 도합 3천 년이 흐르는 동안 내가 걱정과 불안으로 폭삭 늙어버린 건 당연했다. 나를 예전의 건강한 30대로 되돌려놓을 수 있는 것은 단 하나였다. 내 방에 들어가 문을 잠그고, 스콧과 함께 피자를 먹는 일.

"정말 너를 잃는 줄 알았어."

내가 말하자 스콧이 킥킥 웃었다.

"오, 그런 끔찍한 소리 하지도 마. 그 밑은 정말 최악이었다고."

"그래, 그랬을 거야."

잠수부의 출장비는 쿠커가 지불했다(그 잠수부는 나이를 먹을 만큼 먹은 두 남자가 돌을 끌어안고 우는 꼴을 힐끔거리며 떠났다). 내가 수건으로 스콧을 잘 닦아주는 동안, 쿠커는 내 주변을 맴돌며 내 눈치를 살폈다.

"저어, 당신 친구한테 날 소개해도 될까요? 그래도 돼요?"

스콧을 되찾은 기쁨에 분노를 1퍼센트쯤 잊어버린 탓이었을까. 나는 쿠커에게 스콧을 만져볼 수 있도록 허락했다. 그러자 쿠커는 조심스럽게 스콧을 손바닥 위에 올려놓고 말했다.

"안녕하세요, 스콧. 저는 쿠커라고 해요."

스콧이 대꾸했다.

"이 친구 꼴이 말이 아니군. 이건 뭐랄까…… 꼭 정신병자 같아."

나는 웃음을 터뜨렸다. 그러자 쿠커가 눈을 동그랗게 뜨고 물었다.

"뭐래요? 뭐라고 했어요?"

"아, 스콧도 반갑다는군요. 앞으로 잘 지내보자고 하네요."

쿠커도 바보처럼 활짝 웃으며 대답했다.

"저도 잘 부탁해요! 스콧, 당신은 정말 좋은 사람, 아니 좋은 돌이에요!"

그리고 우리는 차를 타고 집으로 돌아왔다. 돌아오는 내내 우리 셋은 여자, 철학, 만화, 뭐 이런 것들에 대해서 이야기를 나누었다. 주로 쿠커가 떠들었고 나는 스콧의 대답을 쿠커에게 전해주는 식이었다. 물론 스콧의 신랄한 빈정거림을 전부 곧이곧대로 전하지는 않았지만.

내 차가 도시 근처로 접어들었을 즈음이었다.

"이제 우리가 썩 친해졌다고 생각해서 얘기하는 건데요."

쿠커가 자못 진지한 표정으로 말했다.

"제가 왜 치료 센터에 다니는지 궁금하지 않으셨나요?"

솔직히 말하자면, 전혀 궁금하지 않았다. 하지만 쿠커는 대답을 기다리지 않고 말을 계속했다.

"〈월레스와 그로밋〉, 그걸 처음 본 건 여덟 살 때였어요. 그날 밤 꿈을 꾸었죠. 치즈로 된 달로 날아가는 꿈을요. 꿈이 얼마나 생생했던지 다음 날 밤까지 계속 그 꿈 생각만 했어요. 정말 꿈이었을까? 전 창문을 활짝 열었어요. 마침 보름달이 무진장 밝게 떠 있었고, 뭔가에 홀린 듯이 전 창틀을 딛고 달을 향해 뛰었어요. 떨어져서 곤죽이 되었어야 할 제 몸은 둥실둥실 떠올라 날았죠. 오로라색으로 반짝이는 먼지를 뒤로 길게 뿌리면서, 달을 향해서요. 모든 게 편안했어요. 마치 예전부터 날 수 있었는데 그걸 이제야 깨달은 기분이었달까."

"이 친구, 제대로 미쳤구먼."

스콧이 말했다. 그 말을 쿠커에게 전달하지는 않았지만 나도 정확히 같은 생각을 하고 있었다. 나는 내비게이션을 조작하는 척하면서 쿠커의 시선을 피했다.

"달에 닿기까지는 얼마 걸리지 않았어요. 달은 〈월레스와 그로밋〉에 나온 그대로였죠. 정말로 치즈로 되어 있었어요. 표면부터 중심까지, 전부 다요. 고다, 에멘탈, 콩테, 체다, 아무튼 상상할 수 있는 모든 종류의 치즈가 다 있었죠. 전 실컷 먹었어요. 그리고 돌아오니 날이 밝아 있었죠."

"……그랬군요."

"그 뒤로 몇 가지 사실을 알게 됐어요. 달에 날아갈 수 있는 건 보름달이 뜨는 날뿐이라는 것, 달의 치즈는 가지고 돌아올 수 없다는 것, 그리고 이런 얘기를 남에게 하면 미친놈 취급을 받는다는 것도요. 물론 말을 하진 않았어요. 하지만 보름달이 뜨는 밤마다 설명해야 했죠, 대체 내가 어디로 사라지는 건지를. 결국 아버지가 저를 거기로 보낸 거예요."

쿠커가 코를 훌쩍였다. 나는 뭐라고 대답해야 할지 몰라 목을 가다듬었지만 초콜릿 바가 갈라지는 것 같은 이상한 소리만 났을 뿐이었다. 아주 조금은 쿠커를 이해할 수 있을 것 같기도 했고, 동시에 미친 소리 좀 그만하라고 소리치고 싶기도 했다. 사실 지금까지도 내가 뭐라고 하고 싶었는지 잘 모르겠다. 다만 생각나는 건 차 창문에 대고 잘 가라며 손을 흔드는 쿠커의 모습이 가련할 만큼 얼간이 같았다는 것뿐이었다.

"스콧, 넌 쿠커가 한 얘기 어떻게 생각해?"

스콧이 나른하게 대답했다.

"뭘 생각해, 그냥 단단히 미친놈이구나 싶었지."

"하긴."

나는 다 먹은 피자 상자의 뚜껑을 닫아 침대 밑에 잘 숨겼다. 창문을 열어 피자 냄새를 빼는 것도 잊지 않았다. 곧 어머니가 돌아오실 시간이었다. 오늘 여행은 어땠냐고 물으면 환상적으로 즐거웠다고, 새 정신병자 친구를 사귀었다고 말씀드릴 작정이었다.

"엄마, 그 친구는 달로 날아갈 수 있대요! 멋지죠? 저보다 더 미쳤다니까요!"

창문으로 시원한 밤공기가 밀려 들어왔다. 벌써 밤이 깊어 하늘 한가운데에 둥근 달이 걸리고, 그 주변으로 별들이 반짝이고 있었다. 배가 부른 탓인지 갑자기 엄청나게 피곤했다.

"야 스콧, 저 둥그런 달을 보니까 갑자기 와플이 먹고 싶은데."

막 농담을 한 순간, 나는 너무나 놀라 먹은 것을 모두 토해낼 뻔했다. 이상한 광경을 보았던 것이다. 저 멀리 달빛을 받아 또렷하게 드러난 검은 형체가 쏘아 올린 로켓처럼 밤하늘로 솟아오르고 있었다. 멀리서 보아도 알아볼 수 있을 만큼 분명했다.

"스콧, 저거 보여?"

나는 스콧을 목욕물에서 끄집어내어 창가로 달려갔다. 하지만 스콧에게 물어볼 것도 없었다. 혜성같은 길고 반짝이는 꼬리를 뒤로 남기며 날아가는 그것은 분명 쿠커였다. 쿠커가 날고 있었다, 똑바로, 곧게, 달을 향해서. 나는 얼이 빠진 채로 그 모습을 바라보았다. 내가 진짜 미친 걸까, 정신병자와 함께 있었더니 정신병이 옮은 걸까, 아니, 이게 대체 어떻게…….

"스콧, 스콧, 너도 저게 보여?"

나는 눈으로 쿠커를 쫓으며 소리쳤다. 그런데 스콧은 대답하지 않았다.

"스콧?"

되물었지만 여전히 대답은 돌아오지 않았다. 스콧은 그저 내 손아귀 안에서 조용하고 차갑게 식어가고 있을 뿐이었다.

"스콧? 이봐, 친구?"

나는 창가에 멍청하게 서서 쿠커와 스콧을 번갈아 바라보았다. 점점 멀어지는 쿠커가 마침내 달 속으로 사라지고, 그가 남긴 빛의 꼬리마저 흐릿하게 지워질 때까지.

현재는 깊은 과거의 상처를 머금고 있다

오창은(문학평론가, 중앙대학교 다빈치교양대학 교수)

삶의 여정은 한순간에 바뀌기도 한다. 누구나 일상의 질서로부터 튕겨져 나갔던 경험이 있을 것이다. 힘겹게 다시 보통의 생활로 복귀할 수도 있고, 바뀐 지점에서 주저앉았다가 전혀 새로운 길에 들어서기도 한다. 인생의 변곡점이라 할 수 있는, 이탈했던 그 지점에서 대부분의 사람들은 큰 내상(內傷)을 입는다. 과거의 한순간이 부모의 폭언으로 인한 것일 수도 있고, 학교 폭력으로 인한 트라우마일 수도 있다. 입시의 실패로 인한 좌절, 사랑하는 사람과의 이별일 수도 있다. 누군가는 한밤중에 외롭게 길을 걷다가 문득 올려다본 별로 인해 그 한순간을 맞이하기도 한다. 한순간은 찰나지만, 그 이전과 이후가 결코 같을 수가 없다. 과거의 습관, 행복에 대한 가치, 몰입했던 일들이 전혀 다른 풍경으로 재배치된다. 그래서 사람들은 삶의 변곡점을, 운명이 바뀐 강렬한 찰나로 기억한다.

바뀐 운명에 따라, 정상과 비정상이 구분되기도 한다. 비정상의 영역에 들어선 사람들은 이제까지 온당하다고 믿어왔던 것들에서 벗어나버린다. 기존 삶의 질서에서는 어떤 의욕, 욕구도 발견하지 못한다. 평범한 일상도 귀찮아져 스스로를 유폐시키기도 한다. 정상의 질서에 있는 사람들이 믿는 삶의 질서가 더 이상 의미가 없어져버린 것이다. 비정상인은 이상한 사람들이 아니라, 그저 다른 궤도에 있는 상처받은 사람들일 뿐이다.

이유리의 「치즈 달과 비스코티」에는 비정상인들이 등장한다. 이 소설은 글쓰기 심리치료센터를 배경으로 이야기가 전개된다. 소설 속 화자인 '나'는 강박적으로 평범하고, 정상적이며, 정신질환이 없는 상태로 타인에게 비춰지기를 원한다. 외부의 시선을 의식하는 순간 감정 표현의 과잉이 발생하고, 더 특이하고, 비정상적이며, 정신질환이 있는 것처럼 보인다. 이 소설의 형식적 골격은 외적 세계와 내면 세계의 불화, 혹은 이해 받지 못하는 상태의 지속과 점진적 해소다. 소설 속 화자인 '나'는 돌과 말을 할 수 있는 능력이 있다. 절친한 친구 돌인 '스콧'과 10년 넘게 교감하고 있다. '스콧'은 어머니보다 의지하는 '멘토'이기도 하다. 조현암(粗玄岩)인 '스콧'은 소설 속에서 의인화된 '쿨(cool)'한 캐릭터로 그려진다. 또 다른 등장인물인 '쿠커'는 보름날 밤이면 하늘을 날아 달에 갈 수 있다. 이 소설은 '나'가 글쓰기 심리치료센터에서 '쿠커'를 만나고, 둘이 함께 강가로 여행을 갔다가 서로를 깊이 이해하게 되는 과정을 그린다. 소설은 '나'의 관점에서 내면의 상태를 주로 진술하고 있어 정보량이 제한적이다. 그렇기에 다양한 해석의 가능성이 열려 있어 흥미롭다.

먼저, 「치즈 달과 비스코티」가 다양한 음식 이미지들로 채워져 있음에 주목해보자. 화자인 '나'는 30대 중반의 식욕이 강한 비만 남성이다. 소설 속 등장인물들의 별명은 '나'를 제외하고는 모두 음식과 관련이 있다. 글쓰기 심리치료센터에서는 각자 별명으로만 서로를 부르기로 약속한다. '나'의 별명은 '마법의 선인장'이지만, 치료사의 별명은 '미트볼 스파게티'이다. 치료를 받는 다른 수강생들은 '요쿠르트젤리', '콩 통조림', '쿠커'로 불린다. '나'와 대화하는 돌 친구 '스콧'은 어머니가 종종 굽는 '비스코티 과자'에서

따와 이름을 붙였다. 먹는 장면도 계속 나온다. '나'는 열 사람 분의 과자를 혼자 먹어치우고, "사흘에 한 번씩 라지 사이즈 쉬림프 피자와 코카콜라를 배달시켜 먹는 것"에서 충족감을 느낀다. 글쓰기 심리치료센터에서 만난 '쿠커' 또한 찰흙으로 만든 영국 애니메이션인 〈월레스와 그로밋〉에 매혹되어, '치즈로 만들어진 달'로 날아가 '실컷 치즈를 먹었다'고 말하는 인물이다. 「치즈 달과 비스코티」라는 제목 또한 '먹는 것'을 전면에 등장시키는 방식으로 붙여졌다. 이 소설은 유쾌한 '먹방 소설'이라고도 할 수 있다.

「치즈 달과 비스코티」는 왜 먹는 이미지로 채워져 있을까? 먹는 것과 관련된 이미지, 먹는 장면의 제시는 '나'의 내면 상태와 관련이 있다. '나'의 내면은 다소 극단적인 언어들로 표현된다. 예를 들면, 이런 문장들이다. 동료의 "귀를 물어 뜯"고 싶다고 하거나, "전부 끔찍하게 죽을 겁니다"라는 저주를 퍼붓거나, "병원 전체에 불" 지르겠다고 절규한다. 작가는 '나'의 표면과 내면을 극단적으로 대비시킴으로써, '망상장애'를 그려내고 있다. '망상장애'는 '기괴하지 않은 망상'을 갖는 것을 말한다. '조현병'은 '망상장애'와는 달리, 환각과 사고장애 등으로 타인에게 위해가 될 수도 있어 위험하다. '나'는 '망상장애'로 인한 심리적 억압을 먹는 것으로 해소하고 있다.

그렇다면, '망상장애'의 원인은 무엇일까? 이는 소설 속 인물들의 상처와 깊이 관련이 있다. 소설 속의 '나'를 포함해 심리치료를 받는 이들은 찰나의 한순간으로 인해 '정상성의 궤도'를 이탈한 인물들이다. 과거의 사건이 현재의 인간을 지배하기도 한다. 정신적으로도 그렇고, 육체적으로도 그렇다. 몸에 흉터 하나 없는 인간은 과거가 없는 인간이다. '나'와 '쿠커'도 과거의 상처로 인해 심리적 문제를 안고 있다. 하지만, 비극적이지만은 않다. 다른 궤도의 질서 속에서 스스로를 보존하고 있는 존재들이기에 애써 밝은 모습을 유지한다.

소설 속 '나'는 타인과 깊이 있게 대화하는 대신 돌과 대화하는 길을 선택했다. 그 결정적 사건은 열일곱 살 때 발생했다. '나'는 그 시기에 학교 폭력에 시달렸고, '왕따'로 인해 극심한 고립감에 빠져 있었다. 당시의 고통은 "우주의 모든 불행들이 나를 겨냥해 날아왔고 나는 커다래서 맞추기 쉬운 과녁이었다"라고 할 정도였다. 그 시절 어느 여름, 양아치 한 놈이 '나'를 성적으로 희롱했고, 그를 피해 학교 뒤쪽 주차장에 숨어 있었다. 그 양아치가 '나'를 발견했을 때, 나는 그의 시선을 피하기 위해 돌멩이를 주워 들고 관찰하는 체했었다. 위기에 순간에, 내 손에 있던 돌멩이가 "던져! 날 던지라고!"라고 내게 말을 걸어온 것이다. 마법에 걸린 듯이 던진 돌멩이는 양아치의 이마에 정통으로 맞았고, 이 사건이 계기가 되어 돌과 말을 하게 되었다. 돌멩이는 '나'를 지독한 외로움에서 구원해준 친구였으며, 위기의 순간 내던져 나를 방어할 수 있는 호신용 도구였다. 이후 항상 '나'의 호주머니는 돌멩이로 가득했다. 열일곱 살에 처음 돌멩이의 목소리를 들은 이후, 스물세 살 때 '스콧'을 만나 진한 우정을 나눠왔기에, 사람보다는 돌멩이가 더 친숙한 대화 상대가 되었다.

소설의 주요 인물인 '쿠커' 또한 깊은 내면의 상처를 안고 있다. '내'가 보기에 '쿠커'는 글쓰기 심리치료를 받는 사람 중에 가장 정상인 것처럼 보인다. 외모도 훤칠하고 키도 큰 남자다. '나'는 그에게 매력을 느끼면서도 그가 가까이 접근하는 것을 꺼려했다. 정상인 같던 '쿠커'도 한순간에 삶의 궤도가 바뀌었던 과거가 있었다. '쿠커'는 여덟 살 때 〈월레스와 그로밋〉을 처음 시청했다. 시청한 날 밤 달로 날아가는 꿈을 꾸게 된다. 그 꿈의 여운이 머리를 떠나지 않아, 다음 날 보름달이 뜨자 창틀을 딛고 달을 향해 몸을 날렸다. 그런데 이게 무슨 일일까? 그의 몸이 '오로라색으로 반짝이는 먼지를 뒤로 길게 뿌리면서' 달을 향해 실제로 날아갔다. 그 이후로 '쿠커'는 보름달이 뜨는 밤이면, 달을 향해 날아올라 치즈를 먹고 돌아오는 일을 반복했다. '쿠커'의 아버지는 '미친놈' 취급을 하며 '거기'(정신병원)으로 보내버리면서, 그의 삶마저 바뀌었다.

 그렇다면, 정상인이라고 상처가 없는 것일까? 어머니는 '나'와 '쿠키'와 대비되는, 사회적으로 성공한 정상인이다. 어머니는 유명 패션잡지의 편집 장으로서, 최신 트렌드에 민감하고 소셜 네트워크 팔로워가 천만을 훨씬 넘을 정도로 명망 있는 사람이다. 어머니는 '가장 영향력 있는 대한민국 여 성 직업인 100'에 선정될 정도로 주목받는 삶을 살고 있다. 하지만, 이면을 보면 어머니의 상처 또한 만만치 않다. 어머니는 스물 다섯에 '나'를 낳았 고, '나'를 임신한 상태일 때 아버지가 세상을 떠났다. 어머니 침대 옆 서랍 에는 콘돔 박스가 있지만, 그 콘돔 박스는 "분명히 존재한다는 건 알지만 왜 존재하는지는 도무지 알 수 없"는 것이다. 박스째 있는 콘돔은 어머니의 성적 욕망의 비유다. 하지만, 그것을 충족하기 위한 어떤 행위도 하지 못하 고 방기되어 있다. 게다가 "돌과 대화할 줄 아는 노총각 비만 아들"까지 있 으니 외부적으로 보여지는 삶과 보이지 않는 삶은 전혀 다른 모습인 셈이다.

 '나'와 '쿠키', 그리고 어머니의 모습은 '정상'과 '비정상', '행복'과 '불행'의 구분에 대해 다시 생각하게 한다. 어머니는 집에서 항상 눈물을 짓고 놀라 는 표정을 짓는 것으로 그려지는 반면, '나'는 태평하고 아무 근심 없이 자 신의 상태를 받아들인다. 어떤 사람들은 같은 시공간에 있으면서도 전혀 다른 눈으로 세상을 바라보고 생각한다. 자신의 존재를 다른 위치에 놓음 으로써, 일상을 살아가는 사람들이 욕망하는 것을 욕망하지 않는다. 사회 적 질서 속에 자신은 포함되지 않는다고 생각하며, 일상이라는 삶의 궤도 바깥에서 자신의 자리를 찾는다. 현대사회에서 보통 사람들은 정상성에 대 한 욕망과 비정상성에 대한 불안을 안고 산다. 정상성의 관점에서 비정상 적인 것을 이해할 수 없다고 생각하면, 피하거나 배척하고 만다. '나'와 '쿠 키', 그리고 어머니는 비정상과 정상으로 구분되는 것이 아니라, 과거의 상 처로 인해 걷게 된 길이 다른 존재들일 뿐이다. 과거에 상처받은 경험이 없는 인간은 없다. 우리의 현재는 과거의 깊은 상처를 품고 있기에 지금에 이를 수 있었다. '나'와 '쿠커', 그리고 어머니의 상처는 타자에 대한 고정관념의 변화를 촉구한다. 낯선 것은 비정상적인 것이 아니라, 단지 다른 궤도에서 삶을 살아가는 존재일 뿐이다. 이를 놓치면, 스스로를 정상인이라고 굳게 이들은 타자의 과거 상처를 현재까지 아물지 않게 하는 가해자가 되고 만다.

소설의 결말은 '나'와 '쿠커'가 서로를 받아들임으로써, 비정상적이라고 간주되었던 것에 대한 반전을 꾀한다.

'나'와 '쿠커'는 함께 강가로 여행을 갔다가 큰 사고를 당한다. '쿠커'가 실족하여 강물에 빠져 생명이 위급한 상황에 처하고, '나'는 몸을 내던져 '쿠커'를 구해낸다. 그 과정에서 '스콧'을 강물 속에 빠뜨리게 되고, 잠수사까지 동원하여 겨우 '스콧'을 물속에서 건져낸다. '내'가 '스콧'을 잃고 극심한 상실감에 빠지자 '쿠커'는 '내'게 고백하듯이, "치료사님께 얘기 들었어요. 돌이랑 대화할 수 있다면서요? 지금 잃어버린 돌도 당신 친구죠? 정말 미안해요. 난 당신 말 다 믿어요."라며 진심으로 위로한다. '나'는 "생전 처음으로 나를 믿는다"고 말하는 '쿠커'에게 깊이 감동한다. 게다가 '쿠커'는 '스콧'을 찾은 이후, 잠수사의 출장비까지 지불하여 '나'를 믿는 그의 진심을 전달한다. 그렇다면, '나'는 '쿠커'를 이해하고 받아들였을까? '쿠커'가 보름달이 뜨는 밤이면 치즈로 된 달로 날아간다는 이야기를 했을 때, '나'는 이해할 수도 있을 것 같으면서도 '미친 소리 좀 그만하라'라고 외치고 싶은 두가지 감정을 동시에 느꼈다. 그러다가, 소설의 결말 부분에서 창밖을 보다 "저 멀리 달빛을 받아 또렷하게 드러난 검은 형체가 쏘아 올린 로켓처럼 밤하늘로 솟아오르"는 장면을 보게 된다. '쿠커'의 모습은 마치 박민규의 「그렇습니까, 기린입니다」의 결론을 연상시킬 정도로 갑작스러운 반전이다. '쿠커'가 달을 향해 날아가는 장면을 제시함으로써, '내'가 돌과 대화하는 것과 마찬가지로 '쿠커'도 치즈 달로 실제로 여행을 하고 있었던 것이다.

'내'가 '쿠커'의 치즈 달 여행을 실제 현실로 받아들이는 순간, 돌멩이 친구 '스콧'은 목소리를 잃고 만다. '스콧'은 "그저 내 손아귀 안에서 조용하고 차갑게 식어가고" 만다. '나'는 '쿠커'를 얻은 그 순간, '스콧'을 잃었다.

이 갑작스러운 결말을 어떻게 해석할 수 있을까? 이 소설을 중층적인 구조로 파악하는 것은 어떨까? 첫 번째 표층적 서사는 '나'와 '쿠커'가 글쓰기 심리치료센터에서 만나 서로를 이해하고 위로하는 관계로 변화하는 과정을 그린다. '나'는 대화 상대를 '스콧'에서 '쿠커'로 바꾸게 되고, 이것이 인간과 교감하는 방법을 터득한 치유의 과정이라고 볼 수 있다. 두 번째 심층적 서사는 이 소설을 글쓰기 심리치료의 결과물, '치료 과정으로서의 글쓰기'로 볼 수 있다. '나'는 내면세계를 글로 표현함으로써, '망상장애'를 글로 치유하는 과정을 보여준다. 이렇게 접근했을 때, 소설 속에서 다양한 음식 이미지가 등장하고, 먹는 장면이 그려지는 이유를 이해할 수 있다. '나'의 내면적 욕망이 글쓰기로 표현되었기에 '음식' 이미지가 충만하게 그려졌다. 글쓰기 심리치료사가 소설의 초반부에서 "겁내지는 마세요. 그냥 친구를 만들러 나왔다고 생각하세요."라고 말한 의미도 명료해진다. 이는 일종의 복선으로, '나'와 '쿠커'의 친구 되기가 심리치료의 과정이었다는 해석이 가능하다. 소설의 마지막에서 '쿠커'가 달로 날아가는 것도 글쓰기를 통한 심리치료의 구체적 형상화로 볼 수 있다. 이렇게 볼 때, '쿠커'의 비범한 능력이 실재인지, 환상인지는 중요하지 않게 된다. '나'의 글쓰기는 심리치료의 결과물이기에, 환상적 비약이 허용될 수 있기 때문이다. 「치즈 달과 비스코티」를 중층서사로 읽을 경우, 소설의 구조에 대한 해석이 훨씬 풍부해지고 흥미로워진다는 측면에서, 작가의 소설적 구조 설정에 감탄하게 된다.

이유리 작가는 2020년에 등단한 돋보이는 필력의 소유자다. 그는 「빨간 열매」로 2020년 『경향신문』 신춘문예 소설부문에 당선되어 등단했다. 작가로서 활동을 시작한 이후 처음 발표한 작품이 앞에서 살펴본 「치즈 달과 비스코티」이다. 연이어서 「손톱조각」(『실천문학』 2020년 봄호)과 「평평한 세계」(『문장 웹진』 2020년 7월호)로 자신의 작가적 역량을 증명해냈다. 「빨간 열매」는 세상을 떠난 아빠를 '말하는 나무'로 천연덕스럽게 형상화한 작품이다. 이유리 작가는 '아빠 나무'와 능청스럽게 대화하면서, 새로운 사랑을 만나고 상실의 아픔을 치유해 나가는 과정을 성공적으로 그려냈다. 「손톱조각」도 비슷한 서사적 흐름을 보인다. 죽인 애인이 결혼한 '나'를 찾아온다는 설정 자체는 귀신 이야기처럼 오싹해야 하는데, 시종일관 밝은 분위기를 유지하고 있는 소설의 정서가 강렬한 흡입력을 발휘한다. 이들 작품들은 모두 말하지 못하는 존재들이 수다스럽게 말을 한다는 설정의 유사성을 갖고 있다. 말하는 돌멩이, 나무, 손톱조각이 환상적 분위기를 만들어, 소설의 정조를 포근하게 유지한다.

따뜻한 위로의 서사만을 구사할 것 같던 이유리 작가가 「평평한 세계」에서는 전혀 다른 분위기를 펼쳐 보여 놀라웠다. 「평평한 세계」는 익숙한 투명인간 모티프를 활용하면서도, 폭력의 세계를 강렬한 필치로 독하게 그려냈다. 이 젊은 작가는 '위로와 연대'라는 분명한 주제의식을 표현하면서도, 목소리 없는 존재가 '말을 한다'라는 모티프를 능수능란하게 변주해내는 서사적 기법을 활용하고 있다. 목소리 없는 존재들은 상처받은 약소자들이며, 자기 표현 방법을 박탈당한 자들이다. 이들에게 목소리를 줌으로써, 의인화 소설을 기법적으로 변형해낸 이 작가의 서사적 역량이 놀랍기만 하다.

이유리 작가는 상상력의 의외성과 따뜻한 유쾌함을 소설의 서사에 능청스럽게 버무려냈다. 이 작가의 향후 소설가로서의 행보는 지금까지 발표한 작품만으로도 충분히 응원을 받을 만한 자격이 있다. 앞으로 만나게 될 이유리 작가의 첫 소설집이 독자들에게 큰 문학적 행복을 안겨주기를 기대한다.

거의 하나였던 두 세계

임현

2014년 『현대문학』 신인추천으로 작품 활동 시
작. 단편집 『그 개와 같은 말』, 중편소설 『당신과
다른 나』가 있음.

거의 하나였던 두 세계

1

사실, 그 일에 대해 오명조가 내게 어떤 식으로든 영향을 줄 거라고 생각한 적은 한 번도 없었다. 오히려 나는 멀리서 사태를 관망하는 입장이었고, 대체로 무관했으며, 학교의 입장에서 보자면 나름 난처한 면도 없진 않겠으나 엄연히 피해자가 있는 사안이니만큼 정당한 보상과 그에 따른 책임 있는 사후 대책 마련이 더 중요하다고 여겼을 뿐이다. 좀더 솔직하게 말하자면, 뭐든 될 대로 되겠지…… 하는 심정에 가까웠다. 그러나 그때도 지금도 연재는 나와는 조금 다른 마음인 것 같았다.

여름 계절학기를 얼마 앞두고 예상보다 복잡하게 돌아가는 상황을 대강 설명해주었을 때, 그러니까 결국 피해 학생 쪽에서 변호사를 선임하고 엊그제 학과 사무실로 내용증명이 날아왔더라는 소식을 전했을 때, 연재는 동그랗게 뜬 눈으로 나를 가만 쳐다보기만 했었다. 그러고는 이 순간 반드시 해야만 하거나, 가장 적당한 말을 찾으려는 사람처럼 조그맣게 입을 움찔거리다가 다시 다물기를 반복했는데, 끝내 거기에 대해 뭐라 하는 말은 없었다. 그 대신 좀더 시급하고 중요한 문제라는 듯이 이번 달에 계획된 경조사며 자동차 검사비, 각종 공과금과 대출 이자 등에 대한 상세한 지출 목록을 늘어놓기 시작했다. 나는 죄 지은 사람처럼 괜히 어깨를 움츠리고 머리를 조아린 채 연재의 정확한 셈에 따라 한 번씩 고개를 끄덕이면서, 혹시라도 무겁게 한숨을 내쉬지는 않을까, 여기에 더 필요한 무언가가 있다거나 거기에 들어갈 만만치 않은 비용을 들먹이는 거 아닐까…… 마음이 조마조마해졌다. 연재도 편치만은 않아 보였다. 더구나 평소와 달리 그때는 왠지 내 눈치를 살피는 것 같았는데, 결국 뭔가를 고백하는 사람처럼 조심스럽게 내게 물어왔다.

"당신은 별일 없는 거지?"

"나야 뭐, 괜찮지."

그러니까 그때는 그랬다는 것이다. 괜한 걱정과 우려에 내심 당당해지기까지 했었다. 무엇보다 당장 처리해야 될 생활비와 공과금에 비하자면 그 일은 뭐, 나와는 전혀 무관했다. 단순히 그냥 기다리기만 하면 되는 거라고 생각했다.

지난 학기 명조가 내 수업을 수강한 적은 있지만 별로 눈에 띄는 학생은 아니었다. 다른 자리에서 건너 듣기로 고창인가 고흥 어디에서 부모님이 복분자 농장을 운영하는데, 학과 행사를 위해 과실주나 건강음료 등을 무료로 제공한 적이 있다고 했다. 그렇다고 그걸로 특별한 대우를 받는다거나 동기들에게 인기가 있던 것은 아닌 듯했는데, 그런 말을 듣던 당시의 나조차도 대단한 의미를 두고 기억한 것은 아니었다. 본래는 타 대학에서 치기공이던가, 치위생인가를 전공하다가 작년에 편입을 했더라는 이력을 들을 때도 마찬가지였다. 누군가를 떠올리기는 했으나 전혀 다른 사람이었다. 나중에 엉뚱한 학생에게 군이 국문과로 편입한 이유를 물었다가 "제가요? 저는 그런 적이 없는데요?" 어쩐지 억울해하는 반응이 돌아와 당황한 적도 있었으니까.

다만 그로부터 얼마 뒤, 써지지 않는 학회 발표 원고를 앞에 두고 끙끙대던 중에 명조를 생각한 적은 있었다. 기력 회복과 집중력 향상에 도움이 되는 보양식을 검색하다가, 언젠가 누가 오디즙 한 팩을 건네기에 받은 적이 있는데 그게 아마 그 학생일 수도 있겠구나…… 하는 정도였다.

명조에 대해 그나마 내가 정확하게 기억하고 있는 것은 그 학기가 절반쯤 지났을 무렵의 일이었다. 비전임교원을 대상으로 단과대학별 교육 프로그램이 있던 날이었는데, 법정의무교육이었고 그래서 그런가, 다소 민방위훈련 같은 분위기에서 '인권'이나 '평등', '차별 없는 우리 대학' 같은 말들이 흘러나왔다. 온라인상으로 개별 수강도 가능했으나 소강당 안에는 아는 얼굴들이 제법 보였다. 언젠가 재임용 계약을 하는 데 이런 자리에서 얼굴 한 번씩 비추는 게 도움이 된다는 말을 들은 적이 있었다. 그러나 내 경우엔 꼭 그런 이유 때문만은 아니었다. 신경이 쓰이기는 했으나 뭐, 그렇게 하지 않을 만한 이유도 딱히 없었을 뿐이었다. 새로 부임했다는 인문대학장이 인사차 단상에 올라와 "지금 여러분 표정이 내 수업을 듣는 학생들과 아주 똑같군요" 하고 농담을 했을 때도 일부러 더 크게 반응한 것은 아니었다. 그냥 웃겨서 웃었을 뿐인데 옆에 앉은 누군가가 떨떠름하게 나를 쳐다보았을 땐 그게 뭔가 다른 의도로 보이지는 않을까, 괜히 마음이 불편해졌다. 더구나 그가 방금 혼자서 중얼거리던 말이 무엇이었는지 되묻고 확인하고 싶었다.

"이런 게 다 폭력이지."

왠지 그런 소리를 들은 것도 같았기 때문이었다.

바쁘지 않다면, 하고 조건이 붙기는 했으나 교육을 마친 뒤 이어진 식사 자리에 몇몇 시간강사들과 함께 참석한 것도 다 비슷한 이유에서였다. 평소라면 수업을 마치자마자 배차 시간과 환승 시간을 확인하고, 편도로 두 시간이 걸리는 일산까지 어떻게든 서둘러 돌아갈 걱정을 했을 테지만, 그렇다고 딱히 서둘러 해야 할 일이 있는 것도 아니었다. 물론, 전임교수들이 먼저 예약된 식당에서 자리를 잡고 기다리고 있더라는 말도 전혀 이유가 되지 않은 것은 아니었다. 그럼에도 연재에게 전화를 걸었고, 만약 조금이라도 마뜩잖아하거나, 당장 출발하라거나 하는 식의 말을 듣게 된다면, 당연히 그렇게 할 생각이었다.

"당연히 괜찮지."

구차하게 사정을 설명한 것도 아닌데, 연재는 흔쾌히 허락해주었다. 그래도 너무 늦으면 안 되니까 막차 시간을 꼭 확인하라는 말도 덧붙였는데, 막차는 무슨…… 그렇게까지 오래 남아 있을 생각이 내게는 전혀 없었다.

예상보다 자리가 길어진 것은 말하자면 괜한 오해를 피하고 싶었기 때문이었다. 테이블당 하나씩 느타리버섯을 가득 넣은 불고기전골이 올라와 있었고, 그것을 중심으로 둘러앉은 그 자리가 나는 몹시 어색했다. 간단한 인사말과 안부들이 오간 뒤, 그것으로 마치 해야 할 일은 이제 다 끝났다는 듯이 몇 사람이 먼저 일어서기도 했다. 그러니까 대부분은 불편해하지만, 그렇다고 아주 없애버리기에는 누군가에게는 또 아쉬울 법도 한 자리라, 굳이 애써서 차려놓은 모양새였다. 맥주 한 잔을 받은 채 나는 적당히 빠져나갈 기회를 노리고 있었다. 가까운 곳에 행사 진행을 위해 동원된 근로장학생 몇 명이 따로 테이블을 잡고 있어서 "너는 네 말을 좀 해. 그렇게 남의 말만 하지 말고" 하는 대화도 좀 엿듣다가, 누군가 내게 말을 걸면 대답하고, 대개는 딱히 누구한테 하는 말이 아닌 말들을 들으면서, 혹시라도 붙잡거나 술을 더 권한다면 그때 댈 만한 핑곗거리를 미리 생각해두고 있었다. 교학처장으로부터 버섯이 콜레스테롤 감소에 좋다거나, 그래서 고기랑 먹으면 궁합이 잘 맞는다는 소리를 들을 때도 마찬가지였다. 거기에 다른 생각이 있던 것은 아니었다.

"그렇게 고개만 끄덕이지 좀 말아요."

그런데도 정확하게 나를 지목하던 그 낮은 목소리가 나는 꽤 당황스러웠다.

"왜 듣지도 않고 마냥 그렇다고만 하냐고요. 사람 참…… 기분 나쁘게."

그러고는 곧장 자리에서 일어나 식당 밖으로 나가버렸다. 무안하기도 하고 창피하기도 하고 무엇보다 이 상황을 해명하고 싶은 것이 먼저였으나 정작 그 순간의 나는 젓가락을 들어 전골 한 움큼을 집기만 했을 뿐이었다. 따라두고 오래 마시지 않은 미지근한 맥주도 한 모금 들이켜고 질긴 버섯을 우적우적 씹으면서, 그렇지 버섯은 콜레스테롤을 낮추지, 소화기관에도 좋고 비만이나 고혈압에도 효과가 좋아서 성인병 예방에도 좋다던데…… 근데 그게 뭐, 좋은 것을 좋다고 했을 뿐인데 내가 뭘, 뭘 어쨌다고…… 그런 생각만 했을 뿐이었다. 옆에 앉은 또다른 사람이 내 무릎을 툭툭 두드려주었을 땐, 정말이지 내가 뭔가 잘못을 저지른 사람이 된 것 같아 억울한 마음도 들었다.

그날 연재는 새벽 두 시를 넘겨서야 도착한 나를 타박하거나 반드시 그랬어야 할 이유를 따져 묻거나 하지 않았다. 샤워를 다 마칠 때까지도 먼저 잠들지 않고 나를 기다리고 있었는데, 그래서 다음 학기는 어떻게 되는 거냐고, 거기서 뭣 좀 들은 게 없느냐고, 묻고 싶은 것들이 많았을 텐데도 그러지 않았다. 실은 나도 그게 가장 궁금했으니까. 식당에서 있었던 난처한 일들에 대해서도 나는 말하지 않았다. 그랬다면 아마 연재는 그로부터 더 많은 고민을 해야만 했을 것이다. 불안해하고 걱정을 하고 좀처럼 해답이 나오지 않는 계산에 빠져들었을 텐데, 대신 우리는 명조에 대한 이야기를 조금 나눴을 뿐이었다. 계획보다 너무 늦어버린 사정에 대해 설명하다가, 그 자리에 내 수업을 들던 학생도 하나 있었다고, 막차 시간은 이미 지난 뒤였고 가는 방향이 비슷해서 함께 택시를 탔으나 생각보다 많이 돌아가는 길이었다고. 그러니까 그 적지 않은 시간 동안 명조와 나는 이것저것 많은 이야기를 나누었다. 명조는 뭐랄까, 아무것도 담기지 않은 빈 국그릇 같은 아이였다.

"말이 뭐 그래. 국그릇이 뭐야, 사람한테."

그때는 그냥 그것 외에는 별다른 표현이 떠오르지 않았다. 생긴 것도 뭉툭하고 하는 말도 대체로 진지한 데다가, 딱히 표정이랄 것도 없이 사람을 뚱하게 바라보는 것이 상대방을 괜히 부담스럽게 만들었다. 그렇다고 그게 무례하다거나 불량하다거나 어떤 다른 감정을 품게 만들었던 것은 아니었다. 다만, 명조가 아무한테나 자기 속엣말을 해버리는 부류라는 생각은 했었다. 그런 솔직함이 나는 조금 어색했을 뿐이었다.

예를 들면, 아까 친구들과 제법 심각해 보이던데 무얼 두고 그런 거냐고 내가 물으면, 거기에 대해 명조는 제법 성실하고 지루하게 설명해주었다. 별로 귀담아들을 만한 말은 없었다. 맥락이나 요점이 무엇인지도 제대로 이해하기 어려웠으나, 대신 명조가 어떤 종류의 사람인지는 알 수 있었다. "너는 네 말을 좀 해" 그런 말을 들으면서도 묵묵히 젓가락을 놀리고, 입 안에 무얼 채워 넣기만 하던 명조를 나는 어쩐지 이해할 수 있었다. 무엇보다 그런 순간에도 나는 나를 생각했다. 그러니까 그 자리에 명조가 아니라 내가 있었더라면 나도 그랬을 거라고, 물론 내 앞에 명조 같은 사람이 있었더라면 남의 말만 하지 말고, 네 말을 좀 하라며 비슷하게 참견하고 조언하고 싶었을 테지만, 명조가 없고 나만 거기 있었더라면 누군가에게 그런 말을 듣는 사람이 내가 되었을 거라고, 생각했다.

"사람들이요, 다 나를 싫어하는 것 같아요."

한적한 도로에서 신호를 받고 대기 중인 택시 안에서 명조가 그렇게 말했을 때도 비슷한 마음이었다. 뭔가 답을 해야만 할 것 같은 부담감도 있었고, 그게 뭐든 명조에게 도움이 되는 쪽이어야 할 것 같았다. 그랬으므로, 특별히 명조 씨가 무얼 잘못해서라기보다는 단순히 그 자리에 당신이 있었기 때문이라고, 그러니까 사람들은 다들 비슷비슷하고, 아주 다르게 사는 것도 아니면서 누군가로부터 자기 자신을 발견하는 일이 견딜 수 없을 때가 있다고, "나도 그래요. 나랑 너무 닮은 사람들을 보면 불편해. 불편하지, 당연히." 그런 말들을 두서없이 늘어놓았다.

2

　무엇을 어떻게 바라보느냐에 따라서 전혀 다른 것을 보게 된다는 것쯤은 이미 상식적인 소리겠지만, 그게 아는 것만큼 쉽게 이해되는 일은 아니었다. 단순히 나와 다른 생각을 가진 것뿐이니 상대방의 의견을 존중하고, 그것으로 양질의 토론을 기대하는 일도 사실상 거의 불가능했는데, '사고와 표현'을 처음 맡았을 때도 비슷한 말을 들은 적이 있었다. 낙태나 안락사, 국제난민과 표현의 자유 같은 문제를 두고 주로 토론과 발표를 중심으로 진행되는 교양 과목이었다. '논리적 글쓰기'와 함께 한 학기 동안 내게 배정된 강의였는데, 그러니까 새 학기가 막 시작되고 얼마 뒤, 학과 교수들과의 가벼운 면담 자리에서 나는 강의에 대한 몇 가지 조언과 당부를 들을 수 있었다.

　"너무 개인적인 생각은 드러내지 마세요. 학생들이 서운해합니다. 한쪽 편만 든다고 오해하거든요."

　꼭 그런 이유 때문만은 아니더라도, 공평하고 중립적인 태도로 양쪽의 의견을 조율하는 것은 교수자로서의 마땅한 자세라고 생각하는 편이었다. 문제는 그게 안다고 그대로 실천할 수 있는 종류의 일이 아니라는 점에 있었다. 드러내놓고 특정 주장을 지지하거나 응원하지 않더라도 수강생들을 서운하게 만들 만한 사례는 적지 않았는데, 한번은 수업을 마치고 학생 하나가 개별적으로 찾아온 적도 있었다. 임의로 배정된 발표 조를 바꾸어줄 수 없겠냐는 것이었다. 따로 선호하는 조가 있던 것은 아니었고, 납득할 만한 이유를 댄 것도 아닌 데다가, 그게 어딘가 공정하지 않은 것 같아 허락하지는 않았다. 그리고 이후로 수업에서 그 학생을 다시 볼 수 없었다. 별

거 아닌 일에 내가 괜히 상처를 준 건 아닐까, 어쩌면 설명하기 어려운 나름의 사정이 있었을 텐데 내가 너무 단호하게 굴었나, 싶어서 몹시 신경이 쓰였다. 그럼에도 당시에는 다른 부분을 고려하는 것이 더 먼저였다. 무엇보다 나는 그 이유가 아마 명조 때문일 거라고 짐작했는데, 하필 그 학생의 조원 중에 명조가 포함되어 있었고, "다 나를 싫어하는 것 같아요"라고 말하던 담담한 표정이 줄곧 마음에 걸렸기 때문이었다. 그랬으므로 내 입장에서 보자면, 단순히 한 학생의 조를 바꿔주는 문제라기보다는 누군가를 소외시키는 일이 될지도 모른다고 우려했던 것이다.

더욱이 되도록 조심해야 한다는 그즈음의 주변 분위기도 한몫을 하긴 했었다. 사학과 A 교수가 수업 중에 발언한 차별적인 표현 때문이었는데 이와 관련된 공문과 일종에 예방 매뉴얼 성격의 메일들이 잔뜩 전달되었다. 대부분은 무언가를 하지 말라는 것이었고, 그렇게 했을 경우 받을 수 있는 불이익과 근거가 되는 법조항 들이 나열된 서약서에 서명을 받기도 했다. A 교수에 대해서라면 이전에도 권위적인 태도에 불만을 품은 학생들이 적지 않았다. 내가 이미 알고 있는 것만 해도 몇 가지가 있었는데 출석을 부른 뒤에는 강의실 출입문을 잠가버린다거나, 성적에 대해 이의를 제기하면 오히려 페널티를 준다거나, 또 언젠가는 요일을 착각했는지 전혀 다른 과목 시간에 들어가 그대로 수업을 진행한 적도 있었다고 했다. 물론, 담당 교수가 도착한 뒤에 이미 강의실은 잠겨 있었고 아무리 두드려도 문을 열어주지 않았더라는 이야기도 들었다. 한여름에도 넥타이와 양복을 갖춰 입은 채, 슬리퍼를 신은 학생들을 지적하던 A 교수를 나도 본 적이 있었다. 화단이나 벤치에 버려진 것들을 줍는 것도 보았고, 연구동 화장실에서 단정하게 머리를 빗는 모습도 보았다. 나이에 비해 숱이 많았으나 염색 없이 하얀 뒤통수였다. 그러고는 세면대에 남은 물기를 맨손으로 말끔하게 닦아내던 것도 볼 수 있었다.

한번은 강의동 건물 앞에서 마주쳤다가 몇 마디 말을 나눈 일도 있었다.

그의 손에 들린 것들을 차마 모른 척하기가 어려웠기 때문이었는데, 그러니까 빈 캔이나 담배꽁초, 본래는 무엇이었는지 알 수조차 없을 만한 자질구레한 것들을 줍고 있는 A 교수 곁에서 나도 함께 도왔던 것이다. 주변에 더 주울 것이 보이지 않을 때가 되어서야 나는 그에게 손을 내밀었다.

"주세요, 선생님. 제가 버리고 오겠습니다."

그때는 다만 유별나다고 생각했을 뿐이었다. 고집스럽고 고지식하고 남의 말은 하나도 듣지 않지만 묘하게 안타깝기도 하고, 적응의 문제겠지…… 그렇게 살아온 사람들은 그렇게 살게 되니까…… 하는 마음이었다. 그런데도 A 교수는 나를 빤히 쳐다보기만 할 뿐, 손에 든 무엇도 내게 건네주지 않았다. 대신 이런 말을 하긴 했었다.

"내가 모은 걸 왜 그쪽이 뺏어가나?"

A 교수와 나눈 대화는 그것이 전부였다. 듣기에 따라 화를 내는 것도 같고, 억울해하는 것도 같아서 오히려 상대방을 당혹스럽게 만드는 말투였다. 그랬으므로 빠른 걸음으로 멀어지는 그를 나는 멀뚱히 서서 쳐다볼 수밖에 없었다.

목소리가 작거나 소극적인 학생들에게 A 교수는 특히나 모질게 대한 모양인데, 문제가 된 사건도 아마 비슷한 상황에서 벌어진 것 같았다. 교내 커뮤니티 익명 게시판에 올라온 사건의 개요는 대강 이랬다. 그날도 학생 하나가 지목되었고, 강의실 앞으로 불려 나왔으며, 읽어가는 과제물의 문장들을 조목조목 지적받기도 했는데, 그럴수록 더 움츠려드는 목소리를 A 교수는 가만 듣고만 있지 않았다. 그러다가 마침내 그 학생이 눈물을 보인 후에야 겨우 제자리로 돌아갈 수 있었다.

해당 게시글이 올라왔을 당시만 하더라도 다른 글에 비해 눈에 띌 정도로 높은 조회수를 기록한 것은 아니었다. 댓글이 많았다거나 A 교수의 일화 중 유독 특별한 경우도 아니었는데 사건이 불거지게 된 것은 이튿날, 공개적으로 게시된 외국인 학생들의 성명서 때문이었다. 학내에 만연한 차별적인 정서를 지적하고, 이와 관련된 인종적·문화적 편견과 선입견의 사례들, 그러니까 우물거리고 불분명한 학생의 발음을 지적하던 중에 나온 A교수의 특정 발언, "자네, 혹시 중국인 학생인가?"라는 표현에 대해 심각한 우려를 표하며, 이에 대한 유의미한 후속 조치와 재발 방지책 등을 촉구하고 나섰던 것이다.

그로부터 얼마 뒤, 나는 연재에게도 그간에 올라온 게시물들을 보여주었다. 성명서에 대한 지지 의견을 담은 새로운 글들과 거기에 달린 댓글들을 꼼꼼히 읽어가던 연재는, 그래서 평소의 언행과 처신을 똑바로 해야 한다고 내게 당부했다. 겸손하게 행동하라고도 하고, 너무 가르치려고 들지 말라고도 했는데, 내가 하는 일이 그거라고 "그러면 내가 뭘 얼마나 겸손하게 안 가르쳐야 하는데?" 어쩐지 억울한 마음이 들어서 조금 언성을 높이기도 했다. 그런데도 연재는 왜 또 그렇게까지 반응하느냐, 조심해서 나쁠 건 없지 않으냐, "당신이 좀 그래. 그렇게 자기 할 말만 하고 그러지 말라고. 그게 사람을 얼마나 피곤하게 하는데." 그런 말로 나를 골리려고만 들었다.

나라고 뭐, 거기에 딱히 다른 의견이 있었던 것은 아니었다. 나쁘다고 생각했고, 그런 말을 해서는 안 되는 거라고도 생각했는데, 나쁘지, 나쁘긴 물론 나쁘지, 나쁘긴 나쁜데, 나쁜 말이네…… 다만 생각이 많아졌을 뿐이었다. 그사이 추가로 올라온 게시물들을 살피면서 거기에 또 다른 말은 없는지, 혹시라도 내가 몰랐던 더 나쁜 경우를 발견하게 되는 것은 아닌지 마음이 초조했었다.

그날 저녁 연재는 줄곧 서재에만 틀어박혀 있던 내게 묻지도 않고 치킨한 마리를 배달시켰다. 언제 나갔다 왔는지 편의점에서 네 개에 만 원씩 파는 캔맥주도 식탁 위에 올려져 있었는데, 그걸 먹고 마시는 동안 연재는 줄곧 역류성 식도염과 각종 성인병 등에 대한 걱정을 늘어놓았다. 그리고는 얼마 전에 종영한 드라마 이야기도 좀 하고, 이름만 알고 만난 적은 없는 자기 친구들의 소식도 전하고, 잠깐 아무 말이 없는 틈에 괜히 빈 캔을 힘들여 구기던 내게 "당신은? 당신은 나한테 뭐 할 말 없어?" 하고 묻기도 했다.

미지근해진 맥주캔 주변으로 벌써 흥건하게 물이 고여 있었다. 나는 마른 행주를 들고 와 젖은 곳을 훔치면서, 실은 얼마 전부터 학생 하나가 수업에 나오지 않는다고, 이러저러한 일이 있었고, 나도 나름대로 이유가 있어서 그랬던 것뿐인데, 그게 자꾸 신경이 쓰이네, 하고 말했다.

"근데 있잖아, 자기가 부당한 대우를 받았다고 생각하면 어쩌지? 내가 일부러 자기를 차별해서 그런 거라고 오해하는 거면 어떡해?"

간혹, 나는 연재가 나에 대해 나보다 더 잘 알고 있는 것 같을 때가 있는데, 그럼에도 아는 것 모두를 드러내지 않고 대신 내가 아닌 다른 것들에 대해 말하려고 애쓸 때 특히 더 그랬다. 그게 연재 나름의 세심한 배려라는 것을 나는 알고 있었다. 더구나 나 역시 연재가 말하지 않은 연재의 진짜 속마음 같은 것을 알아챌 때가 있었다.

"아무래도 그게 공정한 거니까. 원칙대로 한 건데, 뭐."

그렇게 말하는 연재의 표정이 제법 무심해 보였다. "뭐야, 겨우 그것뿐이야?"라고도 하고, 텔레비전을 틀어 절반쯤 지난 예능 프로그램을 시청하기도 했다. 그러니까 그런 것들로 나를 안심시키려 들었다. 그 밤 연재는 좀처럼 잠들지 못했다. 자주 뒤척이고, 속이 더부룩하다며 소화제를 찾기도 하고, 아무래도 밤에 무얼 먹는 버릇은 좋지 않다고도 했으나, 나로서는 꼭 그런 이유 때문만은 아닌 것 같았다.

관점에 따라 같은 것도 다르게 볼 수 있다는 말에는 만약, 아무런 태도나 입장을 취하지 않는다면 무엇도 볼 수 없다는 점이 전제되어 있었다. 요컨대 우리는 의미 있는 무언가를 보는 것이 아니라, 우리가 보는 무언가에 의미를 부여하고 있는 셈이다. 그것을 강의 중에 설명해야 할 때, 나는 오리로 보이기도 하고, 토끼로 보이기도 하는 그림을 예로 들었는데 실은 여기에 숨겨진 진짜 비밀은 따로 있었다. 그러니까 하나의 그림이 다르게 보일수 있다는 점을 인정하는 일은 별로 어렵지 않지만, 그 둘을 동시에 보는일은 결코 불가능하다는 것. 우리가 동일한 한 장의 그림에서 볼 수 있는것은 오직 오리이거나 토끼일 뿐, 오리인 동시에 토끼인 것을 경험할 수는없다는 것. 아무리 애를 쓰고 도전한다고 하더라도 매우 짧은 시간 안에 우리의 의식 체계가 토끼에서 오리로, 오리에서 토끼로 순식간에 전환되어버리기 때문인데, 마찬가지로 우리가 무언가를 말하려 들 때 필연적으로 다른 무언가를 부정할 수밖에 없다는 것. 그러므로 다른 관점을 인정하고 받아들이기 위해서 가장 선행되어야 할 자세는 의식적으로 무엇이 부정되었는가를 상상하는 일이라는 것. 예를 들어 우리가 오직 오리만을 보고 있을때 한때 토끼를 보았던 과거의 경험은 나와 다른 입장을 상상하는 데 도움이 된다는 것…… 등등.

그러니까 나는 지난 학기 '사고와 표현'에서도 같은 내용의 강의를 한 적이 있었다. 그럼에도 보통 때와는 나의 마음가짐 같은 것들이 조금 달랐는데 평소처럼 같은 그림을 프로젝터 화면에 띄워놓고, 익숙하게 하던 말을했을 뿐인데도, 어쩐지 변명을 하고 있는 듯한 기분이 들었던 것이다. 여전히 그 학생은 출석하지 않았고, 이후로 내게서 부당한 대우를 받았다는 고발성 글이나 문제 제기가 있던 것도 아니었다. 더구나 정작 그걸 들었으면하는 사람이 눈앞에 없는데도 그것과는 상관없이 누구에게라도 말해두어야만 할 것 같았다. 다만, 이전에는 듣지 못한 말을 듣기는 했었다. 학생들이 서둘러 빠져나가는 강의실에서 명조는 뭔가 할 말이 있다는 듯이 마지막까지 남아 있었다. 그러고는 예의 그 뭉툭하고 뚱한 표정으로 그렇지 않다고 말하는 것이었다.

"근데요, 이렇게 하면 그게 보이던데요."

이미 아무것도 없는 빈 칠판이었고, 거기서 무얼 보고 그러는지 정확히 알 수 없었다. 다만, 거의 감길 듯 게슴츠레 뜬 눈으로 "이렇게 하면 둘 다 보여요" 하던 명조가 나는 엉뚱하다고 생각했을 뿐이었다. 진짜는 그게 뭐든 별로 궁금하지 않았기 때문이었는데, 무엇보다 그런 명조가 내게 어떤 식으로든 해가 될 거라고는 전혀 생각하지 않았다.

3

A 교수에 대해 내가 이전과 조금 다른 생각을 품게 된 것은 그로부터 얼마 지나지 않아서였다. 그사이 크게 달라진 상황은 없었다. 여전히 게시판에는 항의성 글들이 올라왔고, 사과를 요구하기도 했으며, 몇몇 학생들은 해당 수업의 출석을 거부하기도 했다. 다만 그러거나 말거나 A 교수는 별다른 대응을 하지 않았는데, 여전히 출석을 부르고 그런 다음에는 문을 걸어 잠갔으며, 평소와 다름없이 수업을 진행했던 것이다. 더구나 익명 글에서 언급된 해당 학생에 대한 적절한 보상이나 후속 조치 역시 전혀 없었던 모양인데, 무엇보다 당사자가 직접 나서서 거기에 대해 항의하거나 요구한 일도 없었다. 듣기로 여전히 해당 강의에 빠지지 않고 출석하는 중이라고 했다. 물론, 학생회 측에서 당사자를 직접 찾아가 나름의 도움을 주려고 시도한 적은 있었으나, 기대했던 것과는 아주 다른 말을 들었을 뿐이었다.

"아니요, 저는 교수님이 나쁜 의도로 그런 건 아니라고 생각해요."

그러고는 본인에 대한 글이 허락도 없이 돌아다니는 것이 불편하다고 했다. 게다가 자신을 자꾸 설득하려는 사람들에게 오히려 경고성 발언도 남겼다고 했는데, 그게 정확히 무엇에 대한 경고인지는 다른 자리에서 들을 수 있었다. 그러니까 학과장으로부터 예정에 없는 저녁 식사를 함께 하자는 전화를 받은 날이었다. 그보다 며칠 전에는 다른 곳으로부터 연락을 받기도 했었다. 사학과 강사들을 중심으로 일종의 대응 방안을 모색 중이라는 내용이었는데, 그게 나를 난처하게 만들었다.

나는 학교 측에서 이번 사안을 보다 서둘러 처리해주기를 바라고 있었다. 누군가로부터 부당함을 지적받았으니 이에 대한 적절한 조치를 취하고 원만한 합의라든지, 필요한 보상이라든지, 하다못해 관련자에게 책임을 묻거나 제재를 가해줄 거라고 기대했었다. 무엇보다 나와는 상관없다고 여겼던 일들로부터 내가 어떤 식으로든 피해를 받지 않기를 바랐는데, 나만큼 상관없다고 생각했던 다른 학과의 강사들이 성명서 작성에 동참하기로 했다는 소식을 들은 후로는 왠지 조바심마저 들었다.

재임용 계약을 얼마 앞두고 학과장을 만난 자리에서도 나는 이 문제에 대한 나의 솔직한 마음을 털어놓았다. 학교 근처의 중화요리 전문점이었고, 회식이나 모임 장소로 자주 이용되는 곳이라, 혹시라도 모르는 누군가가 우리의 대화를 엿듣는 것은 아닌가 불안하기도 했었다. 그럼에도 말을 하면 할수록 어쩐지 억울한 기분이 들었는데 어딘가에 화가 나기도 했으며 좀처럼 말을 멈추기가 어려웠다. 그러는 동안 주문한 요리가 나왔고, 그것을 다 먹기도 전에 식사 메뉴를 추가로 주문을 받았으며, 그때까지도 학과장은 심각한 표정으로 내가 하는 말들을 모두 듣기만 했었다. 그러다가 아무것도 집지 않은 빈 젓가락으로 식탁 위를 톡톡 두드리며 말했다.

"그래도 김 선생은 괜찮을 거예요. 애들이 김 선생은 좋아하잖아. 우리가 문제지, 우리가. 처음부터 제대로 일처리를 했어야 했는데⋯⋯. 괜히 신경 쓰이게 해서 미안하네, 이거."

이미 다 불어버린 면을 휘휘 저어가며 나는 학과장의 말을 들었다. 그러나 조금도 마음이 편해지지 않았다. 그 문제라는 게 문제를 겪고 있다는 의미에서 문제인 건지, 문제를 일으켰다는 것의 문제인 건지 애매하기도 했지만 그때는 뭐랄까, 단순히 그냥 그 '우리'라는 말 자체가 거슬렸다. 어쩐지 서운했고, 그 우리가 나는 아니라는 건가, 내가 속하지 못한 그 일인칭의 복수형이 아주 멀게만 들렸다.

"사과를 할 생각이었대요."

내가 알지 못했던 A 교수의 사정을 전해 들을 때도 불편한 마음은 여전했다.

"혹시라도 진짜 유학생이면 당신이 배려하지 못한 셈이 되니까, 처음부터 미안하다고 말할 생각으로 물었다더군요."

그런 다음에는 이후에 있었던 복잡한 상황들로 얘기가 이어졌다. 그러니까 성명서가 올라온 이후 그 학생이 받은 또 다른 피해에 대해서, 무엇보다 자꾸 전화를 받는다고, 아마 다른 학생들이 장난을 좀 치는 모양인데 새벽이나 밤늦게 걸어서 그냥 끊어버리기도 하고, 전혀 모르는 사람을 찾기도 하고, 언젠가는 전주던가, 전라도 어디에 있는 한정식집에서 왜 단체석 예약을 해두고 오지 않느냐며 항의를 받기도 했다던데, "그게 좀 그래요, 요즘 애들이 워낙 자기주장이 강하다 보니까" 하는 말들을 들었다.

그리고 이 모든 이야기들 끝에 나는 명조의 이름을 들을 수 있었다. "실은 다른 일 때문에 좀 보자고 했는데……"라고 잠깐 뜸을 들이더니, 얼마전에 휴학 상담을 하러 학생 하나가 찾아온 적이 있었다고 했다. 졸업을 한학기 앞둔 상태였고 정확한 사유를 댄 것은 아니었지만, 짐작 가는 데가 없진 않았다고도 했다. 그러니까 같은 과 후배에게서 고백을 받았고, 그것을 거절했으며, 이후로 꽤나 서먹하게 지냈는데 그게 주변에 소문이 좀 난 모양이었다. 그걸 학과장도 알고 있었고, 그렇지 않아도 되도록 조심해야 한다는 분위기에서 혹시라도 자기가 모르고 있는 다른 문제가 있는 것은 아닌지, 신중하게 알아보았다고 했다. 더구나 휴학을 하겠다는 학생으로부터 모멸감이나 수치심 같은 단어를 들었을 땐 분위기가 한층 더 심각해졌을 것이다. 그리고 학과장은 내게서 그 후배에 대해 뭔가 더 알고 있는 것은 없는지 물었다.

"명조가 김 선생 수업에서는 좀 어때요? 둘이 함께 그 수업을 들었다던데."

나는 마땅하게 할 말을 찾지 못한 채, 명조에 대해 이것저것 기억나는 것들을 떠올렸는데, 명조는 뭐랄까…… 어색하지, 어색하긴 한데, 어색하다고 나쁜 건 아니지, 나쁘진 않지, 불편할 뿐이니까, 그건 그냥 적응의 문제니까…… 하는 생각만 들었다. 그럼에도 한편으로는 모멸감을 주거나 수치스럽게 만드는 문제는 다르지 않나, 누군가를 그런 식으로 대하면 안 되지 않나, 안 된다고 나는 생각했다.

"뭐 때문이랍니까?"

그게 무엇이든 나와는 경우가 다르다고 믿었다. 그런 순간에서조차 나는 나만 생각하는 사람이었으니까. 물론, 그 학생이 염려되지 않은 것은 아니었다. 그럼에도 거기에 내가 무슨 실수를 더한 건 아닐까. 나를 찾아왔을 땐 그만한 이유가 있었고 고작 발표 조를 바꿔달라고 부탁했을 뿐인데, 들어주지 않았다. 사정을 들었다면 아마 달랐을 테지만 그러지 못했다. 부끄러웠겠지. 나라면 나 같은 사람 앞에서 민망하고 부끄러웠을 거야.

"무슨 말을 하긴 했나 봐요. 뭐라더라 '누나, 누나가 나를 싫어하는 이유는요. 우리가 너무 닮아서예요. 누나는 그게 싫은 거예요.' 그걸 또, 다른 사람들한테도 말하고 다녔나 봐요."

그러고는 뭔가를 떠보려는 사람처럼 학과장은 다시 빈 젓가락으로 식탁을 톡톡 두드리면서 사이를 두었다. 어쩐지 내 눈을 피하는 것도 같고, 마치 여기에 우리 이외에 다른 사람이 더 있다는 듯이 허공에 대고 말했다.

"근데 명조가 그래요, 그 말을 김 선생이 했다던데?"

교수자로서의 명예와 품위를 갖추고 도덕성과 공정성을 바탕에 둔 올바른 교육과 합리적인 연구 활동 등을 강조한 '윤리강령'을 나는 여러 번 본 적이 있었다. 관련 교육을 이수하거나 임용을 위한 계약 서류들 사이에 자주 첨부되어 있었는데, 다만 그것을 꼼꼼히 읽거나 일부러 외우려고 노력한 적은 한 번도 없었다. 중요하지만 따분하다고 생각했고, 읽지 않아도 거기에 뭐라 적혀 있을지 충분히 알 것 같았기 때문이었다. 그럼에도 비전임 강사들의 공동성명서에서 그 문구를 발견했을 때는 새삼 다르게 읽혔다. A 교수가 지키지 못한 규범과 항목들은 붉은색으로 유독 강조되어 있었고, 교육현장에서 혐오와 차별이 엄격히 금지되어야 할 이유들이 논리 정연하게 나열되어 있었다.

나라고 뭐, 거기에 어떻게 다른 생각을 가질 수 있었겠나. 나쁜 것을 나쁘다고 말했을 뿐인데. 그런데도 자꾸 화가 났다. 침묵하는 것이 동조하는 것과 같다는 문장에는 억울한 마음이 들었고, 사태가 조속히 해결될 때까지 다음 학기에 대한 계약을 거부한다는 선언에는 괘씸한 생각마저 들었다. 그리고 거기에 내 이름이 누락된 이유에 대해 당장 해명하고 싶었고, 그런 의도가 아니라고 말하고 싶었으나, 그걸 조리 있게 설명할 자신이 없었다. 대체로는 해서는 안 되는 말들만 남을 뿐이었는데, 더구나 그런 규범이나 원칙에 대해 반대하는 사람이 있으리라고 상상하기 어려웠다. A 교수라고 다르지 않았을 것이다. 그러니까 명예를 소중히 여기는 마음으로 그런 거라면 어떻게 되는 건가, 신중하고 품위 있게 선택한 결과값이 그렇다면, 그걸 누가 판단해야 되는 걸까.

그런 생각을 하다 보면 나는 자꾸 사나워졌다. 그런 의도가 아니지 않나, 왜 엉뚱한 사람에게 피해를 주나, 종국에는 명조에게 가장 화가 났다. 물론 그 일로 특별히 내가 무슨 불이익을 받았다거나 책임을 져야 할 상황이 생겼던 것은 아니었다. 자초지종을 모두 들은 학과장도 나와 다른 생각을 한 것은 아닌 듯했다. "학생들과 너무 개인적인 이야기는 하지 않는 게 좋아요"라는 말을 들었을 뿐이니까. 다만 그것마저 내게는 일종의 경고처럼 들리긴 했었다.

좀처럼 화가 풀리지 않는 상태가 지속되면서, 나는 연재와도 사소하게 부딪히는 일이 많았다. 그때마다 일부러 멀리 산책을 나가거나, 오래 목욕을 하거나, 시키지도 않았는데 냉동실에 얼려둔 음식물 쓰레기를 버린다는 핑계로 담배를 태우러 나가고는 했다. 그러고는 오직 한 가지 생각에만 빠져들었다. 한번은 한참이 지나도 돌아오지 않아서 연재가 나를 찾으러 나온 적도 있었다. 그러고는 아까부터 뭘 그렇게 혼자 중얼거리는 거냐고 물었다. 혹시 평소에도 그러는 거냐고, 그러면 그러지 말라고, "누가 보면 얼마나 무섭겠어. 괜히 애먼 사람 겁주지 말고." 그 말이 나를 자극했다.

"내가 뭘, 뭘 내가 어쨌는데."

거칠게 서재의 문을 닫고 들어가 나오지 않았다.

나는 진실의 반대말이 주로 거짓이나 가짜라고 배워왔는데, 살면서 오히려 무지에 더 가까운 개념이 아닌가, 생각할 때가 많았다. 무엇보다 나는 종종 진실을 알고 있다고 오해할 때가 많았고, 그것이 잘못이라는 걸 깨닫는 순간은 대체로 무언가를 더 알게 되었을 때였으니까.

그날 나는 커뮤니티 게시판에 올라온 윤리강령을 처음으로 진지하게 살펴보았다. 어떤 것은 소리 내어 읽어보기도 하고, 정확한 사전적 정의를 찾아보기도 하고, 어떤 구절은 여러 번 반복해서 천천히 탐독하기도 했으나, 거기서 내가 전혀 몰랐거나 아주 잘못 알고 있던 의미를 발견할 수는 없었다. 다른 게시물이나 댓글들도 마찬가지였다. 하나같이 정당하고 당연한 말들뿐이라 달리 해석하기 어려웠다. 대신, 내가 읽은 '윤리'라는 단어들을 '논리'로 모두 바꿔 읽는다고 하더라도 전혀 어색할 것이 없었다. 그러니까 그 논리라는 것이 무엇인가. 누군가를 부정하지 않고 나를 긍정하는 논리는 어떻게 가능한 것인가. 이치에 맞는 말을 생각하는 일과 도리에 맞는 사람을 생각하는 일…… 그 둘의 차이에 대해서 나는 한 글자 한 글자 적어가기 시작했다.

4

A 교수의 문제가 일단락된 것은 그 학기가 거의 끝나갈 즈음의 일이었다. 그러니까 명조 쪽에서 법적인 소송 절차에 들어가기에 앞서 학교 측에서 먼저 공식적인 사과와 재발방지책을 내놓았던 것인데 복잡했던 그간의 상황을 정리하자면 대략 이랬다. 학사일정상의 보강 기간을 며칠 앞두고 학생회에서는 기습적으로 A 교수의 연구실로 항의 방문을 했는데 그 자리에는 다른 동료 교수들도 여럿 있었다. 피켓과 구호로 이루어진 일종의 퍼포먼스성 시위가 결국 몸싸움으로 번진 것은 그중의 누군가 나서서 A 교수를 변호하면서부터였다.

사건 당일 현장을 촬영한 영상이 고스란히 게시물로 올라왔을 때, 나는 그것을 여러 번 재생해가며 보았다. 소란스러운 주변 상황에도 정작 A 교수가 앉은 자세 그대로 무릎만 두드리고 있는 것을 보았고, 피켓에 적힌 문장들도 유심히 보았으며, 무엇보다 그 동료 교수를 나는 주의 깊게 살펴보았다. A 교수의 무고함을 대신 주장하며 양쪽의 의견을 공정하게 들어야 한다고, 대화나 상식으로 이 문제를 해결해야 한다고, 나름의 이유와 그럴 수밖에 없던 사정이 담긴 장황한 설명에도 거기 있던 누구도 납득하거나 인정하지 않았다. 오히려 빈정거리는 듯한 야유만 쏟아지자 그걸 두고 또 무례하다느니 몰상식하다느니, 언성을 높이기도 했다. 그러고는 특정한 한 학생을 가리키며, "어른을 왜 그렇게 빤히 쳐다보느냐"며 나무라기도 했는데, 그 말에 학생회가 강하게 대응했다. 당장의 사과를 요구하고, 그들이 가진 대표성을 주장했으며, 이렇다 할 대꾸 없이 서둘러 자리를 피하려는 그 동료 교수의 손목을 붙잡기도 했다. 그러니까 보기에 따라 단순히 뿌리치려는 듯한 그의 다음 행동이 결과적으로 열 명 남짓한 학생회 학생 중 한 명의 얼굴을, 그러니까 오명조를 폭행하게 된 셈이었다.

그게 나는 좀처럼 잊히지가 않았다. 일부러 수납장의 물건들을 꺼내 다시 정리하고, 방바닥에 떨어진 머리카락을 줍기도 하고, 그런 다음에는 공들여 이곳저곳을 닦아보기도 했으나, 어느 순간에는 걸레를 든 채 멍하니 빈 벽만 바라보고 있었다. 그러고는 내가 영상에서 들었던 말들을 곰곰이 다시 떠올렸는데, 제법 그럴듯하다고 생각했다. 그럴듯하지만 간교하고 논리적이지만 자기합리화에 가까웠으며, 더구나 그것 모두 내가 하고 싶었던 말들과 크게 다르지 않았다. 그리고 나는 만약 그 자리에 내가 있었으면 어땠을까, 생각했다. 그때 그 연구실에 내가 있었고 누군가 나를 몰아붙였다면…… 설명하려 했겠지. 앉아서 가만 무릎만 두드리고 있지 않고, 설득하려 했을 거야. 그러고는 그때 했을 만한 말들을 혼자서 중얼거려보기도 했는데 어느 순간이 되면, 진짜 그런 말을 하게 될까 봐 나는 내가 조금 무섭기도 했었다.

누가 시킨 것도 아닌데, 돌아가는 상황들에 대해 내가 할 수 있는 말들을 공들여 정리한 적이 있었다. 되도록 논리적이면서 솔직한 생각을 담으려고 애썼는데 그것을 커뮤니티 게시판에 올리기 전에 나는 연재에게 먼저 보여주었다. 왠지 미안한 마음도 들었고, 그것으로 받게 될 비난이나 오해도 걱정되었으나 그보다는 누군가를 이해시키고, 잘못을 따지는 것이 먼저라고 생각했다. 그리고 연재는 A4 두 장 분량의 그 글을 나만큼 아주 오래 공들여 읽어주었다. 어떤 문장을 읽을 때는 깊게 숨을 들이마시기도 하고, 단어나 맥락이 어색한 부분은 따로 표시를 하기도 했다. 그러고는 밖으로 나가 바람을 좀 쐬고 싶어 했다.

벌써 자정이 넘은 시간이라 우리가 자주 걷던 산책로는 꽤 한산한 편이었다. 평소라면 개를 데리고 나온 사람들을 구경하며, 우리가 더 넓은 집에서 살게 될 때 키우거나 갖게 될 것들에 대해 이야기했을 테지만, 그날은 그러지 않았다. 함께 걷지만 우연히 방향이 같은 사람처럼 아무 말이 없었다. 겨우 입을 떼서도 "하고 싶으면 해야지. 사람이 하고 싶은 일은 하고 살아야지." 연재는 조용히 중얼거릴 뿐이었다. 그 뒤로도 한참을 더 걷다가 다시 집으로 돌아오는 길에 연재가 말했다.

"당신은 당신이 뭐라고 생각해?"

여전히 혼잣말처럼 차분하고 가라앉은 목소리였다. 그렇다고 감정을 참거나 화가 난 것 같지는 않았고, 대신 달래고 타이르는 사람처럼 조심스러운 데가 있었다.

"당신은 당신이 뭐 대단한 일 하는 줄 알지? 당신은 늘 옳고, 당신이 제일 불쌍하지? 근데 남들은 이거 보면 웃어. 웃는다니까. 당신이 뭔데 그래. 뭔데 이런 말을 해."

드라마나 영화 같은 데서 보면 이런 장면에서 이런 말을 듣는 쪽은 대개 주인공이었고, 그것을 계기로 도리어 각성을 하거나 무언가를 다짐하거나 했을 텐데, 그러나 그때의 나는 가만 듣기만 했다. 오히려 마음이 왠지 편해지기까지 했다. 무엇보다 상처 줄 것이 거의 분명한 말들인데도 상처 주지 않으려고 나름 애쓰는 연재에게 "그치, 우리 일이 아니지." 대꾸하면서 불쑥 쑥스럽고 민망한 마음도 들었으므로 일부러 더 크게 고개를 끄덕이기도 했었다.

연재에게 말하지 않았지만, 여름방학이 시작되고 몇 주 뒤에 나는 명조의 부모님을 본 적이 있었다. 대화를 나누거나 따로 인사를 한 것은 아니었다. 학과사무실로 재임용에 필요한 서류들을 전달하러 가던 길에, 화물칸 측면에 '행복농장'이라고 적힌 트럭에서 명조와 함께 내리는 그들을 나는 제법 오랫동안 바라보았다. 두 손에 들린 과실 엑기스 상자가 꽤나 무거워보였고, 한여름에도 차려입은 옷차림은 몹시 답답해 보였다. 그리고 나는 그들이 누구를 찾아왔는지 알 것 같았는데, 승강기 없이 5층 건물을 오를 일이 괜히 걱정되었다. 그러니까 그때는 그런 생각만 했을 뿐, 명조에 대해 다른 감정이 생기지는 않았다. 화가 나지도 않았고, 안타깝지도 않았다. 다만, 그 무렵에는 쉽게 피로감을 느꼈고, 잠을 오래 자지 못했고, 조금 무기력했을 뿐이었다.

그로부터 한동안 나는 이런저런 생각을 하던 중에 익명 게시판에 올라왔던 그 학생을 찾아가는 장면을 상상하는 일이 많았다. 위로를 하기도 하고, 미안해하기도 하고, 아무튼 그 학생에게 필요한 말들을 들려주기도 했는데 간혹 그게 명조가 되기도 하고, 다른 누군가가 될 때도 있었다. 그때도 여전히 다그치거나 따지거나 하지는 않고 오로지 듣기에 좋을 말들만을 골라 했다. 그러고는 그 끝에 나는 늘 내가 이런 말을 듣는 장면도 함께 상상했다.

"그런데 선생님이 왜요? 왜 저한테 그런 말을 하는데요?"

그러면 당장에 하고 싶은 말들을 참을 수 있었다. 그것으로 어딘가 빚을 갚은 기분이 들기도 했고 순간의 부끄러움이 제법 견딜 만해지기도 했다. 그러나 그것도 뭐, 그리 오래가지는 않았다. 얼마 지나지 않아 익숙해졌고, 아무것도 하지 않아도 아무렇지 않을 때가 더 많았으니까.

최근에 나는 아주 오랜만에 명조를 생각한 일이 있었다. 대단할 것은 없었다. 연재와 함께 사진 파일들을 정리하다가 우리에게 몹시 낯선 장소를 발견했는데, 좀처럼 그곳이 어디였는지 떠오르지 않았다. 산림이 우거지고, 등산로를 따라 가을꽃들이 잔뜩 핀 곳이었다. 아무래도 강원도나 지리산 어디쯤일 거라 생각했으나 확신할 수는 없었다. 결국 연재가 먼저 그곳을 기억해냈는데, 아니라고 강원도도 아니고 지리산도 아니지만, "왜 거기 있잖아, 거기. 칼국수만 팔고 수제비는 없다고 당신이 투덜댔잖아"라고만 할 뿐, 막상 그곳이 어디인지 정확한 지명을 대지는 못했다. 그러고는 또 한참을 골몰하며, 잔뜩 미간을 찌푸린 채 다시 사진을 오래 들여다보았다. 그러니까 나는 그런 연재를 보면서 다른 사람을 생각했던 것이다. 이런 표정을 언젠가 또 본 적이 있었는데, 다만 그게 누구의 것이었는지 바로 떠올리지 못했다. 그랬다가도 다시 연재를 생각했다. 내 눈에는 강원도 같기도 하고 지리산 같기도 한 사진을 함께 들여다보면서, 연재가 보고 있는 전혀 다른 그것이 무엇인지 상상할 뿐이었다.

이 테이블과 저 테이블은 얼마나 같고, 또 다른가

임정균(문학평론가)

이 테이블과 저 테이블

「거의 하나였던 두 세계」는 '거의' 하나였던 두 세계에 관한 이야기이자, 거의 하나'였던' 두 세계에 관한 이야기이다. 예나 지금이나 결코 하나인 적이 없었는데, 과거에는 하나처럼 보였으나, 이제는 결코 하나로는 볼 수 없는 두 세계. 결코 하나가 아니므로 앞으로도 계속 하나일 수 없는 세계들. 그러면 두 세계는 무엇을 가리킬까. 소설은 이렇게 시작한다. "사실, 그 일에 대해 오명조가 내게 어떤 식으로든 영향을 줄 거라고 생각한 적은 한 번도 없었다." 분명 이 소설은 오명조와 '나'의 이야기처럼 보인다. 그러니 두 세계는 곧 오명조와 나의 세계일 것이다. 그런데 두 사람의 세계가 서로 무관하다고 말한다.

대학에서 시간강사로 일하는 '나'는 명조에게 특별히 관심을 둔 적이 없었고, 다른 학생과 혼동하기까지 했다. 이 존재감 없는 학생에 관해 기억나는 것이 하나 있기는 하다. 비전임교원을 대상으로 한 교육 프로그램이 끝나고 마련된 식사 자리. 인사권을 쥔 학장이나 교학처장이 누군가는 "이런

게 다 폭력이지"라고 할 수도 있는 말들을 강사들에게 늘어놓는 불편한 자리였다. '나'는 테이블 위를 오가는 말들을 한 귀로 듣고 흘리며 고개만 주억거리다가 "그렇게 고개만 끄덕이지 좀 말아요"라는 노골적인 말을 듣는다. 그런 게 아니라고 곧바로 해명하고 싶었으나 어째서인지 전골 속 버섯의 식감에만 집중했던 그 자리에서 명조를 만났다.

명조는 그날 행사 진행을 도왔던 학생들과 따로 테이블을 잡고 앉아 있었다. 이 테이블과 저 테이블 사이에는 불과 몇 걸음 정도의 물리적 거리밖에 없었을 테지만, 실은 전혀 같을 수만은 없는 차이가 있다고 '나'는 생각했을지도 모른다. 그랬으므로 지근거리의 테이블에서 한 학생이 명조에게 "너는 네 말을 좀 해, 그렇게 남의 말만 하지 말고"라고 하는 것을 듣고도 그저 남의 일이라 여겼을 것이다. 그런데 하필이면 그런 말을 엿들은 직후에 '나' 역시 명조가 들었던 말과 비슷한 말을 들은 것이 문제라면 문제다. 그러니 그날 생각보다 돌아가는 길임에도 명조와 함께 택시에 오른 것은 우연히 방향이 같아서는 아닐 것이다. 다른 누구에게보다도 스스로에게 해명하고 싶었던 말을 자기와 비슷한 명조에게 하고 싶었던 게 아닐까.

> 그랬으므로, 특별히 명조 씨가 무얼 잘못해서라기보다는 단순히 그 자리에 당신이 있었기 때문이라고, 그러니까 사람들은 다들 비슷비슷하고, 아주 다르게 사는 것도 아니면서 누군가로부터 자기 자신을 발견하는 일이 견딜 수 없을 때가 있다고, "나도 그래요. 나랑 너무 닮은 사람들을 보면 불편해. 불편하지, 당연히." 그런 말들을 두서없이 늘어놓았다.(271~272쪽)

그럼에도 '나'는 오명조와 닮았으나 결코 같을 수는 없는 자리에 있었고, 그날의 그 만남이 서로의 세계에 영향을 줄 거라고는 결코 생각하지 않았다. '나'에게 두 세계는 두 사람이 앉아 있는 자리 같은 것이고, 둘 사이에는 이 테이블과 저 테이블만큼의 거리가 있다. 그런데 이 테이블과 저 테이블은 대체 얼마나 다른가.

나와 명조

그렇게 명조를 그저 저 테이블에 앉아 있던 학생으로만 보았는데, 달리 생각하게 만드는 일이 벌어진다. '나'가 맡은 '사고와 표현' 수업에서 한 학생이 발표조를 바꿔달라고 찾아온다. 뚜렷한 이유도 대지 않았고, 무엇보다 공정하지 않다고 생각했다. 그 학생의 조원 중에 명조가 있었기 때문이다. 그날 택시 안에서 "다 나를 싫어하는 것 같아요"라고 말하던 명조의 "뭉툭한" 얼굴을 떠올리면 "단순히 한 학생의 조를 바꿔주는 문제라기보다는 누군가를 소외시키는 일"일 수도 있었기에 '나'는 학생의 요구를 허락하지 않았다. 그런데 이후로 그 학생이 수업에 출석하지 않는다.

학생에게 말하기 힘든 사정이 있었던 건 아닌지, 괜한 상처를 준 것은 아닌지 여러모로 신경이 쓰이기는 했다. 하지만 그즈음 "사학과 A 교수가 수업 중에 발언한 차별적인 표현"이 공론화되면서 바뀐 학교 분위기 때문에 그렇게 결정할 수밖에 없었던 나름의 이유가 있었다. A 교수의 일이 그 결정에 영향을 주기는 했지만, '나'는 자신과 무관한 일로부터 "어떤 식으로든 피해를 받지 않기를" 바랄 뿐이다. 함께 대응 방안을 모색하자는 동료 강사들의 제안에 선뜻 나서지 못한 것도 그런 이유다. '나'는 교수자로서 "공평하고 중립적인 태도로 양쪽의 의견을 조율"해야 하는 자신의 자리와 개인의 이해관계 사이에서 합리적인 선택을 하기 위해 고심한다. 그런데 곧 한 테이블에 앉아 있다고 해서 같은 세계에 속한 것만은 아님을 깨닫는 순간이 찾아온다.

학과장과 예정에 없던 저녁식사 자리. A 교수 사건의 책임 소재를 두고 학과장이 "우리"라는 대명사를 사용했을 때 '나'는 전임교원과 비전임교원의 차이를 분명히 자각하고 불편한 마음을 느낀다. 거슬리긴 했으나, "그 일인칭의 복수형"을 통해 '나'와는 무관한 일이라는 명확한 선을 그어준 셈이기도 하다. 그러므로 A 교수의 특정 발언, "자네, 혹시 중국인 학생인가?"라는 말 뒤에 사과를 하려고 했다는 숨은 의도 같은 것은 '나'에게 그다지 중요하지 않았다. 그런데 그날 학과장의 용건은 다른 데 있었고, 뜻밖에도 '나'는 오명조의 이야기를 듣게 된다. 졸업을 불과 한 학기 남겨둔 학생이 휴학을 하겠다고 찾아왔는데 명조의 고백을 거절하고 난 뒤 그 일이 소문이 난 모양이었다. 여기까지였다면 '나'와는 상관없는 일이었을 텐데 소문의 한가운데에는 '나'가 명조에게 했던 자기변명 같은 말이 명조의 입을 통해 퍼지고 있었다. 결과적으로 한 학생이 휴학을 결심할 만큼 모멸과 수치를 느낀 일에 개입하게 된 것이다. '나'에게 자초지종을 들은 학과장은 "학생들과 너무 개인적인 이야기는 하지 않는 게 좋아요"라고 말한다. '나'는 그 말이 어떤 선을 넘지 말라는 경고처럼 들린다. 그렇다면 이 테이블과 저 테이블은 또 얼마나 다르지 않은가.

논리와 윤리

딱히 책임질 일이 생긴 것도 아닌데 더는 남의 일로 치부할 수 없는 마음이 되고 만다. 때마침 '나'의 이름이 누락된 채 발표된 비전임강사들의 공동성명서가 기름을 부었다. A 교수 사건에 대해 동료 강사들과 딱히 다른 생각을 가졌던 것은 아닌데, 침묵이 곧 동조하는 것이라는 문장에 억울했고, 사태 해결을 촉구하며 계약 거부를 선언한 대목에서는 화가 났다. 급기야 A 교수의 일과 오명조의 일이 별개의 사건임에도 "왜 엉뚱한 사람에게 피해를 주나"라며 모든 화를 명조에게 돌렸고, 날카로워진 감정의 모서리가 아내인 연재마저 겨누게 되었을 때에는 서재로 들어가 게시판에 올라온 윤리강령을 처음으로 꼼꼼히 읽어보기 시작한다.

"하나같이 정당하고 당연한 말들뿐이라 달리 해석하기 어려"운 그 규범들 속에서 "윤리"라는 단어를 "논리"로 바꾸어도 전혀 어색하지 않다는 걸 발견한 '나'는 "그 논리라는 것이 무엇인가. 누군가를 부정하지 않고 나를 긍정하는 논리는 어떻게 가능한 것인가"를 묻는다. 그런 다음 그 물음에 대한 나름의 대답이자, 그간 벌어진 사태들에 대한 입장을 글로 써나가기 시작한다. 이 글은 누구도 부정하기 힘든, 누구도 다른 생각을 가질 수 없는 정당하고 당연한 '논리(윤리)'에 왜 '나'는 화가 나고, 억울하고, 심지어는 괴씸하다는 생각이 드는가에 대한 나름의 해답을 찾기 위한 자기반성이자, 나아가 논리와 윤리의 차이를 정초하려는 야심찬 기획으로 보인다.

결과적으로 이 기획은 수포로 돌아가지만, 그전에 이미 실패가 예정된 것이었다. 우선 논리와 윤리를 구분하는 것은 애초에 불가능에 가깝다. 논리가 보편타당한 추론의 절차나 형식을 이르듯 윤리 역시 '당위(當爲, Sollen)'라고 하는 선험적인 준칙을 따르기 때문이다. 엄격하게 말하면 윤리는 서로 다른 입장의 차이를 고려하지 않는다. 윤리에는 인간이면 누구나 해야만 하고 혹은 하지 않아야 한다는 정언명령만이 있을 뿐이다. 하지만 더 중요한 실패의 요인은 실생활에서, 정확히는 최근 들어 윤리라는 단어가 조금 다른 용법을 가지는 데 있다. 요컨대 우리는 윤리와 '윤리적인 것'의 차이를 구분해야 하는 시대에 살고 있다. 가령 이 소설 속 인물들이 맞닥뜨린 곤경은 저마다의 입장과 처지에서 가능한 행동들 가운데 나름대로 신중하게 선택한 "결과값"이다. 보기에 따라 마뜩잖은 면이 없지 않으나 위법한 행동이나, 무조건적인 지탄을 받을 만한 선택은 아니다. 그럼에도 이 인물들의 행동에서 비윤리적인 면을 엿본다면, 그것은 선험적 준칙과 관련된 것이라기보다는 바로 자신이 서 있는 자리, 즉 관점의 문제인 것이다. 여러 관점을 동시에 고려하고자 하는 '윤리적 태도'는 여전히 절차와 형식의 문제이기도 하다. 그러므로 '나'의 물음이 더 '윤리적'인 해답에 도달하려면 보편타당한 가치와 상대적인 가치'들' 사이의 틈새와 적대를 봉합할 수 있는 절차와 형식이 가능한가라는 질문으로 바뀌어야 한다.

'나' 역시 이를 모르는 것은 아니다. 이를테면 '나'는 수업시간에 보기에 따라 토끼로도 보이고 오리로도 보이는, 그러나 결코 "오리인 동시에 토끼인 것을 경험할 수는 없"는 비트겐슈타인의 '토끼-오리 머리'를 예로 들어 "다른 관점을 인정하고 받아들이기 위해서 가장 선행되어야 할 자세는 의식적으로 무엇이 부정되었는가를 상상하는 일"이라고 가르쳐왔다. 게다가 '나'는 이러한 지식을 아는 것과 이해하고 실천하는 것은 별개의 일임을 또한 잘 알고 있다. 하지만 저 글을 쓸 당시에는 그러한 진실을 이해하지 못했거나, 감정적 동요로 인해 "누군가를 이해시키고, 잘못을 따지는 것이 먼저라고 생각"한다. 그런 점에서 '나'는 이 난제를 해결하기에 적합한 인물이 아니다. 그러므로 그 글이 어떤 내용이었는지는 이 소설에서 그다지 중요하지 않(기 때문에 생략되었다). 실패가 예정된 글쓰기는 천만다행(?)으로 커뮤니티 게시판에 올려보기도 전에 수포로 돌아간다.

연재와 나

때로 우리는 이 세계의 주인공이라 착각할 때가 있다. 그런데 착각이 아니다. 가령 "세계는 나의 표상이다"(쇼펜하우어 『의지와 표상으로서의 세계』)라고 할 때 나는 세계의 주인공이다. 다만, 그 세계는 객관적으로 존재하는 세계가 아니다. 주체의 의식에 현상하는 주관적 세계다. 한 사람(의 의식에 현상하는 모든 것)이 곧 세계라는 말은 그와 같은 세계가 80억 인구만큼 있다는 말이기도 하다. 나는 세계의 주인공이자, 다른 누군가의 세계에서는 조연이다. 그러니 A4 두 장 분량의 그 글을 읽은 연재로부터 "당신이 뭔데 그래. 뭔데 이런 말을 해"라는 말을 들었을 때 '나'가 다음과 같이 글쓰기를 포기하는 것도 이상한 일은 아니다.

> 드라마나 영화 같은 데서 보면 이런 장면에서 이런 말을 듣는 쪽은 대개 주인공이었고, 그것을 계기로 도리어 각성을 하거나 무언가를 다짐하거나 했을 텐데, 그러나 그때의 나는 가만 듣기만 했었다. 오히려 마음이 왠지 편해지기까지 했다. 무엇보다 상처 줄 것이 거의 분명한 말들인데도 상처주지 않으려고 나름 애쓰는 연재에게 "그치, 우리 일이 아니지." 대꾸하면서 불쑥쑥스럽고 민망한 마음도 들었으므로 일부러 더 크게 고개를 끄덕이기도 했었다.(286쪽)

이제 다시 처음으로 돌아가 첫 문단의 끝을 보면 "그러나 그때도 지금도 연재는 나와는 조금 다른 마음인 것 같았다"라는 문장이 눈길을 끈다. 그러니까 이 이야기는 명조와 자신의 영향 관계나, 논리와 윤리의 차이를 규명하는 글쓰기에 있는 것이 아니라 '나'와는 다른 연재의 마음을 이해하기 위한 것이라고. 과거에는 하나처럼 보였으나 이제는 "함께 걷지만 우연히 방향이 같은 사람처럼" 결코 하나로는 볼 수 없는 연재와 '나'의 세계에 관한 것이라고.

'나'의 글쓰기가 수포로 돌아간 이유는 또 있다. A 교수의 일이 오명조가 연루된 폭행 사건으로 비화하면서 상황은 '윤리적' 문제에서 법적 문제로 흘러가는 듯했으나, 그때서야 학교 측이 나서면서 사건이 일단락된 것이다. 이로써 글을 올릴 필요도 없어졌고, 결과적으로 명조가 '나'에게 영향을 주지도 않은 셈이 되었다. 하지만 '폭행'이 발생했던 순간이 담긴 영상 속 장면은 '나'의 내면에 얼마간 영향을 주기는 했다. 그날 A 교수를 두둔하던 교수의 말들이 "모두 내가 하고 싶었던 말들과 크게 다르지 않았"기 때문이다. 그러므로 "단순히 그 자리에 당신이 있었기 때문이라고, 그러니까 사람들은 다들 비슷비슷하고 아주 다르게 사는 것도 아니면서 누군가로부터 자기 자신을 발견하는 일이 견딜 수 없을 때가 있다"는 예의 저 자기해명은 이 순간 윤리적인 자기고백으로 다시금 읽힌다. 남들과 그렇게 다르지 않지만, 다르고자 하는 욕망. 그 욕망이 얽히는 공간인 상호주관적 세계에서는 "누군가를 부정하지 않고 나를 긍정하는 논리"란 사실상 불가능한 일인지도 모른다. 영상 속 장면은 비록 눈살이 찌푸려질지언정 서로의 입장에서 대화하는 자리이기도 했다. 문제라면 그런 대화의 절차와 형식에 있어 당사자들 모두가 미숙했다는 점이다. 만일 그들이 서로 상처 주지 않으려고 애쓰는 가운데 자기주장을 했다면 상황은 꽤 달라졌을까.

물론 이 어려운 문제를 한 편의 소설이 감당할 수 있으리라 기대할 수는 없지만 조금의 가능성은 엿볼 수 있다. 훗날 '나'는 "강원도 같기도 하고 지리산 같기도 한 사진"을 보며 연재가 그곳을 기억해냈을 때 명조를 떠올린다. '토끼-오리 머리' 강의를 들은 날 눈을 게슴츠레하게 뜨고서 "이렇게 하면 그게 보이던데요"라며 토끼와 오리를 모두 볼 수 있다던 명조. 그날 명조의 눈에 보인 것은 무엇이었을까. 오리와 토끼를 억지로 결합해놓은 끔찍한 혼종일 수도 있고, 낯설지만 꽤 아름다운 생명체일 수도 있다. 뭐가 됐든 미지의 존재라는 점에서 다소간 두려움을 주는 존재. 이름을 붙이고, 논리적으로 설명하는 것으로 적응해볼 수는 있다. 하지만 그 과정에서 부정되고 누락되는 것 속에 '윤리적인 것'의 실재가 있다. 이제 '나'는 "연재가 보고 있는 전혀 다른 그것이 무엇인지 상상"한다. 나와 다른 낯선 세계가 스스로 발화하고 자신을 드러내도록.

펀펀 페스티벌

장류진

1986년 출생. 연세대 사회학과를 졸업하고, 동국대 국문과 대학원을 수료. 2018년 창비신인소설상으로 작품 활동을 시작. 소설집 『일의 기쁨과 슬픔』이 있음. 제11회 젊은작가상, 제7회 심훈문학대상 수상.

펀펀 페스티벌

한 해를 마무리하는 날의 특별한 계획 같은 건, 늘 그래왔듯 딱히 없었다. 송구영신 예배나 가겠지. 하지만 내 또래의 어떤 사람들은 때마다 다양한 명목으로 '파티' 같은 걸 열고 '내가 아는 사람'과 '네가 아는 사람'을 한데 불러모아 떠들썩하게 보낸다는 것도 알고는 있었다. 그래서 오랜만에 이찬휘의 메시지를 받았을 때, 그리 놀라지만은 않았다.

ー연말에 긴급구조 송년회 하는 거 인스타에서 봤지? 이번에 라이브 클럽 빌려서 크게 할 거거든. 공연도 하고 즉석으로 jam도 하고. 올 거지?

별로 웃을 기분은 아니었는데 '잼'을 굳이 영어로 타이핑한 것을 보고 나도 모르게 피식했다. 메시지가 이어서 도착했다.

ー친구나 남자친구 데려와도 돼. 혹시 만나는 사람 있으면. 올 거지?

꼭 없는 거 알면서 이러더라. 이찬휘가 말한 긴급구조 송년회는 다가오는 12월 31일이었다. 그런 자리가 익숙한 사람들 사이에서 어색한 입꼬리를 하고서는 쭈그리처럼 앉아 있을 나 자신을 마주하기 싫은 기분과, 나도 한 번쯤은 그런 진정한 젊은이 같은 경험도 해봐야 하지 않을까, 하는 생각이 번갈아 교차했다. 평소 같았으면 그렇지 않았겠지만 그날이 20대로서의 마지막 날이라 조금 다른 선택을 해보고 싶은 마음도 들었다. 이찬휘가 내게 따로 개인 메시지를 보낸 것도 약간 신경 쓰이긴 했다. "올 거지?"를 두 번이나 반복한 것도.

*

5년 전 여름, 나는 경기도 외곽의 한 연수원 건물 강당에서 그날 처음 만난 사람 일곱 명과 함께 둘러앉아 있었다. 마룻바닥에선 여름인데도 냉기가 올라와 엉덩이가 시렸다. 편하게 앉지 못하고 무릎을 세워 앉았기 때문에 더 그랬는지도 모른다. 우리는 모두 채도가 낮은 하늘색—스머프 색깔—의 반팔 티셔츠와 같은 색의 트레이닝복 바지—옆에 손가락 한 마디 정도의 두께로 하얀 라인이 들어간—를 착용했으며 얇은 망사 소재의 팀 조끼를 반팔 티 위에 겹쳐 입고 있었다. 조끼는 엷은 회색이었는데 언제부터 쓰던 것인지 짐작도 되지 않을 만큼 낡았고, 원래는 이 색이 아니었을 수도 있겠다는 의심이 들기에 충분할 정도로 꼬질꼬질했다. 그리고 결정적으로, 나는 가슴과 배꼽 사이 지점에 커다랗게 '9조 유지원'이라고 적힌 스티커를 붙이고 있었다. 아무리 애써서 긍정적인 앞날을 그려보려고 해도 이런 옷차림을 하고서는 기분이 좋으려야 좋을 수가 없었다.

한없이 구린 패션보다 더 우울한 것은 이곳을 압도하고 있는 묘한 분위기였다. 우리는 세명그룹 신입사원 자리를 두고 서로 경쟁해야 하는 사이였다. 아니, 그걸 경쟁이라고 할 수 있을까? 오히려 협력이라고 하는 게 맞을까? 차라리 경쟁만 해야 하는 거라면 조금 나았을지도 모른다. 모두가 일렬로 늘어서서 직선으로 달린 다음, 가장 먼저 도착한 사람에게만 기회를 주는 그런 단순한 것이었다면, 전력으로 질주하거나 일찌감치 포기하거나 둘 중 하나를 할 수 있었다면, 마음이 그렇게까지 부대끼지는 않았을 것이다.

지원자의 대다수가 탈락한다는 1차 서류전형과 2차 인적성검사를 통과하고 맞닥뜨리게 된 3차 관문은 당시 은행권을 중심으로 시작되어 규모

있는 기업들 사이에서 유행처럼 번지고 있던 합숙 면접이었다. 대놓고 그렇게 이야기한 적은 없었지만 연수원에 들어온 지원자들의 일거수일투족이—이부자리를 개어둔 모양과 식판의 잔반마저—점수화되고 있다는 소문이 돌았고 설마 그렇게까지는 하지는 않겠지, 라고는 생각했지만 이곳에 들어온 이상 뭐든 신경이 쓰일 수밖에 없었다. 2박 3일 동안 우리에게 주어진 일은 간단한 강연과 교육을 듣고, 조를 짜서 마지막 날 밤 열리는 '펀펀 페스티벌'에서 면접관들에게 선보일 공연을 준비하는 것이었다. 물론 원하는 무대를 꾸릴 수 있는 건 아니었고 제한된 테마 중에서 하나를 눈치껏 골라잡아야 했다. 아직까지 기억나는 것들을 떠올려보자면 연극, 마술 쇼, 카스텔—스페인 카탈루냐 지역의 전통문화인 인간 탑 쌓기—, 사물놀이, 밴드, 아카펠라 등등이 있었다. 조별 공연이 모두 끝나면 면접관들과 함께 잔디밭에서 고기 굽고 술 마시는 '애프터 파티'에 참석해야 했고, 다음 날 각자 준비해온 정장으로 갈아입고 토론 면접과 다대다 면접을 본 후 끝나는 일정이었다.

각 조에는 할당된 정원이 있었는데, 일부 조는 정원보다 많은 지원자들이 몰린 모양이었다. 무리 지은 스머프들이 강당 곳곳에서 가위바위보 토너먼트나 '앉았다 일어났다 가위바위보' 같은 것들을 하느라고 난리였다. 나는 '밴드' 조인 9조를 골랐다. 다행히 밴드는 악기를 다룰 줄 알아야 한다는 진입장벽이 있어서 그런지 사람이 그렇게까지 몰리지는 않았다. 그렇다고 내가 악기를 다룰 줄 아는 건 아니었지만…… 내 입으로 말하긴 좀 그렇지만…… 나는 노래를 좀 하는 편이었다. 한 번도 노래를 내 삶의 메인에 둔 적은 없었지만 늘 살짝 비낀 자세로 곁에 두고 지내왔다. 교회 밴드를 해봤고, 학교에서는 아주 잠깐이지만 보컬 동아리도 했고, 고1 때는 담임 선생님 결혼식에서 축가도 불렀다. 중학교 때는 교내 합창대회에서 3년 내내 솔로를 했고 그리고 그전에는…… KBS 어린이 합창단이었다. 떠올려보면 아마 그때였을 것이다. 스스로 노래를 '꽤' 한다고 생각했지만 '그 정도'

는 아니라고 깨닫게 된 것이. KBS에는 워낙 뛰어난 애들이 많았고 그중에
서도 가장 잘한다고 생각하던 친구가 6학년 때 예원학교에 가겠다며 법석
을 떨다가 똑 떨어지는 것을 바로 옆에서 지켜본 이후부터, 세상에는 노래
를 잘하는 사람이 정말 많고, 노래로 뭔가 승부를 보려는 건 어림도 없겠다
는 생각을 일찌감치 하게 된 것이다. 하지만 전국구에는 못 미쳐도 동네 가
수 정도는 되었으므로 나는 내 소박한 지위에 만족하며 살아왔다. 그냥, 이
정도가 딱 좋았다. 내가 아는 사람들은 내가 노래를 잘한다는 걸 아는 정
도. 예기치 못한 순간에—이를테면 입사 면접—누군가 뭔가를 시키면 내
세울 만한 게 있는 정도. 나는 '9조(밴드)'라고 적혀 있는 깃발을 향해 걸어
가면서, 이럴 때 밴드 조로 갈 수 있어서 얼마나 다행이야, 라고 몇 번이나
생각했다. 밴드 조는 무대 순서상 마지막이었다. '펀펀 페스티벌'의 피날레
를 화려하게 장식할 예정이었고, 면접관들의 눈에 존재를 확실히 각인시킬
수 있는 최적의 자리였다.

9조 깃발 앞에는 벌써 몇몇 사람들이 모여 있었는데, 가운데에 선 한 남
자애가 A4 용지와 볼펜을 들고 여기저기 뭔가를 물어보고 다니면서 설치
고 있었다. 키가 다른 사람들보다 월등히 컸고, 트레이닝복 바지가 깡똥하
니 짧아서 발목이 다 드러나 있었다. 그애는 종이에 무언가를 한참 적다가,
그제야 내가 왔다는 걸 눈치챘는지 내 쪽으로 천천히 다가오기 시작했다.
그런데 얼굴이…… 설마…… 설마?

"밴드 하시게요? 포지션이 뭐예요?"

세상에, 나는 단번에 알아볼 수 있었다. 가지런한 눈썹 옆, 가운데 가르
마를 중심으로 대칭적이고 탄력 있게 내려온 흑갈색 앞머리를 말할 때마다
찰랑거리는 이 남자애가 바로—대형기획사 연습생 출신, 『대학내일』 표지
모델 경력에, 외대 3대 미남 X, Y, Z 중 Y를 맡고 있는—이찬휘라는 것을.
이미 페이스북과 인스타그램에서 얼굴을 너무 자주 본 탓에 원래 알던 사
람을 만난 것 같은 기분마저 들었다. 이럴 수가, 실제로 보니까 얼굴이 정

말 작아! 그런 생각을 하면서…… 그리고 그런 마음의 소리가 행여나 입 밖으로 새어 나올까 신경 쓰면서…… 보컬을 하고 싶다고 대답했다.

"아, 보컬이요?"

순간 이찬휘의 입꼬리가 살짝 올라갔다 내려왔다. 그애가 내게 물었다.

"노래는 좀 해보셨어요?"

"네, 뭐…… 좀 했어요."

"어디서요?"

이상하다. 왜 벌써 면접이 시작된 것 같은 기분이 드는 거지? 내가 뭐부터 말해야 하나 망설이고 있는 사이, 그애가 다시 입을 열었다.

"어디서 해봤어요? 노래방에서?"

그러고는 하하, 웃었는데 순간 기분이 상했지만 웃을 때 양볼에 깊게 패는 보조개가 말도 안 되게 예뻐서 금방 기분이 풀어져버렸다.

"밴드 해봤어요."

"무슨 밴드요?"

"교회에서요."

"아, 교회……."

나는 아, 뒤에 약간의 바람 빠지는 소리를 포착해냈다. 이찬휘가 보컬을 선택했을 것이라는 건, 그의 인스타그램을 구독해온 사람이라면 누구나 유추할 수 있는 사실이었다. 내가 그리 환영받지 못하고 있다는 사실은 진즉에 눈치챘지만, 어쨌든 세명 측에서 나누어준 A4 용지—그게 어쩌다 이찬휘 손에 들어갔는지는 알 수가 없지만—의 서식상으로 보컬은 두 명까지 가능했으므로 먼저 온 애들이 나를 쫓아낼 명분은 없었다. 이찬휘가 물었다.

"성함이 어떻게 되시죠?"

나는 말없이 내 이름 석 자가 적힌 조끼의 끝자락을 양손으로 잡고 슬쩍 내밀어 보였다. 이찬휘는 그걸 힐끗 보고서는 고개를 작게 끄덕이며 A4 용지에 옮겨 적었다. 옆선이 깎아놓은 것 같았다. 코가 이렇게까지 오뚝한 사람은 처음 봐. 보컬 칸에 나란히 적힌 이찬휘와 내 이름을 본 순간, 내 망상은 나란히 합격, 비밀 연애, 사내 커플, 결혼식장 로비에 세워진 세명그룹 회장의 화환, 고부 갈등까지 단숨에 치솟았다가 그것보다 더 빠른 속도로 신속히 가라앉았다. 보컬 칸 아래에는 퍼스트 기타, 세컨드 기타, 베이스, 드럼, 키보드가 차례로 적혀 있었다. 드러머로 보이는 여자애가 다가와서 이찬휘의 등을 쿡 찌르더니 말했다.

"저희, 좀 앉아서 하면 안 될까요?"

주변을 둘러보니 서 있는 건 우리 조뿐이었고 다른 조들은 인원 정리를 다 끝냈는지 어느새 조별로 둥글게 모여 앉아 상의하고 있었다. 다들 왜 이찬휘에게 허락을 구하고 있는지 몰랐지만 "저희도 이제 앉으시죠"라는 그의 말에 둥글게 원을 그리고 앉았다. 이찬휘는 앉자마자 A4 용지를 다른 사람들이 읽을 수 있는 방향으로 돌려서 바닥에 내려놓더니 '조장'이라고 적혀 있는 빈칸을 손가락으로 가리켰다.

"우선, 조장을 정해야겠는데요?"

그러고는 조원들을 좌로, 우로 한 번씩 둘러보더니 이렇게 말했다.

"조장이 하고 싶은 분?"

아마 나뿐만 아니라 그 자리에 있던 모두가 그때 이미 직감하고 있었을 것이다. 반질반질한 얼굴 옆으로 다섯 손가락을 가지런히 붙인 채 스윽 올리면서 그런 말을 하고 있는, 바로 그애가 조장이 될 것이라는 사실을.

*

누구나 그랬겠지만 나는 세명그룹에 꼭 들어가고 싶었다. 졸업을 앞둔 대학생들에게 선망받는 기업 중 하나였다. 각종 식음료, 화장품, 렌털형 가전제품, 엔터테인먼트까지 다양한 분야에 사업이 걸쳐 있어서 입사 후에

도대체 무슨 일을 하게 될진 알 수 없었지만, 어차피 어떤 일을 하는가는 취준생에게 쟁점이 아니었고, 그만큼 큰 회사에 다닌다는 것이 중요했다. 그건, 크게 망하진 않을 거라는 이야기니까. 역시 대성공보다는 폭망하지 않는 게 우선이었다. 번지르르한 이미지와는 달리 박봉에 격무라는 평가가 늘 뒤따랐지만 그런 말조차 일단 다녀봐야 할 수 있는 이야기여서 푸념을 할 수 있는 것 자체가 부러웠다. 게다가 세명그룹은 상반기 채용의 마지막 순서였다. 누군가는 이번에 안 되면 하반기를 노려야지, 하는 마음일 수 있겠지만 만약 작년 상·하반기의 채용에 죄다 떨어진 후 다시 맞은 상반기 공채에 또다시 우수수 떨어지고 마지막 남은 것이 여기라면, 그리고 서류 전형과 인적성검사를 모두 통과한 게 이번이 처음이라면, 그리고 그게 바로 내 이야기라면…… 그건 이번에 합격하지 못할 경우 또다시 주어진 테마에 맞게 삼천 자 이내로 자기를 소개해야 하는, 인생에서 가장 지리멸렬하고 굴욕적인 글쓰기를 반복해야 한다는 뜻이었다. 아무래도 내게 주어진 마지막 기회라는 생각에서 벗어날 수 없었다. 나는 정말이지, 간절했다.

"솔직히 여기 간절하지 않은 사람 없잖아요."

이찬휘의 말에 모두가 고개를 끄덕였다.

"다들 이게 마지막이라고 생각하고 오신 거잖아요."

갑자기 눈물이 날 것 같았다. 나는 양반다리를 풀고 무릎을 세워 양팔로 끌어안았다.

"저도 이것저것 딴짓하고 다닌다고 나이가 좀 있어서, 되게 간절하거든요."

나는 이찬휘가 말하는 '딴짓'이 무엇인지 알고 있었다. 수년 전 이찬휘는 밴드로 〈슈퍼스타K〉에 나갔었다. 물론 프런트 맨이었고, 눈에 띄는 얼굴 때문에 예선에서 원 숏을 몇 번 받았지만 그해에 유독 밴드 참여자가 많았어서—당시 우승이 울랄라 세션, 준우승은 버스커 버스커였다—별로 주목받지는 못했다. 예선만 겨우 통과했을 뿐, 본방송에서는 통편집당하고 탈락했으면서도 이찬휘는 자기가 무대 경험, 방송 경험, 기획사 트레이닝 경험이 많다면서 분위기를 주도해나갔다. 선곡할 때도 마찬가지였다. 각자 하고 싶은 곡을 세 곡씩 적어서 모으기로 했는데, 어쩐지 이찬휘한테 검사받는 모양새가 되고 있었다.

"아니, 자기가 좋아하는 노래를 하려고 하면 안 된다니까요."

"저희 지금 예술하는 거 아닌 거 아시죠? 이거 면접이에요."

"무조건 면접관들이 좋아할 만한 노래로 구성해야 돼요."

이찬휘의 말에 따르면 누구나 쉽게 따라 부를 수 있는 훅이 있는 대중적인 곡 하나, 면접관들의 구미에 맞는 추억의 7080 곡 하나, 그리고 빠른 비트에 분위기를 방방 띄울 수 있는 마지막 곡, 이렇게 세 곡 구성으로 가야 한다는 것이었다. 결국 이찬휘의 의견이 적극 반영된 세트 리스트가 완성되었다. 첫 곡은 데이브레이크의 〈들었다 놨다〉─이 곡을 시작으로 면접관들의 마음을 들었다 놨다 할 거라고 했다─, 그리고 이지연의 원곡을 러브홀릭이 리메이크한 〈바람아 멈추어다오〉, 엔딩 곡은 그해 아이튠스 16개국 1위, 빌보드 3위를 기록했던 초대형 월드 히트곡인 아리아나 그란데, 제시 제이, 니키 미나즈의 〈뱅 뱅〉이었다.

첫 곡은 남자 보컬이므로 이찬휘가 노래를 하고 내가 코러스를, 두번째 곡은 내가 노래를 하고 이찬휘가 코러스를 하기로 했다. 마지막 곡도 여자 보컬이라서 내가 하게 되려나, 하는 헛된 기대를 아주 잠시 품었지만 이찬휘가 이 정도는 반 키만 낮추면 충분히 부를 수 있다고 나섰다. 하긴, 애초에 자기가 부를 수 없는 걸 선곡할 인물은 아니었다. 원곡 자체가 투 보컬이기도 하고 조원들의 의견도 그렇고 해서 마지막 곡은 둘이 함께 부르기로 했다. 우리는 세명 측에서 준비해준 태블릿 PC에 가사를 띄워놓고 각자의 종이에 옮겨 적으며 파트를 분배해 나갔다. 한 소절 혹은 두 소절씩 번갈아가며 가져가고 있었는데, 특정 가사에 이르러서는 약속이라도 한 듯 둘 다 잠시 멈췄다. You need a bad girl to blow your mind. 누구도 부인할 수 없는 〈뱅 뱅〉의 킬링 파트, 하이라이트였다. 펀펀 페스티벌 마지막 무대의 마지막 곡. 그중에서도 가장 주목받게 될 절정의 절정. 두 보컬의 머리 돌아가는 소리만 팽팽 나는 가운데 정적이 이어졌고 다른 조원들도 침묵을 보탰다. 이찬휘가 먼저 운을 띄웠다.

"……여긴 서로 한 번씩 불러보고, 조원 투표로 결정하는 건 어때요?"

그러더니 이어서 이렇게 말했다.

"그러니까 여기 말이에요. 뺀 걸 투 블로 요 마아아인."

그러면서 은근슬쩍 그 소절을 한번 불러보는 것이었다. 대충 불렀는데도 시원하게 올라가는 고음에 나 포함 모두가 깜짝 놀란 눈치였다. 이찬휘가 이어 말했다.

"이 부분, 각자 한 번씩 불러볼까요?"

뭘 한 번씩이야. 자긴 이미 한 번 불렀으면서. 그때 누군가 "누가 먼저 부르실 건가요?"라고 말했고 내가 먼저 입을 뗐다.

"찬휘 씨부터 해보실래요?"

이찬휘는 내 말이 떨어지기 무섭게 단 한순간도 망설이지 않고 음음, 아아아, 하고 목을 가다듬더니 아까보다 훨씬 높고 우렁찬 소리로 고음을 내질렀다.

"유 니더 뺀 보이 투 블로 요 마아아아아아인—"

순식간에 엄청난 볼륨의 가성이 강당을 가득 채웠다. 끝없이 올라가는 고음, 파워풀한 바이브레이션과 간드러지는 애드리브 처리. 그 와중에 '걸'을 '보이'로 바꿔 부른 순발력까지. 우리 조 사람들뿐만 아니라 다른 조 사람들까지 고개를 돌려 일제히 이찬휘를 쳐다봤다. 강당에 앉아 있던 참가자 모두가 한 명도 빠짐없이 그애를 보고 있었고, 그 엄청난 시선을 모두가 의식하고 있는데 그걸 이찬휘 혼자만 못 본 것처럼 행동했다. 놀라서 순간 얼어붙었던 조원들이 띄엄띄엄 박수를 치기 시작했다. 그러면서 자연스레 하나둘씩 나를 바라봤다. 이찬휘를 향해 있던 조원들의 고개가 반대 방향으로 돌아 나를 향하는 동작이 슬로 모션이라도 걸린 듯 의미심장하게 다가왔고 그 시선이 하나둘 늘어날 때마다 숨이 턱, 턱 막혀왔다. 안 될 것 같았다. 나는 도저히 그만큼 부를 수 없을 것 같았다. 이토록 수많은 기대와 이목을 감당할 수도. 내가 말했다.

"저는…… 괜찮을 것 같아요. 찬휘 씨가 그 파트 하세요."

이찬휘가 이해할 수 없다는 표정으로 눈을 동그랗게 뜨고 물었다.

"왜요? 해보지도 않고?"

"아니에요, 저는 그 뒷부분 사비 첫 소절 할게요."

"그래요. 나중에 딴말하기 없기."

이찬휘가 싱글싱글 웃으면서 가사를 옮겨 적었다. 정말 보통 녀석이 아니라는 생각이 들었다. 그 와중에도 나는 그애를 한 번이라도 더 보려고 부단히 노력하고 있었다. 사실 이찬휘의 실물을 처음 마주한 순간부터, 그애가 종이에 무언가를 적거나 태블릿 PC를 들여다보고 있거나 다른 조원들과 이야기하고 있을 때, 그러니까 그애의 시선이 다른 곳을 향하고 있을 때마다 나는 그애의 얼굴을 허겁지겁 눈에 담고 면면히 훑었다. 끊임없이 바쁘게 힐끔거렸다. 도저히 멈출 수가 없었다. 마치 그애를 보고 있는 동안은 무언가 좋은 것이 내 주머니로 와르르 쏟아져 들어온다는 듯이. 그래서 마지막까지 하나라도 더 필사적으로 주워 담으려는 듯이.

*

선곡과 파트 분배를 마치자 중식 시간이 되었다. 우리는 시래기된장국, 정체 모를 빨간 고기와 연근조림, 너무 질게 지어진 밥과 배추김치, 요구르트를 후다닥 해치우고 간이 연습실로 이동했다. 연습실은 그리 좁지는 않았지만 창문이 없어 환기가 잘 되지 않는 탓에 두통을 유발했다. 물론 다른 조건들도 열악했다. 낮은 단상 위, 기타 스탠드에 세워져 있는 악기를 들여다보던 조원들이 볼멘소리를 내뱉었다.

"Cort 건 줄 알았는데 Covert였어."

"넥이 다 휘어 있네."

"저기 튜너, 튜너 좀 줘봐요."

가장 큰 문제는 드럼이었다. 이상할 정도로 단상과 동떨어진 곳에 외따로 놓여 있는 드럼은 단단히 고정된 유리 칸막이에 둘러싸여 있었는데, 그래서 합을 맞추기가 어려웠다. 조원들끼리 서로 이야기하면서 속도를 맞춰나가야 하는데 그 유리 칸막이 안에서는 바깥의 말소리가 잘 들리지 않았던 것이다. 잠시 연주를 중단했는데도 드럼만 그걸 모르고 계속 연주하다가 뒤늦게 아는 경우도 많았다. 게다가 안타깝게도 우리의 드러머는 가만 놔두면 자꾸만 박자가 빨라지는 스타일이었다. 우리는 혼자 멀리 떨어져 있는 드럼을 향해 빨라! 빨라! 혹은 스톱! 스톱! 하고 자주 소리를 질러야 했고 그녀는 전달 사항을 듣기 위해 유리 칸막이 밖으로 나왔다 들어갔다를 반복해야 했다. 게다가 안 그래도 시원찮은 에어컨 바람을 칸막이가 가로막고 있어서 안팎의 온도차가 점점 심해졌고 급기야 유리에 습기까지 맺혔다. 이런 상황이 지속되자 드러머가 결국 드럼스틱을 바닥에 내던졌고, 뒤이어 조끼를 벗으면서 칸막이 밖으로 씩씩대며 나오더니 조끼를 말아 쥔 손으로 칸막이를 깡, 내리쳤다. 유리가 이상한 진동음을 내면서 흔들렸다.

"대체 이게 왜 여기에 있는 거야! 이 거지 같은 칸막이가."

이찬휘가 드럼 쪽으로 다가가더니 유리를 고정한 바닥의 나사를 들여다보며 물었다.

"이거 뽑아버릴 수 없나?"

그러더니 내게 동의를 구하는 투로 말했다.

"이거 드라이버만 있으면 제가 뽑아버릴 수 있을 것 같은데요."

얘네 왜 이러지. 둘 다 진심인 걸까. 그리고 갑자기 드라이버가 어딨어. 애써 침착함을 유지하며 내가 대답했다.

"다 설치해둔 이유가 있지 않겠어요? 뭐, 방음 때문이라거나."

"그리고 이걸 뽑으면 세명 측에서 좋아할까요? 돌아가고 있는지는 모르겠지만 저기 CCTV 달린 거…… 다들 알고 계시죠?"

조원들의 시선이 일제히 연습실 천장 한구석에 달린 반구형의 CCTV로 향했다. 드럼은 그제야 그 사실을 알았는지 헛기침을 하면서 손에 감아두었던 조끼를 둘둘 풀어 다시 입었다. 나는 A4 용지를 동그랗게 말아 셀로판테이프로 이어붙여 긴 관처럼 만들었고, 그 끝을 에어컨 날개에 붙여 바람이 드럼 쪽으로 갈 수 있도록 조정했다. 또 공용 태블릿 PC에 메트로놈 앱을 다운받아 드럼 앞 보면대 위에 세워두었고, 그 밖의 전달 사항은 종이에 매직으로 크게 써서 의사소통하자고 제안했다. 쓰는 건 내가 맡아서 하겠다고도. 그러자 처음보다는 조금 수월하게 연습할 수 있었다. 첫 곡 연습이 일단락되고 다음 곡 연습을 위해 다른 조원들이 악기를 조율하고 세팅하는 동안 나는 잠시 연습실 밖으로 나왔다. 아무래도 처음 만난 사람들끼리 세 곡의 합을 하루 만에 맞추는 건 불가능에 가까워 보였다. 나는 돌아다니고 있던 세명 직원에게 컴퓨터와 프린터 사용을 문의했고, 그의 도움을 받아 원곡의 악기별 악보를 구해 인쇄할 수 있었다.

다행히 우리 조원들은 모두 어릴 때부터 취미로 악기를 해온 사람들이라 그런지 하나의 악보를 보고 연습하니 형편없는 악기로도 걱정했던 것보다 빠른 시간 내에 합을 맞출 수 있었다. 〈들었다 놨다〉와 〈바람아 멈추어다오〉까지는 괜찮았다. 문제는 〈뱅 뱅〉이었다. 앞의 두 곡과는 달리 밴드곡이 아니기 때문에 멜로디를 중심으로 재편곡해야 하는 상황이었다. 나는 유튜브에서 괜찮은 〈뱅 뱅〉 커버 영상 몇 개를 골라 조원들에게 보여줬다. 이 중에서 적당한 레퍼런스를 찾아 맞춰보자고 제안하자마자 이찬휘가 반대 의견을 냈다. 자기가 어릴 때 모 기획사의 연습생으로 있으면서 편곡을 배운 데다 대학생 때는 밴드 활동으로 편곡 경험이 많다면서 자기가 직접 편곡을 하겠다는 것이었다. 연습 시간은 하루뿐인데, 편곡을 새로 한다고?

좀 황당했지만 못하는 걸 하겠다고 할 애는 아닌 것 같기도 하고, 무엇보다 안 그래도 서로서로 짜증 나는 상황에서 싸우기까지 하고 싶지는 않아서 우선은 믿고 맡겨보기로 했다.

편곡을 해본 적도, 배워본 적도 없던 나는 마냥 놀고 있기가 좀 그래서 연습실 구석의 간이의자에 앉아 다른 사람들이 이 곡을 어떻게 커버했는지 더 찾아보고 있었다. 이찬휘는 단상 위에서 퍼스트 기타와 키보드를 붙잡고 편곡을 하기 시작했다. 신경 쓰지 않으려고 해도 이찬휘의 목소리가 워낙에 커서 듣지 않을 수가 없었는데, 좀 '밀어서' 쳐달라, 좀더 '빈티지'하면서 '땡땡한' 느낌으로 쳐달라, 기타가 거기선 좀더 '뚜왕뚜왕'해도 되지 않느냐, '레몬맛 탄산수 같은' 느낌으로 가자며 이해할 수 없는 요구들을 했다. 한참을 실랑이하다가 듣다 못한 키보드가 벌떡 일어났다. 그리고 발로 키보드 의자를 이찬휘 앞으로 툭, 차면서 말했다.

"그럼 형이 한번 쳐봐요. 어떤 느낌인지 잘 모르겠어서."

이찬휘가 곧바로 대답했다.

"아, 나 피아노 못 쳐요."

"네?"

"피아노 못 친다고요."

뭐야, 왜 이렇게 당당해? 반대편에서 지켜보고 있던 내가 고개를 빼고 물었다.

"찬휘 씨, 아까 편곡할 줄 안다면서요."

"나는 다 컴퓨터로 하거든요."

그의 말이 끝나기가 무섭게 키보드가 하, 하는 소리를 내뱉더니 대놓고 빈정대기 시작했다.

"아, 예, 그러셔요. 님 되게 스마트하시네요? 네?"

큰일났다. 나는 거의 본능적으로 그 둘 사이로 걸어들어가서 두 사람의 얼굴을 한 번씩 바라보면서 말했다.

"저희 좀 쉬었다 할까요? 다들 너무 더워서 지친 것 같아요. 제가 마실 거라도 뽑아올 게요."

키보드가 손등으로 내 팔뚝을 밀어내며 이찬휘 쪽으로 한 걸음 성큼 다가갔다.

"아니, 지원 씨 잠깐만 나와봐요. 나 쟤랑 둘이 얘기 좀 하게요."

어떡해, 다혈질인가 봐. 나는 키보드의 조끼 자락을 슬쩍 붙잡아 당기면서 말했다.

"에이, 그러지 마시고 저 음료수 사 오는 것 좀 도와주세요. 저 혼자서는 무거워서 다 못 들고 와요. 네?"

겨우 진정시킨 키보드를 자판기 앞 플라스틱 의자에 앉힌 다음, 탄산수 하나를 뽑아 건넸다. 조금 진정된 것 같았던 그가 병을 따르다 말고 말했다.

"아이씨, 이거 레몬맛 탄산수잖아? 개빡치네 또."

나는 재빨리 내 몫으로 뽑았던 이온음료를 건네면서 탄산수를 받아들었다.

"이거 드세요. 입 안 댄 거예요. 탄산수는 제가 마실게요."

"고마워요."

키보드는 내가 내민 음료를 벌컥벌컥 한 번에 들이켜더니 갑자기 캔을 발로 꽉 밟아 찌그러뜨려서 날 깜짝 놀라게 만들었다.

"이찬휘? 뭐 하는 새끼야? 잘생기면 다야?"

역시…… 남자가 봐도 잘생기긴 했나 보다…… 나만 그렇게 느낀 게 아니었어……라는 생각이 들었고…… 그러다 조금씩…… 서서히…… 내가 지금 뭘 하고 있는 거지? 라는 의문에 잠겨 들었다. 레몬맛 탄산수는 너무 차가워서 한 모금 마셨을 뿐인데 머리가 깨질 듯이 아파왔다. 찬 기운이 목구멍을 지나면서 머리통까지 얼얼하게 만들었고 누군가 아주 가느다랗지만 성가신 전자음을 귓가에 틀어대는 것 같았다. 나는 잠시 눈을 감고 찜통

더위 속 급격한 냉기가 주는 고통을 견디면서 생각했다. 대체 여기서 뭘 하고 있는 거야……? 왜 여기서 이렇게…… 이상한 옷을 입고…… 처음 보는 사람들이랑…… 심지어 성격도 하나같이 이상하고…… 나만 정상인인 것 같아…….

하지만 그때까지만 해도, 나는 최종적인 무대의 퀄리티보다는 과정이 더 중요하리라 여겼다. 이렇게 큰 기업에서, 이렇게 큰돈을 들여가면서 3일씩이나 우리를 먹이고 재우며 이런 경연을 하는 데는 다 이유가 있을 거라고. 제너럴한 기업이 제너럴한 직군의 신입사원을 뽑는데 연기와 마술, 연주와 노래하는 능력을 요구하는 건 아닐 거라고. 이런 방식의 채용은 공연 자체를 평가하는 것이 아니라 참가자들이 제한된 환경을 어떻게 극복해나가는지, 그리고 서로 다른 성향의 사람들과 어떻게 의견을 조율해나가는지를 평가하기 위해서 기획되었을 거라고. 어디선가 내가 노력하고 애쓰는 과정을 다 지켜보고 있을 거라고. 세명 직원들이 괜히 연습실 주변을 돌아다니고 있는 게 아닐 거라고. 그 사람들은 바로 그런 것들을 평가하기 위해 온 것이라고. 결국은 다 알아줄 거라고. 번거로워도 그럴 만한 가치가 있는 과정이라고. 그렇기 때문에 이 과정을 통해 선발되면 더더욱 나 자신의 쓸모를 증명할 수 있을 거라고.

펀펀 페스티벌을 열두 시간 앞두고 있었다.

*

둘째 날 중식 후 리허설이 시작되었다. 무대 뒤에서 가사를 점검하며 목을 풀고 있는데 이찬휘가 내 옆모습을 바라보면서 천천히 다가오는 게 느껴졌다. 나는 눈이 관자놀이에 붙은 것처럼 그 움직임을 하나도 빠뜨리지 않고 의식하고 있으면서도 고개는 끝까지 돌리지 않았다. 마침내 한 폭 거리에 멈춰 선 이찬휘가 갑자기 허리를 굽혀 내 귓가에 대고 평소보다 한 톤 낮은 목소리로 속삭였다.

"내가 원래 이건 말 안 하려 그랬는데……."

운을 띄우더니 이어 말했다.

"지원 씨, 이상한 쪼가 있다?"

"네?"

나는 반사적으로 고개를 쳐들고 물었다. 이찬휘가 굽혔던 허리를 살짝 펴 올리면서 다시 말했다.

"아니, 사비 할 때 말이에요. 항상 이렇게 하더라고."

이찬휘가 난데없이 후렴구를 불렀다.

"웨이-러 미닛, 렛 미 텍 유-데얼-, 이걸 원래 이렇게 해야 하는데."

그리고 이어 말했다.

"지원 씨는 어떻게 하는지 알아요?"

그러고는 볼썽사납게 눈을 감고 노래하기 시작했다.

과장된 목소리, 과장된 표정, 과장된 몸짓.

보기 싫었다. 추했다. 이찬휘가 날 흉내내고 있었다. 그건 내가 아니었고, 내 노래가 아니었다. 거짓말, 내가 정말 그렇게 부른다고?

"이렇게 부르시더라고요?"

내가 아무 말 않고 있자 이찬휘가 다시 입을 열었다.

"그거, 되게 느끼하고 거슬리거든요. 좀 안 하면 안 될까?"

나는 뭐라도 대답해보려 입을 벙긋, 했으나 할 말이 없어 다시 닫은 채 이찬휘가 말한 그 소절을 머릿속으로 다시 불러봤다. 침착하게 복기했다. 그리고 인정해야 했다. 내가 고음을 시작하는 부분과 연음 부분에서 아주 약간, 이찬휘가 흉내낸 그런 방식으로 부르는 경향이 있다는 것을. 하지만 그게 잘못되었다고는 생각해보지 않았다. 여태껏 그런 건 창법이나 기교의 일종일 뿐이라고 생각했다. 그리고 무엇보다, 왜 이제 와서? 내가 물었다.

"그 이야기를 왜 이제 해요?"

"원래, 이런 건 괜히 한번 신경 쓰이기 시작하면 그 생각밖에 안 나거든요. 그래서 일부러 말 안 하고 자연스럽게 고쳐지길 기다리고 있었어요."

그걸 알면서, 그 얘기를 공연 직전에 해? 이찬휘는 나보고 지금이라도 '쪼'를 빼는 연습을 해보라고 조언했다. 본 공연이 시작되었다.

연수원의 메인 강당에 1조의 연극무대가 세팅되었고, 조명기구가 복잡하게 달린 높은 천장으로부터 하늘색 바탕에 알록달록한 색색의 글씨가 적힌 현수막이 천천히 내려왔다.

Fun Fun 페스티벌—꿈을 향한 크리에이티브 대축제

위쪽의 두 귀퉁이만 고정되어 매달려 있고 아랫부분은 공중에 떠 있어서 내려오는 동안 아래의 두 귀퉁이가 조금씩 팔락였다. 자세히 보니 타이틀 밑에 더욱 잡스러운 폰트로 'Show me the talent. 당신의 끼와 개성, 창의성을 펼쳐라'라는 문구가 적혀 있었다. 나는 누가 현수막을 내리고 있는 것인지, 어디서부터 내려오고 있는 것인지 확인하고 싶어 고개를 높이 쳐들었다. 그러나 시야에 들어온 건 때마침 켜진 조명기구의 하얀 빛뿐이었다. 그 강렬함에 나는 이내 눈을 질끈 감아버려야만 했다. 현수막을 매단 끈의 출발점이 어디인지는 끝내 알 수 없었다. 나는 어두컴컴하고 그 끝을 알 수 없는 위쪽을 향해 묻고 싶었다. 이거 정말 축제가 맞아? 누구를 위한 Fun이야? 여기서 Fun을 가져가는 사람은 누구지? 재미를 보는 사람은 대체 누구야?

이찬휘의 말은 사실이었다.

한번 신경 쓰이기 시작하니 정말로 그 생각만 났다. 나는 나의 '쪼'에 사로잡혀 있었다. 신입생 때 가입했던 보컬 동아리에서 정기 연습을 나간 건 딱 두 번뿐이었다. 그 후로 술이나 몇 번 마시고 사람들과 어울리다가 여름방학 때 매일 모여 본격적인 공연 준비에 돌입한다길래 그 이후부터는 나가지 않았다. 그땐 겁이 났던 것 같다. 방학을 노래 연습하는 데 쓸 수 있는 한가한 처지가 아니라고 생각했기 때문이었다. 나는 스무 살 첫 여름방학 때 삼성역에 있는 대형 어학원에서 아르바이트를 했다. 수업 교재를 복사하고 엮고 나누어주고 오전 시간에 비어 있는 호프집을 섭외해 학생들이 공식 스터디 장소로 사용할 수 있도록 연계하는 일을 했다. 그 자리의 장점은 월급과 별개로 원하는 수업 하나를 무료로 수강할 수 있다는 것이었다. 나는 등록금도 벌고 토익 수업도 공짜로 들으면서, 그리고 한쪽 벽면을 가득 채운 냉장고에 세계맥주가 새하얀 빛을 받으며 진열되어 있는 호프집에서 아침 일곱 시에 스터디도 하면서, 동아리 같은 건 진즉에 관두길 잘했다고 생각하곤 했다.

만약 내가 동아리를 그만두지 않고 계속 연습하고 트레이닝받았다면 이런 '쪼'가 없었을까? 나는 선배들의 "이야, 요즘 신입생들은 1학년 때부터 중도 간다며?" 하는 비아냥을 매일같이 들으면서도 공강이면 중도에 가서 그날 들은 수업 내용을 바로바로 정리했고, 학점을 관리하느라 재수강과 계절학기를 마다하지 않았고, 동아리마저 이력서에 쓰기 좋은 것, 이를테면 경영학회나 글로벌 트렌드 세미나 같은 것들로 매년 바꿔가며 가입했고, 방학이면 괜찮은 아르바이트와 잘나가는 기업의 업무와 관련 있는 대외 활동을 찾아다녔다. 그렇게 스펙을 쌓아놨더니 이제 와서 끼와 개성, 창의성을 펼치라니. 이럴 줄 알았으면 '쪼'나 고칠걸.

우리 조의 무대는, 사실 이제 와서는 잘 기억나지 않는다. 군데군데 몇 가지 장면만 스냅 영상처럼 짧고 강렬하게 남아 있을 뿐. 나는 내 파트 중에 킬링 벌스였던 고음 부분, 이찬휘가 흉내냈던 바로 그 부분을 힘 뺀 가성으로 처리해버렸고 아주 작은 목소리 때문에 부르고 있는 나에게조차 잘 들리지 않았다. 아마 관객석에서는 내가 그 소절을 아예 부르지 않은 것처럼 느꼈을지도 모른다. 2절에서 만회해보려 온 힘을 다해 불렀지만 정확히 같은 부분에서 음이탈이 나왔다. 그 순간 무대 아래에서 '어떡해'라고 소리 없이 외치는 수십 개의 눈동자를 마주해야 했다. 각각의 까만 눈동자들이 작은 모니터들처럼 느껴졌고, 그 위로 실수하는 내 모습이 편집되어 반복 재생되고 있는 것 같았다. 어떡해? 정말 어떻게 하지? 그 앞에 다채로운 명사들이 붙었다. 방금 그 삑사리 어떡해? 이 분위기 어떡해? 내일 면접 어떡해? 아, 내 인생 어떡해? 그 순간—아직도 왜 그랬는지 온전히 이해할 수는 없지만—나는 스탠드에 꽂혀 있던 마이크를 뽑아들고 무대 앞쪽으로 빠르게 걸어나갔다. 그리고 반복되는 후렴구를 부르면서 골반을 좌우로 한 번씩 튕겼다. '뱅' 할 때 왼쪽으로 한 번, 또 '뱅' 할 때 오른쪽으로 한 번. 그렇게 두 번씩 총 네 번을.

뱅, 뱅,

인 투 더 룸—아 이 노 유 원 잇.

뱅, 뱅,

얼 오벌 유—아 윌 렛 추 해빗.

면접관을 비롯해 보고 있던 관객들이 그 순간 와아, 하고 함성을 질렀다.

'뱅 뱅'이라는 말이 영어로 성행위를 뜻하는 은어라는 사실을 알게 된 건 그로부터도 한참 뒤였다. 사실 내가 이틀간 그렇게 연습하고 또 연습했던 가사를 되새겨보면 충분히 유추할 수 있는, 아니 유추씩이나 할 필요도 없이 대놓고 알 수 있는 사실이었는데 당시에는 이상하게 그런 것들이 잘 보이지 않았다. 노랫말이 아니라 시험 전날 외워야 하는 답안지처럼 느껴졌으니까. 그로부터 2년 뒤, 한 아이돌 그룹 오디션 프로그램에서 참가자들이 〈뱅 뱅〉 커버 무대를 선보였다. 그들은 뱅 뱅, 할 때 골반을 흔들지 않고 머리를 흔들었다. 나도 골반이 아닌 머리를 흔들었다면 이 노래를 떠올릴 때마다 이렇게까지 수치스럽지는 않을 텐데, 라는 생각이 들었다.

애프터 파티를 위해 마련된 야외의 플라스틱 테이블에 세명그룹 계열사에서 만든 술과 음료수가 쫙 깔렸다. 모두들 잔디밭에서 땀을 뻘뻘 흘리며 한 손으로는 삼겹살과 목살을 굽고 한 손으로는 모기를 쫓았다. 살면서 수없이 많은 불판 앞에 앉아봤지만 이렇게 서로 고기를 굽겠다고 나서는 경우는 처음이었다. 모두들 집게를 잡으려고 난리였고, 결국 한 사람은 집게를, 한 사람은 부엌 가위를 들고 내려놓지 않아 한 사람이 고기를 들면 나머지 한 사람이 자르는 풍경이 테이블마다 펼쳐졌다. 나는 집게도 가위도 잡지 못해 괜히 테이블 위의 종이 접시와 일회용 젓가락을 들었다 놨다 하며 정리하는 척했다. 목살의 한쪽 면이 다 익어 이찬휘가 그걸 뒤집었을 때, 우리 테이블 쪽으로 하늘색 피케 티셔츠와 베이지색 면바지 차림의 면접관 한 명이 다가왔다. 나는 반사적으로 일어나 척추를 접었고, 접으면서 스스로 놀랐다. 그런 경험은 처음이었는데, 저 사람이 면접관이고 잘 보여야 하니까 예의바르게 인사해야지, 라는 사고의 흐름을 거치기도 전에 척수에서부터 반응해 반사적으로 허리가 훅 접혀버리는 그런 느낌이었다. 면접관이 이미 불콰해진 얼굴로 맥주 캔을 하늘 높이 들고 말했다.

"여기가 9조, 밴드지? 아주아주 훌륭했어요. 건배!"

우리는 여전히 허리를 온전히 펴지 못한 채로 면접관과 건배한 뒤, 약속이라도 한 듯 고개를 어깨 너머로 돌리고 미지근해진 맥주 캔을 양손으로 꼭 쥔 자세로 맥주를 마셨다. 면접관이 다시 입을 열었다.

"이 친구들이 아주 명곡을 불렀지? 〈바람아 멈추어다오〉, 그게 내가 아주 좋아하는 노래거든. 내가 아주 깜짝 놀랐어요. 어떻게 젊은 친구들이 이 곡을 알지?"

여전히 허리를 30도쯤 굽힌 이찬휘가 자기 캔을 면접관의 캔에 슬쩍, 갖다대며 말했다.

"제가 골랐습니다."

면접관이 활짝 웃었다.

"이 친구, 얼굴만 잘생긴 게 아니라 음악 취향도 깊구먼. 근데 이 친구 정말 잘생기지 않았나? 꼭 내 젊었을 적 모습을 보는 것 같네."

이찬휘가 표정 하나 바꾸지 않고 말했다.

"과찬이십니다. 선배님이 더 미남이시죠."

나는 말없이 맥주만 들이켰다. 세명은 왜 맥주 품질이 나아지질 않을까?

'수입 맥주 네 캔 만 원' 시대에 이래가지고 경쟁력 있겠나? 그런 생각들을 하면서. 면접관이 물었다.

"혹시 편곡을 직접 한 건가?"

"네, 제가 직접 편곡했습니다."

이찬휘가 자신만만하게 대답했다. 그리고 이어 말했다.

"감사히도 조원들이 많이 도와줬어요."

거짓말. 너는 레몬맛 탄산수 타령 하면서 입으로만 편곡했잖아. 그리고 그건 애초에 편곡이 되어 있는 노래라고. 네가 아니라 러브홀릭이 편곡한 노래라고. 내가 구해온 악보대로 했을 뿐이잖아. 추가적인 몇 번의 건배 끝에 면접관이 다른 테이블로 떠나자 이찬휘가 내 옆에 자리잡더니 "지원 씨, 수고했어요"라고 했다. 내가 쳐다보지 않고 쌈장에 삼겹살을 푹 찍으며 "찬휘 씨도요"라고 하자 갑자기 얼굴을 친근하게 들이밀며 말했다.

"여기 나가면 우리 말 놓을래?"

정말 너무 싫다. 나는 여기서 나갈 때 핸드폰을 돌려받으면 인스타에 저장해둔 이찬휘 셀카를 지우는 일부터 하리라 마음먹었다.

*

합숙 면접 결과는, 불합격이었다. 9조에서는 이찬휘와 퍼스트 기타, 키보드까지 세 명이 최종 합격했고, 카스텔을 선택했던 3조에서는 꼭대기부터 셋째 줄까지 여섯 명이 싹 다 붙었다는 이야기를 들었다. 나는 그 말을 전해 듣고서는 꼭대기 층에 올라갔던 애들이 어떤 애들이었는지 떠올려봤다. 몸집이 작은 애였나? 날씬하고 가벼운 애였나? 그게 아니라면 균형감각이 좋은 애였나? 막상 또 그런 건 아닌 것 같았다. 아무리 생각해봐도 걔네는 그냥, 그런 데 올라가는 애들이었다.

이찬휘는 그때 합격한 9조 멤버들을 주축으로 '긴급구조'라는 이름의 사내 밴드를 만들었다. 나는 그해 하반기에 건실하다는 중소기업에 취직했으나 3개월을 채우지 못하고 퇴사했다. 그리고 그다음 해에 조건부 인턴으로 한 중견기업에 들어갔고, 그로부터 또 1년 뒤에 다시 면접을 본 뒤 신입사원 자격으로 전환될 수 있었다. 그사이 이찬휘와는 말을 놓았고, 맞팔로우 관계가 되었고, 아주 가끔 좋아요와 하트와 안부 메시지를 주고받았다. 그리고 사회생활이라는 게 늘 합당한 근거나 논리적인 이해관계에 의거해 이루어지는 것만은 아니며 능력이나 역량의 객관적 판단 같은 건 허상에 불과하다는 것쯤은 아는 나이가 되었다.

이찬휘가 초대한 송년회는 갈까 말까 당일까지 고민하느라 좀 늦게 출발했다. 드레스 코드가 있는 모임에 참석하는 건 처음이었다. 컬러 코드가 블랙과 골드였는데 먹색 스웨터에 블랙 진만 입은 것이 마지막까지 마음에 걸려 지하철역 안의 액세서리 매장에서 높은음자리표 모양의 금색 귀걸이를 사서 착용했다. 귀걸이는 9천 원이었다.

모임 장소는 라이브 시설이 갖춰진 지하의 술집이었다. 이찬휘가 말했던 대로 규모가 제법 있었다. 내가 도착했을 때 이찬휘는 이미 무대에 올라가 노래하는 중이었는데 내가 온 걸 금세 발견하고 눈인사를 했고, 부르던 곡이 끝나자마자 무대에서 내려와 내가 앉아 있던 맨 구석의 테이블로 달려왔다.

"와, 진짜 오랜만이다. 혼자 왔어?"

나는 짐짓 대수롭지 않은 척하며 말했다.

"원래 근처에 볼일이 있었어서 지나가다 들러봤어."

물론 오늘 내 스케줄은 이것 하나뿐이었다. 이찬휘가 주방 쪽을 보면서 외쳤다.

"여기 새로 오셨으니까 세팅 하나 해주시구요."

그리고 이어 말했다.

"이 테이블, 안주 끊기지 않게 주세요."

누가 들으면 이찬휘가 계산하는 자리인 줄 알 것 같았다. 이찬휘는 이미 메신저의 송금 서비스로 3만 원씩 회비를 걷은 상태였다. 그가 나를 챙기고 있는 사이, 아니 정확히 말하면 나를 챙기는 자신의 매너 있는 모습에 심취한 사이, 무대 위에서는 보컬 없이 연주자들끼리의 즉흥연주—이찬휘가 강조하던 바로 그 'jam'—가 한창이었다. 냅킨과 커틀러리, 드래프트 맥주 한 잔과 간단한 안주가 세팅되자 이찬휘가 양볼에 깊은 보조개를 만들면서 씩 웃었다.

"나 이제 다시 올라간다. 많이 먹고, 재밌게 놀다 가."

그러고는 껑충껑충 단상으로 뛰어올라갔다. 보컬이 돌아오자 무대 위 밴드 멤버들이 여전히 즉흥연주를 멈추지 않은 채로, 눈짓을 주고받으면서 "뭐 할래?" "뭐 할래?" 하더니 "그거?" "그래 그거!" 하면서 새로운 곡을 연주하기 시작했다. 천천히 시작되는 F 코드. 무슨 노래일까. 제발, 퀸 노래만 아니었으면. 하지만 불행히도 그건 퀸의 〈Don't stop me now〉였다. 이찬휘가 무대 앞으로 나와 서자 사람들이 일제히 소리질렀다. 그가 고개를 뒤로 젖히면서 오른손으로 앞머리를 쓸어올렸다. 긴 앞머리가 그의 길고 곧은 손가락에 쓸려 위로 올라갔다가 다시 가르마를 따라 찰랑이며 내려왔다. 이찬휘는 고개를 좌우로 살짝 털어 앞머리를 정리한 후 양손으로 마이크 스탠드를 붙잡고 입을 열었다.

"투데이—"

아, 설마.

"암 고우 투 마이—나나나—겟 타임—"

이찬휘는 가사를 전혀 모르고 있었다.

"마이 필—라—아아아—벗 더 월드 댓 나나나 아웃, 예—"

어떡해, 정말 싫어. 이 타이밍에 이 선곡도 싫고, 잔뜩 심취한 미간도 싫고, 자기가 무대를 장악했다고 굳게 믿고 있는 저 손짓도 싫고, 로큰롤 스타처럼 다리를 떠는 제스처도, 전부 다 싫어.

나는 어떻게 이런 일이 가능할 수 있는지를 골똘히 생각했다. 아마 나는 죽을 때까지 못 할 거야. 가사도 모르면서 사람들 앞에서 영어로 노래를 부르는 그런 일은. 어떻게 저렇게 뻔뻔할 수 있지? 대체 무엇이 저 아이를 저렇게 만든 걸까? 이찬휘가 너무 싫어 죽겠는데, 동시에 부러웠다. 왜 나는 죽어도 할 수 없는 일을, 저애는 아무렇지도 않게 할 수 있게 된 거지? 어째서? 능력의 차이가 아니라 마음의 차이일 뿐인데, 마음은 돈 드는 것도 아닌데, 왜 내 마음은 대체 이것밖에 안 되는 거야. 무대 위에서 그애, 찬휘는 여전히 빛났다.

"돈! 스탑! 미! 나아우—"

왼손으로 마이크를 뽑아든 이찬휘가 그걸 테이블 쪽을 향해 높이 들었다. 아는 가사가 나오자 모두들 떼창하기 시작했다.

"암 해빙 어 굿 타임, 해빙 어 굿 타임!"

이찬휘는 관객들을 향해 자신의 옆선을 뽐내듯 오른쪽 얼굴을 내밀고서는 마이크를 들지 않은 손바닥을 귓가에 가져다 댔다. 그러고는 고개를 두어 번 끄덕이며 만족스럽다는 듯 미소를 지은 다음, 관객 쪽을 향했던 마이크를 도로 가져가 무대를 휘젓고 다니며 노래했다. 가사는 여전히 엉망이었다. 영어도 불어도 아닌 대충 각운만 맞춘 이상한 언어로 지어내 부르고 있었다. 하지만 아무도 그걸 신경 쓰지 않는 것 같았다. 나는 그제야 말도 안 되는 영어에 오그라든 내 작은 마음을 펼 수 있었다. 그래, 이 노래는 '돈 스톱 미 나우'랑 '해빙 어 굿 타임'만 알면 되는 노래지 뭐. 어떤 사람은 전부 알아도 쉽게 나서지 못하는데 왜 어떤 사람은 조금만 알아도 다 아는 것처럼 나설 수 있는 걸까. 어느새 핀 조명이 이찬휘에게로 떨어져 있었다.

나는 샛노란 치즈를 얹은 감자튀김과 먹태 몇 조각만을 안주 삼아 맥주를 두 잔이나 비웠다. 맥주에선 달큰한 꽃향기가 났지만 이런 곳에 혼자 온 사람은 나밖에 없는 것 같아 뒷맛이 씁쓸했다. 고기도 먹어본 사람이나 많이 먹는다고 하던가. 나는 근래 전국을 강타했던 퀸 메들리 몇 곡을 더 들고 조용히 술집을 빠져나왔다. 그리고 지하와 1층 사이 층계참에 있는 화장실로 들어갔다. 오래된 건물처럼 보였고 문짝이 허름해서 열기 직전까지 조마조마했는데, 다행히 깔끔한 화장실이었다. 세면대에는 펌프형 물비누가 있었고 나란히 놓인 같은 디자인의 용기에는 핸드크림이, 그리고 벽면에는 종이 타월까지 비치되어 있었다. 나는 먹태 냄새가 밴 손가락을 하나하나 꼼꼼히 씻고 종이 타월로 닦은 뒤 핸드크림을 발랐다. 그때 술집 안에서 카운트다운을 외치는 소리가 희미하게 들려왔다. ……육, 오, 사, 삼, 이, 일! 해피 뉴 이어! 나는 손바닥을 오목하게 모아 코에 가져다 대봤다. 핸드크림의 코코넛 향이 나쁘지 않았다. 30대를 맞이하는 순간 핸드크림이 비치된 공중화장실을 만나다니, 이건 필시 좋은 징조일 거야. 그런 생각들을 애써 했다. 화장실을 빠져나와 계단을 반 층 더 올라갔다. 뒤이어 유리문을 팔꿈치로 밀었을 때, 바깥의 찬 기운이 볼에 막 닿았을 때, 누군가 내어깨를 툭, 잡았다. 돌아보니 세 계단 아래에 있는, 한겨울에 딱 달라붙는 검정색 반팔 티를 입고 구찌 마몬트 벨트로 골드 포인트를 잊지 않은 이찬휘가, 날 올려다보고 있었다.

"벌써 가게?"

그 순간 죽고 싶을 정도로 수치스러운 건 이찬휘가 내 어깨에 함부로 손을 댔다는 사실이 아니었다. 아직 그 손이 그렇게까지는 싫게 느껴지지 않는 나 자신이었다. 젠장, 어떡하지? 아직도 너무…… 잘생겼어. 분명히 말하지만 이찬휘에게는 일말의 감정도 남아 있지 않았다. 이상형의 반대말이 존재하는지는 모르겠지만, 만약 있다면 이찬휘는 이제 그것에 가까웠다. 이찬휘 같은 태도, 이찬휘 같은 표정, 이찬휘 같은 말투, 이찬휘 같은 취향, 한마디로 이찬휘 같은 바이브. 모두 내가 꺼리는 것들이었고 사람을 판단할 때 절대적으로 피하는 기준 같은 게 되었다. 나는 이제 이찬휘의 모든 것이 소름 끼치도록 싫었다. 다만 저애의 얼굴과 몸, 그 껍데기만 빼고. 그건 아직까진, 아무리 봐도 싫어지지가 않았다. 그걸 싫어하지 못하는 나 자신만 자꾸 싫어질 뿐. 나는 누구에겐지 모르게 다급히 변명했다. 껍데기일 뿐이지만 이런 껍데기는 귀하다고. 좀처럼 쉽게 볼 수 없다고…… 그리고 다시 어딘지 모를 반대편을 향해 외쳤다. 아, 무슨 소리를 하는 거야. 난 정말 쓰레기야. 난 육신의 노예야. 제발 누가 날 좀 말려.

집으로 돌아가는 길, 에어팟을 꺼내 귀에 꽂았다. 디링, 하는 블루투스 연결음이 내게 무언가를 요청하고 있는 것 같았다. 나는 뮤직 앱을 실행시켜 '그 노래'를 검색해 재생했다. 그리고 이찬휘를 떠올렸다. 뱅, 뱅, 인투 더 룸. 연수원 숙소 2층침대의 아래층에 걸터앉은 이찬휘. 긴 다리, 삐져나온 발목. 백, 백 싯 온 마이 카. 조수석 틸팅 버튼을 누르자 뒷좌석으로 천천히 넘어가는 이찬휘.

음악을 들으며 발길 닿는 대로 걷다보니 어느새 버스 정류장이었다. 나는 우리 집 쪽으로 가는 버스가 있는지 버스 번호를 유심히 살폈다. 773…… 7…… 79…… 7…… 7…… 3…… 맥주 두 잔에 벌써 취했는지 숫자들이 자꾸만 겹쳐 보였다. 어지러움을 떨치려 고개를 들었을 때, 어딘가로부터 퍼져 나오는 밝고 인공적인 빛을 느꼈다. 빛살이 흘러나온 쪽으로 시선을 돌리자 간판 두 개가 눈에 들어왔다. 나란히 불 밝힌 아이스크림 할인매장과 코인 노래방이었다. 할인은 특정 기간에 일시적으로 임의의 비율로 깎아주는 것이라고만 생각했는데, 이 매장은 아예 간판에 80퍼센트 할인이라고 적혀 있었다. 그게 신기해 매장 안으로 들어가봤다. 천 원짜리 한 장을 내고 콘 아이스크림을 샀는데 그러고도 오백 원이 남았다. 이렇게까지 싸다고? 나는 좀 놀랐다.

종이 포장을 점선을 따라 돌돌 말아서 벗긴 다음 한입 크게 베어 물었다. 겨울에 길에서 아이스크림을 먹으면 춥지 않을까, 늘 생각했었는데 의외로 괜찮았다. 야외에서 아이스크림을 먹으면 녹아 흘러내리는 게 싫어서 늘 허겁지겁 단숨에 먹곤 했다. 그런데 날이 추우니 표면이 쉽게 녹지 않고 오래도록 보송보송했다. 나는 가게 입구의 계단에 걸터앉아 초코맛 아이스크림과 토핑으로 얹어진 아몬드까지 아주 천천히 음미하며 한입씩 베어 먹었다. 오랜 시간을 공들여 다 먹고 나서는 코인 노래방으로 들어갔다. 동전 투입구에 방금 거슬러 받았던 오백 원짜리 동전을 망설임 없이 집어넣었다. 기계가 동전을 받아 삼키는 기분 좋은 소리를 들으면서 번호판을 꾹꾹 힘주어 눌렀다. 79407. 제시 제이, 아리아나 그란데, 니키 미나즈의 〈뱅뱅〉이었다. 나는 내 '쪼'대로 2절부터 부르기 시작했다.

마음의 능력주의와 그 바깥

박인성(부산가톨릭대학교 인성교양학부 조교수)

경쟁과 화합이라는 허구

음악, 그중에서도 밴드는 조화를 주제로 하는 이야기의 단골 소재다. 예를 들어 〈슬기로운 의사생활〉(tvN, 2020)에서 주인공들의 밴드 활동은 의사 동료들 사이에 유지되는 유대를 구체화하여 보여주며 그들 삶의 밸런스와 심리의 조화를 확인한다. 장류진의 「펀펀 페스티벌」에서는 전혀 다른 관점에서 밴드와 음악이라는 소재가 등장한다. 주인공 지원은 대기업인 세명그룹 입사를 위한 합숙 면접에 참가한 지원자들과 함께, 면접관들에게 선보일 '펀펀 페스티벌' 공연의 밴드 조에 참여한다. 그중에서도 과거 유명 오디션 프로그램 참가 경력으로 유명한 이찬휘를 중심으로 밴드 합을 맞춰가는 과정 중에 발생하는 심리적 갈등은 물론이고 자기 자신에 대한 불편한 재발견이 이루어진다. 「펀펀 페스티벌」에서 밴드라는 소재를 통해 그려내는 노골적인 불협화음이란 타인과의 관계 속에서만이 아니라 자기 내부에서부터 갈라져 나오는 "이상한 쪼"(313쪽)에서부터 기인하기 때문이다.

우선 이 소설은 단순히 20대 취준생이 겪는 취업활동의 어려움을 단편적으로 그려내는 것만이 아니라, 그 과정에서 발생하는 경쟁 속 협력이 얼마나 공허한지를 보여준다. 사실 세명그룹과 면접관들 입장에서 펀펀 페스티벌은 합숙 과정에서 이루어지는 별것 아닌 행사에 불과할지도 모른다. 하지만 지원자들은 연습실에 설치된 CCTV에 신경을 쓰기도 하며, 자신들의 행실 하나하나를 면접관들이 지켜보고 있다는 과잉의식에 사로잡혀 있다. 밴드의 화합에 긴장을 불러일으키는 존재가 이찬휘이기는 하지만, 실제로 이 연극 무대에서는 누구나 저마다의 조급함에 사로잡혀 있으며 주인공 지원 역시 크게 다르지 않다. "그때까지만 해도, 나는 최종적인 무대의 퀄리티보다는 과정이 더 중요하리라 여겼다. 이렇게 큰 기업에서, 이렇게 큰돈을 들여가면서 3일씩이나 우리를 먹이고 재우며 이런 경연을 하는 데는 다 이유가 있을 거라고."(312쪽)

하지만 실제로 지원이 밴드 준비와 실제 공연을 통해서 경험하게 되는 것은 합숙면접을 통해 "나 자신의 쓸모를 증명할 수 있을 거"(312쪽)라는 막연한 기대가 배신당하는 일련의 과정에 불과하다. 경쟁 혹은 경쟁 속에서 요구되는 협력을 통해 지금보다 조금 더 나은 사람이 되는 것, 드라마 속 주인공처럼 시련을 겪더라도 결과적으로 자신이 겪어온 과정에 의미를 부여하는 것도 불가능하다. 오히려 지원을 사로잡는 것은 모든 나머지 지원자들이 막연하게 기대하고 있는 미래만큼이나 자신이 지금 여기에 있는 이유조차 알 수 없는 불확실한 자기인식과 나이브한 욕망이다. 그런 의미에서 보자면 이찬휘는 가장 자기 욕망과 역할에 충실한 사람이자, 지원으로 하여금 자신이 위치한 현실 자체의 기이함을 돌이켜보게 하는 계기가 되기도 한다.

지원이 펀펀 페스티벌을 통해 확인하는 자기인식의 과정은 정신분석적인 의미에서 '소외'된 주체가 '분리'의 단계로 이행하는 과정에 가깝다. '소외'의 상태를 비유적으로 표현하자면 연극 무대 위에 올라온 배우가 자기

스스로를 연기하기 위해 주변의 분위기에 맞추어 애드리브 연기를 이어나가야 하는 상황 속의 불안이다. 이러한 불안을 극복하기 위해 요구되는 것이 흔히 이야기하는 정신분석적 대타자로서 무대 연출자의 역할이다. 하지만 지원은 정작 밴드 공연을 준비하는 과정에서 이 무대를 움직이는 전체적인 기획은 물론이고 신호를 보내줄 어떤 연출자도 없다는 사실만을 확인할 뿐이다. '분리'란 그처럼 대타자의 결핍, 즉 우리를 지켜보고 정답을 알려줄 어떤 외부의 시선도 없다는 사실의 자각이다.

"그렇게 스펙을 쌓아놨더니 이제 와서 끼와 개성, 창의성을 펼치라니. 이럴 줄 알았으면 '쪼'나 고칠걸."(315쪽) 상상적인 외부의 시선으로부터 벗어났다고 할지라도, 지원이 새롭게 발견한 자기인식에는 이제 와서 고칠 수 없는 습관에 대한 인정과 수긍이 있다. 찬휘의 지적에 의해 환기된 지원의 '쪼'란 자기도 모르게 몸에 배어버린 안 좋은 발성 습관을 가리키는 것이지만, 달리 말하자면 펀펀 페스티벌이라는 허구적 연극 무대 위에서 지원에게 있어서 누구도 속이지 않는 유일한 자기 증명의 수단이기도 하다. '쪼'는 지원에게 있어 불쾌하고 어색하기도 한 자기 인식 내부의 불협화음이면서, 결국에는 받아들일 수밖에 없는 마음의 요철이기도 한 셈이다. 반면 펀펀 페스티벌에서 '펀함'을 즐길 수 있는 사람은 그런 요철을 애써 무시하고 스스로에게 뻔뻔한 사람일 수밖에 없다는 사실과 함께 말이다.

마음에도 돈이 든다

이 소설에서 주인공 지원이 찬휘에 대하여 느끼는 감정은 복합적이다. 처음에는 이찬휘의 겉모습에서 뿜어져 나오는 매력에 호감을 느낀다. 그것이 껍데기뿐인 매력이라고 할지라도 그 아주 단순한 힘 때문에 지원뿐만 아니라 다른 참가자들도 이찬휘의 무례한 행동들을 함부로 제지하지 못한다. 막

연한 호감으로 시작되었던 인상이 차츰 불쾌감으로 변해가지만 이찬휘가 가지고 있는 마이페이스적인 성격과 뻔뻔함에 직접 충돌할 만큼 노골적인 적대감을 드러낼 용기가 없기 때문이다. 반대로 찬휘가 행동하듯 타인에게 노골적일수록 감정과 마음의 주도권을 잡는 것, 자신이 가진 외관상의 매력을 알기에 더더욱 그것을 활용할 방편까지도 아는 것은 그만큼 오늘날 마음이라는 개념조차 큰 틀의 능력주의에 종속되어 있음을 보여준다.

실제로 지원은 이찬휘의 인간적인 뻔뻔함에 놀란다. "이찬휘가 너무 싫어 죽겠는데, 동시에 부러웠다. 왜 나는 죽어도 할 수 없는 일을, 저애는 아무렇지도 않게 할 수 있게 된 거지? 어째서? 능력의 차이가 아니라 마음의 차이일 뿐인데, 마음은 돈 드는 것도 아닌데, 왜 내 마음은 대체 이것밖에 안 되는 거야."(321쪽) 지원의 이러한 생각은 오늘날 우리 사회 내부를 지배한 능력주의에 대하여 충분히 동조하지 못하는 개인의 심리에 대한 흥미로운 이해를 보여준다. 여전히 능력과 마음을 분리하여 이해하고 있기 때문이다. 하지만 지원의 생각과 달리 자신의 마음에 대한 무딤함, 그리고 타인의 마음에 대한 주도권까지도 능력처럼 활용되는 것이 펀펀 페스티벌에 참가 중인 지원자들의 현실이다. 자기 능력을 면접관들에게 전시하기 위해서라면 자기 마음까지도 속이고 스스로에게 뻔뻔해질 수 있어야 한다.

지원은 마음은 돈 드는 것도 아니라고 생각하지만, 마음이야말로 오늘날 개개인의 심리를 사로잡고 있는 감정자본의 화폐이며 얼마나 과감하게 사용할 것이냐에 따라서 강력한 능력이 된다. 찬휘는 단순히 육체의 매력만이 아니라 그 매력이 타인의 마음에 미치는 영향력으로 관계를 주도하는데, 그것이 자신의 감정자본을 실제로 상징화하는 방식이기도 하다. 그렇기에 이찬휘가 주도한 펀펀 페스티벌, 그리고 표면상 밴드 공연이 지향하는 음악을 통한 화합과 조화란 실제로는 보이지 않는 감정자본의 과잉 투자를 통해 유지되는 한갓된 평형상태일 뿐이다. 지원은 그 과정 중에 더이상 감정을 투자해 스스로를 연기할 수 있는 평형상태를 유지하기 어려웠으며 그러한 마음의 파산이야말로 능력주의 사회에서의 도태를 의미한다.

작가의 전작들인 「도움의 손길」이나 「연수」와 같은 소설에서 잘 드러난 것처럼, 장류진의 소설은 우리 사회가 접어든 능력주의 현실의 새로운 양상을 예리하게 그려내고 있다. 그것은 우리가 부정하면서도 사로잡혀 있는 교묘한 능력주의 사회 속 생존 방식이다. "사회생활이라는 게 늘 합당한 근거나 논리적인 이해관계에 의거해 이루어지는 것만은 아니며 능력이나 역량의 객관적 판단 같은 건 허상에 불과하다는 것쯤은 아는 나이가 되었다."(319쪽) 능력보다도 어쩌면 능력주의라는 허상 자체를 빈틈없이 믿는 마음의 힘이야말로 진짜 능력처럼 받아들여지는 세계. 이러한 소설 속 인물들은 모든 것을 서열화하고 타인을 평가하게 만드는 능력주의 사회를 한편으로 불편하게 바라보지만, 동시에 능력화되기 어려운 마음의 영역, 감정과 심리에 강하게 집착한다. 아이러니하게도 이러한 감정에의 과잉 집중 상태가 오히려 개개인의 인물이 가진 마음의 영역마저 경쟁 상태에 이르게 한다. 소설 속에서 서로에 대한 예민함으로 무장한 각각의 인물들은 아주 사소한 말과 행동, 분위기와 마음의 쓰임에 있어서까지 저울에 올려 무게추로 달아보는 듯하다. 모든 감정은 화폐처럼 주고받을 수 있으며, 아주 작은 말과 행동이 서로에게 미치는 영향력으로부터 자유로울 수 없다.

고칠 수 없는 쪼

「펀펀 페스티벌」은 그렇게 지속적인 영향력을 미치는 불가피한 마음의 힘에 대하여 서술하는 것으로부터 시작한다. "이찬휘가 말한 긴급구조 송년회는 다가오는 12월 31일이었다. 그런 자리가 익숙한 사람들 사이에서 어색한 입꼬리를 하고서는 쭈그리처럼 앉아 있을 나 자신을 마주하기 싫은 기분과, 나도 한 번쯤은 그런 진정한 젊은이 같은 경험도 해봐야 하지 않을까, 하는 생각이 번갈아 교차했다."(298쪽) 지원은 이미 세명그룹 지원에서 탈락했으며, 펀펀 페스티벌에서 경험한 것들만 생각하면 합격한 이찬휘가 개최한 사교모임에 굳이 참가할 이유도 없어 보인다. 하지만 이찬휘를 싫어하면서도 여전히 그가 보낸 메시지에 움직이는 지원의 마음은 여전히 복합적이다. 그것은 그저 지원이 깨달은 사회관계의 허구성 때문만은 아닌 것처럼 보인다.

지원은 결국 자신이 온전히 통제할 수 없는 마음을 굳이 속이거나 애써 정당화하지 않는다. 그리고 그것이 지원에게 있어서는 온전히 이해할 수 있는 마음보다도 중요한 자신의 '쪼'의 문제이기도 하다. 이 소설이 마음의 능력주의를 보여주기만 하는 것이 아니라, 그 바깥의 영역에 머물게 되는 점 또한 그렇다. 따라서 지원은 찬휘의 모임에 참여한 자신의 양면성에 굳이 환멸을 느끼는 것 이상으로 이제 자기 자신에게 솔직하다. 이야기의 결말에서 결국 지원은 다시 혼자서 코인 노래방에 들러 자신만의 '쪼'를 찾아간다. "제시 제이, 아리아나 그란데, 니키 미나즈의 〈뱅 뱅〉이었다. 나는 내 '쪼'대로 2절부터 부르기 시작했다."(324쪽) 마음의 능력주의에도 지배되지 않는 마음의 영역이 있다면 그것은 자신조차 다 헤아리지 못하고 통제하지 못하는 무의식과 습관이다. 심지어 남들이 지적하거나 더 나아가 자기 자신에게 불편하게 느껴지는 습관이라고 할지라도, 그것은 누구도 함부로 지배하거나 바꿀 수 없는 '내 안에 있는 나 이상의 것'이기도 하다. 따라서 사회관계라는 허울에 의해 움직이는 마음과 감정에 따라서 함부로 교환될 수 없는 것, 어떤 자본이나 화폐조차 될 수 없는 것들이 여전히 마음의 능력주의 바깥에 있다. 「펀펀 페스티벌」은 그렇게 헤아릴 수 없는 마음 바깥에 있는 것들을 회복하는 방식을 보여준다.

남쪽에서

전하영

고려대학교에서 사회학을, 한국영화아카데미와
시카고예술대학에서 영화와 뉴미디어 영상을 공
부했음. 단편소설 「영향」으로 2019년 문학동네 신
인상을 받으며 작품 활동 시작. 평일에는 미술관
에서 일하고 주말에 소설을 쓴다.

남쪽에서

　중학생 때 가출한 적이 있다. 엄마가 떠난 지 1년쯤 지난 무렵이었을 것이다. 호기롭게 집을 나오긴 했으나 갈 데가 없었기 때문에, 무작정 서울역으로 가서 제일 빨리 출발하는 기차를 탔다. 가장 먼 곳으로 가는 기차였다. 가장 먼 곳. 결국 그곳에 도착하긴 했지만 막상 내려서는 아무것도 할수 없었다. 역 밖으로 몇 걸음 내딛지 않았는데도, 낯선 냄새가 나는 이 도시에서 나 혼자만의 힘만으론 결코 살아남지 못하리라는 현실을 부정할 수 없었다. 항상 죽고 싶다고 생각했는데 웬일인지 죽고 싶지도 않았다. 나는 역내 커피숍에 들어가서 커피 한 잔을 주문해 마셨다. 그것만으로도 몹시 힘겹게 느껴졌다. 검은 찻잔 속에서 이리저리 흩어지는 얼굴을 내려다보며, 애초에 내게 선택지 따위 없었지 하고 주억거리던 기억이 난다. 그날은 아마도 찜질방에선가 하룻밤을 뜬눈으로 새우고 다음 날 오후 늦게 다시 집으로 돌아갔다. 평소보다 좀더 두들겨 맞는 것으로 무단결석과 외박, 훔친 20만 원에 대한 죗값을 치러내며 이 작은 해프닝은 막을 내렸다.

　부산행 기차에 오르다가 난데없이 그때의 감각이 생생히 떠올라 멈칫했다. 인생의 중요한 일들은 모두 다 지나가버렸고 이제 남은 것은 이야기의 끝뿐,이라는 생각이 들었다. 내 한숨이 꽤 컸던 모양인지 앞서가던 탑승자가 힐끔 뒤를 돌아봤다. 나도 모르게 아무 일도 아니라는 내색을 하려고 웃을 것도 아니면서 순간적으로 입술 양 끝에 힘을 주어 낯선 이를 안심시키려고 했다. 평일 오후의 기차는 한산하기 그지없었다. 막 두기 시작한 바둑판처럼 띄엄띄엄 검고 하얀 옷을 입은 사람 서넛이 자기 좌석을 지키고 앉아 있었다. 나는 두 손으로 꽤 묵직한 캐리어를 잡아 들어 선반 위에 올려놓았다. 순간이었지만 과도하게 애를 썼고, 우스꽝스러울 정도로 휘청댄것 같았다.

두 달 전, 손 감독은 안부 인사도 없이 다짜고짜 부산에 갈 수 있겠냐고 물어왔다. 그것도 한 달씩이나. 휴대폰 너머로 들리는 그의 목소리는 간만에 사냥에 성공한 야생동물마냥 의기양양했다. 무슨 소리냐고 내가 되묻자, 〈아름다운 행진〉이 부산영화재단에서 주관하는 '시나리오 창작 공간' 지원 작품으로 선정됐다는 대답이 돌아왔다. 부산영화재단은 매해 부산을 배경으로 하는 영화 제작을 장려한답시고 시나리오 기획개발팀에게 분기별로 호텔 숙박 이용권을 제공하는데, 〈아름다운 행진〉이 하반기 당선작 중 하나로 뽑혔다는 것이었다. 듣자 하니 적게 잡아도 전국에 5천 5백 개쯤은 될 법한 지방자치단체의 번한 문화예술진흥정책 프로그램 중 하나였다. 생색은 내되, 책임지지 않는.

〈아름다운 행진〉은 90년대를 시대적 배경으로 하는 청춘 범죄 멜로 영화로, 손 감독과 나는 오랜 기간 그 시나리오에 매여 있었다. 우리의 30대 절반을 고스란히 갈아 넣은 셈이었다. 아이템을 시작할 당시에는 제목이 〈행진〉이었지만, 열네 번째 고를 수정할 때쯤 영화인들이 자주 가는 동명의 유흥주점이 있다는 얘기를 듣고 제목을 〈아름다운 행진〉으로 바꾸었다.

29고가 나오기까지 시나리오는 연이어 거절당했다. 처음에는 주인공이 여자라는 점이 치명적인 문제로 지적되었다. 여자 캐릭터가 주인공인 영화를 가져왔다고 아마추어 취급을 받았다. 이야기를 완전히 뒤집어서 어렵사리 주인공 성별을 남자로 바꾸어 가져갔을 땐, "이야기는 좋아. 좋은

데……" 하고 말끝이 흐려지더니 손 감독의 데뷔작 스코어를 트집 잡았다. 이야기가 좋다는 말은 그저 면피성 발언에 불과했을 테지만, 간절했던 우리는 그 말을 믿고 싶었다. 더 이상 거절당할 투자배급사가 없어지자, 손 감독은 매니저들을 찾아다니며 책—시나리오—을 돌렸다. 괜찮은 배우가 붙으면 시나리오를 살릴 수 있을지 모른다고 그는 희망을 버리지 못했다. 누군가는 알아볼 거야. 누군가는. 어느 시점에선가 시나리오가 너무 많은 사람들에게 노출된 것은 아닌가 하고 좀 불안해지기도 했지만 그때 우리는 그렇게라도 해야 했다.

그러는 사이 동일한 소재를 다룬 이야기가 비밀리에 유명 감독의 손을 거쳐 영화화되었다. 그 작품은 한 편의 영화를 넘어 사회적 현상이 되어 가고 있었다. 우리의 예상대로 〈행진〉의 콘셉트는 썩 쓸 만했던 것임에 틀림없었다. 유명 감독은 저녁 뉴스에까지 등장하며 천만 관객 달성을 눈앞에 둔 소회를 밝혔다. 나는 꽤 오래 버티긴 했지만 결국 극장으로 가서 그 천만 영화의 실체를 확인했다. 영화는 나쁘지 않았다. 아니, 기대 이상으로 좋았다. 어떻게든 단점을 찾으려는 마음으로 눈을 치켜뜨고 앉아 있었지만, 극장에서 나올 때는 입안 가득히 모래알처럼 들어차는 패배감을 곱씹을 수밖에 없었다. 지난 몇 년간 내가 완전히 헛짓거리를 했다는 사실을 겸허히 받아들이는 편이 현명해 보였다.

나와 달리 손 감독은 아직도 그 천만 영화를 보지 않았고, 패배를 인정하지도 않았다. 내가 그렇게 포기가 빠른 사람인 줄 몰랐다고 손 감독은 말했다. 그런데,

"그 작품이 됐다고?"

"난 학기 중이라 수업 나가야 되잖아. 어차피 글은 남 작가가 쓰니까 한 번만 더 수정해보자."

"그러니까 〈행진〉이 뭔가 지원을 받았다는 거지?"

"몇 달 전에 신청하고 잊어버렸는데, 오늘 연락 받았어."

"시나리오에 부산이 어디 나온다고 부산엘 가."

나는 어리둥절해서 손 감독에게 물었다.

"그건, 강릉 장면을 대충 부산으로 바꿔서 제출해봤지. 열다섯 신밖에 안 되더라고."

손 감독의 말을 듣자마자 나는 탄식하듯 한숨을 내뱉었고, 이어서 어색한 침묵이 흘렀다. 손 감독이 조금 노여워하고 있음을 느꼈다. 그래서 뭐, 어떡할 건데.

"갈 거야, 말 거야. 한 달 동안 호텔이라는데……."

물론, 호텔이라는 말에 몹시 마음이 흔들렸다. 마지막으로 호텔에 묵었던 게 언제였더라. 5년 전 도쿄 여행, 아니 그게 6년 전인가…….

"호텔이 어딘데?"

"몰라. 부산영화재단에서 해주는 곳이니까 괜찮겠지."

손 감독이 건성으로 대답했다. 만약 몇 년 전의 나에게 한마디 정도 건넬 수 있는 기회가 주어진다면, 손 감독 같은 유형의 인간과는 절대, 네버, 함께 일하지 말라고 조언해주고 싶다. 안전해 보이지만 어딘가 도움이 필요하다고 느껴지는 남자, 그들을 피해야 인생이 덜 피곤해진다. 매사에 두루뭉술한 손 감독이 상업영화로 데뷔했었다니, 그저 운이 좋았다고밖에 설명이 안 되었다. 당시 사귀던 여자친구가 데뷔작 시나리오를 써줬다는 소문도 돌았는데, 아마 사실일 것이다.

"취소도 안 되고, 안 가면 오 년 동안 페널티 준대……." 손 감독은 다소 누그러진 말투로, 그러나 섭섭한 여운을 확실하게 남기며 덧붙였다.

"거기 진짜 경쟁률 낮았나 보다."

나는 빈정거렸다. 하지만 말이란 게 습관대로 퉁명하게 나가긴 했어도 이미 마음은 부산에 가 있었고, 머릿속으로 한 달 치 스케줄을 바쁘게 조정해보기 시작했다. 충분히 너덜너덜한 이야기라 더 고칠 게 있을는지는 잘 모르겠지만…… 부산에 가고 싶었다. 거길 가야 했다.

부산은 부모님이 결혼 전후에 잠시 살았던 곳으로, 내가 태어난 도시이기도 했다. 기차를 타고 나서야 비로소 그 사실이 의미심장하게 다가왔고, 영화 속의 장면들은 강릉이 아니라 부산이었어야 했다는 생각이 들었다. 그토록 오랫동안 시나리오를 붙잡고 있으면서도 그 생각을 도무지 하지 못했다는 게 이상하게 여겨질 정도였다. 어느새 나는 쏟아지는 풍경 속에서, 부산스레 오르내리는 승객들의 세세한 차림 속에서, 나쁜 버릇을 버릴 수 없는 사람처럼 〈행진〉에 써먹을 거리가 있을지 바지런히 눈을 굴리고 있었다.

11월 중순이라 날은 금세 어둑해졌다. 바다를 보고 싶었지만 급히 서두른다고 밝은 곳에서 바다를 볼 수 있는 시간이 아니었다. 나는 일부러 행동을 천천히 늦추면서 이건 여행이고 최대한 지금 이 순간을 즐겨, 하고 마음을 되짚었다.

호텔은 해운대역 근방에 있었다. 입구에서 올려다보니 끝이 안 보일 정도로 높은 건물이었다. 나는 프런트에서 카드키를 건네받고 엘리베이터에 올랐다. 배정된 방은 3607호실이었는데, 카드키를 찍어야만 가고자 하는 층의 버튼을 누를 수 있었다. 엘리베이터는 놀라운 속도로 순식간에 36층까지 솟구쳤다. 멈추기 직전이 되자, 순간적으로 귀가 멍해지며 몸이 미세하게 찌그러지는 느낌이 들었다. 나는 나만 알 수 있을 정도로 휘청거렸다. 한 달이나 이런 식으로 고통 받겠구나 생각하니 우울해졌다.

복도는 두 갈래로 나누어졌는데, 3607호가 있는 라인은 오션뷰가 아니라 시내 쪽을 바라보는 북향이었다. 복도를 따라가며 흘끔 창밖을 보니 36층의 높이가 과히 심란했다. 땅바닥은 보이지 않았고, 하늘 위에 붕 떠 있는 기분이 들었다. 맞은편에 보이는 산봉우리의 실루엣보다 내가 더 높은 곳에 서 있는 듯했다.

집보다 넓어 보이는 호텔방은 양쪽으로 길게 펼쳐진 원 베드룸 구조였다. 입구를 기준으로 왼편에는 주방과 응접실 기능을 하는 아담한 거실이 있었고, 화장실로 연결되는 넓고 긴 복도를 통과하여 오른편으로 가면 트윈베드 두 개와 커다란 빌트인 옷장이 있는 넉넉한 침실이 나왔다. 심지어 침실에는 작은 베란다도 딸려 있었다. 나는 문이란 문은 다 열어보고, 연신 감탄하며 사진을 찍어댔다.

현에게 내가 이런 대접을 받는다는 자랑을 하고 싶어 찍은 사진을 메시지로 연달아 보냈다. 한 달간 부산에 가게 됐다는 말을 꺼냈을 때, 그는 바로 '팔자 좋다' 하는 표정을 지어 보였다. 현은 내가 처음 사귀어보는 직장인이었다. 그는 망한 시나리오를 쓴다는 게 어떤 건지 잘 모른다. 그 자체로는 완결되지 못한 무엇. 프로젝트가 엎어지면 아무것도 아닌 게 되어버리는 허공의 다이얼로그들. 그러나 어찌 됐건 현이 직장인이 아니었더라면 애초에 그와 사귀지도 않았을 것이다. 나이도 나이인 만큼 둘 중 한 사람이라도 안정적인 직장을 가져야 한다는 생각에 나는 동종 업계에서 일하는 사람과는 만나지 않기로 했었다. 현은 주말에 나를 보러 오겠다고 했다. 우리는 몇 달간 헤어졌다가 서너 달 전부터 다시 만나기 시작했는데, 공교롭게도 그 후 둘 다 일이 바빠지는 바람에 여행 계획을 계속 미루었다. 현은 오키나와나 블라디보스토크처럼 부담이 적은 해외로 가고 싶어 했지만, 나는 비행공포증이 있는 데다, 해외여행을 할 만큼 넉넉한 사정이 아니어서 일 핑계를 대며 미적거렸다.

검은색 아일랜드 테이블 위에는 웰컴 드링크인 와인 한 병과 심플한 구성의 과일 바구니가 놓여 있었다. 싸구려 와인이었지만 기분이 좋아서 의자에 걸터앉아 한 잔을 마셨다. 돈을 내고 이 방에 묵으려면 얼마를 지불해야 하는지 인터넷으로 검색해봤다. 장기 투숙임을 감안하여 평일 가격으로 얼추 계산해보았는데 3백만 원이 훌쩍 넘었다.

바람이 이따금 큰 파도처럼 창밖을 때리고 지나갔다. 그럴 리 없다고 나를 설득해봤지만, 건물이 흔들리는 것 같아 영 불안했다. 공짜 손님이니 아무래도 조용히 지내는 편이 좋겠지만, 그래도 이건 아니다 싶어 방을 바꿔야겠다고 마음먹었다. 그렇지 않으면 여기서 지내는 내내 36층에 떠 있다는 사실을 의식하고 괴로워할 게 뻔했기 때문이었다.

나는 북향집에 대해 그리 좋지 않은 기억을 갖고 있다. 시나리오 초고를 뽑아내기 위해 안간힘을 쓰던 때였다. 일과 시나리오를 병행하는 것이 힘들어서 1년 정도는 통장 잔고를 빼 먹으며 살기로 했고, 살던 집의 반의반도 안 되는 보증금으로 작은 원룸을 얻었다. 파주 원룸은 처음 살아보는 북향집이었다. 그 집에서는 내내 묘한 기류가 감지되었는데, 화장실에서 이를 닦을 때면 거울 속의 내가 나와 똑같이 행동하지 않을지도 모른다는 섬뜩한 기분이 들었고, 자려고 누우면 옆에서 느껴지는 서늘한 기운 때문에 새벽까지 끝내 돌아눕지 못하는 등 설명할 수 없는 피로와 우울감에 사로잡힌 나날들이 이어졌다.

3607호도 북향이라 그 시절이 생각났다. 파주에서 시나리오를 4고까지 쓰고 나서 나는 다시 서울로 돌아왔다. 그때부터 그럭저럭 아르바이트로 연명하며 시나리오를 수정하고, 거절당하고, 다시 수정하고를 반복했다. 그사이 손 감독은 부업으로 시작한 강의를 전업으로 하게 되었다.

방이 넓고 옆 침대가 온전히 비어 있으니 무서워서 잠이 오지 않았다. 어느 지점에 몸을 뉘어야 가장 편안할지 좁은 트윈베드 안에서 끊임없이 뒤척이며 자세를 바꾸어보았다. 언젠가 실험영화제에서 영원히 돌아눕지 못하는 여자에 대한 영화를 본 적이 있다. 필름으로 촬영된 작품인 데다가 한 줄로 짧게 처리된 시적인 시놉시스에 마음을 빼앗겼는데, 극단적인 슬로모션으로 진행되는 모호한 흑백 이미지를 넋 놓고 바라보다가 그만 도중에 정신을 잃고 말았다. 정신을 잃는 와중에도 그에 저항하며 내레이션을 놓치지 않으려 기를 썼다. 그 영화의 상영 시간은 40분인가 좀 더 됐던가 했었는데, 어느 순간 소스라치듯 깨어났으나, 이미 다른 영화로 순서가 넘어가버린 뒤였다. 함께 영화를 본 친구가 전해주기를, 그 여자는 결국 몸을 상당 부분 돌리긴 하는데 끝까지 돌아누울까 말까 하는 와중에 프레임 위쪽에서 마른 나뭇가지 같은 길고 가는 손이 천천히 내려왔고, 그러면서 여자는 머리카락 끝부터 화염에 휩싸이는 것 같았는데, 그게 정말 불이었는지, 필름이 타는 것이었는지, 아니면 세계 그 자체가 불타버린 것인지, 자기도 잘 모르겠다고 했다. 그랬었지. 그랬었다. 그 영화를 본다면 잘 잘 수 있을 텐데, 바로 푹 잠들 텐데…….

여덟 시에 맞춰둔 알람 소리에 일어나 제임스 엘로이의 책을 집어 들고 식당으로 내려갔다. 꽤 사치스러운 일이다. 불행하고 끔찍한 이야기를 읽으며 푸짐한 아침을 먹는다는 것. 내가 발 디딘 지금 이곳의 안전을 재차 확인하려는 이기적인 방식의 위안이다. 악취미라 생각하면서도 나는 그렇게 했다. 작업에 도움이 될 거라는 핑계를 대면서.

평일이라 그런지 식당 안은 한적했고, 투숙객들은 대개 후다닥 아침을 먹고 일어나는 편이었다. 식사하는 사람보다 일하는 사람이 더 많았다. 식당 직원이 앞치마 형태의 유니폼을 입은 젊은 남자들이어서 눈길을 끌었다. 두세 명씩 구석에 모여 잡담을 나누다가 테이블을 떠나는 사람이 있으면 부리나케 몰려가 접시를 치웠다. 못된 짓을 하고 도망 다니는 〈행진〉의 주인공 또래였으나, 그들은 그저 선량해 보이기만 했다. 문득 내 시나리오의 주인공이 원래대로 여자애였으면 어땠을까 하는 가정을 해봤다. 그러니까, 어떤 이야기들은 태어나지도 못한다. 여자애였기 때문에…….

다른 객실로 방을 옮기는 것은 열 시 이후에나 가능하다고 해서 나는 여유를 부리며 스크램블드에그와 구운 베이컨, 버터 바른 토스트, 오렌지와 청포도를 되도록 천천히 먹고, 조식 마감 전까지 느긋하게 커피를 마시며 책을 읽었다. 직원들이 가끔 나를 주시한다고 느꼈기 때문에 더 고개를 파묻고 책에 집중하려 했다.

어젯밤이었다. 내가 좀 더 낮은 층으로 방을 바꿀 수 있겠냐고 묻자, "좀 더 낮은 층으로요?" 하고 프런트 직원이 진심이냐는 듯, 눈을 동그랗게 뜨며 재차 물어 확인했다. 그녀는 간단하게 키보드를 두들기더니 사무적으로 활짝 웃으며 24층이 가능하다고 말해주었다. 더 낮은 층이 아니어서 실망했지만 그나마 다행이라 여기며 24층도 괜찮을 것 같다고 나는 대답했다.

현에게 전화해서 방을 바꾼다고 말하자, 그가 고개를 설레설레 저었다. 눈에 보이지 않아도 나는 알았다. 그 정도까지 알고 싶지는 않았지만, 우리는 때때로 서로에 대해 불필요할 정도로 많은 것을 안다.

현과 내가 그저 알고 지내는 사이에서 조금씩 경계를 넘나들 때, 책에서 읽었다면서 그가 '예민한 사람들'에 관해 이야기해주었다. 인류의 약 15퍼센트 정도는 남들보다 조금 더 예민한 감각을 가지는데, 이들이야말로 세계를 위해 실질적으로 필요한 일들을 해내는 특별한, 아니 유의미한 사람들이라는 내용이었다. 우리는 둘 다 예민하니 분명히 15퍼센트 안에 들 거라고 현은 확신했다. 그것에 뭔가 대단한 의미가 숨겨 있는 것처럼 눈을 반짝거렸다. 그런 시절도 있었다만, 이제 나의 쓸모없는 예민함은 나에 대한 비난의 여지를 마련해줄 뿐, 그 의미가 퇴색하는 중이다. 현도 내가 쓰는 시나리오에 전혀 가망이 없다는 걸 서서히 알아차렸다. 나는 이미 한참 전에 '15퍼센트' 밖으로 밀려났는지 모른다. 하지만 애초에 15퍼센트라는 범위는 너무 넓지 않은가. 그것이 서로의 특별함을 강조하는 경우였다면 더더욱.

그래도 우리는 계획대로 주말에 아쿠아리움에 가기로 했다. 나는 그가 어서 부산에 왔으면 했다.

카드키를 교환하고 24층으로 올라갔다. 24층은 훨씬 안정적이었다. 엘리베이터가 멈출 때면 여전히 귀에 압박이 느껴졌지만, 현기증이 날 정도는 아니었다. 창밖을 내려다보면 땅이 보였고 시선도 산봉우리보다 낮았다. 북향인 것은 똑같았지만 마음이 조금 가벼워졌다. 두 번째 방이었으므로 나는 익숙하게 2407호 문을 열고 들어갔다. 그리고 아주 잠깐이었지만 순식간에 깨끗해져버린 3607호에 다시 들어온 게 아닌가 하는 착각을 했다. 2407호는 구조뿐만 아니라 아쿠아색 소파와 반쯤 열린 회색 커튼, 감색 카펫, 그리고 TV 리모컨과 슬리퍼, 티슈 박스 등 작은 사물의 배치마저 처음 들어갔을 때의 3607호와 닮아 있었다. 삶을 엉망으로 살고 나서, 어느 날 아침 갑자기 젊어진다면 이런 기분이지 않을까 하는 생각이 불현듯 들었다. 하지만 대여섯 살이라면 모를까 열두 살이라······.

만약 12년 전으로 돌아간다면, 그래도 영화를 했을지 스스로에게 물어보았다. 나는 어떤 확신으로 가득 차 있었다. 심지어 자신의 재능을 의심하며 업계를 떠나는 친구들을 이상하게 여길 정도였다. 만들고 싶은 영화의 아이디어가 넘쳐흘러서, 무엇 하나에 집중해야 하는 상황이 오히려 혼란스럽고 힘들었다. 그런 사람이 나였다. 내가 재능 비슷한 것을 낭비하는 동안 친구들은 내가 모르는 어른의 삶 속으로 하나둘 사라졌다. 어른이라는 블랙홀. 다들 빨려 들어간다. 이제는 내 차례일까.

실내가 건조하고 추워서 뜨거운 물을 틀어놓고 난방 온도를 높였다. 2407호에는 와인 잔이 없어서 흰 머그잔에 와인을 부어 마셨다. 소파에 앉아 물소리를 들으며, 24층부터 36층까지 이 방과 정확히 일치하는 형태의 공간에 앉아 있을 어떤 사람들을 생각했다.

금요일 아침은 평일과 달리 식당이 북적거렸다. 모여 서서 헤죽거리던 남자 직원들이 평소보다 길어 보이는 팔다리로 수선스럽게 다니며 접시를 처리했다. 나는 그들과 되도록 눈을 마주치지 않으려 노력했다. 하루 이틀 묵는 것이 아니니 거리를 두는 쪽이 편할 것 같았다. 그래, 나는 장기 투숙자니까. 장기 투숙자라는 낯선 신분이 왠지 나를 기쁘게 했다. 시나리오는 전혀 고치지 않고 있었지만, 죄책감이 들지 않았다.

손 감독은 두 번째 주말쯤 부산에 내려가겠다고 말했다. 그는 여전히 의기양양했다. 시나리오 회의도 하고 오랜만에 술 한잔하자면서, 늘 그렇듯 좋은 게 좋은 호인의 목소리로 넉살 좋게, 곰살궂게 굴었다. 손 감독의 카톡 프로필에는 "끝날 때까지는 끝난 게 아니다!"라고 쓰여 있었다. 왜 또 그게 눈에 띄었는지, 나는 좀 질색이라 생각했고 이번에야말로 손 감독과의 관계를 정리해야겠다고 결심했다.

첫 번째 주말엔 현이 반차를 내고 부산까지 차를 끌고 온다고 했다. 금요일에는 전국적으로 비가 많이 온다는 예보를 들어서 안전하게 기차를 타고 왔으면 했지만, 그는 오랜만에 장거리 운전을 하고 싶다며 끝내 고집했다.

만난 지 얼마 되지 않았을 무렵, 무척이나 비가 많이 오던 그 계절에 현은 종종 앞이 보이지 않는 폭우 속에서 두 시간이나 운전을 해가며 나를 집까지 데려다주었다. 겁에 질린 나를 가벼운 농담으로 웃게 하고 아주 능숙하게 핸들을 돌리고 수동 기어를 움직였다. 그때 나는 그가 좀 멋있다고 생각했다. 서울에서 부산까지 차를 몰고 오는 것은 어쩌면 내가 생각하는 것만큼 큰일이 아닐지도 모른다. 큰일이 아닌 것은 그뿐만은 아니었고, 나의 시나리오 역시 마찬가지였다. 부산에는 그저 놀러 가는 셈이라고 가볍게 말했지만, 현이 시나리오에 관해 정말로, 아무것도 묻지 않아서 나는 계속 신경이 쓰였다. 나도 그도 내 시나리오를 지긋지긋하게 여겼다.

프런트 데스크에 가서 차 번호를 등록하고 현을 기다렸다. 역시나 도로가 막히는 바람에 예정보다 한참이나 늦게 도착할 것 같다고 문자가 왔다. 그가 기차를 탔더라면, 부산에 도착해서 커피 한 잔을 마시고 다시 서울로 돌아가도 남을 만큼 시간이 지났다. 방에서 어영부영 시간을 때우다가 다시 로비로 내려가 테마별로 구비된 부산 지도를 펼치고 있으려니, 배낭을 멘 현이 지친 모습으로 나타났다. 우리는 닮아서 남매 같다는 이야기를 종종 들었다. 내가 남자라면 현처럼 생겼을 거라고, 사람들은 그런 얘기를 참 쉽게 했다.

헤어졌던 기간에 현은 탈모 치료를 받기 시작했다. 경과가 꽤 좋았던지라 다시 만났을 때는 그의 자신감이 눈에 띄게—조금 거슬릴 정도로—상승해 있었다. 예전에는 현의 뒷머리를 볼 때마다 나도 모르게 아시시의 성 프란치스코를 연상하게 되었는데, 어쩐지 내게는 그런 점이 상냥하게 느껴져서 아끼는 마음이 들곤 했다. 이제는 뭐랄까, 좀 무성하네 싶은 낯선 머리통을 볼 때마다 나는 자꾸 성 프란치스코가 그리워졌다.

우리는 대학생처럼 보이는 풋풋한 커플과 함께 엘리베이터에 올랐다. 그들은 각자 카드키를 하나씩 손에 들고 37층의 오션뷰에 대해 마냥 설레어했다. 뒤편에서 몸을 기대고 있던 현이 나와 시선이 마주치자 괜히 눈을 찡긋거렸다. 나도 아무 말 없이 그의 얼굴을 보며 한쪽 눈썹을 슬쩍 올렸다가 내렸다. 우리가 각자 무슨 의도로 그렇게 했는지 정확히 말할 순 없지만, 무언가 비밀을 공유한 기분이 들었다. 엘리베이터는 금세 23층, 그리고 24층에 이르렀고, 정지하기 위해 슬며시 브레이크가 걸렸다. 안에 있던 네 사람은 각자만 느낄 수 있는 정도로 휘청거렸다. 현이 고개를 조금 숙이며 눈을 한번 크게 뜨더니 나를 바라봤다. 엘리베이터가 멈췄다.

"정말 귀가 멍해지네."

현이 귀 언저리를 한번 문지르며 발을 내디뎠다.

"36층에 비하면 그래도 견딜 만해."

나는 전학생 대하듯 여유 있게 그에게 대꾸했다. 24층으로 방을 옮긴 일은 작게나마 우리에게 큰일로 여겨졌다.

주말이 되었지만, 또 혼자 아침을 먹었다. 식당 안은 사람들로 가득 차서 평소에 파티션으로 가려놓았던 곳까지 넓게 터놓았다. 입구에 서서 빈자리를 찾아 잠시 두리번거리다가 일렬로 늘어선 창가 쪽의 바 테이블에 가서 앉았다. 습관적으로 손에 들고 온 제임스 엘로이의 책은 펼치지 않았다. 살인 사건 리포트를 읽기엔 날씨가 너무 좋았으니까.

그날 아침, 나는 첫 번째 알람 소리를 듣고 바로 잠에서 깼다. 30분 동안 현이 일어나기를 기다렸지만, 두 번째 알람이 울릴 때까지도 그는 잠을 떨치지 못했다. 나는 왼손에 머리를 괴고 그의 옆모습을 바라보았다. 그의 얼굴과 어깨와 팔을, 다시 얼굴을, 짙은 눈썹을 손가락으로 쓰다듬었다. 그다음엔 몸을 기울여 그의 어깨에 입술을 가져다 댔다. 어깨가 넓은 편인데도 옆으로 몸을 세워 누워 있으니 현이 아이처럼 작게 느껴졌다. 결국 그는 눈도 제대로 뜨지 못한 채 아침을 거르겠다고 몽롱한 목소리로 웅얼거렸다. 현은 내년에 마흔이 된다. 몸이 예전 같지 않다고 자주 말하곤 했다. 나는 그런 그를 이해한다.

그와 다시 만나기로 하면서 나는 많은 생각을 정리했다. 예를 들어 결혼이라든가, 아이를 갖는다든가 하는 문제. 우리는 둘 다 너무 예민해서 결혼제도에 적합하지 않은 사람들이다. 나는 아이를 낳고 싶지 않지만, 그래도 자식을 갖지 않는다는 건 조금 슬픈 일이라고 생각한다. 슬프다고 해서 누가 내게 그 생각을 강요한 건 아니다. 그러나 그저 그럴 수 있기 때문에, 나는 종종 나의 '개념적인 아이'에 대해 생각하곤 했다. 현실 속의 살아 숨 쉬는 아이가 아니라, 세상에 태어날 수도 있었지만, 없는, 없을, 관념적으로만 존재하는 나를 닮은 아이……

한번은 나의 개념적인 아이가 죽는 꿈을 꾸었다.

나는 누군가를 진정으로 사랑하면, 반드시 그 사람이 죽는 꿈을 꿨다. 아직 현이 죽는 꿈은 꾸지 못했다. 심지어 손 감독이 죽는 바람에 다른 사람에게 울면서 시나리오를 파는 꿈도 꿨음에도, 현이 죽는 꿈은 꾸지 않았다.

조금 죄책감이 느껴져서, 그와 아침을 먹었더라면 했을 법한 이야기를 열심히 생각해보았다. 멀리 창밖 공기가 촉촉하고 산이 가까워 보였다. 내 시선보다 훨씬 높은 곳에 산봉우리가 있다는 사실이 다행스럽게 여겨졌다. 산 밑으로는 작은 동네가 하나 있었다. 길 건너편에는 재개발 추진 중이라는 현수막을 온몸에 두른 폐역이 횅댕그렁하니 서 있었는데, 그 뒤로 산자락까지 펼쳐지는 낡고 낮은 건물들이 그 동네의 전부였다. 호텔에서 조금 떨어진 해수욕장에도 다른 폐역이 하나 더 있었다. 며칠 전에는 버스를 타고 그 근처까지 일부러 가보았는데, 철로를 따라 걷는 동안 가족처럼 보이는 고양이 무리를 만났다. 그중에서 노란 무늬의 고양이가 꼬리를 빳빳하게 세우고 나를 한참이나 쫓아왔다. 덩치는 큰데 제일 순해 보이는 아이였다. 어디까지 따라오나 간간이 뒤를 돌아보며 걸었는데, 잠시 현과 통화를 하고 나니 노란 고양이는 어디론가 사라지고 없었다.

내가 아침을 먹고 방으로 올라온 다음에도 현은 한참을 더 잤다. 나는 소파에 앉아 커피를 마시며 책을 읽었다. 제임스 엘로이가 애써 냉정함을 유지하며 어머니의 죽음을 쫓는다. 그의 어머니가 실제로 살인사건의 피해자였다는 사실을 처음 알았다. 애도는 언제 끝날까. 결국 글을 쓰는 것 외에는 별도리가 없다. 이따금 책에서 눈을 떼고 현이 코 고는 소리를 들었다. 저렇게 깊이 잠든 이유가 탈모 약 때문이라는 추측을 해보았다. 차라리 대머리가 돼서 나타나지 그랬니 싶다가도, 대머리는 대머리대로 싫어져서 머리를 내저었다. 현관 밖에서는 청소도구함 카트가 바삐 복도를 스쳐 지나가는 소리가 들렸다. 지금껏 청소하는 직원과 한 번도 마주치지 않았다. 매일 어딘가로 나갔다 돌아오면 내가 있던 곳이 처음처럼 깨끗해져 있을 뿐이었다.

서울과 비교하면 무척이나 따뜻한 11월이었지만 날이 짧아졌다는 것을 확연히 느낄 수 있었다. 점심을 먹었을 뿐인데도 이미 하늘에는 분홍색 기운이 잔잔히 퍼져 있었다. 날이 지기 전에 구시가지를 둘러보고 싶어 굼뜨게 움직이는 현을 재촉하고, 차에 타자마자 내비게이션에 목적지를 입력했다. 현은 부산의 도로가 좁고 구불구불하다며 짜증을 냈다. 무심코 욕을 한마디 내뱉었다가 주워 담기를 반복했다.

차를 타고 다니니, 부산은 어딜 가든 바다가 보이는 이상한 도시였다. 언덕을 오르나 싶다가도 어느새 바다가 빼꼼 얼굴을 들이밀었다. 그게 귀엽게 느껴져서 "귀여워……" 하고 중얼거렸는데, 현이 운전하다가 그 말을 들었는지, 한결같이 따뜻한 그 손을 더듬거리며 내 손을 잡았다. 나는 아무런 부연설명을 하지 않고 그냥 가만히 있었다.

우리는 주차할 곳을 찾아 국제시장 주변을 빙빙 돌았다. 내가 귀엽다고 한 다음부터 현은 부산에 한층 관대해졌다. 나는 호텔에서 가져온 지도와 현재 위치를 비교하느라 지도를 좌우로 돌려보고 고개를 위아래로 끄덕거리며 방향을 찾았다.

"책방 골목 뒤쪽이 좀 한가해 보이는데……."

그편이 주차하기에 수월해 보이기도 했지만, 나는 책이 사고 싶어져서 괜히 책방 골목을 들먹거렸다.

유명세에 비하면 책방 골목은 그리 길지 않았고 몇 걸음 만에 곧 골목 끄트머리에 다다랐다. 우리는 주인이 자리를 비운 듯 보이는 서점 안으로 들어갔다. 몇몇 사람들이 입구에서 책을 만지작거리다가 한두 권 골라 들고 두리번거렸으나, 주인이 나타나지 않아 책을 제자리에 내려놓고 다른 서점으로 향했다. 서점은 밖에서 보는 것보다 내부가 넓었다. 나는 부스럭거리면서 안쪽으로 들어가 책장 앞을 서성였다. 소설이, 번역되지 않은 말로 쓰인 한국 소설이 읽고 싶었다. 교과서에서 본 이름 몇몇이 눈에 박혔는데, 따분하다는 생각이 들어 좀 더 안쪽으로 들어갔다.

"찾는 게 있어요?"

갑자기 뒤에서 주인이 말을 걸어와 나는 깜짝 놀랐다.

"소설요."

"외국 소설이요, 한국 소설이요?"

"한국 소설요."

서점 주인은 무심하게 팔을 뻗어 K 작가의 책을 꺼내려 했다. 책방 골목 어디든 K 작가의 책은 수십 권씩 꽂혀 있었다. 책등 디자인만 봐도 알아볼 수 있을 정도였다. 소설을 잘 알지 못하고, K 작가의 책도 읽어본 적 없지만, 그 이름이 식상해서 괜히 화가 났다. 아니, 한국에 작가가 K 하나밖에 없나. 우리나라는 죄다 획일적이어서 틀려먹었어. 내가 실망 어린 탄식을 내놓자 어느새 내 옆에 다가온 현이 큰 의미 없는 웃음을 지어 보였다.

그의 손에는 꽤 상태가 좋은 록 음악 잡지 몇 권이 들려 있었다. 그가 고른 잡지가 내가 중학교 때 즐겨 보던 잡지여서, 그리고 내 시나리오의 배경인 90년대에 나온 것이어서 마음이 좀 아팠다.

서점 주인이 나를 좀더 안쪽으로 불러 구석에 높다랗게 쌓인 책 더미를 가리켰다. 처음 듣는—아마도 지금은 망해서 없어진—출판사에서 나온 다양한 전집 시리즈가 바리케이드처럼 굳건히 자리를 지키고 있었다. 나는 그중에서 한국 소설 전집이 있는 곳으로 사다리를 두세 계단 밟고 올라가 책을 몇 권 뽑았다. 조심했는데도 눈에 보이지 않는 먼지가 함께 쓸려 나와 마른기침이 나왔다.

전집 책은 각 권만으로도 상당히 묵직했다. 겉표지로는 성이 안 찼는지 개별 책을 감싸는 상자로 이중 포장되어, 책이 귀하던 시절에 제작된 것임을 알 수 있었다. 어렸을 때 부모님이 사주셨던 양장본의 세계문학 전집과 비슷했다. 본문 글자는 가늘고 얇은 느낌으로 촘촘히 박혀 있었고, 종이는 세월에 누렇게 바래어 안쪽에서 바깥쪽으로 옅은 그러데이션이 퍼져나갔다.

표지에는 소설가의 이름이 진지한 금빛 테두리로 새겨져 있었다. 한자를 읽지 못해서 작가의 사진들을 살펴봤다. 내가 꺼낸 세 권의 책 중 하나는 남자 작가가 쓴 소설집이어서 제일 먼저 내려놓았다. 나머지 두 권 중 어떤 책을 살까 고민하는데, 작가 이력을 훑어보다가 두 여자 작가 중 한 명의 생일이 나와 같음을 발견하고 그 책에 마음이 기울었다. 수십 년 전 작품인데도 요즘 소설처럼 제목이 세련됐다는 점도 좋았다.

한자로 적힌 소설가의 이름 위에는 성긴 해상도의 흑백 사진이 한 장 있었는데, 인상에서 풍기는 희미한 광기 때문인지 시선을 떼기가 어려웠다. 일부러 포즈를 취하지 않고 어쩌다 찍혀버린 각도로 카메라를 무심히 바라보는 작가의 눈빛이 강렬했다. 머리카락에 반쯤 가려진 기다란 손가락이 셔터 스피드를 기다리지 않고 유령처럼 흩어졌다. 작가가 나와 비슷한 나이이거나 조금 어려 보인다는 생각이 들었다. 내가 그 사진을 가만히 보고 있자, "너랑 좀 닮았네" 하고 현이 지나가듯 말을 던졌다.

현이 서울로 돌아간 후에도 나는 매일 같은 시간에 조식을 먹으러 식당에 내려갔다. 그것 외에는 중요한 일이 없는 사람처럼. 그래야 삶이 무너지지 않을 거라고 믿는 사람처럼.

엘리베이터 벽면에는 컬러 프린트된 아쿠아리움 광고가 붙어 있었다. 매일 광고 이미지를 보다 보니 이미 그곳에 갔다 온 기분이 든다고 내가 현에게 얘기했을 때, 그는 곁눈으로 광고지를 흘깃 보더니 "솔직히 아쿠아리움은 애들이나 가는 곳이라고 생각해" 하고 말했다. '우리는 결혼도 하지 않고 아이도 없을 테니 평생 아쿠아리움에 가지 않는 삶을 살게 될 거야.' 나는 현의 말에 잠시 멈칫했다가 가만히 고개를 끄덕였을 뿐, 속으로만 그렇게 대꾸했다.

식당에서 일하는 남자애들이 이제 나를 알아보는 눈치였다. 나는 제일 구석진 테이블에 자리를 잡고 현이 두고 간 90년대 음악 잡지를 읽었다. 이것을 읽던 시절에 내가 겨우 중학생이었다는 사실이 믿기지 않았다. 몇몇 순간은 여전히 생생하게 기억되고, 내가 나를 의식하는 감각도 별반 다를 게 없었다. 아마 지금으로부터 20년이 지나도 똑같은 생각을 하고 있을 텐데, 그 반복이 좀 끔찍해서 몸을 움츠렸다. 나는 자주, 내가 지금 살고 있는 시간에 대해, 그것의 의미를 전혀 알지 못한다는 느낌 때문에 외로워진다.

즉흥적으로 하루하루를 보냈다. 지도를 훑다가 눈에 띄는 곳이 있으면 버스와 지하철을 이용해 다녀왔고, 하루에 한 군데 이상은 방문하지 않았다. 그 외에는 딱히 일정이 없고 아무것도 하지 않으니 오히려 시간이 금방 갔다. 몇 번인가 노트북을 열어보긴 했지만 다시 시나리오를 읽고 싶지 않아 그대로 덮어버렸다.

어느 날엔 우리 가족이 잠시 해운대주공아파트에 살았었다는 이야기를 들은 것이 생각나서 달맞이고개에 가보았다. 주공아파트는 이미 재건축되어 흔적도 찾을 수 없었고, 그 자리에 다른 아파트가 들어선 지도 오래였다. 다만 언덕 입구의 낡은 버스정류장에서 '주공아파트 앞'이라고 쓰인 표지판을 하나 발견하고 돌아 나왔다.

나는 겨우 한 살이었기 때문에 당시의 기억이 없지만, 흰옷을 입은 내가—지나치게 어려서 나처럼 보이지 않았다—해운대 해수욕장의 모래사장 위에서, 무게중심을 제대로 잡지 못한 채 기우뚱 앉은 모습으로 찍힌 사진을 기억한다. 옆에는 지금의 나보다 열 살이나 어린 젊은 엄마가 나를 내려다보며 웃고 있다. 햇빛 때문에 갈색에 더 가까워 보이는 그녀의 머리카락이 이마 위에서 헝클어져 바람을 맞는다. 그녀는 한 손으로 내 등을 받치고, 다른 손으로는 머리카락을 귀 뒤로 넘기려 한다. '엄마, 카메라를 봐요. 내가 엄마 얼굴을 볼 수 있게…….' 나는 내 기억 속의 사진을 보며 이렇게 속삭인다.

뜨거운 물로 샤워를 마치고 멍하니 TV를 보고 있었다. 집에 TV가 없으니 여기서 보는 모든 프로그램이 새로웠다. 드라마가 참 많았고, 그 많은 이야기들의 주인공이 여자들이라는 점도 새삼 낯설게 느껴졌다.

영화학교에 다닐 때, 몇 차례 특강을 나온 감독이 TV 방송을 많이 보면 좋은 영화를 만들 수 없을 것이라고 단언한 적이 있었다. 그 후로 나는 아예 TV를 집에 들여놓지 않았다. 그 감독은 또 서른 살 전에 이스탄불을 경험해보지 않으면 영화를 잘 만들 수 없을 것이라는 말도 했다. 나는 그때 20대 중반에 불과했기 때문에 그 말을 유념해서 새겨들었다. 이스탄불에는 꼭 가야겠구나, 하고. 내가 결국 영화계에서 잘 풀리지 않은 이유는 여태 이스탄불에 가보지 못했기 때문일까…… 그런 생각을 하고 있는데 손 감독에게서 전화가 왔다. 왠지 전화를 받고 싶지 않아서 벨 소리가 울리지 않게 해두고 휴대폰을 바라봤다. 영화학교 선배인 손 감독도 분명 그 감독의 수업을 들었을 것이다. 손 감독의 집에는 TV가 있을까. 손 감독이 이스탄불에 가봤는지도 궁금했다. 휴대폰 울림은 이내 멈추었고, 그날 손 감독에게서 더 전화가 오지는 않았다.

다음 날 오후 늦게 나는 손 감독에게 전화했다. 호텔 안에서는 통화하기가 싫어서, 사람 구경을 하며 시간을 보내곤 하던 길 맞은편의 폐역 앞 공터로 나갔다. 거기서 내가 좋아하는 벤치에 앉아 전화를 걸었다. 손 감독의 통화 연결음은 오랫동안 〈아비정전〉의 테마곡이었는데 그사이에 바꼈는지 그저 '두르르르' 하는 소리가 반복될 뿐이었다.

"남 작가, 봤어, 나……."

"뭘?"

"……."

"뭘 봤는데."

"어제 그 영화……."

"영화 뭐."

"그 천만 영화……."

손 감독은 꺼낸 말을 잇지 못했다.

나는 가만히 있었다.

수십 초가 흘렀는데 아무도 아무 말을 하지 않았다. 저편에서 한 번도 들어보지 못한 소리가 들려왔다. 설마 하는 마음이 스쳤다.

"손 감독, 너 지금 우냐?"

그러자 손 감독이 침착하고자 노력하며 '아니' 하고 말을 하려다가, 다시 입을 닫고 규칙적이지 않은 숨만 쉬었다. 보지 않아도 눈물 콧물을 닦고 있을 게 뻔했다. 손 감독이 우는 것을 딱 한 번 본 적 있다. 자기 아버지 장례식장에서. 그때는 손 감독이 데뷔작을 찍기 전이었고, 백수였다.

"울긴 왜 울어."

"……."

좀 지겨웠다. 이제 한숨 같은 건 그만 쉬고 싶었다.

"그래, 다 끝났어…… 〈행진〉은 끝난 거야."

나는 말했다.

이 순간을 잊지 못하게 될 것도 알았다.

내 말에 손 감독은 울고 있음을 숨기고 싶지도 않다는 듯 더 소리 내어 흐느꼈다. 손 감독이 바보 같다고 생각하며 나도 휴대폰을 붙들고 울었다. 우리는 태어나지 못한 아이를 잃은 부부 같았다.

손 감독은 부산에 오지 않겠다고 했다. 돈이 있냐고 묻길래, 나는 있다고 대답했다. 손 감독이 미안하다는 말 비슷한 소리를 중얼거렸다. 부산영화재단에 제출해야 하는 결과 보고서와 시나리오 수정본은 내가 해결하기로 했다. 담당자에게 문의해보니 제출 기한을 지키면 한 글자만 바꿔서 보내도 무방하다고 했다. 내가 그동안 이런 업계에 있었던 것이다.

그날 밤 꿈에 현이 나왔다. 꿈에서 나는 그를 붙잡고 왜 우리는 결혼하지 않느냐고 통곡했고, 현이 미안하다면서 시나리오를 찢더니 높은 곳에서 뛰어내렸다. 처음엔 건물인 줄 알았는데, 나중에는 한강이었다. 그가 사라진 허공을 바라보며 주저앉아 다시 엉엉 울다가, 우는 게 힘들어서 잠에서 깼다.

아직 알람이 울리기 전의 새벽녘이었다.

방이 어두웠다.

이 방이 북향이라고 생각하니 무서워져서 이불 속으로 머리를 묻었다.

어느새 다시 잠이 들었는지, 일어났을 땐 이미 조식 시간이 한참이나 지나 있었다. 알람 소리를 듣지 못했는데 잠결에 알람을 꺼버렸는지 아직 꿈속인 건지 몽롱한 와중에, 기계적으로 바닥에 놓인 옷을 꿰입었다. 거실 쪽에서 TV 소리가 들렸다. 분명 끄고 잤던 것 같은데 의아해하며 머릿속을 더듬다 보니 차츰 정신이 또렷해지면서, 거실에 다른 사람이 있고 그가 분주히 움직이고 있다는 사실을 깨달았다. 사태를 정확히 파악하기 위해서는 거실로 나가는 것이 가장 빠른 방법임을 알았지만, 몸이 굳어 움직일 수 없었다. 대신 엉거주춤 침실 한가운데 서서 이 상황을 이해하려 애썼다.

거실 청소를 마친 청소 직원은 내가 여전히 방에 있는 줄도 모르고 TV에서 나오는 음악 소리에 따라 노래를 흥얼거리며 침실에 들어왔다. 서로의 모습을 보고 우리는 둘 다 소스라치게 놀랐다. 옅은 네이비색 유니폼을 입은 그녀는 한국어가 매우 서툴렀는데, 내가 당황해하자 자신이 베트남에서 왔기 때문이라고 더듬거리며 설명해주었다. 두 손을 모아 쥐고 거듭 미안해하는 그녀에게 나도 고개를 몇 번씩이나 숙이며 평소보다 늦게까지 방에 남아 있던 것을 사과하고 허둥지둥 밖으로 나왔다.

거의 정오가 되었는데 빈속이었다. 우선 커피를 마셔야 정신이 들 것 같아 해수욕장 입구 맞은편의 커피숍에 들어갔다. 항상 사람들로 가득 차 번잡해 보였는데, 그날따라 창가 쪽 자리가 비어 있었다. 나는 바닷가를 바라보는 전면 창 앞으로 나란히 늘어선 테이블 한편에 자리를 잡았다.

보수동 헌책방에서 구한 책을 펼쳤다. 한자가 많아서 도통 손이 안 갔는데, 나오면서 보니 어느샌가 내 손에 들려 있었다. 창으로 강하게 들어오는 햇빛 때문에 꾹꾹 눌려 박힌 글자의 선이 더 깊어 보였다.

목차에 나열된 스무 편이 조금 넘는 소설 중에 '검은 바다'라는 제목이 눈에 들어와 그것을 읽었다. 젊은 여자와 나이 든 여자의 이야기였다. 선후배인 두 사람이 프랑스 시골 마을에서 두런두런 별 의미 없는 대화를 나누는 이야기였다. 그 짧은 이야기가 너무 좋아서, 몸속에 흩어진 조각들이 맞춰지는 듯한 기분이 들었다. 이런 이야기를 쓰는 여자가 있었다. 내가 모르게. 무언가를 쓰고, 사라진 여자들이 있다.

단편소설을 한 편 읽었을 뿐인데 아직도 그녀의 이름을 모른다는 것이 어색하게 느껴졌다. 한자로만 쓰인 소설가의 이름을 알아내기 위해, 인터넷 한자사전을 열어 한 자씩 손가락으로 글자를 그려나갔다. 획이 많고 복잡했다.

소설가에 대한 정보가 있을까 싶어 포털 사이트에 이름을 검색하니, 그녀의 이력과 출간된 책 목록이 바로 튀어나왔다. 죽거나 사라졌을 줄 알았던 소설가는 놀랍게도 전집이 출판된 지 수십 년이 지난 지금까지도 소설을 쓰고 있었다. 많은 책이 절판됐지만, 바로 몇 년 전까지도 드물게 그녀의 신간이 나왔다.

나를 닮은 소설가에 대해 너무나 손쉽게 알 수 있었다. 나를 닮았지만, 전혀 닮지 않은 그녀가 성큼 다가왔다. 시간을 거슬러. 작은 상자에 몸을 싣고 중력을 거스르던 순간처럼, 나는 나만 아는 정도로 찌그러지고 멍해진다.

수직으로 내리꽂는 정오의 햇살이 4차선 도로를 지나는 차량 행렬에 반사되어 번쩍였다. 나는 눈을 감고 한 사람이 무언가를 쓰고 있는 장면을 상상했다. 40년이 넘도록, 아니 평생에 걸쳐 쓰는 삶에 대해서. 보이지 않아도 쓰이는 어떤 삶을. 어딘가에 존재하는 질서를. 그 깊고 어두운 세계를.

나는 배고픔도 잊은 채 오래도록 그 자리에 머물렀다.

레트로토피아, 기록하는 자의 윤리

이정현(문학평론가, 한국외국어대학교 교양학부 강사)

전하영의 소설 「남쪽에서」의 주인공 '나'는 가망 없는 시나리오를 쓰면서 30대를 탕진한 무명인 여성작가다. 29차례나 시나리오를 고쳐 투고했지만 제작사는 주인공이 여자라는 이유로 '나'를 아마추어 취급한다. 함께 시나리오 작업을 진행한 손 감독의 역량도 마뜩찮다. 게다가 "90년대를 시대적 배경으로 하는 청춘 범죄 멜로 영화"를 표방한 '나'의 시나리오와 비슷한 소재를 다룬 영화가 유명 감독의 손을 거쳐 영화화됐다. 그 영화는 한 편의 영화를 넘어 사회적 현상이 되면서 엄청난 흥행몰이를 한다. 그 영화는 '나'의 시나리오 소재가 썩 괜찮았다는 사실을 증명해주었지만, 영화로 제작되지 않은 시나리오 따위는 이제 아무도 기억해주지 않는다. '나'는 극장에 앉아 천만 관객을 동원한 영화를 보면서 "30대 절반을 고스란히 갈아 넣"은 자신의 시나리오가 휴지 조각이 되었다는 사실을 수긍한다. 이제 '나'는 마흔을 앞두고 있다. 늙지 않았지만, 젊다고 우길 수도 없는 애매한 나이다. 세상에서 작가로 인정받지 못했고, 모든 재산도 없다. 게다가 오랜 연인과의 관계까지 미지근하다. 이것이 '나'의 초라하고 진부한 신상명세다.

1

'나'는 갑작스럽게 고향인 부산으로 여행을 떠난다. 낡은 시나리오가 부산영화재단에서 지원하는 '시나리오 창작 공간 지원'에 선정된 것이다. 손 감독은 시나리오의 〈행진〉이라는 제목을 〈아름다운 행진〉으로 살짝 바꿔서 제출한다. 문장부호나 단어 하나만 바꿔서 등록해도 상관없는 허술한 정책임을 알면서도 '나'는 희망을 여전히 버리지 못한다. 무료로 호텔에 투숙하는 호사를 누리지만 '나'와 마주치는 모든 것들은 불안을 자극한다. 이런 식이다. '나'는 전망 좋은 36층 호텔방에서 야경을 즐기지 못한다. 북향인 호텔방은 한창 시나리오를 창작하던 시절 머물던 서늘한 방을 떠오르게 하고, '나'는 자신을 지배한 열패감을 거듭 떠올린다. 침대에 누우면, '영원히 돌아눕지 못하는 여자'가 등장하는 실험영화의 장면을 떠올린다. 불안한 느낌을 떨치려고 조금 낮은 24층 방으로 옮기지만, 36층과 똑같은 구조의 방을 보면서 "삶을 엉망으로 살고 나서, 어느 날 아침 갑자기 젊어진다면 이런 기분"일 거라고 생각한다. 이 장면들은 중학교 시절 가출해서 다짜고짜 부산행 기차를 탔던 서두의 에피소드와 맞물린다. '나'는 불안정한 미래를 애써 외면하면서 과거로 '퇴행'을 거듭한다.

퇴행은 불길한 이미지와 연결된다. '나'는 결혼과 출산을 포기했지만 아이를 갖지 않고 늙는 것은 슬픈 일이라고 생각한다. 그리고 "세상에 태어날 수도 있었지만, 없는, 없을, 관념적으로만 존재"하는 "개념적인 아이"를 홀로 상상한다. '개념적인 아이', '돌아눕지 못하는 여자', '가출 에피소드'는 다른 삶을 희구하는 '나'의 내면을 대변한다. '나'는 부산으로 찾아온 애인 '현'과 주말을 함께 보내지만, 두 사람의 미래는 도무지 보이지 않는다. '현'은 함께 사는 결혼 생활을 "아쿠아리움"에 비유한다. '나'의 여행, 아니 삶은 이토록 암담하기만 하다.

2

이 소설은 한 세대의 비망록이자 자기 독백으로도 읽힌다. 작가는 소설에서 '90년대'를 중복 배치하여 호명한다. 먼저 '나'가 가출했던 중학교 시절이 90년대였다. '나'는 90년대가 배경인 영화에 매달려 청춘을 허망하게 날린다. 90년대가 배경인 '나'의 시나리오와 비슷한 소재의 영화가 천만 관객 돌파를 앞두고 있다. 그뿐인가. 부산의 헌책방에서 구매한 것도 90년대 잡지다. 90년대는 벌써 20년도 넘게 지난 과거지만, '나'는 그 시절로부터 자신이 별로 달라진 것이 없다고 느낀다. '나'는 옛날 잡지를 보면서 이렇게 진술한다. "나는 자주, 내가 지금 살고 있는 시간에 대해, 그것의 의미를 전혀 알지 못한다는 느낌 때문에 외로워진다."

90년대 풍경이 담긴 유튜브 영상에는 "풍요로움과 여유가 넘치던 시대"이자 "대한민국의 최전성기"라는 식의 댓글이 올라오곤 한다. "그때 전 재산을 털어서 삼성전자 주식과 강남 아파트를 샀어야 했다"는 탄식은 덤이다. 90년대는 희망차고 풍요로운 시절로 쉽게 박제되었다. 그렇게 90년대를 향한 그리움은 하나의 사회현상이 되었지만, 그것은 미화된 기억에서 비롯된 것이다. 좁힐 수 없는 양극화가 활발히 전개된 90년대는 많은 이들의 계급이 나뉘는 분기점이 되었다. 다리와 백화점이 무너졌고 외환위기까지 겪었다. 그렇지만 90년대에 성장기를 보낸 사람들은 그 시절의 대중문화가 불어넣은 달콤하고도 씁쓸한 공기를 쉽게 망각하지 못한다. 그 시기에 10대를 통과한 사람들은 지금까지도 강력한 문화적 동질성을 지니고 있다. 이 동질감은 시간이 흐를수록 짙은 상실감으로 변질된다. 사회학자 지그문트 바우만은 향수에 포획된 세계를 '레트로토피아(Retrotopia)'로 명명하면서 "불확실한 미래가 두려울수록 사람들은 자궁으로 회귀한다"고 진단했다. 같은 맥락에서 '나'가 경쟁과 소외를 모르던 어린 시절의 기억을 더

듬으며 달맞이고개에 있던 옛집을 찾아가는 장면에 담긴 의미를 파악할 수 있다.

우리는 이 소설의 서두에 배치된 가출 에피소드부터 달맞이고개의 옛날 집터를 찾아가는 장면까지 톱니바퀴처럼 맞물린다는 사실을 발견하게 된다. 소설의 말미에서 '나'는 퇴행에서 벗어난다. 갑자기 전화한 손 감독은 천만 관객 영화를 봤다고 고백하면서 울먹인다. "그래, 끝났어…… 〈행진〉은 끝난 거야." 이 대사는, 미화되었던 한 시기로부터 결별 선언으로 읽힌다. 그리고 '행진'이 아닌, '아름다운 행진'(단어 하나를 추가한 시나리오 제목이다)은 여전히 가능하다는 선언으로도 해석된다. '아름다운' 행진은 어떻게 가능한가. 보수동 헌책방에서 구입한 소설책을 펼쳐 보는 '나'의 독백에서 그 단서를 찾을 수 있다. '나'는 "자신과 닮았지만, 전혀 닮지 않은" 한 작가의 소설을 읽으면서 이렇게 적는다.

> 나는 눈을 감고 한 사람이 무언가를 쓰고 있는 장면을 상상했다. 40년이 넘도록, 아니 평생에 걸쳐 쓰는 삶에 대해서. 보이지 않아도 쓰이는 어떤 삶을. 어딘가에 존재하는 질서를. 그 깊고 어두운 세계를.(353쪽)

3

이것은 작중 인물의 입을 빌린 작가의 독백이기도 하다. 작가는 자신이 잘 아는 것을 쓴다. 이 말을 이렇게 바꾸고 싶다. 사람이 가장 잘 아는 것은, 바로 자신이 견딘 것이라고. 지금까지 접한 전하영의 소설은 세 편이다. 등단작 「영향」(『문학동네』 2019년 가을호), 「남쪽에서」(『현대문학』 2019년 12월호), 「그녀는 조명등 아래서 많은 시간을 보냈다」(『문학동네』 2020년 가을호)가 그것이다. 어딘가 닮은 세 소설의 화자들은, 존 윌리엄스의 소설 『스토너』의 주인공을 연상시킨다. 오랜 시간 영화를 공부했지만 아직

내세울 성과가 없는 '미진'(「영향」), 한때의 동경에서 벗어나 '기록하는 자'로 살아갈 것을 다짐하는 '연수'와 '나'(「그녀는 조명등 아래서 많은 시간을 보냈다」), 그리고 「남쪽에서」의 주인공인 '나'. 그들은 자신이 꿈꾸는 세계를 지키려고 최선을 다한다. 비록 타인의 주목을 받지 못하는 평범한 삶에 머물지라도 말이다.

전하영의 인물들은 익숙한 퇴행으로 도피하지 않는다. 퇴행과 자기연민으로 가득한 레테로토피아의 세계에서 그들은 과거를 낭만적으로 포장하지 않고, 끊임없이 기억하고, 기록하고자 한다. 타인의 인정과는 상관없이 이 행위는 끝내 의미를 획득한다. "보이지 않아도 쓰이는 어떤 삶"에 대한 믿음을 포기하지 않는 윤리 때문이다. 이것은 평생에 걸쳐 쓰고 싶다는, 한 작가의 출사표이기도 하다.

사람은 누구나 타인에게 주목받는, 특별한 삶을 꿈꾼다. 하지만 그 기대는 언제나 배신당하고 희망은 쉽게 휘발된다. 삶은 복잡하고 부조리한, 지리멸렬한 우연의 연속이라는 사실을 자각하면서 우리는 조금씩 생을 소진한다. 삶의 결정적인 순간들은, 늘 지나간 후에야 비로소 보인다. 대다수 사람들은 자신의 삶이 그다지 특별하지 않다는 사실을 인정하면서 점차 체념에 길들여진다. 과거의 잃어버린 가능성을 복기하는 일은, 사람을 초라하고 쓸쓸하게 만든다. 어떤 소설들은 이 외로움을 동력으로 삼는다. 이것은 외로움에 초연하거나 극복한 결과가 아니라 쓸쓸할 수밖에 없는 삶에 공감하기에 가능해진다. 아픈 과거로의 '행진'은 끝났지만, 멈추지 않고 쓰는, '나'의 '아름다운 행진'은 계속될 것이다. 전하영의 소설을 읽으면 뮤지션 '혁오'의 노래 〈Tomboy〉를 반복해서 듣게 된다. 자신이 견딘 것을 보편적인 이야기로 만드는 힘을 지닌, 좋은 작가를 알게 되어 기쁘다.

유진

최진영

2006년 실천문학 신인상을 받으며 작품 활동
시작. 장편소설 『당신 옆을 스쳐간 그 소녀의 이름
은』 『끝나지 않는 노래』 『나는 왜 죽지 않았는가』
『구의 증명』 『해가 지는 곳으로』 『이제야 언니에
게』, 소설집 『팽이』 『겨울방학』이 있음.

유진

문자메시지 도착 소리를 듣고 잠에서 깼다. 예전에 다녔던 미용실과 안경점에서 보낸 생일 축하 메시지였다. 이불 속에서 나와 창문을 열었다. 초겨울의 쌀쌀한 바람이 금세 방을 식혔다. 간단히 씻고 청소하는 동안 몇몇 친구들에게서 생일 축하 메시지가 왔다. 매번 잊지 않고 기억해줘서 고맙다고 답장을 보냈다. 연말을 잘 보내자는 이른 인사도 덧붙였다.

황태와 미역 한 줌을 넣고 간단히 국을 끓여 먹었다. 해 질 무렵까지 노트북 앞에 앉아 그날 써야 할 글을 썼다. 방이 거의 어두워졌을 즈음 노트북을 끄고 스탠드를 켰다. 옷장에서 스웨터와 조끼와 점퍼를 꺼내 입은 뒤 겨울 외투를 들고 집을 나섰다.

세탁소에 겨울 외투를 맡기고 나오는 길에 전화를 받았다. 공미는 내 생일마다 전화를 했다. 생일이 아닌 날에 연락한 적은 없었고 내가 먼저 공미에게 연락한 적도 없었다. 내가 '연락을 하지 못해서 미안하다'고 말하면 공미는 '뭘 그런 말을 해, 내가 널 모르는 것도 아니고'라고 대답했다. 생일이면 공미의 전화를 기다렸고 공미는 반드시 전화했으나 전화가 오지 않는다고 서운할 것 같지도 않았다. 나는 공미의 생일이 8월의 어느 날이라고만 알고 있었다. 우리는 스물한 살에 만나 거의 20년 가까이 알고 지낸 사이였다.[1] 이제 와 '근데 네 생일이 언제지?'라고 물을 수는 없었다.

공미와 통화를 하며 집에서 멀어지는 방향으로 발걸음을 돌렸다. 1년에 한 번 주고받는 연락은 매번 한 시간 넘게 이어졌다. 나는 산책 중에 통화를 끝내고 싶었다. 집에서는 조용히 있고 싶었다. 공미는 아이와 남편 이야기를 했다.[2] 새로 시작한 일에 대해서도 말했다. 공미에게 전할 수 있는 안부는 나에 대한 것뿐이고 지난 1년은 전과 별 차이가 없어서 나는 할 말이 없었다.[3] 통화가 거의 끝날 무렵 공미가 물었다.

근데 너 기억해?

다음 말을 기다렸다.

유진 언니 있잖아.

잠깐 공미의 말을 알아듣지 못했다.

기억 안 나? 옛날에 우리 같이 알바할 때 매니저 언니.

오랜 시간 밀폐되었던 병의 뚜껑을 비틀어 열면 냄새가 훅 끼치는 것처럼 그 시절의 향기가 먼저 떠올랐다. 그건 랑콤. 유진 언니의 향기. 랑콤 OUI.

알지, 그럼. 당연히 알지.

나는 약간 주저하며 중얼거렸다.

어떻게 그 언니를 잊어.

하지만 거의 잊고 살았다. 30대를 지나며 유진 언니를 떠올린 적은 아마도 없을 것이다. 공미는 지난 가을에 유진 언니의 장례식에 다녀왔다고 했

---

1 20대 후반에서 30대 초반 무렵 거의 5년 정도 연락이 끊겼던 적은 있다.

2 연락이 끊겼던 시기에 공미는 결혼과 출산을 했다.

3 연락을 끊었다가 다시 연락을 하게 된 사이 공미의 마음속 나는 어떤 존재에서 어떤 존재로 변한 것일까? 공미에게 연락이 오지 않던 때에도 나는 공미를 종종 생각했다. 생각만 했을 뿐이다. 공미도 그랬을까? 그런데 공미는 생각만으로 그치지 않고 진짜 연락을 했다. 그 낙차를 알 것 같으면서도 알 수가 없다. 나는 그것을, 완전히 알 수는 없기에 짐작과 오해가 가능한 낙차를 글로 쓰고 싶을 때가 있는데 이미 쓴 것도 같다. 쓰기를 실패하지 않고 썼지만 실패했다. 이런 이야기는 공미에게 할 수 없다.

다. 찬란한 햇살과 또렷한 단풍 때문에 자꾸 눈이 감기던 날이었다고 했다. 요즘 암이 워낙 흔하니까, 흔하니까 다 나을 것 같은데 안 그렇기도 한가 봐, 근데 있잖아, 언니는 나랑 드문드문 연락할 때도 전혀 내색을 안 했거든, 언니라면 그럴 만하다는 생각도 들고, 언니는 웃으면서 갔대, 아니 언니가 결혼은 안 했는데 배우자는 있거든, 배우자가 장례식을 다 챙겼어, 되게 차분하고 속 깊은 사람 같았어, 조촐했지만 분위기가 좋았거든, 음악도 나오고 장례식 같지 않았어, 너 기억해? 사장님 아들 있잖아, 그래, 우리가 거북이라고 부르던 그 꼬맹이가 어른이 되어서…….

근데 넌 언니랑 계속 연락을 했구나.

나는 그렇게 중얼거렸다. 질문처럼. 깨달음처럼.

가끔 했지. 언니가 늘 반갑게 받아줬어. 너처럼.

'너처럼'이라는 말을 듣고 잠깐 숨을 들이마셨다. 나의 죄책감을 공미가 알아채지 못하길 바랐다. '근데 그동안 나한테는 왜 언니 얘길 하지 않았어?'라고 물어보지는 못했다.[4] 그날 밤 불을 끄고 이불을 덮은 채로 상상했다. 공미가 누군가에게 나의 부고를 전하는 상황을. '너 기억나?'라는 말과 함께 전해질 나의 마지막 안부. 나의 부고를 듣고도 나를 전혀 기억하지 못하는 사람을 상상하다가 잠들었다. 그날 밤 아주 오랜만에 옥상 꿈을 꾸었다.

그리고 매일 유진 언니를 생각했다. 강한 바람이 불어 가림막이 벗겨진 것처럼, 가림막 안에 놓여 있던 온갖 잡동사니가 바람에 휩쓸려 이리로 저리로 굴러다니는 것처럼, 따로 따로 굴러다녀 그전엔 보지 못한 부분이 더 눈에 띄는 것처럼, 유진 언니와 함께한 그 시절의 기억은 연속성 없이 개별

---

4 공미는 내가 언니를 잊었다고 생각했을 것이다. 잊은 사람의 얘기를 굳이 꺼낼 필요는 없다고 생각했을 것이다. 공미가 아니었다면, 어쩌면 나는 평생 언니를 떠올리지 못하고 살았을 수도 있다. 그건 나에게만 잔인한 일일까? 언니는 나를 기억했을까? 공미는 언니에게도 물어봤을까? '언니, 기억해요?'라고 내 안부를 전하기도 했을까?

적으로 세세하게 떠올랐다. 머리를 감다가 설거지를 하다가, 책장에 책을 꽂다가 빨래를 개키다가, 어두운 방에서 불을 켜기 직전에 문득 떠올랐다. 그러던 중에 오빠의 전화를 받았다. 뒤늦은 생일 축하에 이어 부탁이 있다고 했다. 괜찮다면 이나를 겨울방학 동안 보살펴줄 수 있느냐고 물었다.

*

대입 원서를 쓰던 시기에 난 무기력에 빠져 있었다. 여러 대학의 커트라인을 살피고 원서를 넣고 논술과 면접을 치르는 과정을 다 해낼 의욕이 없었다. 나는 내 인생에 관심 없(는 사람처럼 보이고 싶)었고, 그런 것에 심드렁한 사람(처럼 보)이고 싶었(으나 사실 사람들은 내가 어떤 사람인지 별 관심이 없었)다.

당시에는 특차 제도가 있었다.[5] 나는 나의 수능 점수로 합격 가능한 대학에 원서를 넣었고 크리스마스 전에 합격 소식을 들었다. 그 겨울, 친구들은 바빴다. 여러 도시의 이러저러한 대학을 찾아다니며 논술과 면접을 치르는 동시에 운전면허증과 컴퓨터자격증을 땄다. 펌과 염색을 했으며[6] 다이어트를 시작했다. 쌍꺼풀이 없는 아이들은 실핀에 풀을 묻혀 눈두덩에 바르거나 쌍꺼풀 테이프를 붙여서 임시 쌍꺼풀을 만들었다.[7] 화장품과 옷을 보러 다녔고 귀를 뚫었다. 오후에 만나 커피를 마시고 밤에 만나 술을 마셨다. 벼르다가 고백하거나 충동적으로 고백했다. 그리고 또 무엇을 했을까? 나는 거의 동네 밖으로 나가지 않았다. 부모님은 맞벌이였고 오빠는 입대했기에 낮에는 집에 혼자 있을 수 있었다. 나는 늦게 일어나 대충 밥을 먹

5   수능 점수만으로 당락을 결정했으며 특차로 합격하면 정시모집에 원서를 낼 수 없었다.

6   볼륨매직펌과 어두운 와인색 염색이 유행이었다. 미용실에 다녀오면 과연 모두가 더 아름다워졌다.

7   그렇게 계속 임시 쌍꺼풀을 만들다 보면 어떤 경우 진짜 쌍꺼풀이 생기기도 했다.

었다. 비디오 대여점에서 옛날 영화 두어 편[8]을 빌려와 보면서 담배를 피웠다. 부모님이 돌아오는 저녁부터 부모님이 잠드는 밤까지 내 방에서 나가지 않았다. 밤이 깊어 거실이 조용해지면 주방으로 나가 뜨거운 우유에 믹스커피 두 봉지를 타서 다시 방으로 들어갔다. 달고 느끼한 커피를 마시며 라디오를 듣고 낙서를 했다. 어둡고 비관적이고 끈적끈적하다가 끝내 횃불처럼 타오르는 낙서였다. 우울감과 무기력은 내 몸을 통째로 받아들이는 안락한 소파였다. 우울감은 팔이 여럿인 시바신처럼 쉬지 않고 나를 쓰다듬었다. 나는 매일 파괴되었으나 창조되었고 창조된 나는 파괴되기 전의 나와 다르지 않았다. 무의미하다는 생각뿐이었다. 기나긴 겨울이었다.

낯선 도시에서 스무 살을 시작했다. 내가 입학한 학교에는 나와 같은 지역에서 온 사람이 한 명도 없었다. 기숙사는 2인 1실이었다. 나는 동급생과 같은 방을 썼다. 아침에 일어나면 '잘 잤느냐' 묻고 저녁에 만나면 '잘 지냈느냐'고 묻는 만큼만 우리는 친했다. 1주일에 두어 번 교양 영어나 교양 세미나 같은 필수 교양수업을 듣는 사람들을 같은 강의실에서 만났다.[9] 나는 내 주위에 앉은 사람들의 이름을 몇 차례 듣고도 잘 외우지 못했다. '정말 미안한데 네 이름이 뭐였더라?'라고 물어보지도 못했다. 그 중 한 사람이 무슨 말인가를 하다가 갑자기 정색하며 '너희, 우리 GOD 오빠들이 짱인 거 알지?'라고 당당하게 물었던 기억이 지금도 선명하다. 그때 나는 약간 놀라서 '그걸 내가 어떻게 알지?'라고 되물을 뻔했다. 머지않아 내 또래 서울 사람들은 말의 앞이나 뒤에 습관처럼 '알지?'[10]라는 단어를 붙인다는

---

8 이를테면 키에슬로프스키 감독이나 타르콥스키 감독의 영화. 이해하며 보지는 않았던 것 같다. 그들의 영화를 보면서 아주 느리게 흘러가는 시간을 실감했을 뿐. 나는 그 정도의 속도로 내 인생이 흘러가길 바랐다.

9 처음 만났을 때부터 나를 제외한 사람들은 서로 친해 보였다. 입학 전 '오티'에서 만나 친해진 사이라는 것을 나중에 알았다.

10 동의를 구하는 것도 같고 잘난 척을 하는 것도 같고, 편을 가르는 것도 같은 알쏭달쏭한 그 말은 정말 세련되게 들렸고 나는 결코 따라할 수 없었다.

것을 알아챘다.

나는 혼자 수업을 듣고 밥을 먹었다. 공강 시간에는 도서관에서 책을 읽었다. 애매하게 아는 사람을 불쑥 마주치는 순간이 잦아지자 도서관이란 장소도 불편해졌다. 학교 곳곳을 돌아다니다가 혼자 있기에 가장 좋은 장소(대강의동 옥상)를 찾아냈다. 옥상 구석진 자리에 학교 신문을 깔고 앉아서 커피를 마시고 담배를 피우며 도서관에서 빌린 책을 읽었다. 시험 기간이 다가오자 다들 한글 프로그램이나 워드 프로그램으로 리포트를 썼다. 난 컴퓨터가 없었다. 교내 공용 컴퓨터실은 늘 붐볐고 사용 시간에 제한이 있었다. 나는 A4 용지에 색색의 볼펜으로 리포트를 써서 냈다.

여름방학은 고향에서 보냈다. 이따금 중고등학교 친구를 만났다. 친구는 동아리, 엠티, 과 선배, 복학생, 미팅, 연애, 학회, 아르바이트 등에 대한 이야기를 하다가 '누구누구는 이제 눈썹도 잘 그리고 정말 어른이 되었다'[11]고 말했다. 나는 여전히 할 수 있는 말이 없었다.

2학기도 별반 다르지 않았다. 날이 추워질수록 대강의동 옥상에 머무르기가 힘들어졌다. 나는 옥상으로 올라가는 계단 끄트머리로 자리를 옮겼다. 그곳에는 녹색과 회색 계열의 청소 도구들이 가지런히 놓여 있었다. 청소 도구를 등지고 앉아 도스토옙스키의 소설을 거의 다 읽었다. 겨울방학이 시작되기 전에 다음해 기숙사 추첨이 있었다. 내가 뽑은 종이에는 엑스 표시가 그려져 있었다. 아쉬운 마음은 조금도 들지 않았다.[12]

2학년이 시작될 무렵 고향 친구와 돈을 합쳐 자취방을 얻었다. 친구는 근처의 유명한 대학교에 다녔다. 친구는 자취방에 책장과 책상과 컴퓨터와

11　그 말을 듣고 '그렇다면 나는 어른이 되려면 아직 멀었구나'라고 생각했다. 왠지 안심이 됐다.

12　부모님에게는 미안했지만, 나는 기숙사 생활이 불편했다. 3박 4일 뒤에 떠나야 할 곳 같았다. 기숙사 생활을 하면서 한 번도 짐 가방을 제대로 풀지 않았다. 돌이켜보면 대학을 다니는 내내 그랬던 것 같다.

옷장과 텔레비전과 냉장고와 밥솥과 기타 등등을 들여놓았다. 내 짐은 이불과 옷과 책 몇 권뿐이었다. 같이 방을 얻었지만, 살림의 규모로 봤을 때는 내가 그 친구에게 얹혀사는 것만 같았다.[13]

개강 뒤 다시금 옥상으로 올라가는 계단 끄트머리에 앉아 김밥을 먹으면서, 고향 친구들이 지난 1년 동안 해냈다는 것들을 떠올렸다. 그중에서 내가 해야 하고 할 수 있는 것은 아르바이트뿐이었다.[14] 무기력의 잔잔한 노랫소리가 들려왔다. 정신을 차리기 위해 도스토옙스키의 인물을 생각했다. 무라카미 하루키의 인물도 생각했다. 나는 도스토옙스키의 인물에게 훨씬 매료되었지만 그렇게 살고 싶지는 않았다. 하루키의 인물처럼 살고 싶었다.

수업이 끝난 뒤 지하철역까지 걸어가며 상가를 둘러봤다. 아르바이트생을 구한다는 전단지가 곳곳에 붙어 있었다. 규모가 꽤 큰 편의점에 들어갔다. 지금 사장님이 안 계시니 전화번호와 이름을 남기면 연락을 주겠다고 아르바이트생이 말했다. 프랜차이즈 제과점에도 들어가서 묻는 말에 답하고 연락처를 남겼다. 제과점에서 멀지 않은 분식집에도 들어갔다. 김밥을 말던 어른이 여기는 낮에 일할 사람을 구한다고 했다. 문을 열고 나가려는데 그가 심드렁한 목소리로 나를 불렀다.

학생. 여기 2층 레스토랑에서도 사람 구하던데 거기는 저녁에 일할 사람을 구할 거야. 생각 있으면 한번 올라가보든가.

2층으로 올라갔다. 입간판에 '베네치아'라고 적혀 있었다. 고향에도 '베

---

13 실제로 친구는 내게 입지 않는 옷이나 신지 않는 신발을 줬다. 그중에 닥터마틴 단화가 있었다. 내 용돈으로는 절대 살 수 없는 신발이었다. 친구는 자기의 기초화장품을 써도 된다고 했다. 냉장고에는 친구의 어머니가 보내준 반찬이 있었다. 나는 친구를 좋아했고 고맙다고 생각했지만 나는 친구의 기초화장품을 쓰고 싶지도 친구의 냉장고에서 음식을 꺼내 먹고 싶지도 않았다.

14 나는 늘 돈이 없다고 생각했다. 그 생각은 엠티나 동아리나 연애를 모른 척하기에 아주 좋은 핑계가 되었다.

네치아'라는 레스토랑이 있었다. 잘은 모르겠지만 인천에도 원주에도 전주에도 있을 것만 같았다. 곱씹어보니 일자리를 구하겠다고 들어간 곳은 전부 고향에서도 본 상호였다. 베네치아의 유리문을 밀었다. 문 위에 달린 종에서 쟁그랑쟁그랑 소리가 났다.

카운터에 서 있던 여자와 눈이 마주쳤다. 그는 흰색 셔츠에 검은색 앞치마 차림이었다. 흰색과 검은색 머리카락이 뒤섞인 짧은 커트머리였으며 검은색에 테가 얇은 안경을 쓰고 있었다. 몸은 왜소하고 얼굴은 작았다. 그날 본 사람 중 무라카미 하루키의 인물에 가장 가까워 보였다.[15] 나는 나의 용건을 말했다. 그는 나이와 신분과 사는 곳과 아르바이트 경험과 일할 수 있는 시간 등을 물으며 메모했다.

근데 전공은 뭐예요? 뭘 공부해요?

그날 처음 들은 질문이었다.

학교는 재밌어요? 다닐 만해요?

나는 애매하게 웃었다. 그는 '대답을 듣지 않아도 네 사정을 알겠다'는 표정으로 내 웃음을 받았다.

사장님이 전화해서 몇 가지 더 물어볼지도 몰라요. 사장님 있을 때 다시 와서 면접을 봐야 할 수도 있고요.

사장님들은 전부……

나는 작은 소리로 중얼거리다가 말끝을 흐렸다. 그가 내 눈을 바라봤다.

없어서요. 제가 오늘 다닌 곳마다 사장님은 없고……

나는 또 말끝을 흐리며 어깨를 조금 으쓱거렸다. 평소에는 거의 하지 않는 행동이었다. 그런 식으로 행동한 내가 낯설고 어색했다. 그는 내 말을 늦게 알아듣고 짧게 웃었다.

우리 이름이 같아요.

---

15 그래서인지 그날 내가 본 다른 사람은 모두 도스토옙스키의 인물처럼 (뒤늦게) 느껴졌다.

그가 말했다.

근데 나는 이유진. 최유진 아니고.

나는 아아, 소리를 내며 고개를 끄덕였다. 아르바이트를 구하기 위해 가는 곳마다 내 이름을 알려줬지만 내게도 자기 이름을 알려준 사람은 베네치아의 이유진뿐이었다.

난 넉넉한 보배라는 뜻인데.

나의 대답을 기다리는 것 같았다.

저는 생각하는 별이요.

아.

농담이에요. 아름다운 별이에요.[16]

이유진은 내 농담을 듣고 웃지 않았다. 생각하는 표정을 지었다. 나는 머쓱해졌다.

베네치아에서 나온 뒤 더는 아르바이트 자리를 찾아다니지 않았다. 어디서든 연락이 오지 않을까 생각했고, 이왕이면 베네치아에서 연락이 오길 바랐다. 아직 일자리를 구한 것도 아닌데 큰일을 해낸 기분이었다. 학교로 돌아가 매점에서 삼각김밥과 컵라면으로 저녁을 때웠다. 도서관에서 밀란 쿤데라의 소설을 빌렸다. 집으로 가는 가장 먼 길을 골라 걸었다. 집 근처에 도착하고는 놀이터의 그네에 앉아 시디플레이어로 음악을 들었다.[17] 유진이란 이름을 생각했다. 예전에도 이름이 같은 사람을 꽤 만났다. 나는 '유진'보다 '최유진'으로 불렸다. 작은 유진이라고 불린 적도 있다. 이름의 뜻을 물어본 사람은 처음이었다. 그동안 만난 유진들은 무슨 뜻이었을까? 우리도 서로를 인디언처럼 부르면 좋겠다고 생각했다. 아름다운 구슬. 동쪽의 빛. 지혜로운 돌. 무성한 열매. 찬란한 칼. 참된 마음. 넉넉한 보배. 핸

16 하지만 나는 생각하는 별이고 싶었다. 별은 원래 아름다우니까.

17 그런 식으로 집으로(1학년 때는 기숙사로) 들어가는 시간을 최대한 지체하곤 했다.

드폰이 울렸다. 전화를 받았다. 베네치아라고 했다.

베네치아의 아르바이트생이 되었다.[18] 나와 같이 홀을 담당하던 공미는 인근의 다른 대학 휴학생이었다.[19] 공미는 집중력과 승부욕이 대단해서 엄청 열심히 일했다. 일하는 틈틈이 공미는 베네치아에 관해 많은 것을 알려 줬다.[20] 베네치아에는 총 여섯 명의 아르바이트생이 있었다.[21] 손님이 있을

18 월요일은 매장 휴무일이었다. 사장은 화요일부터 금요일까지, 저녁 5시부터 11시까지 일해달라고 했지만 나는 화요일과 목요일 수업이 5시 30분에 끝나서 그럴 수 없다고 대답했다. 이유진이 나서서 나의 출근 시간을 조정해줬고 그로 인해 일어나는 불상사는 자기가 책임지겠다고 했다.

19 공미는 내 룸메이트와 같은 대학을 다녔다. 공미는 학교로 돌아가고 싶지 않다고 했다. 일단 돈을 모아서 인도 여행을 다녀올 계획이라고 했다. 여행을 하며 생각을 정리할 거라고 했다. 그런 식으로 계획을 짜고 실행하는 공미는 어른 같았다.

20 공미가 알려준 것들 : 1. 공미가 아르바이트를 시작했을 때 앞서 오랫동안 일한 남자가 있었다. 그는 공미를 싫어했는데 그 이유는 우습게도 공미가 자기를 좋아한다고 착각했기 때문이다. 실제로 공미는 자기를 싫어하는 그와 잘 지내보려고 초콜릿을 선물했는데 그 바람에 그는 더 큰 착각에 빠져버렸다. 하지만 걔는 처음부터 나를 싫어했어. 아마 학교 때문일 거야. 걔는 내가 다니는 대학에 지원했다가 떨어졌고 거기에 들어가려고 재수했다가 또 떨어졌대. 결국 원하지 않는 대학에 입학했는데 자기 학교 학생들과 급이 안 맞는다는 이상한 우월감에 빠져서 거의 자퇴 지경이었다는 거야. 근데 자기가 가고 싶던 대학에 다니는 날 보고 배알이 꼬인 거라고 매니저님이 말해줬거든. 남자는 공미가 잔꾀를 부리고 얌체 짓을 한다고 사장에게 계속 불평했다. 하지만 매장을 지키는 사람은 이유진이고 이유진은 공미가 어떻게 일하는지 알고 있었다. 공미와 남자의 대립은 이유진과 사장의 갈등이 되었으나 사장은 아르바이트생의 불만과 존속에 별 관심이 없었다. 결국 남자는 온갖 오해와 착각을 끌어안고 매장을 떠났다. 그런 과정을 겪으며 공미는 어른들이 말하는 '사내정치'란 것을 간접 체험한 것만 같다고 했다. 2. 이유진은 베네치아의 매니저다. 3. 영업이 끝나고 뒷정리하는 시간까지 포함해 시급으로 챙겨주는 곳은 별로 없는데 이유진이 투쟁해서 사장에게 그것을 얻어냈다. 4. 이유진은 사장의 동생이다. 5. 사장은 인근의 편의점도 운영하는데 편의점 관리는 사모가 맡아서 하고 베네치아 관리는 이유진이 한다. 그럼 사장은? 사장은 편의점 건물 2층의 당구장에서 매일 당구를 치지. 당구장도 사장님 거야? 아니 당구장은 사장 남동생 거. 남동생은 당구장 사장인데 이유진은 어째서 베네치아 매니저야? 사실 이 건물이랑 편의점 건물이랑 전부 사장 엄마 거야. 사장 엄마는 아들들한테만 사장을 시키고 이유진한테는 오빠 밑에서 착실히 일하다가 결혼이나 하라고 그랬다는 거지. 결혼만 하면 뭐든 해주겠다고. 6. 아주 가끔 이유진이 사장을 '야!'라고 부르면서 화낼 때가 있다. 그럴 땐 놀랄 것 없이 싸움을 구경하자.

21 나와 같이 주중에 일하는 공미(공미는 정오에 출근해서 나와 같이 퇴근했다), 주말에 일하는

때는 반드시 자기를 '매니저님'이라고 불러야 하지만 쉬는 시간이나 매장 밖에서는 '언니'라고 불러도 된다고 이유진은 말했다. 이유진은 품위 있는 말투와 자세를 강조했다. 목소리는 너무 낮지도 높지도 크지도 작지도 않게 일정한 톤을 유지할 것. 화장은 하지 않아도 좋지만 머리는 반드시 묶을 것. 유니폼에 이물질이 묻거나 구김이 생기면 당장 갈아입을 것. 발을 끌면서 걷는 것과 종종걸음 금지. 홀에서 잡담 금지. 큰 소리로 웃지 말 것. 일할 때 향수와 액세서리, 특히 반지 착용 금지. 손톱은 바짝 깎아야 하고 매니큐어 금지. 이유진은 뚜껑 없는 쓰레기통을 끔찍하게 여겼다. 이틀에 한 번씩 의자를 밟고 올라가 샹들리에와 조명의 먼지를 닦았다. 퇴근하기 전에 행주를 삶고 출근하자마자 바짝 마른 행주를 탈탈 털어서 식기와 유리잔에 묻은 물 얼룩을 말끔히 지웠다. 이유진은 치우고 닦고 정리하는 행위에 희열을 느끼는 것 같았다.

베네치아는 고급 레스토랑이 아니었다. 하지만 이유진은 고급 레스토랑의 분위기를 추구했다.[22] 그런 문제로 사장과 이유진은 종종 크게 다퉜다. 사장은 '장사 잘 되는 식당'을 원했고 이유진은 '품격 있는 식당'을 원했다. 품격을 보여줘야 품격을 챙길 수 있다고 이유진은 주장했다. 격식 있는 분위기를 갖춰놔야 손님들이 무례하게 굴지 않는다고. 일하는 입장에서 손님의 무례 때문에 고생하는 것보다는 품격을 지키느라 고생하는 게 낫다고. 나는 이유진의 주장을 수긍했지만, 일하는 입장에서 민망한 순간도 없진 않았다. 음식을 흘리고 침을 튀기고 욕설을 섞어가며 와자하게 수다를 떠는 사람들을 고급스러운 말투와 자세로 대한다는 게. 이유진은 댄스곡을

세영과 지란 언니와 원 오빠, 주방 보조인 동주 오빠(동주 오빠는 유진 언니와 주방의 임 실장님 다음으로 베네치아에서 가장 오래 일한 사람이었다).

22 베네치아의 조명과 음악과 인테리어는 근처의 수두룩한 경양식집과 확실히 달랐다. 백화점에서나 볼 수 있는 유럽 브랜드의 식기를 사용했다. 늘 클래식을 틀었다. 음식 재료에도 돈을 아끼지 않았다.

틀어놓고 막춤을 추는 야유회에서 혼자 진지하게 발레를 하는 사람 같았다.

이유진은 내 편의를 많이 봐줬다. 출근하면 내게 밥은 먹었느냐고 먼저 물었다. 당시 내게 그런 걸 매일 물어보는 사람은 이유진뿐이었다. 내가 밥을 먹지 못했다고 하면 임 실장님에게 간단한 요리를 부탁해서 내가 밥을 먹고 일하게끔 했다. 나는 학교나 자취방보다 베네치아가 편했다. 주말 아르바이트생이 대타를 부탁하면 기꺼이 대신 일했다. 지칠 정도로 바쁘게 일한 날은 조금 짜릿하기도 했다. 응대하기 까다로운 손님이 있을 때는 이유진 매니저를 부르면 모두 해결됐다.

이유진은 확실히 매니저와 언니로 나뉘었다. 매니저 이유진은 아주 짧은 말로 상대의 기를 죽였고 잘못에는 인정을 베풀지 않았다. 매니저 이유진의 눈빛이 변하면 아르바이트생들은 바짝 긴장하면서 방금 전 자기의 말과 행동을 곱씹어 잘못을 찾아냈다. 우리는 매니저 이유진을 좋아하면서도 어려워했다. 언니 이유진은 친구 같았다. 고개를 끄덕이며 '그럴 수도 있지'란 말을 많이 했는데, 그건 매니저 이유진의 입에서는 절대 나올 수 없는 말이었다. 매니저 이유진과 언니 이유진을 가르는 가장 강렬한 잣대는 향수였다. 영업이 끝나면 유진 언니는 손목에 향수를 뿌려서 귀 뒤에 문질러 발랐다. 그 향기는 '유진 언니로 돌아오는 향기'였다. 언니는 매장 주방에서 야식을 만들어주기도 했다. 일요일 밤이면 아르바이트생들을 모두 불러서 회식도 했다.[23]

회식을 하며 처음으로 칵테일 바에 가봤다.[24] 회를 안주 삼아 소주를 마셔보는 경험도, 치킨과 맥주를 같이 먹어보기도, 공원에서 캔맥주를 마셔

---

23 회식 비용은 언제나 언니가 계산했다. 그때 우리는 언니가 계산하는 걸 아주 당연하게 생각했다. 언니는 나이 많은 어른이고 사장의 동생이고 어쨌든 우리보다 돈이 많을 테니까.

24 마티니와 준벅을 마셨다.

보기도 처음이었다. 마피아 게임과 눈치 게임도 처음 해봤다. 나도 모르게 '이런 건 처음이다'는 말을 많이 했나 보다. 바람이 쌀쌀한 늦가을의 일요일 밤, 매장 문을 닫고 야식을 먹던 중에 동주 오빠가 심각한 표정으로 '너 정말 대학생 맞느냐' '엠티도 안 가봤느냐' '친구들이랑 대체 뭘 하고 노는 거냐'고 물었다. 사람들은 내가 대학생 같지 않은 여러 이유를 대면서 나를 가짜 대학생으로 몰았다. 그들은 내가 모르는 나의 말투나 습관 같은 것을 흉내 내며 배가 아프도록 웃었다. 그들과 함께 웃으며 나는 며칠 전 강의실에서 들었던 대화를 떠올렸다.

쉬는 시간이었다. 서로의 얼굴과 이름은 알지만 친하다고 할 수는 없는 동기들이 내 옆에 앉아서 이런 대화를 나눴다. 쟤 남자친구 서울대 다니잖아. 진짜? 어떻게 만났대? 소개팅. 서울대 다니는 애가 왜? 쟤가 그렇게 예뻐? 쟤 서초동 살잖아. 알지, 쟤 눈이랑 코랑 다 한 거잖아.[25] 교수가 들어오자 그들은 '끝나고 다시 얘기하자'고 했다. 나는 불편한 감정에 사로잡혔다. 왜냐면, 그들의 대화가 유치하다고 생각하면서도 '쟤 남자친구 서울대 다니잖아'라는 말을 들었을 때 그들이 눈짓으로 가리키는 사람을 힐끔 바라봤으니까. 그렇게 예쁜가 생각했으니까. 그 연애가 오래갈까 의문을 가졌다가 서초동에 산다는 말을 듣고 이상하게 이해가 됐으며 말도 안 되는 박탈감을 느꼈으니까. 그들의 관심사인 명문대와 강남과 명품 등에서 나는 엄청 멀리 있는 사람이었지만 그들의 대화는 나의 껍질을 자꾸 벗겨냈다. 자기들끼리 나누는 몇 마디 대화만으로, 모른 척하고 싶어서 아주 깊은 곳에 숨겨둔 나의 근성을 눈앞에 드러냈다. 나는 그런 대화 속에 있고 싶지 않았다. 베네치아에 있고 싶었다. 돈가스와 파스타를 시켜놓고 시끄럽게 떠드는 또래들에게 우아한 자세로 서빙하고 싶었다.

25 누구의 핸드백은 샤넬 한정판이고 누구의 남자친구 차는 벤츠이며 누구의 엄마는 어느 대학 교수라더라. 그들은 누구가 자리에 없을 때는 비난하고 경멸하다가도 누구와 어울려 다녔다.

웃고 떠들던 분위기가 잠시 가라앉았을 때 나는 담배를 피우러 매장 문을 열고 나갔다. 계단을 내려가는데 종소리가 들렸다. 뒤를 돌아봤다. 유진 언니가 나를 따라왔다. 언니일 때 이유진은 담배를 피웠다.[26]

담배를 피우면서 언니는 내게 대학생활이 별로냐고 물었다. 다른 애들은 친구들이 매장에 밥 먹으러 오기도 하는데 너는 그런 친구가 여태 없지 않았느냐고. 나는 친구가 없다고 말하는 대신 학교에서 들은 그 대화의 일부를 전하며 그런 애들과는 어울리고 싶지 않다고 했다. 나는 안다고. 내게 다정하고 상냥한 친구들이 언제든 적으로 돌변할 수도 있다는 걸. 그건 충격이나 배신이라고 말할 수도 없을 만큼 흔한 일이라고. 나는 사람 안 믿는다고. 분위기를 믿는다고.

하지만 안 그런 사람도 있을 텐데. 모두가 그럴 거라는 편견은 위험해.

알아요. 있겠죠. 어딘가에는.

내 말은, 친구가 꼭 필요한 건 아니지만 굳이 피할 필요도 없다는 거지. 너 여기서는 잘 지내잖아. 그럼 우리는 뭐야? 친구 아니야?

언니는 내 말을 오해하고 있었다. 나는 고등학생 때 제법 가깝게 지내던 친구와 있었던 일을 털어놨다.

*

공부도 잘하고 예쁜 무영. 무영은 아파서 조퇴나 결석을 할 때가 꽤 있었다. 선생들은 무영이 야자를 빠지겠다고 하면 순순히 허락했다. 어떤 학생

---

26 아주 어둡고 으슥한 곳에 숨어서 피웠다. 사장 오빠가 알면 안 되기 때문에. 여자가 담배를 피우면 결혼도 못하고 절대 안 된다며 엄마가 난리를 친다고 했다. 나도 고향에 가면 숨어서 담배를 피웠지만 서울에서는 그러지 않았다. 마흔 살의 어른이 숨어서 담배를 피우다니 이해되지 않았다. 처음 이유진을 봤을 때 하루키의 인물 같다고 생각했었지. 매니저 이유진은 확실히 그랬다. 언니 이유진은 애매했다.

들은 그의 잦은 조퇴와 결석을, 선생들과 스스럼없이 지내는 태도를 아니꼽게 생각했다. 예쁘고 공부 잘한다고 특혜를 주는 거라 여겼다. 2학년 때 무영과 같은 반이 되었다. 나는 1학년 때부터 무영을 알았지만 무영도 나를 알 거라고 생각하지 못했는데 무영은 첫날부터 내게 자연스럽게 말을 걸었다. 사실 무영은 누구에게나 그렇게 다가갔다. 무영은 편견이나 어색함이나 방어를 모르는 사람 같았다. 무영은 내게 같이 자판기 커피를 마시러 가자고 했다. 체육시간이면 손짓으로 나를 불러 같은 팀을 하자고 했다. 토요일에 학교가 끝나면 자기 집으로 놀러 가자고 했다. 나는 거의 끌려가다시피 무영과 가까워졌다. 나는 무영을 좋아하면서도 어려워했다. 무영이 내게 다정하고 친절한 이유를 찾아내려고 했다. 처음 무영의 집에 놀러 갔을 때, 나는 무영의 방이 내뿜는 분위기에 완전히 압도되었다. 책상에는 문제집이나 교과서가 아니라 무라카미 류와 마르그리트 뒤라스의 소설이 책등을 보인 채로 펼쳐져 있었다.[27] 책상 구석에는 모서리가 나달나달한 작은 스케치북이 있었다. 스케치용 연필과 외국에서 산 것만 같은 파스텔 세트도 있었다. 무영은 리모컨으로 미니 오디오를 틀었다. 재즈 음악이 흘러나왔다. 방에는 천으로 만든 작은 텐트가 있었다. 텐트 속에는 노란 조명이 달려 있었고 책이 쌓여 있었다. 방의 구석에는 특이한 모양의 유리병이 나름의 규칙과 질서로 모여 있었다. 바닥에는 특이한 무늬의 카펫이 펼쳐져 있었고 창문에는 보석을 매단 것 같은 모빌이 달려 있었다. 무영은 내게 원두커피와 오렌지를 주면서 말했다. 『슬픔이여 안녕』의 주인공 세실은 아침으로 커피와 오렌지를 먹으며 담배를 피운다고. 세실은 우리와 또래라고. 무영은 담배에 불을 붙이며 보라색 작은 철제 통의 뚜껑을 열었다. 담배꽁초와 담뱃재가 들어 있었다. 피우지 않느냐고 물으면서 무영이 내게 박하향 담배를 건넸다. 나는 주저하다가 담배를 받았다. 어떻게 알았느냐고 물었

27 『한없이 투명에 가까운 블루』와 『연인』이었다.

다. 그냥 알았다고 무영은 대답했다. 그런 친구는 처음이었다. 누군가와 같이 담배를 피우기도 처음이었다. 원두커피도 오렌지도 처음이었다. 그 방에서, 어둠이 내릴 때까지, 무영과 나는 이상하고 지루한 사람들에 대해 얘기했다. 가끔 꾸는 악몽과 죽은 사람들에 대해 이야기했다. 천박한 어른과 한밤의 산책과 가끔 엄습하는 자해 욕구를 말했다. 없애버리고 싶은 기억과 박제해두고 싶은 기억을 조금씩 말했다. 그리고 좋아하는 것을 말했다. 매일 다른 날씨와 하늘. 구름. 햇살. 장마. 눈. 첫눈. 노을. 겨울철 별자리. 바람. 봄과 여름과 가을과 겨울. 그리고 마침내 좋아할 수밖에 없는 사람들.[28] 할 말이 없으면 담배를 피웠다. 그날 집으로 돌아가며 나는 약간 멍한 상태로 생각했다. 무영은 다른 친구들과도 이런 얘기를 나눌까? 이제 막 친해지기 시작한 내게 아무렇지도 않게 비밀을 털어놓는 이유는 뭘까?[29] 나는 무영에 관한 소문을 떠올렸다. 어떤 소문은 무영의 친구 입에서 나왔을 것이다.

이후에도 무영의 집에서 자주 놀았다. 무영은 자기가 읽은 소설이나 시를 얘기해주기도 했다. 우리는 편지도 주고받았다. 나는 내가 무영의 비밀 친구인 것만 같았다. 왜냐면 무영과 나는 늘 둘이서만 놀았으니까. 무영이 여러 친구와 함께 있을 때 나는 일부러 무영을 못 본 척했으니까. 여럿과 함께일 때 무영은 나를 그쪽으로 부르지 않았으니까.

여름방학이 끝나고 며칠 지나지 않아 무영은 결석했다. 담임은 무영이 맹장 수술을 해서 며칠 입원할 거라고 전했다. 나는 무영과 친하게 지내는 무리를 쳐다봤다. 그들의 분위기는 평소와 다르지 않았다. 마음이 불편했다. 몇몇 아이들 사이에 오가는 말을 이미 들었으니까. 그들은 무영이 낙

---

28 주로 속으로만 하던 생각이었다. 일기장에나 적던 생각이었다. 그런 생각을 소리 내어 누군가와 나눠보기는 처음이었다.
29 그때 나는 우리의 대화를 '아주 은밀한 비밀'이라고 생각했다. 뒤늦게 무영은 그렇게 여기지 않았을 것이란 생각이 들었다.

태를 해서 병원에 있는 거라고 했다. 무영은 이전에도 여러 악의적인 소문에 휩싸이곤 했다. 본드, 자해, 폭력, 가출, 담배와 술과 남자가 뒤섞인 소문. 실제로 무영과 나는 같이 담배를 피웠고 서로의 자해 경험을 얘기했다. 그건 병원에 입원할 수준이 아니라는 걸 나는 잘 알았다. 나는 소문이 조금씩 짙어지는 과정을 말없이 지켜봤다. 야자를 끝내고 밤늦게 집에 갔다. 씻고 나오는데 집전화가 울렸다. 무영이었다. 너무 지루하고 심심하다고 했다. 내일 토요일이니까 학교 끝나면 병원으로 놀러 올 수 있느냐고 물었다. 다음 날 나는 혼자 병원에 갔다. 무영은 반가워했다. 나는 무영을 살펴보며 생각했다. 무영은 정말 맹장 수술을 한 걸까. 무영은 어째서 오늘도 나만 따로 불렀을까. 그 많은 친구들은 왜 오지 않을까.

　무영이 학교로 돌아왔을 때 몇몇 아이들은 무영을 경멸하고 따돌렸다. 무영은 그들과 싸우지도 않았으며 소문의 내용을 알려고 하지도 않았다. 무영은 변함없이 지냈다. 말도 잘하고 잘 웃고 누구에게나 스스럼없이 다가갔다. 무영이 그렇게 다가가면, 무영을 경멸하던 사람이라도 무영에게 무례하게 굴지 못했다. 무영의 분위기는 그걸 가능하게 했다. 돌아서서 욕하고 따돌릴지라도 무영이 다가온 순간만큼은 무영에게 다정하게 대하도록 했다. 나는 죄책감과 부담감을 동시에 가졌다. 사람들의 시선과 소문을 두려워하지 않는 무영의 태도에 두려움을 느꼈던 것도 같다. 계속 무영과 가깝게 지내면 나 역시 그런 소문에 휩싸일 것만 같았다. 담배를 피웠을 뿐인데 본드를 하는 아이로 소문이 날 것만 같았다. 나는 무영처럼 대처할 자신이 없었다. 나는 무영과 같은 사람이 되고 싶었으나 무영과 같은 사람이 될 수 없음을 너무 잘 알았다. 나는 무영을 조금 밀어내는 시늉을 했고 무영은 바로 알아차렸다. 너도 별 수 없구나 생각하며 무영이 먼저 나를 버렸는지도 모른다. 그렇게 생각하면 마음이 조금은 편해진다. 하지만 아니다. 확실히 내가 먼저 도망쳤다. 나는 무영을 믿지 않았다. 분위기를 믿었다.

나는 나를 못 믿는 거예요. 분위기를 믿는 나를.

내 얘기를 들으며 언니는 담배를 세 대나 피웠다.

너 평소에 책 많이 읽어?

언니가 담배를 끄며 물었다. 나름 비밀을 털어놓았는데 뜬금없는 질문을 던지니까 허탈했다.

모르겠어요. 많이 읽는 편인지.

너는 작가가 될 거야?

당황스러웠다. 언니는 내가 이야기를 지어냈다고 생각하는 건가? 그런데 무영은 그런 말을 했었다. 작가가 되고 싶다고. 다른 친구들에게도 그런 말을 했을까? 까맣게 잊고 있었는데, 언니가 무영의 그 말을, 그 말을 할 때의 표정을, 그날의 빗소리와 샘이 나도록 아름답던 말투를 되살렸다.

그런 생각해본 적 없어요. 한 번도.

나는 기분 나쁘다는 투로 말했다. 언니가 그렇게 물어서 억울했다. 어째서 억울했는지 모르겠다. 최선을 다해 감추던 욕망을 언니가 너무 쉽게 알아봐서? 그래서 완강하게 부정했지만 거짓말이었다. 무영이 작가가 되고 싶다고 했을 때, 그렇게 소리 내어 꿈을 말할 줄 아는 무영이 부러워서, 무영은 진짜 그런 사람이 될 것만 같아서, 하지만 나는 절대로 그런 사람이 될 수 없을 테니까, '나도 그런 생각을 한다'고 차마 말하지 못했던 그때부터 이미 나는 무영을 조금씩 밀어냈던 건지도 모른다.

뭘 그렇게까지 싫어해. 생각해본 적 없으면 한 번 정도는 생각해봐.

언니는 너무 쉽게 말했다.

언젠가 그런 걸 글로 써보란 뜻이야.

그렇게 말하는 언니가 미웠다. 무영을 생각했다. 무영의 소식을 듣고 싶었다. 무영을 만나고 싶지는 않았다. 무영은 나의 죄책감을 비웃을 것만 같

있다.

사람들과 매장을 정리하고 나와 다 같이 길거리에 섰다. 다들 헤어지기 아쉬운 눈치였다. 공미가 장소를 옮겨 조금만 더 놀자고 말했다. 어디로 가면 좋을지 아무도 선뜻 정하지 못했다.

야, 너무 쌀쌀하다. 그냥 우리 집으로 가자.

유진 언니가 말했다.[30] 우리는 편의점에서 술과 안줏거리를 사들고 유진 언니를 따라 걸었다. 나는 언니의 방을 상상했다. 무영의 방이 떠올랐다. 이유진과 무영의 방은 정말 잘 어울렸다. 번화가를 지나자 작은 공원이 나왔다. 공원 너머로 주택가가 시작되었다. 주차 공간이 마땅치 않은지 갓길에 세워둔 승용차와 트럭이 많았다. 차 한 대가 간신히 지나갈 정도로 길이 좁아서 차가 다가오면 주차된 차와 차 사이에 몸을 구겨 넣어야 했다. 검붉은 벽돌의 다세대주택이 끝없이 나타났다. 오르막길이 시작될 즈음 언니가 걸음을 멈췄다. 비슷한 색깔, 비슷한 높이, 비슷한 모양의 집들이 다다다닥 붙어 있었다. 혼자서는 도저히 찾아올 수 없을 것 같았다. 언니가 가방에서 열쇠를 꺼내 철문의 자물쇠에 꽂았다. 그리고 철문을 열었다. 2층 양옥이 나타났다. 현관으로 가려면 돌계단 서너 개를 올라가야 했다. 언니는 내려 갔다. 타다다다닥 계단을 내려가며 조용히 당부했다.

마지막에 들어오는 사람 철문 꼭 제대로 닫아.

언니는 지하의 문을 열었다. 그걸 반지하라고 할 수 있을까? 모르겠다. 완전히 지하였다. 언니가 스위치를 누르자 형광등이 잠깐 깜빡였다. 어둠 속에서 유진 언니의 향기를 느꼈다. 불이 완전히 켜지자 정면의 작은 싱크 대가 보였다. 싱크대 옆에 미니 냉장고와 3단 선반이 있었다. 화장실 문은

30 우리들 중 유진 언니 집에 가본 사람은 동주 오빠뿐이었다. 언니는 집이 매장에서 멀지 않다고, 걸어서 갈 수 있는 거리라고 했다.

활짝 열려 있었다. 언니는 사람들을 방으로 안내했다. 방에는 싱글 사이즈 침대와 협탁과 한 칸짜리 옷장이 있었다. 좁고, 깔끔하고, 적막하고, 고급스러운 향이 번지는 지하방이었다.

언니는 작은 교자상에 술과 안줏거리를 차렸다. 우리는 서로 무릎을 맞대고 앉았다. 우리는 귓속말하듯 조용히 말했다. 소리 없이 웃었다. 지하인데도 발끝으로 걸었다. 어떤 얘기 끝에, 여기는 다 세 들어 사는 사람들이야, 집 주인은 다른 동네에 살아, 하고 언니가 말했다. 공미가 물었다.

근데 언니, 언니는 왜 이런 데서 살아요?

이런 데가 어때서?

언니가 되물었다.

여기보다는 차라리 매장에 딸린 쪽방이 낫지 않아요? 여기는 진짜 언니랑 안 어울리는데.

이런 데가 어때서?

언니는 다시 물었다.

언니는 나이도 많고 집도 부자고 사장님이 오빠잖아요. 언니 엄마는 건물도 많다면서요.

나도 공미처럼 묻고 싶었다. 하지만 나는 밖으로 나가고 싶었다. 언니와 담배를 피우고 싶었다. 그런 질문은 언니와 나 둘만 있을 때 하고 싶었다.

여기도 사람 사는 데고 나한테는 소중한 방이야. 너 지금은 부모님 집에서 부모님 살림을 네 것처럼 쓰고 살지. 근데 거기에 정말 네 것이 얼마나 있을 것 같아?

공미는 반항하듯 대꾸했다.

저는 돈 많이 벌 거예요. 돈 많이 벌어서 일찍 독립할 거예요. 오피스텔에 살 거예요.

공미는 말하면서 다짐하는 것 같았다.

그래, 많이 벌어. 꼭 많이 벌어라. 근데 나도 여태 안 벌고 산 건 아니다,

공미야.

언니는 웃으면서 대답했다. 언니와 둘만 있을 때 내가 공미처럼 물었다면 언니는 다른 대답을 했을까?

너와 나는 다르지. 너와 나는 다를 거야.

언니는 미래를 보는 사람처럼 시선을 깔고 중얼거렸다. 그러다가 공미를 똑바로 쳐다보며 물었다.

근데 너 인도 갈 거라며. 거기서도 그렇게 물을 거야? 왜 이런 데서 살아요, 왜 이렇게 살아요, 묻고 다닐 거야?

아니죠, 언니. 왜 그렇게 말해요. 내가 바보도 아니고 거긴 외국이잖아요.

공미가 재빠르게 대꾸했다.

글쎄, 그러니까, 거기까지 가서 네가 무슨 생각을 어떻게 정리하겠다는 건지 지금 내가 잘 모르겠어서.

그날 새벽 이유진의 집에서 나와 어두운 밤길을 걸으며 우리는 서로에게 서늘한 질문을 던져댔다.[31] 집으로 돌아왔을 때 친구는 자고 있었다. 만약 친구가 같이 방을 얻자고 하지 않았다면 나는 이유진의 집보다 좁고 어두운 곳에 살았을 수도 있었다. 나는 집을 나와 DVD방으로 갔다. 그곳에서 쪽잠을 잔 뒤 시내를 돌아다녔다. 학교에 갈 시간까지 집으로 들어가지 않았다.

이후 이유진을 대하는 사람들의 태도는 조금씩 달라졌다. 매니저 이유진의 꼼꼼함을 결벽증이라며 비아냥거렸다. 동경하며 배우려 했던 이유진의 품위 있는 말투와 걸음을 질 나쁘게 비웃었다. 흰머리와 검은머리가 뒤섞

31 형, 사장님 집 어딘지 알아요? 그럼 매니저님 월급도 알아요? 진짜? 왜 그것밖에 안 돼? 정말 가족 맞아? 근데 이유진은 그 돈 받으면서 왜 그렇게 열심히 일하는 거야? 이유진은 왜 결혼을 안 하지? 이유진은 왜 자꾸 회식을 잡는 걸까? 이유진은 왜 한참 어린 우리와 어울리는 거지? 설마 친구가 없나?

인 이유진의 헤어스타일을 매력적이고 귀족적이라고 평했던 공미는 혹시 이유진이 게으르고 돈이 아까워서 염색을 하지 않는 것 아닐까 의심했다. 언젠가 지란 언니가 고자질하듯 내게 말했다.

야, 이유진이 쓰는 향수 랑콤인 거 알아? 그거 한 병에 얼마짜리인지 알아?

지란 언니는 이유진이 그런 집에 살면서 그런 향수를 쓰면 안 된다고 했다. 그러니까 이유진이 발전이 없는 거라고 했다. 아주 통쾌하다는 듯 그런 말을 계속 했다.

한 달이 지난 일요일 밤, 이유진은 평소처럼 회식을 잡았다. 원 오빠였던가, 지란 언니였던가. 이제부터 회식을 할 때는 회비를 걷자는 말을 꺼냈다. 유진 언니는 그 말을 듣고 그냥 너희끼리 놀라고 했다.

우리는 우리끼리 맥주를 마시면서 또 이유진 얘기를 했다. 이유진을 이해할 수 없는 이유를 끝없이 늘어났다. 함부로 추측하고 과장했다. 나는 분위기를 느꼈다. 그것은 냄새처럼 열기처럼 우리를 휘감았다. 그것은 우리를 들뜨게 했다. 우리가 보고 듣고 느끼는 모든 것을 부풀렸다. 그 분위기를 이유진도 느꼈을 것이다. 이유진은 베네치아의 모든 것을 보고 있으니까. 이유진은 내가 애써 감추려는 욕망도 집어내는 사람이니까. 나는 겁이 났다. 속내를 너무 쉽게 드러내는 그들이 위험해 보였다. 그렇다고 이유진 편에 서고 싶지도 않았다. 나 또한 이유진을 도무지 이해할 수 없었으므로. 이유진은 우리를 크게 혼내야 했다. 돈으로 사람을 평가하는 멍청한 짓을 그만두라고 가르쳐야 했다. 그런 다음 우리의 분위기를 예전으로 되돌려놓아야 했다. 이유진이라면 충분히 그럴 수 있을 테고, 그래야만 한다고 나는 생각했다. 왜냐면 이유진은 우리 중 가장 어른이니까. 이런 상황을 다 알면서 아무 말도 하지 않는 이유진이 정말 미웠다.

베네치아는 학교보다, 자취방보다 불편한 곳이 되어버렸다. 일을 그만두겠다고 말하자 이유진은 나를 물끄러미 쳐다봤다. 이유진의 눈빛을 다 받아내면서 '너는 작가가 될 거야?'라고 묻던 그날의 이유진을 떠올렸다.[32] 아르바이트생들이 일요일 밤에 송별회를 하자고 했지만 나는 마다했다.

그리고 일요일 밤, 베네치아 근처 건물에서 이유진을 기다렸다. 퇴근하고 나오는 이유진의 뒤를 따라 걷다가 언니, 하고 불렀다. 유진 언니가 고개를 돌려 나를 봤다. 나는 언니의 눈을 보며 한번 더 언니, 하고 불렀다.

언니의 집으로 갔다. 침대에 등을 기대고 앉아서 이유진과 많은 얘기를 나눴다. 대화가 잦아들면 담배를 피웠다. 담배를 피우며 생각했다. 나는 분위기를 믿지. 분위기를 만드는 건 사람. 그럼 사람을 믿어야 하나? 믿는다는 건 대체 뭐지? 밤이 깊어 그 집을 나설 때 언니는 자기가 쓰던 랑콤 향수를 내게 선물로 줬다. 그리고 큰길까지 바래다주겠다고 했다. 나는 향수를 손에 꼭 쥐고 걸었다. 큰길이 보이자 나는 헤어지기 아쉽다고 했다. 집에 가고 싶지 않다고 했다. 우리는 먹을거리를 사서 언니의 집으로 돌아갔다. 나는 언니의 잠옷을 입고 언니의 기초화장품을 발랐다. 그리고 우리는, 다가오는 새벽처럼, 좀 더 밝은 이야기를 나누었다. 그래서 나는 언니를 이해하게 되었나? 그땐 아니었다. 아니었던 것 같다. 헤어지면서 언니는 '종종 연락해' 같은 말은 하지 않았다. 나 역시 '또 놀러 올게요' 같은 말은 하지 않았다.

겨울방학은 고향집에서 보냈다. 3학년이 되었다. 학교 앞 고시원으로 짐을 옮겼다. 편의점 아르바이트를 시작했다. 더는 대강의동 옥상으로 올라가지 않았다. 사람들이 많은 곳에서도 눈치 보지 않고 완벽하게 혼자일 수 있었다.

32 이전에도 이후에도 내게 그런 질문을 한 사람은 이유진이 유일하다.

*

이나와 겨울을 보내면서 자주 이유진을 떠올렸다. 처음에는 기억 자체가 버거웠다. 부고를 들어서겠지. 생각을 거듭하다 보니 조금씩 맑아졌다. 맑은 기억은 일그러진 기억. 일렁이는 수면을 통해 물속을 바라볼 때처럼 울렁거렸다. 그 시절의 이유진만큼 나이를 먹고서 그 시절의 나를 돌아보는 일은 그처럼 울렁거렸다. 이나가 나의 방을 보고 '고모는 가난하니까 이런 데서 사는 거잖아'라고 말했을 때도 유진 언니를 떠올리지 않을 수 없었다.

이나와 찜질방에서 놀던 날, 삶은 계란을 먹으며 이나에게 물었다.

이나는 내가 어른 같아?

고모는 어른이잖아.

이나 생각에는 몇 살이면 어른 같아?

음…… 몰라. 스무 살?

스무 살?

근데 있잖아. 외갓집에 주찬미 언니가 있는데 그 언니는 고등학생인데도 어른 같아. 어른같이 말해.

그래? 주찬미 언니가 뭐라고 말했는데?

몰라. 그냥 어른같이 말해.

그렇구나.

응. 주찬미 언니는 어른처럼 웃어.

어른처럼 웃는 건 어떤 거야?

혼잣말하면서 웃는 거.

혼잣말하면서 웃는 거?

응. 혼잣말하면서 안 웃는 것처럼 혼자 웃어.

그렇구나. 그럼 나도 그렇게 웃어?

아니. 모르겠어. 고모는 주찬미 언니랑은 다르게 웃는데.

어떻게 다르게?

고모는 그냥 막 웃잖아. 근데 고모, 강아지도 웃는 거 알아?

이나는 유튜브로 강아지 동영상을 찾아봐달라고 했다. 이나와 나는 핸드폰으로 웃는 강아지 동영상을 찾아보며 막 웃었다. 혼잣말하지 않고 서로에게 들리도록 말하면서 막 웃었다.

어릴 때 어른스러워 보이려고 애쓴 적 있다. 그땐 어렸으니까 어른스러운 척을 할 수도 있었겠지만 어른이 되고서도 어른스러워 보이려고 애쓰다니. 여전히 나는 어른스러운 게 뭔지 잘 모르고, 모르니까 긴장됐다. 긴장했을 때 나는 좀 더 이나를 신경 쓸 수 있었다. 이나 입장에서 생각할 수 있었다. 최소한, 어른이랍시고 이나를 무시하는 말이나 행동을 피할 수는 있었다. 어른스럽다는 건 아이의 입장에서 생각한다는 뜻일까. 그렇다면 어린 시절 어른스러운 척했던 건 뭐였을까. 20년 전에 나는 이유진을 이해할 수 없었다. 이유진은 나를 이해했을까? 그때 우리를 야단치지 않았던, 우리를 돌려놓지 않았던 이유진의 마음을 이제는 조금 알 것 같은데. 마흔 살의 이유진과 마흔 살의 내가 대화할 수 있는 방법은 없는가. 공미와 유진 언니가 연락하며 지냈다는 사실은 여전히 놀랍다. 공미는 하고 나는 하지 않는 차이를 생각하면 까마득해진다.

겨울방학이 끝나기 며칠 전, 이나는 아빠의 차를 타고 웃으며 돌아갔다. 나는 다시 혼자 남았다. 그리고 오늘도 이유진을 생각한다.

죽음 이후의 삶

이만영(문학평론가, 고려대학교 민족문화연구원 연구교수)

1

　　문학이 '죽음'을 소재로 삼으면서 주요하게 다뤄왔던 두 가지의 주제가
있는데, 그것은 바로 '실존'과 '애도'이다. 전자의 것은 주로 '나'의 죽음에
대해 사유한다는 점에서 1인칭의 방식이라고 할 수 있는 바, 이 부류에 속
하는 작품들은 죽음을 목전에 둔 사람의 존재론적 지위와 그 실존적 질문
을 응축하고 있다. "죽음은 (…) 본질적으로 언제나 나의 것"[1]이라는 논법에
입각하듯, 이 작품군 속에서 '나'는 죽음을 사유함으로써 자신의 삶 전체를
조망하고 성찰하는 계기를 마련한다. 이를테면 박민규의 「근처」에서 암 말
기 환자로 살아가는 이가 "평생을 '나'의 근처를 배회한 인간"임을 발견하
게 되는 것처럼 말이다. 반면 '너'의 죽음에 대해 사유하는 후자의 부류는
주로 애도에 관한 윤리적이고도 공적인 질문을 담고 있다. 이 부류에 속하
는 작품들은 완전히 종결되지 못한 죽음, 충분히 애도되지 못한 죽음을 공

1　Martin Heidegger, 『존재와 시간』, 이기상 역, 까치, 1998, 322쪽.

적 의제로 세우겠다는 치열한 고민 속에서 산출되었다. 1980년 '광주'에서 일어난 폭력과 그로 인해 희생당한 중학생을 다룬『소년이 온다』가 그 증례라 할 것이다.

그렇다면 최진영의「유진」은 어떠한가. 이 작품은 주인공이 동명 언니의 부음 소식을 우연히 전해 듣는 것에서 시작한다. 흥미로운 것은, 유진 언니의 죽음이 앞서 언급한 '실존'이나 '애도'와는 전연 무관한 방식으로 다뤄진다는 사실이다. 그 이유는 이 작품이 근본적으로 죽음 자체의 사건성이나 형이상학적 주제보다는 죽은 자에 대한 기억과 이를 통한 성장에 초점을 두고 있기 때문이다. 이 소설에서 살아 있는 최유진(나)은 죽은 이유진과 기억을 통해 접속하며, "연속성 없이 개별적으로 세세하게 떠"오르는 그 흐릿한 기억을 통해 비로소 어른의 본질적 의미를 해득하게 된다. 이와 같이 죽음-기억-성장이라는 세 개의 항을 매개하여 삶의 진정한 윤리를 질문하게 하는 것, 그것이 바로 이 작품이 독자들에게 던지는 중요한 메시지이다. 이 점을 염두에 두고 우리는 이 소설에 대해 이야기해야 한다.

2

'나'는 이제 막 어른이 될 무렵, 그러니까 대입 원서를 쓰던 시기에 이미 우울감과 무기력에 빠져 있었다. 무의미한 일상을 반복하다가 대학에 들어갔지만, 그녀는 여전히 누군가와 소통하지 못한 채 자기폐쇄적인 삶을 살아가게 된다. 대학에 들어와서도 그녀가 이런 삶을 고수할 수밖에 없었던 두 가지의 정황들이 있다. 먼저 '구별 짓기'의 논리와 그로 인한 박탈감. 대학 동기들은 서울대라는 학벌과 서초동이라는 공간을 통해서 인간을 평가하고 재단하기 일쑤였고, '나'는 그러한 '구별 짓기'의 논리로 인해 박탈감을 느낄 수밖에 없었다. 명문대, 강남, 명품 등에 관심을 갖는 친구들의 대화 속에 그녀가 개입할 수 있는 틈은 없었고, 그들의 대화로 인해 도리어 심리적 고립을 자처하게 되는 것이다. 그래서일까. '나'는 친구들의 대화를 떠올리며 이유진에게 이렇게 말한다. "나는 (…) 그런 애들과는 어울리고 싶지 않다고 했다. 나는 안다고. 내게 다정하고 상냥한 친구들이 언제든 적으로 돌변할 수도 있다는 걸. 그건 충격이나 배신이라고 말할 수도 없을 만큼 흔한 일이라고. **나는 사람 안 믿는다고. 분위기를 믿는다고.**"

사실, 사람을 믿지 못하고 분위기를 믿는다는 그녀의 생각은 고등학교 시절부터 고수해왔던 것이기도 하다. 그녀가 자기폐쇄적인 삶을 살게 된 두 번째 정황은 바로 그 시절의 경험, 특히 무영에 관한 삽화를 통해 보다 선명하게 제시된다. 무영은 고교 시절 '나'를 유일하게 따뜻하게 대해줬던 친구였다. 그러던 어느 날 무영은 장기 결석을 하게 되고, 그녀가 결석한 이유를 둘러싸고 친구들 사이에 악의적인 소문이 유포되기 시작한다. '나'는 무영에 대한 안 좋은 "소문이 조금씩 짙어지는 과정", 즉 무영이 낙태 수술을 했다거나 본드를 마신다거나 하는 소문들이 확장되고 증식하는 과정을 목격하면서 소문에 의해 '분위기'가 어떻게 바뀌고 조장되는지를 몸소 체험하게 된다. 그 결과, 무영과 가깝게 지내면 안 좋은 소문에 휘말릴 것을 두려웠던 '나'는 무영이와 점차 거리를 두면서 이렇게 생각한다. "**나는 무영을 믿지 않았다. 분위기를 믿었다.**"

"나는 사람 안 믿는다. 분위기를 믿는다"라고 말은 이 작품에서 두 번에 걸쳐 서술되고 있다는 점에서 주목되어야 한다. 여기에서의 분위기란 특정 인물의 실상과는 거리가 먼 이미지를 만들어내는 상황, 환경, 흐름을 의미한다. '나'는 친구에 대한 불온한 소문을 유포시키는 분위기, 그리고 이러한 분위기로 인해 인간관계가 견고해지기보다는 시시각각 변질되고 오염될 수 있는 세계를 경험해왔다. 상황이 이렇다 보니 결국 인간을 믿기보다는 분위기를 믿을 수밖에 없었던 것이다. 고로 사람을 안 믿고 분위기를 믿는다는 '나'의 말은, 결국 사람 그 자체보다는 그 사람을 둘러싸고 형성되는 이미지와 그 이미지를 유포시키는 분위기를 더 신뢰할 수밖에 없는 곤경을 잘 표현한 것이라 할 수 있다. 이렇듯 '나'는 한 사람에 대한 해석과 평가는 언제든 달라질 수 있다는 믿음 때문에 타인과 교류하지 못하고, 폐쇄되고 고립된 자아의 형상을 고수하게 된다.

지금까지 타인과 제대로 소통하지 못한 채 '미성숙'한 삶을 영위해오던 '나'는, 레스토랑 '베네치아'에서 자신과 동명 언니인 이유진을 만난다. 레스토랑 매니저였던 이유진은 지하방에 살면서도 아르바이트생들에게 늘 밥과 커피를 사주고, 일요일에는 자신의 지하방에까지 그들을 초대하여 대접하는 따뜻한 언니였다. 더욱이 이유진은 고교 시절 친구 무영과 마찬가지로 '나'와 유일하게 진솔한 대화를 나눌 수 있는 사람이었지만, 결국 의도치 않은 일이 발생하게 된다. 무영을 대했던 고교 친구들을 연상케 하듯, '베네치아'의 아르바이트생들은 "돈으로 사람을 평가하는" 분위기를 조장하면서 이유진을 비하하고 외면하기 시작한다. '나'는 "돈으로 사람을 평가하는 멍청한 짓을 그만두라고 가르쳐야 했다. 그런 다음 우리의 분위기를 예전으로 되돌려놓아야 했다."라며 이유진의 무심함을 탓했지만, 이유진은 그저 "너와 나는 다르지. 너와 나는 다를 거야."라는 말만 중얼거릴 뿐 그 누구에게도 가르치려고도 하지 않았다. 결국 아르바이트생들이 조장한 그 불온한 분위기로 인해, '나'에게 있어서 "베네치아는 학교보다, 자취방보다 불편한 곳이 되어버렸다."

그리고 일요일 밤, 베네치아 근처 건물에서 이유진을 기다렸다. 퇴근하고 나오는 이유진의 뒤를 따라 걷다가 언니, 하고 불렀다. 유진 언니가 고개를 돌려 나를 봤다. 나는 언니의 눈을 보며 한번 더 언니, 하고 불렀다.
언니의 집으로 갔다. (…) 담배를 피우며 생각했다. 나는 분위기를 믿지.

분위기를 만드는 건 사람. 그럼 사람을 믿어야 하나? 믿는다는 건 대체 뭐지? (…) 우리는, 다가오는 새벽처럼, 좀 더 밝은 이야기를 나누었다. 그래서 나는 언니를 이해하게 되었나? 그땐 아니었다. 아니었던 것 같다.(382쪽)

'나'의 회상 장면에서 이유진이라는 호칭보다 '언니'라는 호칭이 이토록 많이 구사된 적은 없다. 이는 작가가 의도한 것이라고 봐야 할 텐데, 여기에서 우리는 작가가 은밀하게 던지고자 했던 목소리를 읽어낼 수 있다. '분위기'에 쉽게 매몰되거나 휩쓸리지 않고 이유진을 투명한 목소리로 '언니'라고 부를 수 있는 '나'의 모습, 그리고 '언니'라고 부르면서 밤새 이야기를 나눴던 그 시간에 언니를 온전히 이해할 수 없었다는 '나'의 모습 속에서 우리는 타인을 믿고 이해한다는 일이 얼마나 난망한 것인지를 헤아릴 수 있다. 이렇게, 유진 언니에 대한 '나'의 이해는 유예되고 지연된다.

3

때로는 망자에 대한 기억이 산 자의 목소리보다 더 육중하게 느껴질 때가 있다. 한 사람의 육체는 죽음을 통해 소실되지만, 그에 대한 기억은 우리의 머릿속 깊이 잠복해 있다가 돌연 출몰한다. 이렇게 죽은 자는 기억을 통해 우리 앞에 현현하고, 죽은 자가 남겨놓은 '잊혀진 목소리'는 우리 귀에 살아 있는 것처럼 생동하게 된다. 죽은 자와 산 자를 연결해주는 것으로서의 이 기억은, 우리를 종종 윤리적인 자리에 데려다 놓곤 한다. 「유진」의 주인공 '나'가 바로 그러하다.

공교롭게도 공미가 이유진의 죽음 소식을 알려준 때는 '나'의 생일날이었다. 소식을 들은 이후 '나'는 죽은 유진의 삶과 목소리를 회고하고 복원하는 과정 속에서 '울렁거림'을 느낀다. '나'는 이유진과 함께 보냈던 스무살의 기억을 떠올릴 때마다 "일렁이는 수면을 통해 물속을 바라볼 때처럼 울렁거렸다."라고 고백하고 있는데, 여기에서 우리는 물에 비친 자신의 모습에 매혹당했던 나르시스의 형상을 익숙하게 떠올리게 된다. 타인과의 관계 속에서 기쁨과 만족을 느끼기보다는, 사람들 속에 있으면서도 심리적 고립 상태에 놓인 바로 그 형상 말이다. 고로 이 울렁거림은 "그 시절의 나", 즉 생물학적으로는 어른이었지만 결코 '어른'이 되지 못했던 '나'에 대한 자책과 부끄러움 때문에 유발된 것이라고 봐야 할 것이다. 스무 살을 전후로 한 시점의 '나'는 무영과 헤어진 이후에도 사람을 신뢰하지 못한 채 고립된 삶을 자처하고, 이유진과 헤어진 이후에도 "완벽하게 혼자"이기를 꿈꿨다. 이는 그야말로 세계와의 교섭을 차단한, 미성숙한 어른임에 틀림없다. 이러한 '나'로서는 죽은 유진의 삶을 떠올린다는 것 자체가 어쩌면 자신의 미성숙한 민낯을 발견하는 일처럼 느껴지겠지만, '나'는 사라진 기억의 조각들을 맞춰가면서 어른이 된다는 것의 의미를 질문하게 된다.

> 어릴 때 어른스러워 보이려고 애쓴 적 있다. (…) 여전히 나는 어른스러운 게 뭔지 잘 모르고, 모르니까 긴장됐다. (…) 최소한, 어른이랍시고 이 나를 무시하는 말이나 행동을 피할 수는 있었다. 어른스럽다는 건 아이의 입장에서 생각한다는 뜻일까. (…) 20년 전에 나는 이유진을 이해할 수 없었다. 이유진은 나를 이해했을까? 그때 우리를 야단치지 않았던, 우리를 돌려놓지 않았던 이유진의 마음을 이제는 조금 알 것 같은데. 마흔 살의 이유진과 마흔 살의 내가 대화할 수 있는 방법은 없는가. (…) 나는 다시 혼자 남았다. 그리고 오늘도 이유진을 생각한다.(384쪽)

이 작품은 질문의 연쇄로 마무리되고 있다. 어른스럽다는 것의 의미가 무엇인지, 20년 전의 이유진이 나를 이해했었는지, 마흔 살의 이유진과 지금의 내가 대화할 수 있는 방법은 없는지 등등. 이렇듯 명쾌하게 대답할 수 없는 질문들이 연쇄적으로 나열되고 있는데, 여기에서 중요한 것은 이 질문에 대해 어떠한 답을 내렸는지가 아니라 이 질문을 수행하고 있는 행위 그 자체이다. 위 인용문을 통해 알 수 있듯 타인의 입장에서 생각하고 그 이야기를 경청한다는 것이 어른스러움의 본질적 의미일 수 있겠지만, 사실 '나'는 그것이 답이라고 쉽게 단정하지 않는다. 더욱이 20년 전 이유진의 마음을 조금은 헤아릴 수 있게 된 '나'는, 그때 이유진이 '나'를 어떠한 마음 으로 대했는지 알 길은 없다. 그래서일까. 이나를 집으로 보내고 나서 혼자 남은 '나'는, "오늘도 이유진을 생각한다."

마흔이 된 시점에 마흔이었던 이유진을 계속 생각한다는 것. 그것은 스 무 살의 '나'의 얼룩들을 들여다보고, 사라진 존재에 대한 기억을 붙잡겠다 는 결의의 표현이 아닐까. 다시 말해 자기폐쇄적인 삶을 영위했던 자신의 과거를 응시하고, 스무 살의 '나'에게 이유진이 보여줬던 타자에 대한 이해 와 대화를 지속적으로 시도하겠다는 의지를 보여주는 것은 아닐까. 이러한 새로운 결의의 지점에 도달했다는 점에서, 이유진의 죽음 소식을 처음 들 은 들었던 '나'의 생일은 어쩌면 자기에 대한 반성, 갱신, 도약을 선언하는 날이기도 하다. 따라서 우리는 이 소설에 대해 이렇게 얘기할 수 있을 것이 다. 이 소설은 우울에서 희망으로, 고립에서 대화로, 미성숙에서 성숙으로 나아가는 '나'의 새로운 여정을 예시하는 작품이라고. 앞으로 이유진의 삶 을 기억하고 회고하는 시간은 '나'에게 있어서 암울했던 과거를 소환·반 성하고 어른스러움의 진정한 의미를 탐색하는 숙성의 시간이 될 것이며, '나'는 타인을 이해하는 삶에 대해 끊임없이 질문과 응답을 반복하면서 '어 른됨'의 의미를 해득해 나갈 것이다.

2o21
올해의 문제소설

치열한 문제의식으로

독자들과 소통하는 소설문학